2023 年山东省作家协会定点深入生活项目
2024 年潍坊市重点文艺作品扶持项目

◎ 张葆海 著

山东文艺出版社

图书在版编目（CIP）数据

大盐都 / 张葆海著. -- 济南 ：山东文艺出版社，
2025. 1. -- ISBN 978-7-5329-7281-4

Ⅰ. I247.5

中国国家版本馆 CIP 数据核字第 2024L572Z8 号

大盐都
DA YAN DU

张葆海　著

主管单位　山东出版传媒股份有限公司
出版发行　山东文艺出版社
社　　址　山东省济南市英雄山路 189 号
邮　　编　250002
网　　址　www.sdwypress.com

读者服务　0531-82098776（总编室）
　　　　　　　0531-82098775（市场营销部）
电子邮箱　sdwy@sd press.com.cn

印　　刷　肥城源盛印刷有限公司
开　　本　710 毫米 × 1000 毫米　1 / 16
印　　张　24
字　　数　369 千
版　　次　2025 年 1 月第 1 版
印　　次　2025 年 1 月第 1 次印刷
书　　号　ISBN 978-7-5329-7281-4
定　　价　66.00 元

潍水茫茫

齐风泱泱

一个古老的"盐"字

写尽了大盐都的沧桑

晶莹纯洁如透明的泪水

凝结成粒粒铿锵

像灵魂深处洒落的白雪

静静地渗透于大地

幻化为百姓心中的灿烂梦想

在权力与鲜血的绞合中

人类家园的苦痛和呻吟

因有了盐的消融和滋润

而被调和成缕缕和煦的阳光

涤荡着人世间的黑暗和忧伤……

中国书法家协会理事、山东省书法家协会副主席元畅　题

尝尽滋味盐好
走遍天下嬢親

贺葆海先生大盐都出版

甲辰春月杨廷欣题

中国书法家协会会员、博士生导师、少将杨廷欣　题

序

对一名作家来说，生活的地域有着取之不尽、用之不竭的创作源泉。张葆海生在山东昌邑，工作在山东昌邑，先后就职于十个单位，他爱家乡的一草一木，熟悉这里的一街一巷。这些都化作他的写作素材，激发出他的创作灵感。他的学历不高，从最初的普通工人成长为知名作家，其中的付出与辛劳不言而喻。

潍坊是一座美丽的城市，是著名的"世界风筝之都"。昌邑是潍坊辖区的沿海城市，丝绸文化、盐文化、中医药文化源远流长，纺织印染、盐化工、智能制造等产业声名远播。当然，这里也是我的家乡，是养育、培养我的广厚大地。

为产业文化赋能，是张葆海作为一名作家的责任，更是他对家乡的深情呈现。继《生命密道》《大绸商》《大御医》后，张葆海新近完成的《大盐都》又将付梓。一个县级市有这些优秀作品的支撑，确实是难得的，同时也是不多见的。近些年，写商战的小说很多，但以"盐商"为对象的不是很多；写抗战的小说铺天盖地，但以"盐斗"为线索展开的故事却不多见。作者将商战与抗战互相融合，将正面斗争与隐蔽斗争双线推进，生动描绘了盐商之间，盐商与盐丁之间，民众与官府之间，民众、盐商、官府与土匪之间以及与日本侵略者之间错综复杂的矛盾与斗争，真实展现了渤海湾南岸的民众苦难与觉醒抗争。

从《大盐都》中，我也看到了以张德邦、高静姝为代表的昌邑人吃苦耐劳、正直公道、爱国爱家、不畏强权的优秀品格和家国情怀。张德邦在遭受家族纷争、同行恶争、日谍打压等艰难困境下，选择并接受进步思想，进而倾力支持和参与反对国民党反动统治和抗击日寇的殊死斗争。面对家庭变故和日寇入侵，儿媳高静姝毅然挑起重振家族产业的重担，暗中支持丈夫举起抗日大旗，保卫"渤海走廊"秘密交通线，使黄金、海盐、粮食等重要战略物资源源不断地运往抗日根据地。细细读来，《大盐都》的构思之精妙、情节之跌宕、人物之鲜活，都可以充分领略到。

习近平总书记《在文艺工作座谈会上的讲话》指出："文艺创作方法有一百条、一千条，但最根本、最关键、最牢靠的办法是扎根人民、扎根生活。一部好的作品，应该是经得起人民评价、专家评价、市场检验的作品，应该是把社会效益放在首位，同时也应该是社会效益和经济效益相统一的作品。"这无疑为我们的文学创作提供了遵循。

文学承载着丰富的时代精神，时代变化也在影响着文学发展。新的时代下，我们既要保持从容自信、坚守文学之本，也要扩展胸怀和眼界，关注科学技术的新发展新应用，与各艺术门类充分交流对话，不断探索和接纳新的文学类型。作家不单要借鉴古代的优秀资源，在传承古典文化、古人智慧、民俗生活的基础上，同时还应融入现代人的生活经验和思维方式，力求作品更加贴近生活、贴近群众、贴近社会、贴近时代。

在此，祝愿张葆海继续努力，为家乡的文化建设奉献出更多更好的作品。

陈涛（《人民文学》副主编）

2025 年 1 月

目 录

楔　子

　　渤海滩的冬天格外冷，来自北方的寒流毫无遮挡地掠过海域，猛兽般呼啸而来。稀疏的黄须菜早已干枯，从根部折断，风带着它们翻滚着，跑向远方。

　　凛冽的寒风中，张德邦爬上一个盐垛，刚站直身子，瞬间打了一个寒战，不自觉地缩了缩脖子。

　　这时，一阵旋风刮过，张德邦嘴里立时有了熟悉的腥咸味。尝尽滋味盐好，走遍天下娘亲。他使劲咽了口唾沫，咀嚼着老辈人絮叨了不知多少遍、耳朵都已听出老茧的故事……

　　远古时，渤海莱州湾南岸有一个原始部落，首领叫夙沙氏，长得高大勇猛，聪明能干。一天，他带领几个人打猎来到海边，有点口渴了，就用瓦罐盛来海水，放在火上煮。这时，草丛中蹿出一头野猪，夙沙氏眼疾手快，一箭射中。受伤的野猪带箭狂奔，夙沙氏带人拔腿就追，一口气追出五六里地，终于将野猪擒获。

　　当他们抬着野猪返回煮水的地方时，瓦罐里的海水早就熬干了，只剩下罐底一层白白的粉末。他们都不知这是什么东西，夙沙氏用手指蘸了一点，好奇地舔了舔，味道腥咸，就放在了一边。

　　野猪烤熟了，夙沙氏将剩下的几块肉放进瓦罐里，再拿出来吃时，味道特别鲜美。于是，他们就经常用海水熬制这种粉末，调在食物里吃。渐渐地，他们感觉浑身更有劲了。从此，盐走进了生命，那澄澈的品性隐伏于人的细胞和血汗里。

　　千百年来，夙沙氏煮海为盐的故事世代相传，人们感恩于夙沙氏，称就在这片土地上，潍、胶两河纵贯南北，蜿蜒注入渤海。沿海百姓靠海吃海，捕鱼晒盐，自然有的成了渔民，有的成了盐工。人们视大海如生命，寄予美好的期盼。这里至今还有不少盐祖庙、海神庙呢。

昌邑，古称鄑邑、都昌，秦时设县，宋初定名，就坐落在渤海莱州湾南岸，也注定了向海而生、背水图存的命运。

盐为国之命脉，无盐无以立国。据载，早在商周时，官方就对盐征收消费税，人们还要拿盐向朝廷进贡。

春秋时，管仲辅佐齐桓公首创"官山海"的政策，"伐薪煮盐，计口授食"，即由国家垄断盐资源，实行国家专卖，不论官煮民煮，一律官收官运官销，用以增加财政收入。在管仲的主持下，齐国盐铁经济得到迅速发展，成就了齐国的"霸主"地位，都昌也顺理成章地成为"齐国盐都"和"三齐巨邑"。

西汉建立初期，刘邦推行"与民休养"政策，整兴盐法，开放盐禁。食盐不再由朝廷全面管控，民间可以"自由"开采、运输和销售，但必须缴纳高额的盐税，违者重处。西汉中期，都昌北部沿海设有盐官，是当时全国设盐官的三十四县之一。同时，还有驻军，主要负责盐税征收。盐工按户纳税，称为"灶户"。

靠近海滩的下营自古为海防要地，周围分布着几十处高台，相传为唐王东征高丽时安营扎寨之处。因建于古营寨台墩处，故取名"营台"。因地处潍河下游，后改名"下营"。

海纳百川，地接四方。随着下营渔盐经济的发展，人们从四面八方聚拢而来，或晒盐，或捕鱼，或贩运，一些渔民自发地在河海交汇处建起简易的渔港。这便是下营港的雏形。后来，灶户越来越多，在下营港西十几里处聚集成村，取名"灶家村"。

明朝时，山东海盐产地设有十九个盐场，清初仍沿袭旧制，后来屡加裁并。"山东旧有十九场，后裁为八，行销山东、河南、江苏、安徽四省。"

灶家村往北一里地，就是朝廷在山东所设的盐场之一——富国场。乾隆十九年，富国场由沾化迁来昌邑，在瓦城一带设大使公署。同治元年，东海关监督衙门成立，下营海口专设委员管理，并建海关衙署。同治六年，捻军烧署，公署先迁县城，后迁下营，辖利渔、榆英、咸河、廒里、下营、刘家圈和瓦城等盐场。

随之，下营港扩建，可泊大小渔船、商船三百多艘。原盐也由此外运，成了渔、商两用之港。因此，下营成为著名的渔盐重镇和盐业交易集散地。"千帆竞发到下营，货物堆积如山岭"就是当时的真实写照。

昌邑北部沿海盐工达两千余户，灶丁近八千五百人。晒制的海盐销往北京、济南、郑州等地。仅光绪十年，就为朝廷缴纳五十万两白银的盐税。

盐从浩瀚的海水里、从地层的卤水中凝结为晶莹的颗粒，积聚了生命太多的苦难和利益的纷争。盐税为官府重要的税源，就连清朝的庚子赔款都要拿盐税来顶账。历来盐业经营都归官府所有，任何人不得贩卖私盐。但正是受利益的驱使，历朝历代总有人不惜铤而走险贩卖私盐、偷逃盐税，多少个家庭因此支离破碎、妻离子散。清代《昌邑县志》载，仅雍正八年，就处决了二十三名私盐贩子。

时光，在天地间交替；岁月，在尘世中轮回。光绪十二年，下营盐商张明哲发起成立昌邑盐业商会，颁布行规二十条。有违反者，轻则赶出昌邑，终身不得从事盐业买卖；重则送官府，抄家下狱。从此，盐商们谨守着行规，不敢造次，连会长也不例外。

光绪二十五年，天大旱，海盐产量翻了一番，昌邑盐业商会会员发展到四十多人。就在这一年，张明哲因病去世。临终前，他把两代人倾力创下的和盛商号交给长子张德邦。

也是在这一年，张德邦考中秀才，但为了祖辈传下来的基业，不得不弃文从商……

第一章

　　清宣统三年腊月二十六，这天一大早，山东昌邑县令高立亭让师爷查了皇历：辛亥年，壬寅月，己未日，宜动土、安葬、入殓。既然是个适合行刑的日子，他决定将四名煽动盐工闹事的乱党分子处决了事。法场就定在灶家村西盐祖庙前。

　　灶家村也就一二百户人家，世代都是靠海吃海的灶丁。相传，当年朱洪武伐山东时，对本村老少毫发未动，就是因为他们掌握用海水制盐的技艺。

　　村西有一土坡，坡上有座庙。庙里供着夙沙氏的坐像，他神态安详，双目传神，身披兽皮，腰围树叶，俯身察看着架在柴火上盛满海水的陶器。塑像下方是一长溜红枣木几案，摆放着香炉和供品。

　　庙门口上方悬一匾额，题有三个鎏金大字：盐祖庙。两边是一副对联：出于海立于斯护佑祖土，伴风雨沐日光泽被苍生。横批：济世为民。

　　对联算不上工整，老辈人说是一位官员巡北海时所题，是真是假，没人说得清；这座盐祖庙建于何时，也没人说得清。只有庙前的那棵老槐树挺拔茂盛，似乎在诉说着曾经的风风雨雨。

　　这棵老槐树何人所栽、何时所栽，同样没人说得清。在下营，无论大人还是孩子，都知道这样几句歌谣：问咱老家在何处，山西洪洞大槐树。祖先故居叫什么，大槐树下老鸹窝。

　　奇怪的是，老槐树树心枯空，只有厚厚的树皮支撑着，可依然遒劲挺拔，枝繁叶茂。树干四五个人抱不过来，高一米处有一个树洞，足可容一个人钻入。

相传，树洞里有一条大蛇，有时会出来喝水。蛇头伸到村头的井边，蛇尾还在树洞里。老人说起来，有鼻子有眼的。无从考证真假，反正一辈辈地传了下来，也就没人敢钻树洞了。

每到盛夏，茂密的树叶遮住耀眼的阳光，洒下一片清凉。在盐田中忙碌的人们，只需往树底下一躺，不消片刻，身上的汗就不见了。

老槐树旁边是一块空地。每年正月初八，当地盐商开市，都会来这里祭拜；官府惩办私盐贩子，明正典刑，也往往选在这里。

这天，天色阴沉，呼啦啦的西北风从海上吹来，飘着一股咸腥味。午时，高立亭带领一队人马急匆匆赶来，将四人从囚车里押解到四根木柱前捆绑起来。

张德邦裹紧羊皮大袄，使劲跺了跺脚，深深地吸了一口熟悉的咸腥味，恭恭敬敬地将三炷高香插在庙前的大香炉里，对着紧闭的庙门躬身三拜。

一座盐祖庙就是一方盐民的寄托和希望。不知从哪朝哪代传下一个说法，盐祖宅心仁厚，见不得血，见血则不祥，所以每次杀人都会紧闭庙门。

张德邦出身于名门世家，祖上曾有过"一门四进士"的辉煌。当然，这只是老一辈人挂在嘴边的荣耀。他只知道，爷爷、父亲和几个叔叔都是盐工，从十几岁起就用小推车推着盐包去鲁中山区卖盐，一滴汗珠子摔八瓣，一步一个脚印奠定了和盛商号的根基。

和盛商号创建时，也就十几亩盐田，传到他爹手上后，很快成了上百亩。张德邦接手后，买通盐税官，官盐私卖，熬了十几个春秋，总算超过了千亩盐田，还把买卖做到了关外。他一向沉稳厚重，说话一言九鼎，当选为昌邑盐业商会会长和下营镇保长也是众望所归。

张德邦牢记着祖宗传下来的话，盐祖庙是盐工的根，是古老盐都的魂，也是昌邑盐商的骄傲。这座小小的庙宇，承载着几千年的海盐文化，厚重得就像脚下这片古老的盐碱地。

他走上侧面的台阶，摸了摸有些发凉的鼻子，又跺了跺脚底的冰碴子。站定后，他望了一眼黑压压的人群，有盐业商会同仁，有盐场的伙计，但很少有人关注他，一双双眼睛骨碌碌地盯着绑在柱子上的四个人。前阵子，四人因煽动盐工暴乱，被官府拿下了。昨天，一个姓黄的公差送来莱州府衙的紧急公函，必须在腊月二十六日前将他们斩首示众。

高立亭觉得有些仓促，但公文上鲜红的大印容不得他有半点犹豫。再说自义和团闹事后，府台衙门不等秋后就处决死囚，也不是头一遭了。

盐祖庙左边临时搭起的简易草棚里，高立亭稳稳地坐着监斩，旁边站着几个威风凛凛的带刀衙役。

祭拜完毕，张德邦朝高县令微微一点头，示意时间差不多了。

两人都是光绪二十五年的秀才。那年，张德邦从病重的父亲手里接过和盛商号的摊子，而高立亭则在第三年考中举人，经人举荐到海阳当了几年县丞。因政绩卓著，前年调任昌邑县令。

一阵狂风过后，鹅毛大雪忽然铺天盖地飘起来。只片刻工夫，张德邦的肩膀上就积了一层雪，落在唇上的雪花化成小水滴渗进嘴里，一股冰凉的咸味蔓延到嗓子眼里。

这时，他望着最右边柱子上绑着的小伙子，眼睛有些模糊起来。这是他的远房侄子张世生，张世生还有个弟弟叫张世武。在兄弟俩很小的时候，他们的父母就相继过世了。张明哲见兄弟俩可怜，就收养了他们。张德邦接手商号后，让兄弟俩读了几年私塾，稍长一些，就安排他们在盐场打杂。前年，他还张罗着给张世生娶了媳妇。张世生本来在盐场干得好好的，不知中了哪门子邪，竟然与几个南方人联手偷卖私盐，还煽动盐工闹事，用自制的炸药包炸死了盐税官。

按照盐业商会规矩：偷卖私盐者，送官府法办；哗众闹事者，送官府法办。《盐法条例》规定：凡贩卖私盐者杖一百，徒三年；若持军械者加一等，流两千里；诬指平人者加三等，流三千里；拒捕者斩。两年前，县衙还出了告示：乱党惑民暴动者，斩立决！

张世生和三个南方人数罪并罚，既违了法纪，又乱了行规，必须严惩以警世人。

时辰已到，高立亭拿起红笔，在生死牌上打了"×"，随手扔了出去。牌子在雪地里翻了一下，很快被雪覆盖了，若隐若现的红"×"成了四条人命最后的标识。

就在这时，风雪中冲出一匹健马，穿过人群，来到草棚前，一个十四五岁的少年一勒缰绳，滚鞍下马……

按大清律法，擅闯法场者，杀无赦！

霎时间，几个衙役抽出刀，将那少年团团围住，一副如临大敌的样子。

高立亭一看来人两手空空，根本不像劫法场之人，急忙大喊："退下！"

张德邦定睛一看，认出是张世武。只见张世武跪在雪地里，大声喊着："高大人，大清皇帝退位了，革命成功了，俺哥不用死了！"

高立亭厉声说："胡说什么？虽说南方有乱党闹事，朝廷和革命党已经议和，皇上在龙椅上好好地坐着呢。来人，把他押下去！"

张德邦望着高立亭，叫了一声"高县令"，只见高立亭微微摇了摇头。

高立亭和张德邦之间，既有同学之情，亦有朋友之义。潍县、昌邑两地贩卖私盐的现象屡禁不止，导致税银收不上来。张德邦依托盐业商会，打击私盐贩子，帮助官府征收税银，深得高立亭信任。和盛商号原先只允许在南部山区的四个县销售，高立亭投桃报李，帮助张家打通关节，将销售区域扩展到十二个县。张德邦随即在济南、北京、辽宁等地设立分号，自然成了昌邑最大的盐号。

几个衙役已将张世武拖了下去。他挣扎着大喊："高大人，是真的，是真的啊……俺哥冤啊……"

张德邦深深地吸了口气，对着人群大声说："高大人这样做的目的，就是要维护大家的切身利益，重振我们齐国盐都的威名。往后贩卖私盐、聚众闹事者，就是这样的下场。盐老祖不愿见血，但也不允许乱了咱盐业的规矩！"

他怎么能忘，同治年间，爷爷的几个兄弟因贩卖私盐在这里被砍了头；光绪三年，十几个偷卖私盐的灶丁也在这里命丧黄泉。唉，盐祖庙前这块沙地上，流的血还少吗？

此时，绑在柱子上的张世生瞪着眼珠子对张德邦呜咽着，可嘴巴被堵着，说不出话来。

高立亭没再吭声，前有府台衙门严令，后有盐业商会行规，即便他不愿杀人，也是无力回天了。

随着"轰轰轰"三声炮响，四颗人头滚落在雪地里，从脖腔中喷出的血箭射出一丈多远，皑皑白雪中留下四条血红的轨迹。积雪渐渐盖住了血迹，却又被风吹开，红白相间，格外瘆人。

不远处，传来张世武一声声哀号："哥啊，哥啊！"

张德邦的心猛地抽了一下，扭头望了一眼雪雾中的盐祖庙，眼睛渐渐迷离起来。他愣了好一会儿，觉得身上有些发冷，才慢慢地走下台来。

雪还在下，天地间连成了一片。这时，人群中挤出几个人，扑到那几具尸首前，从怀里摸出馒头，去蘸雪地上的人血。

灶丁们长年累月熬盐，很多人患上了肺痨，日夜咳喘，最终熬到油尽灯枯。也不知他们从哪里听来的偏方，说人血馒头能治肺痨，只要盐祖庙前杀人，就有人早早地带着馒头来等着。这么多年来，吃了人血馒头的肺痨病人，也没见有治好的。

张世武号啕大哭，挣脱了衙役的束缚，冲到张德邦面前，指着他的鼻子大喊："你也太狠了，俺跟你没完！"

两个捕快冲过来，就要对张世武下手。张德邦往前一挡，说："放他走！"

杀了张世生，是维护法纪，可不能白白再搭上一条无辜的性命。

张世武瞪了张德邦一眼，转身上了马，随着一声马嘶，他很快消失在风雪中……

离开盐祖庙的时候，张德邦邀请高立亭去家里喝杯酒，暖暖身子。高立亭担心大雪封道，拱手告别后，急匆匆地往县城赶去。

张德邦乘坐的马车刚在家门口停下，一个人疾步走出来，提了一个凳子放在马车前。他认出是弟弟张德兴，随口问："啥时候回来的？"

半个月前，张德兴押送盐包去济南，原定三天后才可以回家，没想到这么快就回来了。张德兴回答："哥，俺事先去柳疃给济南分号打了电报，掌柜的让人到城外接的货，年关将近，俺也想早点回来啊。"

说起柳疃，可是远近闻名的"丝绸之乡"。从明代起，这里就大兴织绸，当地人独创性地用野生柞茧缫丝后织出绸布，轻薄如纸，柔软如绵，坚固耐穿，出汗不沾，人称"柞绸"或"柳绸"。

张德兴扶着哥哥下了马车，接着说："北京分号的刘掌柜来电，说大清皇帝已经退位，如今是民国了。俺就让张世武快马加鞭去刑场了……"

没等他说完，张德邦"啪"地扬手就是一记耳光："这么大的事，你怎么不自个儿去？"

张德兴丝毫没有防备，捂着脸，委屈地说："俺上午刚到家，嫂子难产呢，接生婆子急得不行，俺就让有福骑马去城里请郎中了，家里没个主事的人怎么行啊？万一……"

张德邦狠狠地抽了自己一记耳光："俺干的这是啥事啊？你快吩咐人买四口棺材，去盐祖庙那边，好生把人给殓喽。"说着，兄弟俩进了宅子。

张德兴接着吩咐三四个下人，按照他哥的意思去办。

张德邦快步走到内宅，见东屋门框上方挂着一块红布，接生婆从屋里端出一盆血水，"哗"地泼在院子里。雪地里，顿时呈现一个红乎乎的扇面，看得他一阵眼晕。

屋里传出妻子陈梅英的惨叫，一声接着一声，听得他揪心。他问接生婆："又不是头一胎了，怎么还这么难生呢？"

接生婆叹了口气："唉，女人每生一个就是过一次鬼门关啊。"

这时，屋里传出弟媳杨小玉的声音："嫂子快挺不过去了。"

张德邦和弟弟匆匆来到后堂，在祖宗牌位前双膝跪下。张德兴低声说："哥，是不是今天……"

余下的话，他不敢再说了。杀了本家侄子，祖宗会不会震怒，只有老天才知道！

张德邦瞪了弟弟一眼，没有接腔，上了香，磕了头，转身出了屋子。儿子张家昌站在屋檐下哇哇地哭着。接着，他眼前飘过一个娇小的身影，女儿张家秀扑到他怀里，哭着喊："爹啊，快救救俺娘吧！"

面对此情此景，张德邦心如刀绞，却又束手无策，只得吩咐女儿："家秀，乖，领着弟弟到别处玩去。爹正在想法子呢。"说完，他快步来到东屋门前，已经听不到妻子的哀号了。顿时，他心里一沉，转身朝外面走去。

这时，身后传来接生婆焦急的喊声："老爷，太太晕过去了，郎中还没来吗？"

张德邦心急火燎地来到外堂，管家陈有福从外面领着两个人快步进来，是一男一女。他定睛一看，那男的不是埃文吗？

埃文是德国教父，光绪年间就在昌邑传教，还经常给人看病，人们都叫他"埃文大夫"。当年闹义和团的时候，埃文在盐场那边躲了好几个月，还治好了不少盐工的病。

埃文教父身后跟着一个修女，穿着黑白色的袍子，背着一个小箱子。打眼一看，她就像图画上的黑白无常。人还没死呢，黑白无常就进门了？

张德邦心里窝着火，要不是惹不起洋人，他立马就操起棍子了。眼下只能忍着，他转过身瞪着弟弟，厉声问："怎么回事？"

陈有福忙上前抢过话："老爷，这是二爷让俺从城里请来的洋大夫，路上只用了半个多时辰，马都累坏了。"

陈有福是陈梅英的堂兄，原先在盐场帮忙。张家买卖做大了，家里也需要一个管事的人，就把他叫来了，如今成了大管家。

张德兴低着头："哥，去年宋捕头中了土匪的黑枪，就是埃文大夫剖开肚子救活的。俺回来的时候，齐郎中看过扭头就走了，说没辙，俺也没有法子了，才……"

埃文教父走上前，用流利的中国话说："张会长，女人一旦难产就必须剖腹，请相信我。"

张德邦摇了摇头，板着脸说："不行，女人哪能和男人一样？"

张德兴痛苦地说："哥，都啥时候了……嫂子要是没了，就是一尸两命啊！"

张德邦斩钉截铁地说："不成，怎么接来的就怎么给我送回去。如果让人知道俺张德邦的婆娘让洋人看了身子，俺还抬得起头吗？"

埃文教父说："我知道在你们中国，女人的身子是不能给别的男人看的，可救人要紧……"说着，他指着那位修女说："要不让米娅进去，怎么样？她是中国女人，女人看女人总该没事吧？"

米娅紧张地说："我不会啊，平时我只是助手，没有主过刀呀……"

埃文教父拍了拍米娅的肩膀，说了一串洋文，米娅犹豫地点了点头。

张德邦叹了口气，无力地坐在椅子上，没有再说话。等弟弟领着两人进去后，他叫住陈有福，眼含热泪，低声说："你去老宅那边准备一下吧。"

老宅那边存放了一些旧家具，还有他早年备下的两口楠木棺材。陈有福点点头，叫上两个下人，顶着风雪朝老宅那边去了。

张德邦感觉有些虚脱，心里想着，如果陈梅英熬不过这一关，就把后堂的大门给封了，从此不再上香。祖宗不保佑，拜他们有何用？五年前，他不满周岁的大儿子生病，妻子整天跪拜，不是也没用吗？

陈梅英是和盛商号德州分号陈掌柜的女儿，两人于光绪三十年成亲。张德邦去德州迎的亲，光在路上就走了好几天。

陈梅英嫁过来的第三年，陈掌柜一家死于大火，还是张德邦赶去料理的后事。兴许是伤心过度动了胎气，大儿子一生下来就病恹恹的，最终没能熬过去……

就这么胡思乱想了一阵，一个丫鬟提了火笼子放在他脚边，被他一脚踢了，炭火撒了一地。他大吼一声："来人！"

两个下人急忙上前，躬身问："掌柜的，有何吩咐？"

张德邦沉默片刻，从牙缝中挤出三个字："拿枪来！"

这里自古多匪，土匪经常劫掠商队。同治年间，商盐主要以官运为主，由于吏治腐败，运盐官兵经常敲诈盐商。盐商迫不得已，只能自己运送，雇佣伙计走脚。没有了官兵保护，运盐队很容易被土匪抢劫。光绪三十三年，土匪孙黑炮在昌潍一带接连劫走七家盐号的商队，官府多番围剿无果。昌邑盐业商会不得不央求官府许可，出资购买一批枪支，成立了护盐队。他乘机在家中留了一支美国造的连珠枪，用来防身。

下人很快把枪拿来了。张德邦提在手里，犹豫了一下，将子弹顶上膛，大步朝后院走去。

张德兴和埃文教父蹲在东屋屋檐下，边上有一个大火盆。埃文教父一边烤火，一边叽里咕噜地隔着窗子对里面说话。

张德兴眼尖，见哥哥提着枪进来，急忙上前一把搂住，说："哥，你这是要咋？"

张德邦眼神冷得像冰，面无表情地说："要是你嫂子有个三长两短，俺就要他俩……"

张德兴说："齐郎中和接生婆都没法子了，就指望着洋人救嫂子呢，你可千万别冲动啊！"

埃文教父显得很镇定，说："张会长，要是我救了贵夫人，你怎么感谢我呢？"

张德邦说："一百两。"

埃文教父朝里面叽里咕噜说了一通话，又反问张德邦："难道两条命

就值一百两银子？"

张德邦咬了咬牙："一千两。"

一千两银子可以在县城盖一所宅子，也可以买三十支枪。有些做盐买卖的商会同仁，一年也就赚千八百两银子，就是和盛商号这样的大户，一年所赚也不过一万两银子。

一只狗跑过来，闻着地上的血迹。张德邦一脚踢过去，那狗翻了个跟斗，呜咽着躲到墙根去了。

屋里不时传出米娅的声音，听得出埃文教父很焦急。

张德兴紧紧抱住张德邦不敢松手，他知道哥哥的脾气，在商会从来就是说一不二，在家里更是没人敢顶嘴。从小到大，他一直生活在哥哥的影子里。他这个二爷，有时说话还不如柜上的掌柜，连他老婆都说他太窝囊。刚才挨的那一巴掌，还火辣辣的呢。

张德邦挣扎着，张德兴哽咽起来："哥，俺求你了，去外面耐心等着，要是嫂子……"他的话还没说完，屋里传出一声响亮的娃娃哭声。

张德邦身子颤了两颤，赶紧扔掉枪。张德兴捡起来，退出子弹，递给旁边一个下人。

埃文教父站起身，并没理会他们，继续朝里面说着话。

不多会儿，接生婆从屋里跑出来，激动地说："恭喜老爷，是个大胖小子，母子平安！还是咱老祖宗留下的东西厉害啊，米娅硬是将胎位给正了过来。"

张德兴问："怎么没听见俺嫂子的声音呢？"

接生婆说："太太应该是累了，睡着了。"

埃文教父脸色铁青，跺了跺脚，往一边去了。

任大雪落下，蒙住了天地，张德邦仍旧站着，几乎成了雪人，眉毛、胡子上都挂着冰碴子，仍一动不动，就像盐祖庙里的夙沙氏像。

杨小玉扶着米娅走出来。埃文教父上前，用洋文问了几句，似乎有些生气，扭头看见张德邦，又立刻挂了笑，说："张会长，母子平安，不过夫人恐怕要躺半个多月，而且三年内不能再怀孕了。"

张德邦抖落身上的雪花，朝埃文教父拱拱手："多谢了。"接着吩咐弟弟去拿一千两银子。

埃文教父微笑着摇摇头："我不要银子，你必须向我道歉。你拿枪进来，就是对我职业的侮辱，按照你们中国人的规矩，你要送我一块匾，敲锣打鼓亲自送去。"

张德邦点点头，爽快地说："好，过两天，俺亲自送过去。"说完，吩咐弟弟准备酒菜。接着，又让陈有福在大门外放了三响大炮仗，并挂上一块串着五个铜钱和一支笔的红绸布。

按照昌邑习俗，生女娃不鸣炮，男娃才有资格。而门上的五个铜钱和一支笔，寓意着孩子将来不是从文就是经商。

他快步来到后堂，跪在地上磕了三个响头，把帽子都磕掉了。起身后，他走到案边，提起毛笔饱蘸了墨汁，用力写下了三个字：张家顺。

张德邦离开后堂走到东屋时，见米娅正与杨小玉说着话，好像在吩咐些什么，他移步来到外堂，此时弟弟正陪着埃文教父喝茶。他亲自给埃文倒了一杯茶，以示歉意。

埃文教父笑着说："张会长，人性最可怕的就是太在意别人怎么看自己。为了所谓的尊严，视生命如草芥。你虽然性格倔强，但能够控制情绪，一动不动地站那么久，就像一个军人，我佩服啊！"

张德邦的心似乎被埃文教父扎了一下，他何曾不知道自己呢？十几年的商海沉浮，创下了这份家业，也养成了他的霸气。反过来说，没有这份霸气，又如何维护他这个会长的颜面呢？

他反问埃文教父："您认为人活着是为了啥？难道不是为了争口气吗？一个男人的尊严有时候比生命还重要！"

张德兴低下头，没言语。

埃文教父喝了那杯茶，摇了摇头："男人的尊严固然重要，如果没有了生命，一切都是空的。"

张德邦正要反驳，却听到外面传来一阵公鸭似的笑声："哈哈，张会长，恭贺恭贺，喜得贵子！"

扭头看时，只见从照壁一侧走过来一位粗壮的男人，穿着黑绸布貂皮大袄，戴着狗皮帽子，围着黄黑色狐皮围脖，手里提着一个礼品盒子，边拍着身上的雪花，边大步走来……

第二章

伴海而生，向海图强。昌邑人骨子里自然融入了大海的胸襟，接纳来自各地的赶海人。来人叫赵金龙，就是个外乡人。

十年前，他和几个伙伴来到下营海边购买盐场，开办广鑫盐号。刚开始，人生地不熟，经常遭到同行排挤，但还是在夹缝中生存了下来，买卖做到了北京、天津和河北一带。去年，他无故拖欠工钱，盐工闹到商会。张德邦出面让赵金龙结清了工钱。后来，盐工们都不愿给赵金龙干活了，赵金龙又厚着脸皮上门相求，是张德邦出面帮他解决了雇工问题。

这些年，张德邦深知他的为人，所以与其不远不近，保持着距离。可赵金龙就像块狗皮膏药，一个劲地往他身上贴。他实在抹不下脸来，只得礼节性地应酬着。

张德邦迎上前，拱手道："赵老板，多礼了。来来来，坐下喝杯茶，等会儿陪着埃文教父喝两盅。"

几个人说着话，分宾主坐定，酒菜上了桌。埃文教父忍不住先夹了一口辣椒子酱，填进嘴里，边品着滋味，边夸赞说："还是这个味地道呢！"

说起辣椒子酱，可是昌北特色，用大葱、红辣椒和咸蟹子搅拌后发酵而成，香辣可口，是当地人每餐必备的下饭菜。当年，埃文教父在盐场避难时，可没少吃……

赵金龙满脸堆笑，对埃文教父一阵吹捧，两手比画着，唾沫星子乱飞："埃文大夫就是厉害啊。俺听说，城里的二鬼子肚子里长了个瘤子，埃文大夫用刀子一划拉，直接把瘤子给拿了出来，简直是华佗转世、仲景再生啊！"说着，跷起大拇指直晃悠。

张德邦听了他的话直觉得肉麻。埃文教父确实救治了不少人，可昌邑的百姓有病还是习惯找中医。

两杯酒下肚，赵金龙话锋一转："张会长，今天在盐祖庙前，诸位同仁都觉得你有点那个啊……不过，俺觉得您这么做，也是为了维护咱们的行规，往后看谁还敢再闹事！"

张世生等四人被抓起来后，张德邦也不愿看着他们就这样丢掉性命，特地召集商会同仁商议了一下午，希望大伙一起出面力保，哪知赵金龙却说他有意徇私，坏了商会规矩。无奈之下，他只得任由官府处置。原想着拖过一阵是一阵，等到秋决前也许会有转机，哪承想府台衙门的公函来得这么快，快得让人反应不过来。

赵金龙的话语间带着另一层含义，张德邦听得明白，却又不便反驳。自然，这顿酒也喝得很不是滋味。他不愿多说话，只是一个劲地向埃文教父赔礼敬酒。

酒过三巡，眼看天色已晚，张德兴已经提前备好马车，送埃文和米娅回去。赵金龙只得起身告辞，出门时笑着说："俺就喜欢和张会长喝酒，实在！"

张德邦没接腔，心里明白，这人就这样，阴一套阳一套的。

雪下得更大了，地上积了厚厚一层。送走客人，张德邦来到东屋，见陈梅英脸色苍白，襁褓中的孩子睡得正香。杨小玉坐在床边，搓揉着陈梅英的手心。床头柜上，放着一些黄白色的药片。

张德邦深情地望了妻子一眼，对弟媳说了一句"受累了"，便将目光转到娃儿脸上。

娃儿的脸型还未展开，依稀有点陈梅英的模样。都说儿像母亲、外甥随舅，看来这话不假。陈梅英本来还有一个弟弟，只可惜在那场火灾中没了。

随即，张德邦走进里屋打开暗格子，摸出两锭银子，提了灯笼，踩着积雪出了门，迎着北风朝西走去。

雪停了，张德邦身后留下一串深深的脚印，他走在厚厚的积雪上，发出"扑哧扑哧"的声音。过了几道胡同，他来到一处平房前。这就是张世生、张世武兄弟的家。

院门虚掩着，他刚推开门，就听到里面传来一阵孩童的哭声："娘啊，娘啊！"

张德邦快步来到正屋前，见门口烧了不少纸钱。屋里透出一丝烛光，隐约可见桌子上摆着一个灵位。

"娘啊，娘啊！"孩童的哭声继续传出。他顺着声音往窗口一望，顿时大吃一惊，只见一道人影直晃晃地挂在房梁上，一个两三岁大的孩子正扯着那人的一条腿啼哭着。

张德邦推开门，冲了进去，迅速摘下墙上挂着的一把镰刀，一手割断绳索，一手搂着那人的双腿缓缓下落……

幸亏来得及时，张世生的媳妇夏永红还没有背过气去。少顷，她缓缓睁开眼睛，扬手就要打他。张德邦侧身闪过。夏永红捂着脸哭起来："你是他叔，怎么这么狠心啊……"

张德邦沉声说："世生是乱党，贩卖私盐，聚众闹事，还炸死了盐税官，犯的可是死罪啊。府台衙门下的令，俺就是想救他，也没辙啊。唉，只是没想到大清真的完了。俺对不起世生啊。你要是再死了，孩子可怎么办啊？"

夏永红把孩子搂在怀里，抽泣着，不再言语。

张德邦摸出两锭银子放在桌子上，安慰说："尝尽滋味盐好，走遍天下娘亲。孩子不能再没了娘啊。往后俺定期给你娘俩送银子，好好把孩子养大吧。"说着，长叹一声，转身走了。

走出院子，呼呼的北风刮得紧，把灯笼给吹灭了。他摸着黑往前走，一路前思后想，觉得自己似乎并没有错。回家后，他还是觉得不妥，便吩咐一个女用人去和夏永红做伴……

张家顺出生第二天起，张家大院的门槛差点被人踩破。商会同仁来了，亲朋好友接连来了，高立亭还送来了一块上等歙砚，希望娃儿长大后蟾宫折桂，成为国家栋梁。

昌潍一带有个风俗，孩子出生后要举行"下汤"仪式，一般是男六女九，就是男娃出生后第六天，女娃出生后第九天，邀请亲朋好友前来喝酒庆贺。按照张家顺出生的日子，下汤时间应该在正月初一，可正月初一还没送年呢？

张德邦犯了愁，就想去找柴大仙看个日子，顺便给孩子批批八字。

柴大仙不是本地人，光绪二十七年从胶东过来。据说，他在崂山住了半辈子，白天算命，夜晚打更，批八字很准。但有个规矩，每天最多看五个人，且日头落山时必须关门收摊。

当年张德邦大儿子出生后，他去找柴大仙批八字。柴大仙边掐指边咕哝，足足半个时辰后才叹了口气说："孩子是山上的童子，养不过三岁。"

张德邦听了，一言未发，扔下几个大钱懊恼地扬长而去。果然，孩子两岁零七个月就夭折了。

张德邦的马车在门口停稳，柴大仙正好开门，只瞅了他一眼，就赶紧把门关上了。

他急忙上前把门硬推开，问："怎么，今儿不看了？"

柴大仙表情淡漠地伸出一个指头："一百两。"

张德邦以为听错了，柴大仙平日里只收十个大钱，有时候也看人定价，可最多不过一两银子。今日张口就要一百两，真当他是冤大头呢？

其实，张德邦车上正好有一百两碎银，是他准备进城购买年货的。按照和盛商号的老规矩，每年过年的时候，都要给盐工家送年货。

富国盐场是朝廷的，盐丁是给朝廷扛活，但和盛商号在富国盐场旁边有两副小盐场，占地不多，也就七八十亩，每年产盐两三百担。朝廷每年都分年货，盐工们抬头不见低头见的，他自然也不能少了。

说起来，盐工也不容易，当地人称"闯盐场"。当时，有两种制盐方法，夏秋晒盐，冬春熬盐。夏秋两季把海水引到盐田，撒上盐种，让太阳晒干即可，但这种盐含泥沙和杂质多，必须经过熬煮和提纯才能食用。严寒季节，把海水引进来，等结冰后，敲开上层的冰块，舀取下面盐度更高的海水，然后倒进大锅里熬煮，直到熬出盐为止。整个熬盐过程夜以继日，所以盐工十有九痨。"披蓑衣，喝卤水，吃黄须，背褡裢（内装窝窝头），随身夹着个破棉袄"就是盐工的真实写照。

因此，盐工中一直流传着这样一首歌谣：

天雨盐丁愁，天晴盐丁苦。
烈日来往盐池中，赤脚蓬头衣褴褛。
斥卤满地踏霜花，卤气侵肌裂满肤。

晒盐朝出暮始归，归来老屋空环堵。

破釜鱼泔炊砺房，更采枯蓬带根煮。

糠秕野菜未充饥，食罢相看泪如雨。

盐丁苦，苦呜呼，凭谁说与辛苦多。

北海的盐碱地里只长黄须，长不出庄稼，否则谁愿意拿命换钱啊。

盐工们帮着东家辛辛苦苦干一年，东家也不能昧了良心。所以，张家就定下了这样的规矩。此时，张德邦没去车上拿银子，而是从大袄内摸出一张折成四四方方的纸递了过去。那张纸看上去有些年头了，黄黄的，边缘都破了。

柴大仙接过打开，脸色顿时变了。这是一张光绪二十七年的通缉令：抓捕义和团匪首林黑三者，赏银一千两。

张德邦面无表情地说："双木成林，此木为柴。这张纸不知值不值一百两银子？"

柴大仙脸色微微一变："今天的卦钱免了，俺就送你四句话吧：内防家贼外防盗，切莫冲动把命消。一世英雄半世难，孝子侄孙无依靠。"

张德邦一时不明白这四句话的意思，却牢牢地记在心里，拱手说："正月初一不能下汤，还想请您帮忙看个好日子。"

柴大仙把那张纸吞进嘴里嚼了，含糊不清地说："正月初六吧。"

张德邦又从口袋里摸出几十个大钱递过去："卦钱不能免啊，俺要在大街上大摆宴席，请三天客，唱三天大戏，到时候还请大仙多喝两盅啊。"

柴大仙没接钱，也没搭话，"哐"的一声把门关了。

张德邦转身的时候，听到柴大仙的声音从后面飘来："该来的，躲不掉啊！"

张德邦听到这话，心头顿时一紧。他用力拍了几下门，想要问个明白，可再也叫不开了。他站了一会儿，只得悻悻地上车离去。

次日，张德邦让人做了一块大匾，上书"医者仁术"四个大字，还专门为埃文教父捎上一坛子辣椒子酱，敲锣打鼓亲自送到教堂。教堂在昌邑县城东南，离潍河没多远，原先的教堂被义和团烧了。后来，朝廷拨出一千两银子，各家商会又捐了一些，在原来的地基上修建而成。红瓦白墙黑大门，山墙尖顶上有一个用白漆涂抹的"十"字，老远就能看到。

张德邦还请了锣鼓队，在教堂门口好一阵热闹。为了显示自己的诚意，他亲自举着牌匾送进去。

埃文教父接了匾，邀他进屋喝杯咖啡。

洋人喝咖啡很是讲究，先把一粒粒的灰黄豆子磨成粉，再放在火炉上用小火熬，直到熬出那种浑黄的汤汁，稍微沉淀倒出来就喝。

张德邦听人说过，北京的洋帮办和朝廷的王爷们都喜欢喝咖啡，有提神醒脑之效。

埃文教父特地往张德邦的咖啡杯里放了白砂糖，可汤汁仍很苦，哪有中国的茶叶香？

就在两人喝咖啡的时候，张德邦主动提出等女儿长大了，就来教堂跟着学医。埃文教父没拒绝，也没说同意，只是说，米娅回潍县乐道院了。

说起潍县乐道院，张德邦自然不陌生，早就听埃文教父讲过。清光绪八年，北美基督教长老会派牧师狄乐播偕夫人来潍县传教，在当地教友的协助下，在老潍县东关处买地建起了乐道院，由教堂、学堂、诊所三部分组成，用以传教、办学和开办诊所。可惜的是，庚子年它毁于义和团运动的大火。光绪二十八年，北美长老会用清政府庚子赔款的十万两白银重建、扩建。从此，乐道院成为北美基督教长老会的山东总部。

因为已近年关，家里事情多，张德邦没多坐，就起身告辞了。

腊月二十九，他和弟弟一起挨家挨户给盐工们送去年礼。张家新年添丁，这个年自然过得很喜庆。除夕晚上，张德邦喝了个痛快。

虽说已是民国，昌邑目前仍属莱州府管辖。新任县官还没来，暂由高立亭代管着。正月初一，昌邑县署下了官文，盐税减免四成。同时，取消小盐贩到盐场购盐时额外加税。历史上，改朝换代后都会出台一些惠民政策，以期获得百姓拥护。当年满清入关后，也减免了赋税。

减免四成盐税，这可是天大的好事，盐业商会可不能不识趣。张德邦让人又制作一块匾额，写着"德昭乡里"四个大字。初二那天，他领着同仁们敲锣打鼓地送到了县衙。

县衙门口换上了"中华民国昌邑县署"的牌子。衙役们也不再穿大清皂吏的服饰，而是换上了平时的便装，只是腰间的挎刀没变。

高立亭不再穿大清官袍，改穿青色长褂，连称呼也改了，不再叫县太爷，而改叫知事。除了衣服和称呼，其余的与大清无异，脑后仍拖着粗大的辫子。

日月其迈，时盛岁新。大年初三，张德邦和弟弟一起，去了灶家村张氏祠堂"落影"①。在震耳的鞭炮声中，张德邦领着一群张姓盐丁给老祖宗们上了香，祈求祖宗们保佑大家身体健康，生意兴隆。

中午，兄弟二人陪着盐场的两个把头喝酒。其中一个把头说，赵金龙兄弟年前去了富国盐场，请盐官大人喝了酒，也不知他们说的啥。有消息说，朝廷的盐场好像要转卖给个人，不知是真是假。

张德邦心中一动，如果有这样的事，为什么高立亭没告诉他呢？

喝完酒，他摇摇晃晃地走到自家盐场，站在盐垛上，望着大雪覆盖的盐田，又看了一眼不远处的盐祖庙，还有那棵枝丫光秃秃的老槐树，心中泛起阵阵涟漪。民国了，改朝换代了，是否会迎来祥瑞？

初四一早，张德邦到县城找高立亭。提起盐场把头说的事，高立亭也觉得奇怪，县里没有接到上级官文啊。他忽然想起，两天前，赵金龙来找过他，送给他一个纯金小碗，也说起过富国盐场与寿光、潍县的几处官办盐场，可没说转让的事。当然，高立亭摸不透赵金龙的来意，所以没收那只碗……

由此看来，赵金龙来找他，肯定有事，可能是高立亭对他的态度有些冷淡，他也就没说出来而已。

富国盐场与其他几大盐场情况不一样，属于官办民运盐场，旁边还有好几家盐号自己的小盐场。在销售上，也是以商盐销售为主，官盐几乎是零。昌邑盐业商会成立护盐队后，官府的盐运押解处就成了吃空饷的。后来，只得并入巡缉营，在龙池、瓦城、东利渔、廒里等各处路口设卡稽查。名义上是查私盐，实际上盐商的车队过路卡时，都必须缴纳过路费，每辆推车缴纳一千文。

---

① 落影：昌邑年俗，有的村庄初二送年，有的村庄是初三送年，各家将写有祖宗名讳的家堂摘下保存起来，称为"落影"。

稽查官兵贪腐之风愈演愈烈，收了钱，就可以放行，即使夹带点私盐，也不再过问。故而昌、潍两地盐商夹带私盐即成惯例，留下了"昌潍以东不吃官盐"的说法。

除了官办盐场，沿海一带还有零星的自营盐滩。潍县和昌邑交界的西利渔村、东利渔村，仅一河之隔，盐价却差距很大。潍县西利渔村每斤私盐为六文，昌邑东利渔村则是十七文。于是，昌邑盐商勾结缉私官兵，从西利渔村暗中收购私盐充到东利渔村的官盐中。

张德邦执掌盐业商会后，深知内情，协助官府打击私盐，确实出了不少力。

高立亭告诉张德邦，新来的盐运知事姓孔，是他的同科，两人有过交往。他马上写信询问关于盐政的一些事。如果富国盐场要转为民营，张德邦要做的就是准备好钱。

张德邦想着儿子"下汤"的事，聊了一会儿就离开了。

初六那天，张德邦让陈有福去请柴大仙，却见他家大门紧锁，一问才知年前就不见人了，他出了二两银子，央求一位老鳏夫替他打的更。

张德邦想起了那张通缉令，微微一笑，没有吭声……

正月十五，是下营一年一度的祭海节，地点就在下营西北的海神庙。海神庙建于何时，同样没人说得清。张德邦从小就听老人说，早在秦始皇东巡时，人们就开始祭海了。这里还有一个美丽的传说——

相传，出海捕捞的渔民如果在海上遇到风浪迷路，只要心虔意诚，海面上就会神奇地出现一盏明灯，引导船只脱离险境。那明灯就是天妃娘娘的宝灯。

天妃娘娘，乳名海燕，原是一位渔家姑娘，年幼丧母，其父终年以捕鱼为生。姑娘从小生得美丽聪颖，心地善良。父亲每次出海打鱼，姑娘总是做好饭菜，侍候着吃完，然后将父亲送到海边。船离岸向海中驶去，她迎着寒冷的海风，一直目送小船漂向海洋远处。直到帆顶上那面红旗看不见了，她才依依不舍地回家。

十一岁那年秋天，她父亲又要下海捕鱼。海燕拉着他的手，说："爹，今天别下海了，我怕。"她心里有种不祥的预感。

父亲说："傻丫头，自己在家怕啥？这几天正是捕鱼旺季，我能在家里闲着吗？回去吧，好孩子。"

海燕拉着父亲的衣角，说："那我和您一起下海吧。"

"哪有女孩子下海捕鱼的？回去吧，爹这次捕很多很多的鱼，卖了钱给你置件花衣裳。"

"我不要花衣裳，我只愿爹早点儿回来。"

"好孩子，不要怕。爹天黑就回来。"

船又驶向大海，海燕惴惴不安地回了家。

天就要黑了，可她父亲还没回来。忽然，东北方向乌云密布，眨眼间天黑得像锅底一样，大风吹得人站不住脚。海风掀起的巨浪像小山一样涌来，大海如同被刮了个底朝天。

海燕惦记着父亲，只能跪在海边望着大海，哭泣着、呼喊着，就是不见父亲回来。大风一连刮了九天九夜，海燕在海边守了九天九夜。人们劝她说："好闺女，别哭坏了身子，你爹不会回来了。"她不信，每天一直从早哭到晚上，嗓子哑了，人也瘦了，但还是没看到父亲的影子。

第十天夜里，风停了，咆哮的大海又恢复了往日的宁静。海燕哭累了，不知不觉在海滩上睡着了。

忽然，从海面走来一位鹤发童颜的老者，来到海燕面前，轻声呼唤道："小姑娘，不要过于悲伤。妖魔夺走了千万人的生命，真是罪过。我知道你是位善良的渔家女，只要你诚心为乡亲们做好事，就一定会得到幸福的。"说完，老者从怀中掏出一件闪闪发光的东西，照得大海如同白昼。海燕被耀眼的光照得眼花缭乱，什么也看不清了。

这时，海燕忽然醒来，发现身边有一盏宝灯。她把灯拿在手里，顿觉身轻如燕，行走如飞。自从遇到老者后，她就有了预知人生祸福的本领。渔民们每次出海，都前来向她询问吉凶。海燕一一指点，无不应验。从此，人们都称海燕为"仙姑"。

一次，一艘商船中途遇暴风雨袭击。人们后悔出海时没找海燕看看，心里暗暗叫苦，对着大海祷告，希望风暴快些过去。可是，风越刮越凶，商船在海中像一片树叶，随时都有被巨浪吞没的危险。

忽然，船的前方出现了明亮的灯光。船长把稳舵，朝明灯指的方向驶去。说来也怪，不管风浪多凶，船都稳稳当当的，一个时辰就到了岸。后来，人们发现，这灯光就是从海燕家升起来的。从此，船户们把海燕当作护身救命的神仙。

海燕死后，人们为了纪念她，称她为"天妃娘娘"，并自动捐资在下营西北建一庙宇，起名为"天后宫"，又称"海神庙"。每年正月十五，人们都来到海边，献上贡品，祭奉天妃娘娘。附近掖县、平度、潍县、高密、寿光等地的船户也纷纷前来，真是人山人海，热闹非凡。

自古以来，渔盐不分家。盐工有时候也下海捕鱼，渔民有时候也晒盐。再说，运盐更少不了用船。张德邦同样希望风调雨顺，五谷丰登。所以，他每年都会捐钱捐物，组织同仁与渔民、船户一起祭拜。

刚回家，高立亭派人通知张德邦，说山东盐运使署经过摸排清查，把寿光官台盐场等几个盐场定为一等盐场，为官办督管；而昌邑富国盐场为三等盐场，可转为官督民营盐场。各家盐商想申办的，可报名参与抽签。

到了正月二十日，盐运知事与省里来的督查大员一起监督现场抽签。还是在盐祖庙前，还是戒备森严，但这次不是杀人，而是决定昌邑几十家盐号的发展方向。

眼看日上三竿，孔知事领着大伙一起祭拜了盐老祖。随后，宣布抽签的规则：为了公平公正，第一轮抽签数字，作为第二轮抽签的顺序，以第二轮抽签为准。

富国盐场共有大小七十四副盐滩，参与抽签的有四十二家盐号。老槐树下摆了一张桌子，桌子上放了两个密封的箱子：第一个箱子装了四十二张写有数字的纸片。第二个箱子里同样有四十二张纸片，有的纸片写了数字，有的纸片没有写数字。拿到有数字纸片的人交给孔知事，由孔知事根据纸片上的数字宣布抽中哪一副。

第一轮抽完，张德邦排在第十二位，赵金龙排在第二十四位，与张德邦关系好的常和旺盐号老板傅立善排在第一位。

第二轮抽签开始，赵金龙走上前拱手道："几位大人，俺认为个人抽签，也可能不公平，应该交叉抽，比如，俺帮张会长抽，他帮俺抽。这样可以防止有人使诈。"

抽签的箱子和纸笺都是县里准备的，赵金龙知道张德邦和高立亭的私交关系，所以临时出了这一招。

孔知事望了高立亭一眼，问："高知事，您意下如何？"

高立亭笑了笑："既然赵老板提出来，若无人反对，就按赵老板说的法子办吧。当然，也可以自己抽，不需要别人帮忙。"

高立亭说这话，是想给张德邦留个台阶，但张德邦大声说："既然赵老板愿意代劳，那就劳驾了。"他也不愿让别人怀疑他和高立亭作弊。

傅立善第一个抽，抽中一副占地八十多亩的盐滩，开心得不得了。接下来，有人抽中，有人没抽中。张德邦帮赵金龙抽中两副盐滩，占地二百亩，而赵金龙则帮他抽中最大的六副盐滩，占地四百多亩。

看到抽签结果，赵金龙的脸顿时成了猪肝色，比海边的淤泥还要暗沉几分。

抽签结束，几家欢乐几家愁，从此富国盐场正式退出官办历史。

抽到盐滩的商号按每年每亩十两纹银缴纳盐税，以后各家盐滩出盐，官府按每担三钱二分收税，不再额外收取杂税。

不久，县里把设在柳疃的盐税所搬迁到青乡，并增加了盐警队人马，加大对私盐的稽查力度。

张德邦很开心，随后按数缴纳盐税，并拿到了官凭。当天晚上，他请诸位大人和同仁一起去望海酒楼撮了一顿……

县署减低了盐税，改革了盐政，各家商号都有钱可赚了。是年，张家的盐滩产盐两千三百多担，和盛商号把生意拓展到鲁南山区和安徽北部，比去年多赚了两千两银子，还在德州多开了一家分号。

令张德邦没想到的是，柴大仙说的话居然应验了……

第三章

转眼到了六月，老槐树上长满了绿叶，一串串槐荚晶莹剔透，仿佛在炫耀着自己的姿色。

这天，一拨军队开到了城里，据说是来围剿土匪孙黑炮的。这伙人在城外兜了几个圈，开了几枪，踩坏了不少庄稼，结果连孙黑炮的影子也没见着。回到城里，就开始乱抓人，抓的都是男人，抓后不打也不骂，就是把辫子给剪了。

原来，袁世凯任命周自齐为山东都督。周自齐当过满清大臣，也留过洋，袁世凯对其颇寄厚望。周自齐也知道，剪辫子的命令在山东很难执行，孔孟之乡的百姓大多思想保守，不肯剪辫。为此，周自齐派出不少心腹到各地宣传。

农历五月十七这天，恰逢昌邑大集，四乡八疃的老百姓都进城赶集。县衙影壁前已经搭起宣传台，周自齐派来的两个宣传员和昌邑县议事会、参事会议员们相继上台演说，大意就是，满清皇帝业已逊位，中华民国成立数月了，国家要奉行"三民主义"，一切由民做主，不应当再拖着满清遗留的辫子了。无论工、农、兵、学、商，男子一律都要剪去辫子！

县衙门口也发布公告，号召民众剪辫子。高立亭以身作则，当着众人的面把辫子剪了。他没把辫子扔掉，而是将其悄悄地塞进了衣兜。

乡绅梁三爷、夏五爷混在人群里伸着脖子看热闹。张德邦与两位宣传员半真半假地把两人请上台，说："两位老先生是乡民的表率，能够提前认清形势……"说着，张德邦"咔嚓"一下就把夏五爷的辫子给剪掉了，一位宣传员随即把梁三爷的辫子也剪掉了。

二人心里气恼，但敢怒不敢言，气哼哼地走了。回到家，梁三爷越想越生气，立即召集了一帮爪牙，说："大清子民哪有不留辫子的？除了我们两个被逼剪辫子的老头子，那些没留辫子的全是乱臣贼子，统统该杀！"

夏五爷也是气不打一处来，立即开始组织人马。原县衙一帮闲赋在家的衙役本来就一肚子气，一听夏五爷在召集人马，当即像打了鸡血，纷纷参与。

第二天，也就是农历五月十八早上，县城南城隍庙钟声大鸣。夏五爷带领人马舞着马叉、大刀等前往城隍庙集合，沿途看见没辫子的男人就杀。随后，他们包围了参、议两会办公地点，将玉米秸秆堆积在窗户上，纵火焚烧。这天，先后有二十七人遇难，这就是骇人听闻的"五一八惨案"。

当天，身为议事会副议长的张德邦，因回下营忙于生意而幸免于难。

惨案发生后，周自齐派新军进驻昌邑，将参与杀人的三十余人处死，其余人员抓捕候审。夏五爷携子潜逃，家产被没收；梁三爷被押解到济南斩首示众。

新军在县城折腾了一个多月，城里大多数男人都被剪了辫子。这年八月，县议事会开会，一大半人都告病请假，张德邦也没敢去……

时光飞逝，一晃大雪飘了下来。张家顺摇摇晃晃会走路了，奶声奶气地喊着爹娘。有时候，姐弟仨一起玩耍，看得张德邦心都醉了。

腊月初三，张德邦驾车去见高立亭。到了县衙门口，发觉情况不对，原先门口站着的是便装衙役，现在改为持枪的士兵了。一问才知道，高知事已回家，新知事刚到任，正在会客呢。

门口停了一辆马车，他认出是赵金龙的。新县官的屁股还没坐热，这个家伙就贴上来了。原先高立亭当县令的时候，赵金龙几乎天天去拜访，可高立亭看不起这种人，有时候连门都不让进。

既然高立亭下台了，张德邦也就没在县衙门口停留，驾车往东而去。

高立亭的家就在城东北角姜家大湾边上，院落不大，清雅别致，大门口两侧有箱形狮子门当。

张德邦家的大宅院比高家的宅子大好几倍，可门口只能放箱形无雕花抱鼓石。

张德邦走到大门口，就听到一阵读书声。他推门进去，见一个四五岁的男孩正坐在窗边读书。他知道这是高立亭的儿子高静之，才开蒙没多久。

高立亭听到门响，从正屋出来，见张德邦站在院子里，连忙拱手打招呼："张会长，天这么冷，你怎么来了？来来来，快进屋里暖和暖和。"

张德邦拱拱手，跟着高立亭进了屋。屋里放着一个大火盆，顿时热气扑面。

桌上放着一封信，是弟弟高立云寄来的。高立云从北洋陆军速成武备学堂毕业后去了日本，估计明后年就回来了。当年，他去武备学堂上学，还是跟着张家的运盐队走的。

坐下后，高立亭微笑着说："你怎么知道俺在家？"

张德邦说："今儿去衙门找你，才知道新任县太爷来了。他啥时候到任的，怎么不告诉俺一声？好歹去拜访一下，这也是规矩嘛。"

高立亭扒拉着火盆上的红薯，平静地说："刚来没几天，还没出告示呢。冬至月的最后一天来的，俺俩就办理了交接。"他翻了一下红薯，接着说："规矩都是人定的，有些规矩可不一定是好规矩。俺当年上任，不也没告诉你吗？如果他真是一个好官，就该知道怎么做！"

张德邦点点头："这也是咱俩交好到现在的原因吧。都说'三年清知府，十万雪花银'，你当了几年知县，还住着这老宅子，难得，难得呀。"

高立亭笑笑："俺要是像上一任那样折腾，还不被你们给拿下了啊。"

上一任知县就是因为贪赃枉法、擅加盐税，被张德邦为首的商会同仁给告了。

高立亭从炭火盆里拿出一个烤熟的红薯递给张德邦，说："当官不为民做主，不如回家卖红薯。"

张德邦叹了口气，剥开烤得焦嫩的红薯皮，轻轻咬了一口，软糯细绵，入口香甜："还是吃红薯好啊，心里踏实。"

高立亭问："说正题吧，找俺啥事？"

张德邦说："没事，年底了，过来看看。减了四成盐税，大伙心里都念您的好呢。"

高立亭叹了口气："其实啊，当官也不容易，贪了银子的，晚上睡不着觉；秉公办事吧，还遭人嫉恨。方方面面都得迎合，心累呀。在任上的时候，就凭着良心，能干点啥就干点啥吧，最起码心里踏实。前两天，有人推荐俺去高密当县长，俺给回了……"

高立亭比张德邦大几岁，人没老，心似乎老了。他祖上是做丝绸生意的，到他爹手上是第二代，在南洋也有分号，买卖还不错。老爷子身体硬朗，还管着柜上的事，一直没让他插手。

说着，高立亭在炭火上燎了一壶景芝老烧，又烤了几块咸羊排。两人一边喝酒，一边聊天，从大清聊到民国，从官场聊到盐场，从昌邑聊到下营……

眼看天色不早了，张德邦踉跄着起身告辞，出门后裹上大祆往车上一躺。车轱辘碾着地上冰碴子的声音，与他的鼾声和鸣了一路。

回到家，张德兴正与傅立善等几个副会长在喝茶，商议去见新县太爷的事，说丝绸商会已经去见过了，送了礼，但县太爷没收，还与大家一起喝了顿酒，今儿该轮到盐业商会了。

景芝老烧后劲大，张德邦还没完全清醒呢，见大家这么说，也没发表意见，任他们商议着。

傅立善神秘兮兮地说："新县太爷到任的那天晚上，俺看到赵金龙的车子从县城回来。那个人不地道，咱得防着点！"

赵金龙来昌邑十年了，在下营置办了大宅子，买卖做得风生水起，在北京、河南、安徽等地有七八家分号，却连个副会长都没捞到。与他一样，那几个外乡老板一直被本地老板压着，那两副盐滩一年产盐也就上千担，翻不起多大的浪头。

腊月初六，张德邦和商会几个人刚到县署门口，就被两个持枪的士兵拦住了，说刘知事去拜访朱议长了。

朱议长叫朱昭然，举人出身。其兄是光绪年间进士，原是李中堂门生，在翰林院混了几年，外放到湖北当了几年知县，又去河南任知府。朱昭然仗着哥哥的关系，在府台衙门干过，后到昌邑县衙当了几年县丞，还兼做着盐和丝绸买卖。自从逼着孙黑炮为匪后，便把盐场卖给张德邦，丝绸商铺也转别人，新开了昌邑最大的海鲜酒楼，还有两家烟馆。用他的话说，一家烟馆的生意比下营全部盐商加起来赚得还要多。

兴许是买卖做大了，他索性辞去县丞之职，一心扑在生意上。昌邑成立议事会时，大伙推举他当了议事长。

新来的官员拜访当地乡绅，也算是官场的规矩。与做买卖一个样，玩的就是套路。

几个人就在门口等着。临近晌午，一辆马车停在门口，一位年轻人躬身走下来，也就二十五六岁的样子，穿一身洋装，留着短发，显得很干练，身后跟着原先衙门里的黄师爷。

张德邦看到门口的士兵敬礼，连忙迎上前，刚说出"刘大人"三个字，就被年轻人摆手截住了。

年轻人对着众人回礼说："鄙人刘文章，如今是民国了，人人平等，不能再叫'大人'了，应该称呼我'刘知事'才对。刚来贵县没多久，很多事情还望诸位多多支持才是啊！"他看到张德邦身后几位副会长从车上搬礼物，接着说："诸位的心意，鄙人心领了。这些东西还请带回去吧。"

一听刘文章这么说，张德邦朝众人使了个眼色，然后说："俺与几位盐业商会的同仁在海鲜酒楼备下薄酒，想为刘知事接风洗尘，还望您赏光。"

刘文章拱手说："实在抱歉，我刚从朱议长家里回来，下午还有很多公事要办，改天吧。"

张德邦忙从怀里拿出一张请帖，恭恭敬敬地递过去："既然刘知事公务繁忙，俺几个就不打扰了。后天是腊八，也是我们商会年终会商的日子，我们恭候刘知事大驾！"

刘文章微笑着说："客气了，客气了。好吧，正好有一项关于盐税的改革令要当众宣布。"

张德邦意识到，年轻并不代表单纯，刘文章所说的改革令可能暗藏玄机和算计……

昌潍一带大一点的村子都有大集，五天一个大集，周而复始。下营大集是逢三排八。腊月初八是大集，一大早，噼里啪啦的鞭炮就响了起来，大街上弥漫着呛人的烟雾。集上人头攒动，熙熙攘攘，各种卖小吃的、卖对联的、卖鞭炮的、演杂耍的，应有尽有。

张德邦换上新袍子，带领商会同仁前往盐祖庙祭拜盐老祖，哪知刚到庙前，一个个就傻眼了……

往年这个时候，看守盐祖庙的蔡瘸子都会把门口打扫得干干净净，大香炉也擦得锃亮，都能照出人影来。可此时，台阶上一层厚厚的尘土，大香炉里还堆着没化的积雪。

张德邦顿时火了，大声吼起来："蔡瘸子，干吗去了？"

蔡瘸子也不是本地人，无儿无女无牵挂，比柴大仙晚来一年，在盐场干活时，被盐包砸断了腿。张德邦见他可怜，就让他看管盐祖庙，每月三百个大钱，也足够他生活了，逢年过节还领一份和盐工一样的年礼。

见没人应答，张德邦大步走上台阶，推开庙门，院子里空荡荡的，地面倒还干净。走进庙里，只见盐老祖神像前倒着一个人，正是蔡瘸子，只见他侧身躺着，胸口插着一把刀，鲜血流了一地，已经结了冰。

没听说蔡瘸子和谁有仇啊，谁会杀他呢？

张德邦眉头紧锁，仔细观察着，蔡瘸子脸色灰白，右手食指伸着，像是做了一个什么手势。大家纷纷围进来，看了一阵，心里与外面的天一样，阴沉沉的。

盐祖见了血，不祥之兆啊！

张德邦吩咐几个人把蔡瘸子的尸体移开，用沙土垫了血迹，想等仪式结束后再报官。

大伙心里沉甸甸的，没有人说话。张德邦领着在庙里祭拜完，又去大门外烧了香，才急匆匆地赶回商会会馆。

会馆门口披红挂彩，随着张德邦一声"来年大吉"，顿时鞭炮齐鸣，转眼间地上铺了一大片红。

年底举行会商，也是商会的规矩。诸位同仁见个面，鞠个躬，说说一年的感受，预祝来年更上一层楼。在和谐的氛围中，平日里的言差语错也就烟消云散了，接着共同商议一下商会事务。

大伙都是一个行当里的买卖人，平时都较着劲呢。为了争抢生意而吵嘴打架，也是常有的事。他们从潍县西利渔村收购私盐，每斤才六文钱，转手就是白花花的银子。盐商们为了收购私盐，充当官盐卖，都要着手段哩。

张德邦嘱咐陈有福去大路口，只要看到县城那边过来车队，就立马回来禀报。他要领着商会同仁前去迎接，以示对新县太爷的尊敬。

就在他与大家寒暄的时候，一个老人步履蹒跚地走过来，说："今儿有人杀了蔡瘸子，就是要让盐祖见血。咱可一定要查出这个坏种啊！"

老人姓孙，名栋才，祖上从乾隆年间就做食盐买卖。论年纪，比张德邦他爹还大十几岁；按街坊辈分，张德邦得叫他爷爷。张德邦深施一礼，说："爷爷说得极是，俺心里也犯嘀咕呢，这事官府会查清的。"

孙栋才说："去年赵老板买走了俺家盐场，还有一半银子没给呢。这事你今儿可要帮俺做主啊！"

孙栋才祖上留下十亩盐场，可他家一直人丁不旺，只有一个儿子。前些年，儿子不知怎么抽上了福寿膏，还在城里养了二房，把家产都折腾净了。去年冬天，他儿子还背着他把盐场卖给了赵金龙。眼看着白纸黑字，孙栋才也没辙了。不过，赵金龙只付了一半的银子，另一半也没说啥时候给。

张德邦目光往人群中一扫，没看见赵金龙，就问身边的同仁："赵老板怎么没来啊？"

外乡来的那些老板往年也不去祭拜盐祖，但商会的会商一般不会缺席。

一个外乡老板回答："今儿一早还在呢，说不定家里有事回去了，应该很快就回来了吧。"

孙栋才翘着白胡子，长叹一声："姓赵的真不是东西，俺儿子说他弟弟在烟馆还入着股呢……"

下营街上有一家福字号烟馆，老板外号叫"王蛤蟆"。王家有人在省里管事，无人敢惹。再说正经人也不会去沾那玩意儿，沾上了就没好。

张德邦安慰了孙栋才几句，坐下来与大家喝了一阵茶，有一搭没一搭地说着话，心里却想着蔡瘸子的死。没多久，就见陈有福从外面急匆匆地跑进来，说："来了，来了！"

张德邦说了声"迎去"，盐商们鱼贯而出。来到下营南街口，果见远处来了一队人马。待近了一些，才看清是二三十个扛着枪的士兵，一路小跑着。骑在马上的正是刘文章，他身后还跟着一个骑马的人，那人穿一身土黄色军装，头戴大盖帽。大家都不知是何人。

一照面，刘文章就大声介绍那个穿军装的人："诸位老板，这位是新任警察局局长赵泽凯。往后，赵局长的工作，还请诸位多多支持才是！"

张德邦一听警察局局长也姓赵，心底"咯噔"一下。刘文章看起来倒是挺随和的，下了马笑呵呵地与众人打着招呼。

张德邦想，只见了两次面，就听到两句"多多支持"，无论哪一任县官到来，商会哪有不支持的呢？

一阵寒风呼啸而来，张德邦顿时打了一阵寒战，但还是抖擞起精神，寒暄着。

刘文章和赵泽凯来到会馆门前，在众人的簇拥下进了门。还没落座，就见赵泽凯一扬手，厉声说："来人，把张德邦抓起来！"

几个士兵迅速冲上前，摁住了张德邦。张德邦愣了，不知犯了啥事，大声说："刘知事，赵局长，是不是搞错了……"

张德兴也愣了，忙问："为啥要抓俺哥？"

刘文章环视众人后，拿出一张纸，慢悠悠地说："张会长，对不住了，有人举报，在大清退位后，你与前任县令合谋，擅杀革命党人。这可是苦主的诉状。"

张德邦脑子"嗡"地一下，再也听不清刘文章说什么了。他只是商会会长，张世生等四人是官府抓的，也是府台衙门下令公开处斩的，根本不关他什么事啊。再说，事情都过去这么长时间了，他一直好生善待着张世生的家人，不仅按时送钱，还派人帮着干这干那。怎么新县太爷一来，就有人去告状了呢？

刘文章还说了很多话，张德邦只听见最后关键一句："从今天开始，盐税上涨八成，在下营设立盐警队，监督盐税征收！"

迷迷糊糊中，张德邦被人五花大绑推了出去，上了一辆马车。两个士兵在会馆门口贴了一张告示，张德邦也没看清写的是什么。

张德兴抓起一个马扎要去救哥哥，被傅立善死死抱住了。傅立善小声说："千万别莽撞，和官府对着干，小心把你也抓进去呀！"

张德兴眼看着哥哥被带走，着急地说："这可怎么办啊？"

傅立善想了想，说："快去找高大人，看看他有啥法子，救人要紧。再说杀人那事是官府下的令，不关你哥啥事啊。俺觉得这事蹊跷，待会儿俺也和大伙商议一下，看看怎么办。"

张德兴心急火燎地赶回家，也没敢告诉嫂子，直接去偏院牵了马，骑马抄小路朝县城奔去。到了高立亭家，他把事情的前后经过一说，高立亭立时皱起眉头，想了一会儿说："俺这就去见刘知事，你去大街上等着俺。"

高立亭家的绸布店也是今天煞账。一大早，老爷子就让他去铺面上见了几个管事的人，准备明年让他接手商铺的买卖。从商铺回来坐下没一会儿，张德兴就到了。

高立亭赶紧来到县署，刘文章的秘书不敢怠慢，上了茶，说刘知事到任没几天，每天都很忙，经常外出。秘书还向他讨教了一些衙门内和县议事会的事。

眼看到了晌午，刘文章还没回来。高立亭转念一想，冷笑一声，也没说话。刘文章应该清楚他与张德邦有私交，如今把人拿了，知道他肯定会来，所以事先避开了。他又赶到警察局，看门的也说赵局长没回来。到街上一打听，也没人见衙门里出去的人回来。

他找到张德兴，吩咐他去张世生家里看看。刘文章是拿着苦主的诉状去抓人的，按照程序，必须先让苦主撤诉。

回到家，高立亭写了一封陈情书，说明那四个人被杀是府台衙门下的公函，若要追究责任，也轮不到张德邦身上。如果刘文章不接，他就直接去胶东。新来的专员与他在省城有过一面之缘，好歹会给个面子。

傍晚，他又去了县署，终于见到了刘文章。两人寒暄一阵，高立亭直接说明来意，拿出了那份陈情书，解释说不关张德邦的事，他是奉莱州府的公函惩处乱党的。

刘文章也说是苦主告状，他新来乍到，必须为百姓做主。这事肯定要调查清楚，如果与张德邦没关系，绝对会放人的。

高立亭愣了一下，他心想，别看刘文章年纪不大，心眼儿可不少，说话打着官腔，官场那一套玩得很溜，是个当官的料子。

新官上任三把火，肯定是要烧的。第一步是要立威，铁腕整治，只要把威信树立起来，往后的工作就轻松多了；第二步是安民，尽可能获取民众的支持；第三步才是施政，怎么把昌邑治理好。

高立亭没多说话，必须给刘文章一个缓冲时间，免得彼此脸面上不好看。该说的已经说了，他相信刘文章能够把事情处理好。如今，张德兴那边要做的，就是让苦主撤诉，这才是关键。

聊了一阵，没想到刘文章对昌邑的古今历史很是精通，从商周时期的古莱国到齐国盐都，从鄑邑故城到秦时设县，从三国时期北海郡守孔融治下到宋朝昌邑名字的由来，还有昌邑古代的名人，刘文章都如数家珍。

两人还特别聊了潍县和昌邑两县的盐业发展史，谈到了清末对食盐的管理和税收制度，以及民国政府的改革方案。

刘文章侃侃而谈，高立亭听得胆战心惊。虽说异地为官，上任时需先了解当地的风土人情，以利于施政，可只需要了解大致情况即可。刘文章却把昌邑的历史吃得如此通透，还故意提到张德邦父子和和盛商号的发展，其用意又是什么呢？

高立亭心里明白，刘文章表面上在聊历史，却是在告诉他，对于昌邑当地的各种人情世故，自己不比他这个旧县官差多少。

他听了一会儿，也插不上什么话，找了个空当儿便起身告辞了。刘文章客客气气地一直送到大门口，临别时说："鄙人初来贵县没多久，如有什么不当之处，还请前辈多多包涵，多多指点才是啊！"换句话说，就是：别把俺当成初来乍到的小毛驴，任由你们当地乡绅摆布。官字两个口，今天能办得了张德邦，明日就能办你高立亭，聪明点，别去蹚那浑水！

高立亭并不知道，就在他与刘文章聊天的时候，赵泽凯正对张德邦刑讯逼供呢……

第四章

常思大局，其去有向；常观大势，其为有力。要看清一个人，是一件非常困难的事，想短时间内看清一个人更是不容易。高立亭对刘文章也是越来越看不懂了。

次日一大早，高立亭再次来到县署门口，商会的十几个老板也来了。张德兴带来了张世武的撤诉状。

老板们见高立亭来了，纷纷围上来，七嘴八舌地说了盐税的事。羊毛出在羊身上。如果盐税上涨，盐价肯定会跟着涨。国内的食盐市场并非昌邑一家独大，潍县和寿光那边也有很多盐场，人家为何没涨呢？如果真要上涨八成，就逼得大伙没活路了呀。

高立亭眉头微微皱起，刚上任就暴涨盐税，事情绝对不简单。按说税务方面的事，县里不能做主，必须有上级的批文才行。

一行人进了县署，刘文章笑容满面地迎出来，当与高立亭的眼神相交时，他眉头微微皱了一下，看来昨天的一番长谈并没有起到预期的作用。

刘文章当着众人的面，接下撤诉书后，表示还要进一步调查。对于盐税上涨一事，他让秘书拿出胶东道的批文，解释说现在是民国了，各项军费开支大，上级严令加税，他也无可奈何。

众人看到胶东道的鲜红大印，都不吭声了。高立亭只得让众人先行离去。

刘文章还是客客气气地把大家送到大门口，说："大清积弱难返，国民政府一切以百姓利益为重，目的就是建立一个全新的民主中国。鄙人初来贵县，很多事情还得依仗诸位多多支持才是啊！"

张德兴拱手道："刘知事，俺想见见哥哥，给他送两件衣服。"

刘文章笑道："新政府有规定，羁押之人不得探视。鄙人是不会怠慢张会长的，放心吧。事情查明后，自会上报，届时一定放人！"话都说到这份儿上了，高立亭和张德兴还能再说什么呢，只得快快而回。

高立亭走到外面，拉住张德兴低声问："你是怎么拿到撤诉状的？"

张德兴说："俺回去后立马去找了世生媳妇，先前俺哥经常给她送银子。张世武那混蛋还在一旁挑唆，非要二十两银子才肯画押摁手印。他兄弟俩都是俺爹一手养大的，怎么变成这样了呢？俺听说赵金龙也去找过世生媳妇，俺觉得这事……"

高立亭微微点头："问题恐怕就出在这里，树大招风啊。姓刘的究竟是啥人，俺也看不懂。咱没有别的办法，只能缓几天了。"

人生在世，每个人都该有自己的位置，也该为自己找准位置。高立亭未能去高密任职，是有要他出二百两黄金，他当场婉拒了。拿钱买来的官，做得肯定不自在。大清官场很多花银子买实缺的，但价格也没高得这么离谱。这个刘文章和赵泽凯说不定也是花了大价钱买的官，黑着呢！

千里为官只为财，花钱买官和做买卖一样，得赚钱，得回本，玩的就是手段哩。

想到这里，高立亭接着说："如果几天后还不放人，恐怕就得花钱了。如今改朝换代了，听说马上就要进行币制改革，银子恐怕不大管用了，要条子才行啊。俺怀疑这家伙的胃口有点大，少了肯定不行。这样吧，你去找黄师爷帮忙探探口风。胶东道的盐税批文只说适当调整上涨，没提具体调多少，他一句话就提了八成，有啥后果，他比咱还清楚，肯定也留了后手的。等咱拿到他贪赃枉法的证据，再拾掇他也不晚！"

张德兴连连点头。

高立亭又在张德兴耳边嘱咐了几句，两人才分手。回到家，他没听到儿子的读书声。正纳闷呢，妻子郭丽蓉端着一盆水出来。他急忙迎上前，接过水盆："大冷天的，地又滑，要是滑倒可了不得。往后这种活等俺回来干就行！"

郭丽蓉是潍县大户人家的小姐。两人在他中举那年成的亲，本来郭丽蓉的娘家陪嫁了一个丫鬟，前年郭丽蓉见她年龄不小了，便把她许配给了店铺上一个伙计，家里就没再请用人。郭丽蓉温良贤惠，一心相夫教子，如今怀了三四个月的身孕，仍操持着家务。

高立亭倒了水，扶着妻子进了屋，在火盆前坐下。他烤了一阵火，身体暖和了一些，问："怎么没听到静之的动静啊？"

郭丽蓉笑着说："读了一上午书，刚被邻居家的孩子叫去玩了。男孩子能坐住的不多啊。"她揉着隆起的腹部，接着说："你想再要个小厮^①还是闺女？"

高立亭拉着妻子的手，眼中满是柔情，轻声说："要个像你这么漂亮的闺女。"

郭丽蓉有些羞涩，瞥了高立亭一眼，娇嗔道："没正经。"

夫妻俩正说着话，外面传来敲门声。高立亭出去开了门，见来人是黄师爷。

黄师爷是本地人，祖上是昌邑大名鼎鼎的明朝六朝元老黄福。光绪八年，他考中秀才，后屡试不第，只得到县衙任讼师。他为人圆滑，办事也利索。高立亭来到昌邑后，便让其当了师爷。两年多来，他也知道黄师爷恪守底线，啥样的钱能拿，啥样的钱不能拿，很有分寸。他与刘文章办理交接时，刘文章特地留下了黄师爷，说有很多事情需要讨教。

黄师爷朝高立亭拱手道："高大人……"

高立亭急忙摆手："俺已赋闲在家，'高大人'三个字实在担当不起了。要不介意的话，以后你我以兄弟相称，如何？"

黄师爷嘿嘿一笑，说："大人过谦了，俺当讼师那些年深知官场黑暗，衙门八字开，靠银子问路。自从跟了您，才知也有造福一方的好官，一直打心底里敬服您，只可惜改朝换代不容好人啊。"

高立亭将黄师爷迎进屋，郭丽蓉给两人送上茶水，便去了厨房。

黄师爷说："高大人，这个新来的刘知事，年纪虽不大，可不好对付啊。张会长那事恐怕没那么简单哪！"

高立亭说："俺也觉得。"

黄师爷低声说："抓张会长那天，俺听说盐祖庙里死了人，是看庙的

---

① 小厮：方言，"男孩"的意思。

一个老头。今儿一早，有人在潍河边的草丛中又发现一具尸体，赵局长直接把尸体拉走埋了。在警察局当差的郑光耀偷偷告诉俺，说死的人是黄二贵，当胸被人戳了一刀子，和看庙的老头一样。"

高立亭问："黄二贵又是谁？"

郑光耀是县衙皂班班头，刘知事到任后，原先的三班衙役，除了少数遣送回家的，大部分去了警察局。县署这边只留了几个打扫卫生的，看守大门和监狱的都是从军营调来的新军。

黄师爷低声说："黄二贵就是府台衙门送公函的那个差人，俺照您的吩咐接待了他，闲聊的时候知道他与俺是本家，叫二贵，是莱阳人。郑光耀是班头，还陪着喝了两盅呢。黄二贵送来的那份公函，正是莱州府要求处决那四个人的批文。俺想不明白，黄二贵是府台衙门的人，怎么会死在咱这里，而且正好是张会长被抓之后呢？"

道光年间，对死刑犯的判决是由县里报到府台衙门，府台衙门上报省按察司，省按察司上报督抚，督抚再上报刑部，刑部审核后上报到三法司，最后由三法司上呈皇上，由皇上御笔点决。自太平军起义后，有时只需省里的批文即可行刑。而庚子年后，州府衙门就能决定一个犯人的生死了。

收到那份公文时，高立亭也觉得奇怪，以前他当县丞，也见过州府衙门处决犯人的公文，都没有限定时间。县里一般选在秋天收割庄稼后行刑，称为"秋决"。而那份公文是腊月二十四送到，却限于腊月二十六日前执行。他以为事态紧急，也没往别处想，匆忙间就执行了。

高立亭一听，顿时打了个冷战："你是说莱州府的批文有问题？可那上面的大印假不了吧？"

黄师爷说："大印肯定假不了。高大人，您别忘了，有时候县衙的大印都在俺这里放着呢。"他从身上拿出那份批文，接着说："这是俺偷着拿出来的，莱州府尹大人是淄博人，民国后他没有像大人您那样留任，而是托病归家了。要不咱找一个可靠的人去拜访一下尹大人，您看如何？俺另外让人去莱州府打听一下消息。"

昌邑的商户时常通过柳疃邮局用电报传递信息。大清皇帝退位是腊月二十五，北京那边当天就打来电报，所以比州府衙门知道得都早。可谁有那么大的能耐，会提前知道皇帝退位的时间呢？试想，谁会为了对付张德邦，不惜花银子买通尹大人，事后再杀掉黄二贵呢？这种捅破天的事，谁有这么大的胆子敢干？

高立亭看了看公文，确实不假。他皱起了眉，说："事不宜迟，俺这就动身。"

黄师爷说："这事不能张扬，得防着刘文章他们。俺听郑光耀说，那姓赵的就是冲着张会长来的，一直没有过堂，都在警察局那边审讯。"

高立亭送走黄师爷，安顿好妻子，接着去铺面要了一辆马车，说去潍县拜访一位故友。他不敢停留，一路紧赶慢赶。过了潍县，道路两边的山丘多了起来。刚刚下过一场雪，路上的积雪还没化，车轮碾着冰碴，发出刺耳的吱嘎声。

山林间向阳处的积雪已化开，背阴处仍是白白的一片。远远望去，黑白相间，错落有致，宛若大师笔下的水墨画。

高立亭无心欣赏这山间美景，一个劲地催促着马匹，终于在第三天傍晚到了尹大人家。

尹大人刚刚翻盖了新宅子，非常气派。高立亭清楚尹大人的官声，虽说不是巨贪，但绝非清廉之人。

两人见面后，顾自唏嘘了一阵。高立亭委婉地询问了那份公文的事。

尹大人沉默片刻，说："俺收到你的来函后，也寻思了很久，预感时局对大清不利，所以就一直拖着。莱州府的大牢里也关着不少闹事的乱党，后来都放了。"

高立亭拿出那份公文给尹大人看："大人，您看看，就是这份公文，牵着四条人命呢。"

尹大人接过来，看了一会儿，说："大印是真的，但笔迹是何师爷的。"

高立亭说："没有大人的指令，何师爷敢下这样的公文？"

尹大人说："这事俺真不知道，大印放在师爷那里，也是常有的事。可惜他在一个月前病故了，不然的话，可以找他问问。"

一个月前病故，怎么会这么巧呢？高立亭心底一沉，继续问："俺后来给大人的回文呢？"

杀完那四个人后，高立亭按照官府之间的行文流程，给莱州府去了回文。

尹大人犹豫了一下，说："那阵子上下的行文很多，俺没看到，或许搁置在哪里了。"

按理说，官府处决犯人的行文，府台衙门的主事官不可能不看一眼的。

高立亭微微一怔，低声说："希望尹大人与此事无关啊。"他接着把昌邑有两人被杀的事说了，见尹大人拿着公文的手有些微微发抖，便接着问："大人，本县有个叫赵金龙的盐商见过您，是吧？"

尹大人神情有些慌乱："俺只喝过他一回花酒，收了一点银子而已。"

收了人家的银子，肯定就要替人办事，这是规矩！

高立亭沉下脸问："大人就没帮他办点啥事？"

尹大人挠了一下头，羞愧地说："俺只是托人帮他开了两万斤盐引①，除此无他。"

既然说到了这份儿上，高立亭也就没必要再问什么了。给别人留活路，就是给自己留后路。

高立亭知道尹大人一定有所隐瞒，也没多问。刚才进来的时候，就听府内的下人得意地炫耀，说尹大人春节后将到临沂任专员。高立亭心里清楚，估计花了不少银子。

尹大人小心地问："是不是有人想借此事翻案？可如今是民国了呀！"

高立亭回答："并非翻案，只是此案牵连人数甚广，在下也牵连其中。此番前来，只是从大人这里求得一个心安而已。"

稍后，他央求尹大人写了一个条子，证明此公文乃何师爷枉法所为，与他人无关。把责任推到死人身上，这也是官场惯用的伎俩！

高立亭拿了条子，没敢在尹大人家多待，就立即往回赶。回到昌邑，才知张德邦已被释放回家，便不顾舟车劳顿直接去了下营。

原来，他离开昌邑的第二天，张德兴就通过黄师爷给刘文章送去了一百两黄金。张德邦当天就被释放了。

在狱中，赵泽凯虽没动刑，却用"熬鹰"的办法，轮番审讯，白天黑夜不让张德邦睡觉，逼着他承认自己与高立亭勾结，杀害革命党人。张德邦大义凛然，咬牙硬是不承认。

---

① 盐引：官府发给商人运销食盐的凭证。

一百两黄金，可不是个小数目啊。正如高立亭所料，刘文章不是不贪，而是比别人更狠！

还有一件事，那就是刘文章以县署的名义，直接让赵金龙任盐业商会会长。尽管大家心里不服，可有张德邦的例子，谁也不敢吭声。不久，赵金龙的弟弟赵银龙就任盐警队队长，赵家兄弟在昌北可谓是只手遮天了。

就在昨天，赵银龙带人冲进傅立善家，把人也带走了，榨出了一千两银子，对外声称是补交的税银。

自从有盐商开始，哪朝哪代的盐商不是借着官府的名义，偷偷贩卖私盐呢？其实，盐商夹带私盐早已司空见惯了。盐商发往各处的盐包，都有各自的标识。官府的盐税稽查会不定期地去分号查账。根据标识就可以查到属于哪一批盐，什么时候运出的，与盐引上的数量符不符合等。不过，自古无商不奸。一万斤盐引，商户往往运出两万斤，有的还更多。昌邑那么多盐商，哪一家没干过这样的事呢？

这样做的目的就是偷税。当遇到盐税官查询，只要偷偷塞上点银子就没事了。这也是历代盐税官员一个个富得流油的原因。

张德邦看了高立亭拿出的条子后，沉默了片刻，艰难地说："俺知道姓赵的一直想算计俺，这些年都没捞到机会，没想到在这件事上做了局啊。"

高立亭点点头："谁让你家的盐场最大、实力最雄厚呢？自古枪打出头鸟，只要把你整下去了，就没人是他的对手了。"

张德兴说："昨天，他还来探望俺哥，说了不少安慰的话。"

高立亭略有所思地说："那是猫哭耗子呢。可咱没有证据，没法告他。整件事最关键的就在这份公文上，如何把时间掐得这么准，可不是一个盐商能够办到的，难道他有通天的路子？"

张德邦说："先杀了蔡瘸子让盐祖见血光，又杀了黄二贵以绝后患，接着再把俺整倒，利用刘文章和赵泽凯的势力，霸占整个昌邑盐业。这一招果然厉害，可他在北京虽然也有分号，却没听说认识啥达官贵人啊。"

高立亭说："也许只是外人不知道而已。刘文章没来之前，谁都不知道他们的关系，是不是？"

张德邦叹了口气："都怪俺，这么多年没把他放在眼里，玩鹰的让鹰

啄了眼啊！"

张德兴说："听说黄师爷也死了，说是酒醉落水而死，尸体是在姜家大湾中发现的，也不知是真是假。"

高立亭大吃一惊，叹了口气，连张德兴都知道的事，八成假不了。当初与黄师爷见面时，黄师爷说安排人去莱州那边询问，后来又替刘文章收了张德兴一百两黄金。为了不落下把柄，刘文章肯定会下毒手。

张德邦说："姓赵的心太黑了，不给俺饭吃，不让睡觉，俺硬扛着，多亏郑班头照应着。回来后，俺还想让弟弟去感谢郑班头，但黄师爷又出了事……"

高立亭抢着说："你明白就好。郑班头不能和你再有任何交际，否则他也活不了。"

张德邦说："俺被抓去的这些天，也想明白了很多。埃文教父说过，俺的性子太急，从今往后，俺得夹着尾巴做人！"

高立亭说："官字两个口，不用俺多说了吧。既然是冲着咱俩来的，可不止就这么一招啊。"

高立亭安慰了几句，起身离去。到了县城，他把马车送去店铺那边，就偷偷去了黄师爷家，送去了五十两银子。如果不是受他的连累，黄师爷也许不会死。

刘文章又欠下一笔血债，可这事同样没有证据，就是去省里告状也没用。

坏事做多了，露馅的几率自然会随之上升。高立亭坐在家里思索良久，只有一个办法，那就是等！

天狂有风雨，人狂有灾祸。如今只能等着赵金龙、刘文章他们继续狂下去，直到露出狐狸尾巴……

第五章

　　人需要忍耐、忍让，但不能坐以待毙。当退无可退时，则必须得抗争。高立亭离开后，张德邦思来想去好一阵。随即，他吩咐弟弟通知北京分号刘掌柜，多留意广鑫商号的动向。买卖上的事，千万不能让赵金龙抓住把柄，每一次出货都必须实票实货。再是，他决定退出江湖，不再与官府有半点瓜葛。他写了辞呈，让人递交给刘文章，主动辞去保长职务。

　　这个年，张家过得冷冷清清。经过这一折腾，张德邦的身体明显虚弱了许多，大部分时间都躺在炕上休养。其间，傅立善上门探望了两三次，言语中满是对赵金龙的怨恨。

　　正月里，来张家拜年的人明显少了。人就是这样，都怕事哩。每年正月初八，是各商家开业的日子。张德邦没出门，就这样静静地在家里待着，喝茶，喝酒，打太极，偶尔与几个掌柜聊聊天。

　　转眼两个多月过去了，其间发生了三件事：一是火耗银增加了两个点；二是下营街上新开了一家赌坊，后台是赵家兄弟；三是赵金龙连哄带骗，拿下了六家盐场，盐田面积达到近千亩，仅次于和盛商号。

　　北京分号的刘掌柜来信了，说打听到广鑫商号北京分号的郭掌柜于宣统二年十二月间在阜成门外买了一所宅子。宅子的主人是宫内伺候隆裕皇太后的王太监。隆裕皇太后归天后，王太监仍在宫里伺候新主子。

　　张德邦想不到赵金龙如此下血本，真是通了天。王太监在隆裕皇太后身边，自然知道退位诏书颁布的时间。郭掌柜得到消息后，用电报通知赵金龙，再让莱州府衙门紧急开出公函，一切就水到渠成了。

　　赵金龙布下这么大的局，折腾了这么久，只换来一个盐业商会会长的职位，也没能霸占北海边的盐场，尽管开了烟馆和赌场，却如同劫道的土匪花重金买了枪支，豁出命去搏了一次，却只劫到了几两银子。作为买卖人，这笔生意根本不划算啊！

张德邦想了半天也没想明白……

在家的日子，张德兴一个劲地抱怨，说广鑫商号上缴的税银都是劣质银两，用上等银子一比二换来的，却要求其他商号的银两必须是纯银。单在税银这块，广鑫商号等于没缴纳多少银子，还借机赚了不少。

这天，天空蓝得透彻，没有一片云。风裹着海腥味的空气，吹到脸上清清凉凉的。

张德邦出门了，先去了盐祖庙。蔡瘌子死后，他安排盐场一个同宗的老伙计看守着。他轻轻地推开门，上了香，磕了头，心里默默地祷告着。

祭拜完，见一缕阳光从破烂的瓦片间射下来，照在蔡瘌子倒地的地方。他回忆起蔡瘌子惨死的情景，想了片刻，似乎想到了什么，他赶紧吩咐老伙计拿了一把梯子过来。他小心翼翼地爬到蔡瘌子手指的屋梁上，伸手往里摸，果然掏出一个包裹，上面满是尘土，也不知放了多长时间。

他拿下来，打开包裹，里面是一顶镶嵌着白色砗磲珠子的六品官帽，还有一件六品武官官袍，另有一个小盒子，盒子里装着一些碎银、珠宝。

张德邦看了一会儿，想不明白蔡瘌子怎么会有这些东西，便重新包好放在车上，想拿去让高立亭看看。

去年冬天，高立亭的父亲得了风寒，一直没好利索，在家里躺着。高立亭请了几个用人伺候着，自己一心扑在生意上。他看了张德邦带来的东西，认定蔡瘌子是宫里的人。

原来，庚子事变后，清廷与洋人谈判，惩治部分朝廷官员。蔡瘌子见势不妙，就隐瞒身份躲在了盐场。

高立亭拿着小盒子端详了一阵，冷不丁打开一个暗格，里面有一封信，是义和团大师兄林黑三写给青州千总蔡明忠的，内容是让蔡千总带兵与赵老幺率领的拳民一同进京打洋人。从信中的称谓和遣词上分析，林黑三与蔡明忠关系匪浅。

蔡瘌子就是蔡明忠，这已确信无疑；那柴大仙又是什么来历呢？这是否就是他们一个逃走、一个被杀的原因呢？还有，赵老幺会不会与赵金龙有什么关系呢?

张德邦说了他与柴大仙的事,那张通缉令是他任保长的第二年,在大门的夹缝中发现的。他一看通缉的就是柴大仙,本想带人将其抓起来送官,但考虑到义和团杀洋人也是为家为国的仗义之举。再说,柴大仙这些年并无越轨之举,多一事不如少一事,他便藏起了这张通缉令。

那天,他去找柴大仙,想着已经是民国了,通缉令肯定失去了作用,就想着还给柴大仙算了。哪知柴大仙莫名其妙地非要一百两银子,他忍不住才拿了出来。柴大仙似乎意识到了什么,主动逃走了。

赵金龙兄弟俩的口音像是滨州一带的人,只要查清赵金龙与赵老幺之间的关系,事情就一目了然了。

高立亭收起信:"这事交给俺吧,俺在滨州有几个朋友,可以让他们打听一下。赵家兄弟有刘文章这个后台,又有赵泽凯撑腰,所作所为都是依照官府的指令,若没有铁证,根本没法弄倒他。当下,咱夹着尾巴不吃亏啊!"

两人在店铺里坐着聊天,眼看晌午了,高立亭起身说:"走,喝全羊汤去。"

张德邦笑着说:"全羊汤是啥玩意,俺得尝尝。"

他跟着高立亭七兜八转进了一家小饭铺,招牌上写着"临朐全羊馆"。铺面不大,里里外外坐满了人,一个个手里握着煎饼卷大葱,嚼上几口,凑近面前的大碗羊汤,吸溜吸溜地喝出了声。

两人坐下不久,两大碗全羊汤就上了桌。清汤白水的,冒着羊肉特有的膻气,还飘着几块羊血和羊杂。张德邦在家里也经常吃烤羊、喝羊汤,可膻味大,肉又柴,吃不出羊肉的香。

高立亭往羊汤里倒了两勺老醋,用勺子慢悠悠地搅着,说:"羊汤要加醋才出味哩。"

张德邦学着高立亭的样子,加了醋,搅拌后舀了一勺,慢慢凑近嘴边尝了尝,感觉汤味鲜浓,不腥不膻。

高立亭说:"这是临朐的山羊,浓汤是用羊骨头熬制的,加了桂皮和小茴香,把膻味给去掉了。羊杂和羊肉是先煮好的,切成块放到羊汤里就成。老板说,要是用临朐的黑山羊,那味道更鲜呢。"

张德邦说："不都是羊圈里喂养出来的吗？临朐的羊肉咋就好吃呢？"

高立亭笑起来："你这东家当得不咋地，山里的买卖做着，却没有去过山里。俺去找尹大人的时候，见山坡上有放羊的，都是黑色的，当地人称之为'黑麒麟'。羊吃着山里的中药草料，喝着山泉水，那肉质能差吗。"

张德邦在汤里捞了几块羊下货，羊杂和羊肉一样，都煮透了，入口即化，连没牙的老人都咬得动。

高立亭低声说："俺寻思着也开一家羊汤馆，可找不到好厨子。你让山里的分号掌柜帮忙打听一下吧。县城一只羊的价钱是一两二钱银子，能出四百碗羊肉汤，一碗羊汤是十二文，你算算这样的买卖赚不赚钱啊。"

张德邦笑着说："就你这头脑，当初就不该去当县太爷啊。"

高立亭喝了口汤，说："俺现在开始也不晚啊，要不你也入个股？"

张德邦只说了一个字"中"。他喝了两碗羊汤，直喝得浑身燥热，满头大汗。他寻思着等会儿与高立亭分开后，去拜访县议事会的几个议员，看看他们对赵金龙有啥想法，只要大家抱成团，就一定能对付赵家兄弟。

张德邦喝完羊汤，被高立亭拉着去看街口的门店。那门店原是个酒楼，也不知什么原因，门口挂出了"吉店转让"的牌子。

高立亭说："这家酒楼的老板是平度那边的。上个月，赵老二在这里闹事，打伤了伙计，还把老板告了。赵泽凯二话不说，把老板抓了进去，打了个半死。老板娘托朱议长走的关系，花了不少钱，才把人弄出来。这不，买卖也没法做了，这才挂出转让的牌子，说起来价格也公道，可都害怕赵老二，没人敢接手。"

张德邦知道高立亭的用意："你这是给俺上眼药呢。"

高立亭说："你怕啥？俺弟弟回来了，在北洋吴团长手下当副官了。他有个同学姓王，在潍县新军营当连长。姓赵的就是再有胆子，也得掂量掂量吧。"

两人这么一折腾，就错过了去拜访议员的时间。张德邦也寻思不急于一时，得从长计议。可还没等他回去，和盛商号就出事了。刚到家，张德兴就告诉他，和盛商号的铺面今儿一早被人泼了大粪，他怀疑是因为近来他们一直不提盐价，影响了别人家的生意，这才招来了别人的嫉恨。

张德邦陷入了沉思。县署涨了盐税，一些商号不得不上调盐价，每斤涨到一百五十文钱。人家胶东那边的海盐运到地方售卖，成本不过七八十文，挂牌一百一十文，还有钱赚。而昌邑由于盐税加银耗，运抵地方的成本就超过一百三十文。老百姓有一百一十文的盐，谁还去买一百五十文的呢？

和盛商号在北京、济南等地的业务，与胶州那边的盐价持平，每斤一百一十文钱，但在鲁南、皖南和河南山区仍坚持每斤八十文钱。张家祖上开始做买卖的时候，就立了规矩：君子爱财，取之有道，不能伤民。张德邦他爹把"取之有道"四个字制成牌匾，挂在堂屋里，让子孙们每天都看着、记着。

张德邦吩咐山区分号的掌柜，绝对不能提价，必须让山区的百姓都能吃上盐。和盛商号就算亏个三年五年，还能撑得住。但和盛商号能够撑得住，不代表其他老板撑得住呀。和盛商号不提价是保护自家的买卖，但也损害了其他商户的利益，难怪会被人泼了大粪呢。

不少商号的盐都卖不动了，盐场里的盐堆积成山。和盛商号虽然卖得动，可运出去一批就亏一批。

广鑫商号对外挂牌价是一百三十文钱，看上去薄利多销，实则在盐税的折银上已经赚大了。如此挤兑下去，不消两年，昌邑各家商号都要关门。一旦广鑫商号控制了整个北海的盐业，就能随意定价掌控大局了。

张德邦觉得有必要和赵金龙聊一聊，探一探对方的底！

第二天，他让陈有福去请赵金龙，又定了望海酒楼的包间。临近晌午，他坐在包间里喝着茶，等着赵金龙。当喝完第二壶茶的时候，门外传来赵金龙与酒楼掌柜打招呼的声音。

赵金龙一向都这样，人未到而声先到。掌柜的见客人到了，连忙吩咐上菜，转眼就摆了一大桌。张德邦专门点了下营老咸鱼、风干虾、梭子蟹、狗光鱼和白蛤，青菜是昌邑热合菜、景芝小炒，还要了一小碟辣椒子酱和鱼卤咸菜。

等着赵金龙进了门，张德邦才起身拱手，做了一个请坐的手势。

赵金龙坐下，望了一眼面前的酒菜："这么一大桌子，咱俩吃得了吗？"

张德邦大声说："赵会长光临，甭管酒菜如何，总要讲点排场吧？这桌酒菜就像北海的盐场，咱俩可不一定吃得下，但要占着位子，是吧？不过，在下恭喜赵会长财源广进了！"他的话里藏针，就是要扎一扎赵金龙。

赵金龙脸色微微一漾，说："俺就是再折腾，哪比得上你和盛号财大气粗啊？听说你在山区的挂牌价还是八十文，每斤亏三四十文呢。"

张德邦给赵金龙倒了茶，又满上酒，笑着说："这是庐山雀舌明前茶，味道纯正厚重，入口生津。赵会长如果喜欢，俺给您整两斤？"

张德邦这么说话，似有示弱的意思，还有几分巴结之意。

赵金龙喝了半杯茶，咂了咂嘴，说："你果然会喝茶，这茶真不错，俺刚才在门口就闻到茶香了。不过，俺那边喝茶的人多，两斤恐怕不够啊。"

张德邦笑笑："那还不简单，两斤不够就四斤，不就几斤茶叶嘛。只要赵会长看得上，俺还送得起啊。"

赵金龙干笑了几声，凑到张德邦面前，低声说："俺认识你十几年了，今儿是最高兴的一天，想不到堂堂的张会长、昌邑盐商第一大户，也有请俺喝酒喝茶的时候。"

张德邦赔着笑："此一时彼一时也，蹲了几天大牢教会了俺怎么做人啊！"

赵金龙把笑容一收，露出一副狡黠的模样："你明白就好，你家的那二百多亩盐田，去年你才花了十几万两银子，俺出价二十万两，如何？"

虽说政府那边进行了币制改革，通行袁大头，但在下营这边还是认银子。

张德邦把眼睛眯成一条线："赵会长，你想赶尽杀绝吗？"他故意把"您"换成了"你"，已经打算和赵金龙翻脸了。

赵金龙一口喝尽了杯中酒，沉声说："当年，你逼着俺兑现了那帮穷鬼的工钱，难道不是要赶尽杀绝吗？"

张德邦一字一句地说："咱买卖人不能昧了良心，盐工辛辛苦苦一年到头，咱做老板的每月开工钱，天经地义，那是人家的血汗钱啊。该多少就是多少，一个子儿也不能少！"

赵金龙咬牙切齿地说："你知道吗？俺那阵子真没钱，兑付出去的工钱是俺抵押了房子换来的，俺差点就让你赶尽杀绝了！"

张德邦微微一惊，以广鑫商号的买卖来看，赵金龙应该不差钱，除非把钱用到别的地方去了。那个时候，也许赵金龙把银子给了北京那边，给王太监买了大宅子，打通了宫内的关系。这些，他并没有点破，而是给赵金龙又倒了杯酒，低声说："可你当时也没对俺说这事啊，做买卖的，谁没个缺钱的时候，俺可以借给你啊。"

赵金龙冷笑道："俺几个外乡人来这里做买卖，一直都被你们压着，有时候活得都不如狗。俺要是真向你借钱，你会借吗？"

张德邦迎着赵金龙那怨毒的眼神，淡定地点点头："你来昌邑这么些年，也知道俺没少出借银子吧。"

赵金龙说："俺爹从小就教导俺，同行是冤家，求人不如求己。俺也是个顶天立地的汉子，绝对不会开口去求别人。但是，别人欠下的债，俺会一步步讨回来的！"说着，他把腿往桌子上一抬，卷起裤腿指着上面一条醒目的刀疤，说："光绪三十年，俺押送盐包去莱芜，才到潍县境内就遭土匪劫道，商会给的枪根本打不响，二十多个伙计死伤一大半。这条刀疤就是那一次留下的。俺只要看到这条刀疤，就想起你张会长啊！"

张德邦心中一震，商会的枪支和护盐队一直都归傅立善管。自从有了护盐队，商户的盐很少被土匪劫走。光绪三十年，广鑫商号被土匪劫掠的事，他是知道的。那年冬，天很冷，滴水成冰。傅立善解释枪打不响的原因是被冻住了枪栓，护盐队才栽了。事后，张德邦去探望赵金龙，还送了五十两银子。

张德邦平静地说："那是天气导致的，没想到你却把账算在了俺头上。"

赵金龙恶狠狠地说："枪栓是用猪油搽过的，怎么可能不冻住呢？明摆着是有人在算计俺。俺那个时候没钱没势，到哪里说理去啊？俺初来昌邑的时候，也想本本分分地做买卖，是你教会了俺，同行相斗要不择手段。俺能有今天，都是拜你所赐啊！"

张德邦拿杯子的手微微颤抖着，赵金龙他们几个外乡人来到下营后，他确实想过挤走他们，也与傅立善等几个副会长商议过。但没想到，他们面对本地人的打压，居然坚持挺了过来，还站稳了脚跟。后来，他就想与赵金龙和睦相处，也确实是那么做的。今天才明白，原来赵金龙对他有这么大的怨恨。

张德邦给茶壶续上水，沉声说："这就是你处心积虑拿银子替你堂弟赵泽凯买官，又勾结刘文章陷害俺的原因吗？"

赵金龙笑起来："你是教训俺吗？难道你没有与高立亭勾结吗？他为了你的事，不也在大冬天跑去找尹大人吗？就你俩这样的关系，俺和刘知事可达不到啊！"

想不到赵金龙耳目众多，连高立亭去淄博的事都知道了。

张德邦长叹一声，说："高县令为官清廉，仗义执言，俺与他是同窗之交，彼此惺惺相惜，并非官商之间的利益勾结。对于这一点，你当然体会不到啊。不说这些了，先说说你吞了孙家老爷子的盐田，又诱使他儿子抽大烟，把老爷子气得上了吊，这笔账又该怎么算？"

赵金龙得意地说："那是他儿子自己作的。如今俺是会长了，连盐警队都在俺手里，看你怎么跟俺玩吧！"

张德邦细细品着茶，慢悠悠地说："赵会长，品茶如品人。不急，要细品才有味嘛。"

赵金龙换了一副嘴脸，微笑着说："俺知道你和盛商号根深蒂固，这阵子也是小心谨慎，不让俺抓着把柄。没关系，就像熬盐一样，俺慢慢熬，直到熬出上等精盐为止。明儿俺在会馆等你，你送茶过去吧。"说完，赵金龙把茶杯倒扣在桌子上，踌躇满志地大步走了。

按当地风俗，喝茶之人若是将茶杯倒扣，是对主家最大的藐视。张德邦望着那倒扣的茶杯，微微露出笑意，自言自语道："这茶没白喝！"他独自又喝了几杯茶，吩咐掌柜把酒菜打包，送到商号给伙计们吃。

出门后，他一路慢慢地走着，心里五味杂陈。

时值初夏，街道两边的核桃树已绿荫一片，枝头上挂着青绿色的小果子，再过几个月秋霜下来，果子就成熟了。小时候，每到这个季节从学堂回来，他都会拿杆子打下几个核桃，剥开外面的青皮，砸开果壳，取出里面白色的果肉，享受那份清甜与快乐。

大街两边都是商铺，多是盐号，也有丝绸号、百货店、海鲜店，还有小吃店。几家盐号的伙计坐在门边悠闲地嗑着瓜子。夏秋两季，是盐号买卖最好的日子，除了从盐场进盐外，一些小盐贩也会来这里进货。

没走几步，他来到了自家的盐号，掌柜马逢春正在招呼着客人，门口停了好几辆马车。

马逢春是陈梅英的表哥，上过几年私塾，打得一手好算盘，原先在安丘替人管账。张德邦接手和盛商号后，就让他来柜上帮忙，商号各处的来往账目也都由他经手。他儿子叫马成林，从小练武，十几岁就力大如牛，左右各夹一百斤的盐包健步如飞，平日里就在商号帮衬着，往外运盐的时候管着队伍。

前些天，马成林带着二三十个伙计，加上商会派的护盐队，押着四万斤盐包往菏泽和商丘那边去了。

马逢春看见张德邦来了，急忙迎上前，躬身说："东家，别家商号挂牌零售每斤一百五十文钱，走货一百一十文。咱这里零售每斤一百一十文，走货也是一百一十文，山区那边的分号零售每斤还是八十文，买卖实在没法做了啊。山区来的好几个老主顾都在向俺讨公道呢！"

张德邦倒背着手，笑着说："这样挺好，以后不用他们大老远跑过来，可直接去分号进货，按七十文钱的价码给他们，好歹也让人家赚一点嘛。"

马逢春愁眉苦脸地说："东家，咱每斤盐的成本都一百三十文，这样亏不起啊。就目前，商号每天搭进去几十两银子呢。"

张德邦拍了拍马逢春的肩膀，安慰说："没事，亏个三年五年的，俺还撑得住！"

马逢春说："如果广鑫商号使坏，从山区往这里运盐，怎么办？"

对于这个问题，张德邦也考虑过，山区分号的盐本来就不多，供应小盐贩还凑合。如果广鑫商号要大批量去进货，倒流回昌邑的话，路途遥远，赌的就是安全。现今土匪多如牛毛，稍不小心就让他们劫了道。赵金龙是聪明人，不会冒这个险！

他低声说："俺现在就是夹着尾巴的狗，你明白就行了。"

马逢春叹了口气，微微点点头，看着张德邦朝别处去了。

半夜里，张家大院的门被人拍得"通通"直响。张德邦隐隐约约听见陈有福禀报，说马成林回来了。

去一趟菏泽和商丘，最快也要一个多月才能回来，哪会这么快呢？

张德邦心底一沉，披了衣服来到外间，只见马成林风尘仆仆，身上还有血迹，扑到他面前跪下哭道："东家，盐包全被土匪劫了！"

第六章

没有比害怕本身更让人害怕的了，真是怕什么偏来什么。张德邦只觉得眼前一黑，身子晃了两晃，一旁的陈有福急忙上前扶住。他感觉喉咙里有什么东西堵着，急促地喘了几口气，才说："俺知道了。"

马成林并未起身，哭道："盐队刚过潍县，到了一处叫打鼓山的地方，就被孙黑炮带着的一伙土匪给劫了。运盐队的子弹生了锈，枪根本打不响，眼睁睁地看着土匪围上来杀人。俺见情况不妙，领着人杀出一条血路，可是……"

土匪有土匪的规矩，一般劫财不害命。张德邦跌坐在椅子上，沉声说："说吧，俺没事。"

马成林抹了把眼泪："运盐队的人先逃了，咱们的伙计当场就死了两个，还有几个被……"

四万斤盐的损失，加上死伤的伙计，无疑使本就举步维艰的商号雪上加霜。张德邦深深地吸了口气，低声说："先歇着去吧。"

望着马成林出了门，张德邦的心一个劲地往下沉，心里还是堵得慌。他心里明白，越是这样，越要冷静，不能乱了分寸。

临近晌午，陈有福进来禀报："东家，您去看看吧，被土匪抓去的伙计们回来了。"

张德邦听说伙计们回来了，急忙走到堂屋，就听到门口传来一阵哭声。他顿时一颤，有种不祥的预感。

大门外，来了一辆马车，插着和盛商号的旗子。车上躺着七八个人，都被砍了头，头颅挂在车辕上，随着车子的前进晃动着。

两个妇女扶着车子，一边走一边号啕大哭，还有一些人跟在车后不停地抹着眼泪。

张德邦突然嗓子一堵，赶紧扶着门框才没有倒下。从明朝到现在，虽然历代盐商不知被土匪劫掠了多少次，但啥时候有过这样的惨状啊？

他看着那些尸首，仰头向天，声嘶力竭地吼出："孙黑炮……"突然，他眼前一黑就什么也不知道了。

醒来时，他躺在炕上，面前站着张德兴、傅立善等人。张德兴说："哥，俺都安排好了，每家五十两银子。有两个伙计的家人在外面想见您，有福在安慰他们呢。"

张德邦点点头，不一会儿，陈有福领着一个老人和一个妇女进来了，一进门他们就跪在地上哭："张老板，俺家那银子不要了，谁杀了孙黑炮给俺报了仇，就……"

顿时，张德邦泪水涟涟，急忙扶起那位老人和妇女："老人家，你让孩子来咱商号，就是对俺的信任。没想到出了这样的事，俺对不住您啊。银子您先拿着，俺张德邦给您留个话，不为伙计们报仇，俺誓不为人！"

老人和妇女抹着泪走了。

下午，赵泽凯带人来了，检查了尸体，做了登记，问明了事情的经过。发生这么大的案子，必须报到省里，请求派军队来围剿。县里出去剿了几次，连土匪的影子都没见着。

张德邦躺了两天，细细琢磨着，还是觉得这事有些蹊跷。他和孙黑炮无仇无怨，孙黑炮犯不着违反江湖道义杀这么多人。如果惹得省里派军队围剿，他吃不了兜着走。

他找来马成林，又详细询问了事情的经过。马成林说："都蒙着脸呢，报号是孙黑炮。"

昌邑、潍县、寿光一带的土匪有好几股，以孙黑炮的势力最强。据说有好几十人，别的土匪在劫道的时候，也有冒充孙黑炮的。如果杀人的事情不是孙黑炮所为，又会是什么人呢？

张德邦想了一阵，毫无头绪，只能静观其变，但有一件事他要去办，那就是给赵金龙送茶！

次日，吃过早饭，张德邦提着四斤庐山雀舌茶出了门，一路慢悠悠地走着。

走到和盛商号门前，马逢春迎了出来，低声说："东家，商号这两个月搭进去三四千两银子了。七八家分号来信说难以维持了，问是不是也跟着涨价。柜上就只剩下几十两银子了，这个月给伙计和盐工发工钱都不够了，要不要动用存在银号那边的钱啊？"

张德邦心里一颤，表面上装作若无其事的样子，低声说："俺知道了。"他想起了高立亭吩咐的事，接着说："你写信给临朐分号，让他们帮忙物色一个会做羊汤的大厨，另外打听一下那边黑山羊的价格。"

马逢春听了，丈二和尚摸不着头脑，什么大厨，什么黑山羊，与盐号一点也不搭边啊。看着张德邦认真的样子，他只是点点头，也没有多问。

张德邦继续往前走，遇到熟人就主动打招呼，不忘说一句"俺给赵会长送茶去"。

走到会馆门口，就听到里面传来说话声，听得出人还不少。他走进去，才看清有二三十人，傅立善也在，一个个脸上都不好看。

当处于低谷的时候，所有人对你的态度都是真的，不管是好的，还是坏的。见张德邦进来，傅立善等人站了起来，脸上多了一种复杂的神情。

赵金龙坐着没欠身，大声说："呦，哪阵风把您给吹来了呀？"

张德邦快步走到赵金龙面前，拱手道："还不是您赵会长唤来的东风吗？俺乘着赵会长的东风，给您送茶来了，四斤，一两都不少呀。"

赵金龙得意地望了众人一眼，笑道："你给俺送礼，稀罕哪！"

张德邦说："有啥稀罕的？要是赵会长看得上，往后的茶叶俺包了。"

赵金龙呵呵笑着，假惺惺地说："听说贵号被劫了，还死了不少伙计，大家都在替你难过呢，不知道你还能撑多久啊！"

张德邦笑着说："感谢赵会长惦记。来来来，先让大伙尝尝这茶叶，甭让人说赵会长一个人吃独食。做人就像做菜一样，盐放多了，齁人啊！"

赵金龙眼珠子转了几转，板着脸说："先甭急着喝茶。大伙都是做买卖的，咱今儿就谈买卖上的事。张家财大气粗，倒贴着往外卖盐，玩的是哪一出啊？大伙都看不明白呢，你给说道说道呗。"

张德邦面对诸位同仁恼怒而不解的眼神，顺手把茶叶放在桌上，顾自在赵金龙身边坐下来，漫不经心地说："盐税加银子火耗，每斤盐的成本就到一百三十文了，这买卖真没法做了。要不咱们拜托赵会长去和刘知事商量一下，看看能不能少一点盐税和火耗啊，好歹也给大伙留口饭吃！"

本来赵金龙是想借着大伙的怨气，让张德邦下不来台，可张德邦几句话就让火烧到了他的脚下。

赵金龙气得一拍桌子："你还是县议事会副议长呢，怎么不自己去说呢？"

张德邦笑道："俺这副议长就是聋子的耳朵，一个摆设而已，在刘知事那里连狗屁都不是，哪比得上你赵会长位高权重啊。"他接着大声说："听说开烟馆生意好啊，卖福寿膏比卖盐强多了。赵会长啥时候让王蛤蟆把烟馆开到昌邑来，咱也去捧个场。不过，朱议长那里恐怕不答应啊，你没那个胆子吧！"

这话绵里藏针，听得赵金龙脸上红一片白一片的，就如染色不好的丝绸缎子。不料这一激，赵金龙脱口而出："你以为俺不敢啊？"

话一出口，赵金龙又觉得不妥，便把话题一转："咱这是在商会，就聊商会的事，每年的盐价都是大伙商议出来的。各家虽有高低浮动，可浮动也不大，不像你和盛商号那样乱了规矩。"

张德邦朝大伙拱手道："商会是有规定，不得擅自哄抬盐价，扰乱市场，可没有不允许亏本降价吧。咱买卖人不能只顾着赚钱，昧着良心让山里的百姓没盐吃吧？人心都是肉长的。咱不能让老百姓戳咱的后脊梁骨，骂咱们是奸商。俺今儿把话说在头里，俺那么做也是没有办法啊。北边的盐工总不能没活干，一家家的都饿死吧？如果诸位同仁不愿做亏本买卖，大可捂着不卖，要亏就亏俺和盛商号一家，亏个三年五年，亏到俺上街要饭为止。这是俺自找的，赖不着大伙！"

傅立善有点不好意思，上前说："咱就是不赚钱，也没法与胶东那边的盐价相比。这不，大伙也都急了，正找赵会长商议呢。"

张德邦依旧笑着说："俺今儿只是给赵会长送茶来的，顺便告诉大家一声，俺退出商会。要是没别的事，你们慢慢聊，俺回家喝茶去。"

他知道赵金龙为了对付他，肯定会增加商会的约定条例，加一条"擅自亏本降价扰乱市场"的处罚条款，所以索性当众宣布退出商会。如此一来，和盛商号就不受商会条款限制了。

离开商会后，他没有回家，而是到铺面上驾车去了盐场。

站在堤坝上，望着一片湛蓝的海水，他陷入了沉思。如果盐税和火耗下不来的话，要想降低成本，就只能在制盐工序上做文章。以往是通过渠道把海水引来，直接灌到盐田里，依靠太阳慢慢晒干制成卤水，随后用"七步走水法"将卤水层层沉淀，蒸发浓缩，达到最佳结晶浓度。然后，将饱和的卤水再引入结晶池，继续蒸发浓缩析出海盐，而后人工把盐卤析出的海盐扒出来晒干，形成粗盐。再把晒好的粗盐收集起来，进行十几道工序去杂精制，最后制成精盐。这每一道工序都少不了，每个盐工一天干多少活都是有数的，根本没法降低成本。

他迎着海风，闻着熟悉的咸腥味，内心一个劲地翻腾着。如果真的每天亏几十两，加上盐工的工钱和各家分号的开支，他只能熬个三五年。那三五年以后呢？难道祖宗传下来的基业，真要毁在自己手里吗？

他随手拔起一根蒿草，远远地扔了出去。望着蒿草的根部带着沙土落到不远处的水渠中，他似乎想到了什么，眼中露出一抹笑意。

拔草要除根！

他已经走了第一步，必须按计划继续走下去。商会这边的火已经烧了一把，县议事会那边也要烧一把！

经过盐祖庙的时候，他推门进去，朝盐老祖磕了三个头。

张德邦决定去会会朱昭然。此前，他已与其他几个议员聊过，刘文章不仅加大盐税，在其他行业也加了税，弄得怨声载道。议事会的人也都想去胶东道那边告状呢。可朱昭然不点头，没人敢牵头。

虽说朱昭然的哥哥如今不是知府了，可还在河南那边为官，好像是什么督查大员。赵金龙和刘文章是绝对不敢动他的。但他是个八面玲珑的人，只要不牵扯自己的切身利益，他是不会主动去找事的。

他一路狂奔来到县城，先去买了点礼品，然后提着礼品向朱昭然家走去。

朱家在姜家大湾东北岸，是一栋占地三亩多的大宅，于宣统二年建成，当时参照潍县丁家花园的格调，楼台亭榭和花坛水池应有尽有。据说，修宅子就花了二十万两银子。这在昌邑独此一家。

两个看门的人认得张德邦，不敢阻拦，一个屁颠屁颠地帮忙停好马车，另一个飞奔前去禀报。

进门后，转过一道大照壁，管家迎了上来，拱手道："张副议长大驾光临，一路辛苦了，里面请！老爷正在见客，张副议长请随俺先去东堂吧。"

张德邦跟着管家到了东堂，下人端上茶。管家说了一句"稍等片刻"，便出去了。

张德邦来过几趟朱家，也喝过新宅落成酒，还与昌邑城内的士绅们一起欣赏过后花园的美景。当年，他花八万多两银子买下朱家七十亩盐田，等于近一半宅子是他出的银子建的。

一盏茶还没喝完，朱昭然扇着扇子，踱着方步进来了。进门后，他故意干咳了两声，拱手道："哎呀，张老板，惭愧惭愧。俺听说你的事了，俺那阵子也躺在屋里呢，没捞着去探望你，却劳烦你来看俺。咱俩可不是外人，有啥事直说吧！"

不愧是深谙世道的老狐狸，轻轻松松几句话就把场面上的人情世故给点到了。首先，他知道张德邦被抓的事，却以身体不适为由，解释没有出手相救；其次，他清楚张德邦今日上门，肯定有事相求。

张德邦恭恭敬敬地施了礼，从怀中拿出一封信说："俺家的事总是瞒不过您，以前俺年轻气盛得罪了人，如今总算想明白了一些事。今儿特地送来请辞书，辞去副议长职务。"

朱昭然没有接信，而是走到太师椅旁坐下，眉头一皱，问："啥意思啊？"

张德邦说："咱昌邑盐价的事，您肯定知道。赵金龙与俺是啥关系，俺也不多说了。往后，俺就规规矩矩做买卖，夹着尾巴做人了。"

朱昭然把玩着手里的一串黄色珠子，叹了一声说："刘知事来了后，大刀阔斧地改革。大伙的意见很大啊，可没辙呀，人家是新衙门，估计三把火一烧就过去了。虽说副议长多一个少一个无所谓，可议事的时候，好歹能说得上话呢。前些天，还有人向俺推荐姓赵的，俺没答应。"朱昭然

说这话的意思，就是不愿意去蹚浑水。

张德邦听得明白，把信放在茶几上，低声说："俺刚刚被土匪劫了四万斤盐，说是孙黑炮干的。当时，有两家商号的盐包与俺家同时起运，俺就奇了怪了，孙黑炮怎么劫得那么准啊？"

朱昭然脸上的肌肉抽搐了一下，慢悠悠地反问："有这事？"

张德邦说："昌邑的里里外外，哪瞒得过您呀？"

说起朱昭然与孙黑炮的恩怨，还得从光绪三十四年说起。那年，朱昭然想盖新宅子，相中了孙家在姜家大湾边的宅基地，愿意出银二十两，怎奈孙家死活不卖。僵持之际，朱昭然牵的狗咬死了孙家的小鸡，孙家老头气愤之下，一锄头把狗打死了。这可闯了大祸！朱昭然当即让人绑了孙家老头送去衙门，要孙家赔偿白银五十两。县令当场判决孙家以田地赔偿。孙家老头连气带病就下了世，孙母也上了吊。孙黑炮去府台衙门告状，被以恶意告状为由，戴枷示众。孙黑炮回到家，妻儿没了，他发疯般地在城内寻了几天几夜。一天晚上，朱家的丝绸仓库着了火，价值数千两银子的丝绸毁于一旦。从此，昌邑城内没了孙黑炮的影子，昌潍一带又多了一股土匪，专劫朱家的盐和丝绸。朱昭然见势不妙，把这两个买卖都转了出去。这些年来，孙黑炮来无影去无踪，从来不打扰百姓，专门劫掠商队。官府多番出城围剿，均未奏效。

赵金龙想在县城开烟馆的事，说不定已经传到朱昭然的耳朵里了。张德邦提起"孙黑炮"三个字，就是要挑动朱昭然心底的那根神经。接着，他又有一搭没一搭地聊了一些其他事情，才起身告辞。他这么做的目的，就是要让赵金龙和刘文章把大伙的"柴"烤得再干一些，最后只需要一点点火星，就能熊熊燃烧起来。

出了朱家大门，见时间还早，张德邦想起高立亭说过的一件事，就想去找高立亭。来到柜上，伙计说，高家刚刚添了个女娃，东家回家了。

张德邦去玉器店选了一个上等的和田玉玉佛，不是说"男戴观音女戴佛"嘛。

到了高家，在门口就听到了高立亭的笑声。高立亭正逗着襁褓中的娃儿，笑得合不拢嘴。

一进门，张德邦笑着说："恭贺高年兄弄瓦之喜！"

高立亭连忙迎上来，说："今儿午时初刻生的，刚起了名字，叫静姝。"

张德邦略一沉思，点点头，吟道："静女其姝，温婉如玉；静女其姝，俟我于城隅。好名字！"

"还没问你呢，你怎么这么快就知道了？"高立亭笑着问。

张德邦便把自己去过店铺的经过说了，接着说："叫俺赶上了，这才叫缘分。俺听柴大仙说过，夏天的牛娃娃，青草一片不缺吃的。这娃儿有福啊。"

高立亭笑道："牛年生的人，还有股牛劲咧，不知长大后谁家的公婆要遭殃喽。来，喝茶！"

张德邦喝完一杯茶，送上礼物，直接说明来意："前些天，您说您弟弟有位同学在潍县军营当连长，俺有一事相求。"

高立亭听张德邦说了自己的打算，直接去屋里写了一封信出来。

张德邦接过信，没多作停留，就以有事为由离开了，独自去了临朐全羊馆，又喝了两大碗羊汤。

回到下营，他和张德兴聊了买卖上的一些事。弟弟说，山区的几处分号都缺货了，来信催呢，必须设法补货。这次要送五万斤，单这一趟就要亏一千多两银子。

张德邦想了想，拿出高立亭写的信，低声说："商会的护盐队是靠不住了，咱自己得想法子。你让马成林明天一早出发，带上这封信去潍县新军营找王连长，花些银子借十几个人。另外，再在盐包里装上五万斤沙土。你从盐场那边调七八个腿脚好的伙计过来。"

张德兴吃惊地问："哥，你这是玩的哪一出啊？俺听说广鑫商号的盐包都是运到峄山火车站，走铁道，就不怕被土匪劫了，要不咱也那样？"

张德邦说："你以为俺不想啊？胶济铁路通车那会儿，俺就琢磨过这事。峄山火车站距咱这里最近，一天就到了。俺去打听过，人家只运官府的货。民国后虽说也运商货，但商号的几十个脚力都没活干，让人家怎么活啊？咱不是姓赵的，不能干那缺德事。"

张德兴说："可咱的货一次次被劫，啥时候是个头啊？"

张德邦说："等熬过这阵子，再想办法安顿那些伙计，让盐包走铁路。

盐场过来的人先跟着马成林走，半夜前回来，再跟着俺一起走。姓赵的不会让咱好过的，往后的事多着呢。俺不在家的日子，你遇到啥事都要忍着，听明白没？"

张德兴无奈地点点头："你给他送茶叶的事，街上都传遍了。如今，他是会长，有刘文章撑腰，咱还能怎么样啊？"

张德邦无奈地摇摇头。

该来的总归要来。张德兴按照哥哥的吩咐，去商会要了护盐队，并当众检查了枪支弹药，确认无误后，通知大家第二天晚上再走……

第七章

商会成立护盐队的时候，招募了二三十号人，原来每人每月四百文钱，如今涨到了六百文钱。

这些年来，因遭遇土匪死了十几个人，接着重新招募补齐了。赵金龙当了会长后，几乎把护盐队变成了他的私人武装。队长是他的表弟胡宝坤，外号"胡瓜怂"。

胡宝坤怂，率领的护盐队也怂。每次押送盐包遇到土匪，最先脚底抹油的就是护盐队。商会老板们一肚子怨气，却敢怒不敢言。

"胡瓜怂"有赵家兄弟撑腰，在下营街上胡作非为，不久前还强娶了一杂货铺老板的女儿。他新婚燕尔，整日沉浸在女人的温柔乡里，自然不愿意出门。

张德兴去要人，"胡瓜怂"只是应付性地点派了七八个人，说广鑫商号也有盐要运，得留下一些人。

一切安排妥当，张德邦当着众人的面送走了马成林带领的运盐队，又慢腾腾地在街上走了一圈，边走边咳几声，一副弱不禁风的样子。

走到常和旺商号门前，见傅立善不在。掌柜的从里面迎出来，请他进去喝杯茶。他无精打采地摇了摇头，咳了几声后转身离去。

到了晚上，天色阴沉，闷热袭人。张德邦换上一身劲装，领着护盐队的人，在大街西头与盐工们会合，赶着二十几辆大车摸黑出发了。

和盛商号刚刚被劫，为防止再次被劫，只有两种方式：第一，避开土匪的眼线偷偷走，或者像广鑫商号那样走铁路；第二，增加护盐队的人数。

护盐队就派了那几个人，又是大半夜出发，心里本来就有怨气，只是碍于张德邦的身份，不敢有所表现罢了。

马成林离开下营的时候，没有用护盐队，而是用自家的伙计；张德邦亲自押送的，故意要护盐队帮忙，一虚一实，就是要让人捉摸不透。

临走，张德邦吩咐弟弟："俺这一趟出去，把脑袋别在裤腰带上了。如果有人问起俺去了哪里，就说运盐去了。你还要放出风去，如果俺出了什么意外，就把盐场低价卖给朱家老爷。"

张德兴问："为啥要这么说？"

张德邦没有多做解释，低声说："别多问，能保俺性命的就只有朱家老爷了，你照着俺的吩咐去做就行了。"

张德邦心里明白，赵金龙的目的是赶尽杀绝。如果这次通知土匪在路上放黑枪，把他打死，和盛商号没有了掌舵人，就只能任由其收拾了。所以这一趟出去极为凶险，很可能会把命搭上。可他这次必须拿自己的性命赌一把。一旦土匪打了黑枪，和盛商号的盐场很可能就会被朱昭然低价买走。这样一来，赵金龙的日子就不好过了。

朱昭然原先就是卖盐的，只因孙黑炮劫道，才被迫转卖盐场，内心定然有个疙瘩。他去找朱昭然的时候，就想着把朱昭然心底的疙瘩变成大铁砣，利用朱昭然的势力压制赵金龙，让赵金龙有所忌惮。只有这样，他才更安全。当然，赵金龙也不是傻子，不可能去做损人不利己的事。

第三天正午，张德邦领着护盐队到了昌乐地界，忽然听到前面的树林中传来一声呼哨，接着半空中又传来一声枪响。

第一枪居然不是打向他，而是射向了天空，说明他赌对了，眼中闪过一丝不易察觉的微笑。

张德邦从身后摘下枪，抓在手里，还没等他问话，身后又传来几声胡乱的枪响。扭头望去，护盐队的几个人朝前面开了几枪后，已经拔腿跑出了十几步远。

这时，前面传来一个男人的声音："把马车留下，滚！"

张德邦大声问："敢问是哪路好汉，报个号？"

树林里走出一个蒙面壮汉，只说了三个字"孙黑炮"。

张德邦拱拱手："好汉劫道无非是为财，俺这里有五十两银子，买个道呗。"

蒙面壮汉说："再不滚就留下你的狗命！"

张德邦望了一眼两边，茂密的树林中隐约有一些人影。他不敢多说话，赶紧收起枪，对身后的人说："回去。"

兵法云：虚则实之，实则虚之。张德邦他们走的是昌邑经潍县、昌乐前往沂源、泰安的官道，而此时，半夜回来的马成林已带领运盐队往北绕道滨州，然后走水路，沿着黄河直上，前往菏泽、开封一带而去。

这些年，广鑫商号一直没被劫过。此前，张德邦暗地里查访过，和盛商号被劫后，在广鑫商号昌乐、临朐分号发现了带有和盛商号标志的盐包。因此，张德邦断定赵金龙与土匪有勾结。

此时，张德邦很识趣地放弃马车，领着几个盐工往回走。走到潍县，好吃好喝地玩了两天，才回到下营，带回了和盛商号再次被劫的消息。

刚进家门，陈有福告诉他，盐场的进水渠被广鑫商号拦截了。

和盛商号的盐场有两片，东边七十多亩盐场，原先是朱昭然家的，有两条进水渠；西边二百一十亩，有六条进水渠，其中三条与傅立善的盐场共用。两家一向和平共处，哪家盐田用水就先灌。广鑫商号虽然买下孙家的盐场，可距离远着呢。

陈有福说："姓赵的花钱买下了海边的滩涂，说要修建盐田，正好堵在咱前面。傅老板去找他理论，人家连理也不理，傅老板气得躺床上了。"

张德邦不顾劳累，起身去了傅立善家。傅立善还在床上躺着，只穿着单衣短裤。一见到他，傅立善连连说："当初就应该把他赶走，是你不忍心，还帮着他招人，如今是要逼死咱啊。昨儿他的掌柜来找俺，开出了每亩五百两银子的价码，俺那里有二十多亩呢。当年，俺一亩盐田就花了八百多两银子，你曾经开出一千两，俺都没舍得卖。"

官府转让的盐滩，虽说每亩收了几十两的盐课，仍属于官督民办。可官府允许转让，每亩市价炒到了十倍以上。

两家商号的盐场往北数百米就是滩涂，每当潮水上来便被淹没，除非筑起防潮大坝，否则根本无法建盐场。赵金龙那么做，目的就是逼着两家商号把盐场转卖于他。如果要从别的地方开凿水渠过来，要多绕三四里地。夏季是产盐的高峰期，哪能耽搁啊？

赵金龙的手续合法合规，从县署买了地，这官司自然没法打。张德邦在傅立善家里坐了一阵，安慰一番便离开了。

既然盐场没法产盐了，那只能想别的法子了。回到家，他与弟弟商议了一阵，先让盐工们歇着，每月开三百文钱的生活费。

夜深人静的时候，他独自一人坐在祠堂里，望着他爹的牌位，默默地坐到了天亮……

转眼过了一个多月，到了盛夏出盐的好季节。往日这个时候，盐场人来人往，一片繁忙景象，可如今冷冷清清的，盐工们都窝在家里消暑呢。

和盛商号在山区的几家分号传来消息，说没盐卖了，询问是不是关张。张德邦让马掌柜回复说，暂时只零售不走批发，先熬一阵再说。张德邦找了个时间，以商号做抵押，向同德银号鲁掌柜借了三万两银子，月息二分。做完这些，才去县城见朱昭然，压根不提转让盐场的事，只说了赵金龙买下海滩，堵住了水渠，闲聊了一阵就离开了。

北海盐滩的芦苇丛中有不少狐狸，偷食海鸭蛋。一些盐工经常下地夹子和套子捉狐狸，一张狐狸皮值一两银子呢。可狐狸很狡猾，经常避开地夹子和套子，只有下了那种迷魂套才管用。

朱昭然就是一只老狐狸，要想老狐狸出手，得多下"迷魂套"。相信用不了两天，他就知道和盛商号向同德银号借银子的事了。

眼看到了九月，朱昭然和商会那边一直没有任何动静，倒是广鑫商号不断出盐，价钱落了十个大钱，还在外地又开了两家分号，俨然成了昌邑头号盐商。

张德兴坐不住了，不时地催促："哥，你别整天喝茶发愣啊，倒是想想法子，咱不能这样下去啊。"

张德邦笑道："你懂啥，姓赵的这是在帮咱呢。如果盐场能够正常出盐，咱每天亏得更多。分号那边缺盐的事，俺这两天就去办。"

他安顿好家里的事情，带着陈有福去了掖县，以每斤九十五个大钱的价格，从那边的盐商手里买了十万斤，安排直接运往峄山火车站，走铁路到济南，再运去鲁南和淮北一带山区。

说起来，张德邦很是汗颜，昌邑是有名的齐国盐都，可如今卖盐的商人被逼着去外地进货，愧对祖宗啊。但在这非常时期为了保住根基，也只能这么做了。

办完掖县的事，他让陈有福先回昌邑，他则独自骑马去临朐，打听到了当地黑麒麟山羊的价格，一只大约三百斤麦子，折合纹银八钱二分。这边分号掌柜已经接到马掌柜的信，找了一圈，可惜没找到会做羊汤的人。

张德邦在临朐停留了两天，安顿好分号的一些事情才往回赶。这天，他经过一个叫五井的村子，感觉口渴难耐，马也要饮水，便牵着马走到一户农家门前。刚要拍门，就听到里面传出女娃"娘啊……娘……"的哭声，还夹着男人的大声呵斥。

他犹豫了一下，还是推门走了进去，见一个农妇满头鲜血倒在地上，身边跪着一个七八岁的小姑娘，边上站着一个四十岁左右的男人。那男人长得精瘦，手里还拿着一根沾血的擀面杖。

听到门响，那男人转过头，挥舞了一下擀面杖，瞪着血红的眼睛，大声问："你是谁？"

张德邦镇定地说："俺是过路的，进来讨碗水喝，家里出什么事了？"

小姑娘站起身，哭着说："爹要卖俺……俺娘不让……爹就把俺娘打死了。"

男人一把将女娃拽在身后，恶狠狠地对张德邦说："关你屁事，滚！"

张德邦往前走了两步："一日夫妻百日恩，你为何要杀害妻子？"

男人显得有些惊慌："俺没想杀她，是她不让俺……"说着，不停地打着哈欠，身体也微微颤抖着。

张德邦一看就明白了，又是一个被福寿膏害了的大烟鬼。为了抽鸦片要卖女儿，妻子不让，推搡中把妻子打死了。

从大清开始，不知道有多少家庭毁于鸦片。他叹了口气，说："俺既然遇到了，就不能不管！"

他快步走出门，去马上提了枪，朝天开了一枪。只一刻，便来了七八个人，手里拿着锄头。那些人见他穿着不俗，手里还有枪，只远远地看着，不敢围上来。他收起枪，大声说："俺是昌邑盐商张德邦，路遇烟鬼卖女杀妻，你们这儿谁是里长？"

一个五十多岁的男人颤颤巍巍走上前，朝张德邦施礼说："张老板，俺是里长。真是造孽啊，他爹原是济南袁大人府内的厨子，辛辛苦苦挣下一份家业给了他弟兄俩。他爹没了后，哥俩在临朐开全羊馆，买卖还不错，可他不知啥时候染上了那个，气得他哥去了潍县。他为了抽大烟，把宅子和田地都卖了，窝在这处老宅里，又去潍县找他哥要钱。他哥没法子，又搬去了别处。上个月，他刚把十七岁的大女儿卖了，想不到……"

张德邦问："他是不是姓徐？"

里长问："你咋知道的？"

这时，院里的男人追过来，跪在张德邦面前："俺把闺女卖给你，五两银子，不，三两，一两也成。"

张德邦拿出一些碎银子交给里长："麻烦您买口棺材，把人埋了吧，再给俺整一匹骡子，把他给绑了。娃儿的大爷就在俺昌邑，买卖不错，俺帮着把人带过去吧。"

里长接过银子，连忙吩咐人去办。

两个时辰后，山坡上堆起了一座新坟。纸钱纷飞，青烟缭绕，诉说着一个女人的哀痛和不幸。

张德邦对小姑娘说："给你娘磕个头，跟俺去找你大爷吧。"

民国的官府和大清一样，民不告官不究。娃儿没了娘，不能再没了爹。张德邦让里长写了证明文书，同意他把人带走。

里长让几个村民把那个男人绑了，捆在骡子背上。

张德邦与小姑娘同骑一匹马，手里牵着骡子的缰绳，不紧不慢地走着。路上，他得知小姑娘叫徐清丽，姐姐叫徐清香，她爹叫徐立星。

徐立星被绑着，横在骡子背上，一路不停地哀求着："兄弟，大哥，求你放俺下来……就一口……俺只要一口就成……俺求您了……"

张德邦问："你把她姐卖到哪儿去了？"

徐立星先是沉默，接着号啕大哭："我不是人啊，我不是人啊……"

张德邦经常在场面上走动，也知道肯定是卖到那些不干净的地方去了。他骂了句"畜生"，随即下了马，朝着他"啪啪"扇了两个大耳刮子："说，卖到哪里了？"

"潍县醉花楼。"徐立星被打蒙了，含糊着说了一句，随后便不再吭声了。

张德邦自然知道，潍县醉花楼是什么去处，多少良家闺女被卖到了那里，成为达官贵人的玩物。

到了潍县，张德邦直接去了醉花楼，找到老鸨，表明身份后，说要赎人。

老鸨一听，乐了："那姑娘长得不赖，但性子烈，俺调教了一个月，想着破身的时候多赚几个银子。前两天，史公子出价一百两，说要送给新来的大人，约莫着就是今晚。你这要把人赎走，俺咋向史公子交代啊？要不这样，一千两，你把人带走吧。"

张德邦知道，潍县史家是名门望族，与丁、陈、郭、张四大家族彼此通婚，势力交错。

这时，徐立星哭了："俺把人卖给你的时候，才十两银子，咋才过了这么几天就变成一千两了啊？"

张德邦明白，到了这种地方根本没有讨价还价的份儿，但他身上只有一百多两银子，当即掏出来扔给老鸨："这是定金。"

正说着，外面进来一个公子哥，穿着一身洋装，辫子已经铰了，头发披在脑后，显得不伦不类。后面还跟着几个身强力壮的下人，一副耀武扬威的模样。

老鸨急忙迎上前，堆起满脸的褶子笑道："史公子，正在说您呢，您就来了。这位是昌邑的大盐商张老板，想替翠红赎身呢，您说咋办？"

张德邦朝史公子拱手施礼："鄙人是昌邑和盛商号的张德邦。"

史公子瞟了张德邦一眼，拱手道："原来是张老板，失敬失敬。翠红是俺几天前就定下的，是要送给新来的知事大人的，你把人赎走，怕是不妥吧？"

张德邦回礼道："要不这样，您另外找个姑娘，费用算俺的。"

史公子笑了："俺知道你张老板财大气粗，不差银子。今儿俺偏不答应，你能咋样？"

张德邦大声说："史家祖辈为官，知书达理，以礼仪诗书传家，是潍县名门大户。潍县内外只要提到史家，都敬仰三分。如今你却干出这逼良为娼的丑事，若是传出去，不怕辱没了祖宗的名声吗？"

他前面的几句话是给对方面子，后面的三句话才是真正杀招。其实，他已经给了对方一个台阶，就看对方懂不懂人情世故了。

史公子顿时变了脸色，大声说："嘿，给俺下套呢。听说你前阵子在赵老板面前吃了瘪，怎么，今天到这里撒野来了？今儿你就是出一万两银子，也没得商量！"

张德邦虽是秀才出身，但历经这些年的风雨，已经练就了一身胆识，要不然他也不会独自一人走这么远的路。他走上前，低声说："连老鸨都说那姑娘性子烈，要是今晚新来的知事大人出了啥事，只怕你吃不了兜着走。俺这么做，也是在帮你啊。"

史公子冷笑着说："你就甭操心了，俺也知道她性子烈，要不然也等不到今天。俺早有准备，等接回去后给她灌下逍遥散，任由知事大人摆布，你明天再来赎人吧。"

眼见史公子软硬不吃，张德邦心里窝着火，却不能发作，仍微笑着说："没事，你把人带走吧。俺这就去大街上，一路喊过去，史家的大公子从醉花楼买了良家闺女的初夜，要送给新来的知事大人哪！"

一听这话，史公子脸上挂不住了："姓张的，算你狠，咱等着瞧！"说完，抽了老鸨一记耳光，带着人愤愤离去了。

老鸨捂着被扇得生疼的半边脸，说："行了，张老板，拿银子来吧，还有九百两。"

张德邦笑笑："你先把人带出来，让你的两个伙计拿着卖身契跟俺一起去拿钱，放心，不会少你一个子儿。"

老鸨说："行，你是大老板，是大爷，俺不怕你跑喽！"

没一会儿，龟奴把徐清香领了出来，只见她穿着粉色碎花丝绸短褂，身材高挑，脸上还有伤痕，虽未梳妆，但看得出模样俏丽，是个美人坯子。

姐妹俩一见面，立即抱作一团，哭得梨花带雨。徐立星口中嘟囔着："闺女，爹对不起你呀。"

随即，张德邦给徐立星松了绑，徐立星拉着俩闺女就要给张德邦下跪磕头，被张德邦拦住了，只说了两个字"走吧"。

他去街上雇了一辆马车，几个人沿着官道直接前往昌邑。

徐立星在路上又犯了烟瘾，鼻涕眼泪直流，一个劲地打滚："张老板，求求您，一枪打死俺算了！"

张德邦吩咐两个伙计把徐立星重新绑起来，扔在车上。

一路没有停歇，半夜时分，张德邦带人敲开了临朐全羊馆的门，把姐妹俩放下，转身带着徐立星和两个伙计赶回下营。

到家时，已是黎明时分。张德邦叫开门，吩咐下人把徐立星松了绑，关进西边的小屋子，每天保证喝水和饮食就成。他去了弟弟那边，打算叫醒弟弟取九百两银子，从两个伙计手里换取徐清香的卖身契。

走到屋前，他就听到里面传出杨小玉的骂声："你这头阉驴，在老娘身上折腾了这么些年，也没折腾出个子丑寅卯来。"

随着张德兴一声歇斯底里的吼叫，接着传出摔破碗碟的声音。

张德邦叹了口气，心里明白弟弟的痛苦。弟媳进门这么多年，也没生下一儿半女，问题就在弟弟身上。小时候，弟弟被狗咬了下身，虽然救回一条命，但郎中说将来会影响房事，没想到房事没啥影响，却影响了生儿育女。

他悄悄地退了出来，正要吩咐下人去柜上叫醒马掌柜，却见弟弟披着衣服出来了，脸色很难看。张德兴问明实情后，也不说话，回屋拿了九百两银子出来。

张德邦把银子递给那两个伙计，吩咐一个下人送两个伙计与赶马车的人一起去偏院的客房休息，等天亮了再走。

一个伙计拿过沉甸甸的银子，把卖身契交给张德邦，不好意思地说："张老板，这一路上俺都看明白了，您和翠红也不熟，居然能够这样仗义，真是个好人哪。醉花楼虽说是干那行当的，可也通人情，姑娘是十两银子买的，拿了您一百多两，已经赚了。来之前，老妈子已经吩咐过，说她要价一千两，纯粹是想让您知难而退。如果到了这边您不愿给钱，叫俺俩回去就成。潍县隔着昌邑不远，俺也听说了您的事，错杀了几个人被衙门抓了，买卖也不好，每天亏着钱呢。要不俺就拿一百两回去得了。"

张德邦笑着说："俺张德邦答应了的事，就是吃亏也认了。你们赶紧去歇息吧。"

那伙计迟疑了一下，说："前阵子你们这里的赵老板在俺那里请客，说要设法整死您，您可要多上些心啊。"

张德邦一惊，低声问："你知道他请的人是谁吗？"

伙计说："赵老板去俺那里很多次了，俺认得，不过那个人俺不认识。俺进去送茶点的时候，听赵老板叫那人傅老板。哦，有四五十岁，眼有点斜，右边脸颊下面有一颗痣。"

张德邦听到这话，顿时大惊，按伙计所说的那人长相应该是傅立善。傅立善比他大十岁，是他的好兄长，也一直与赵金龙作对。两人是什么时候勾结起来的呢，他怎么一点风声也没听到呢？说起来，赵金龙买下海滩封了水渠，傅立善也是受害者。接下来，两人又会演什么戏呢？

想到这里，他吩咐弟弟又拿了十两银子给了两个伙计，算是辛苦费。

张德兴领了三个人去偏院休息，回来后见张德邦坐在椅子上沉思，上前说："哥，你这是闹的哪一出啊？啥翠红，还给人家一千两银子？嫂子要是知道你纳小，那还不……"

"你想哪儿去了？"张德邦笑着把事情的经过说了，接着说，"咱爹临终时说过，商无道，人有道，做买卖不能昧了良心。俺花了一千两替徐家大闺女赎身，但伙计的这句话价值就超过一千两银子了。"

张德兴说："傅立善黑了心，和姓赵的穿了一条裤子，真是人心隔肚皮啊。咱该怎么办？"

张德邦一字一句地说："就当作什么也没发生，走，睡觉！"

他没有去后宅，怕吵醒孩子，直接去书房那边睡了。连日来的劳累使他感觉有些虚脱，一上床就沉沉地睡去，直到弟弟进来把他叫醒。

张德兴低声说："哥，已过晌午了，昌邑来了人，一个老头带着俩闺女要见你呢。"

第八章

行善举，人心安。这一觉，张德邦睡得很沉很沉，连个梦也没做。

起床后，他简单洗漱一下，跟着弟弟去了前院。刚走进堂屋前，就见临朐全羊馆徐老板领着徐清香、徐清丽姐妹俩朝他跪下了。

他赶紧上前扶起来："徐老板，您比俺年纪大，哪能这样啊？老哥，俺受不起哪。"

徐老板哽咽着说："俺弟不成器，俺也是没办法才躲着他，哪承想他居然干了这禽兽不如的事。这俩闺女是您花银子买下的，俺给您送来了，当丫鬟、做婢女由您使唤。等俺挣够了银子，再把她们赎回去。"

张德邦笑了："徐老板，您那羊肉馆一个月能挣多少银子？"

徐老板说："虽说买卖不错，可毕竟本小利微，除去成本，一个月也就挣三五两银子。"

张德邦说："俺听说你爹曾经在济南袁大人府上当大厨，难道只会做羊汤？"

徐老板羞愧地说："俺爹的手艺可不止这点，全羊宴那是一绝啊。庚子事变的时候，他在袁大人府上做得好好的，也不知咋地就卷进去了，带着重伤逃回了家。要不然，他现在早跟着袁大人在北京了。前些年，袁大人还派人来寻俺爹，可俺爹已经过世。俺哥俩怕朝廷追究爹的事，就没敢露面。"

张德邦说："如果您愿意的话，俺想给您换个大门面，也不用您掏本钱，只用您的手艺入股，咋样？"

徐老板眼中闪现激动的泪光："那敢情好，俺先谢谢了。您的大恩大德，俺一家没法报答，俺不要股份，能够有口吃的就成。"

张德邦笑着说："这事就这么定了，俺明天就去办。这俩闺女你还是领回去吧，俺家里不缺人。你弟弟先留在俺这里，等他戒了烟，往后你兄弟俩掌大厨。不过，俺想先尝尝你的全羊宴。"

徐老板一个劲地点头："绝对不会令您失望的。"

正说着，外面来了一个人，是高立亭商铺的伙计，说是二爷回来探亲，请张老板过去喝酒。

张德邦笑了，对那伙计说："俺在梦里就听到有喜鹊叫，果然有好事。俺正想去见他呢。行，今儿晚上就全羊宴了。你和这位徐老板先去俺家的羊圈里牵一只羊走，俺和徐家姐妹稍后就到。"

送伙计和徐老板出了门，他领着徐家姐妹去见了妻子。陈梅英正在给家顺喂奶，家秀和家昌姐弟俩在房门口玩石子。见爹进来，姐弟俩像两只蝴蝶一般扑了上去。他一手搂着一个，坐在妻子旁边。

见过面，他吩咐徐家姐妹去屋外玩。他抱起家顺，和妻子说了一会儿话。等他从屋内出来，见家秀和清丽已经玩到一块了。孩子就这样，见面熟。

张德邦没有急着去县城，而是去和盛商号见了马逢春，交代了一些事情，才驾着马车拉着徐家姐妹俩上了路。

到了县城，他把姐妹俩送去临朐全羊馆，又去买了点礼物，才缓缓前往高立亭家。来到门口，他见外面停着两三匹马，一个背着枪的士兵在门口站着。进了院门，高立亭父子在凉亭里正与一个穿军装的人聊天。高家老爷子躺在椅子上，大热天还盖着薄毯子，脸色蜡黄，看来病得不轻。

记得高立云去读书的时候，还是一个十五六岁的青葱少年，几年没见，已经是个一脸英武之气的大小伙子了。

高立亭站起身，大声招呼："来来来，坐下喝茶。这是弟弟立云。"

张德邦走过去，先对高老爷子施礼道："恭喜老爷子，高家一文一武，人才辈出啊！"

高老爷子笑呵呵地说："张老板过奖了……原想着立亭……在官府……好歹混出个样来……哪承想不是当官的料……写点诗文吧……倒还凑合……都是你们这几个朋友捧着他……立云还行……留过洋……刚回国

的时候……在吴团长手下当副官……如今当了连长……往后混成啥样……就……就看他的造化了。"一口气说完，高老爷子顿时气喘吁吁，剧烈地咳了一阵，吐出几口带血的浓痰。

高立亭连忙上前拍背，又喂了几口水，高老爷子才渐渐缓过来。

高立云向张德邦行了礼："谢谢张大哥，当年俺出去读书，亏得商号的伙计一路照应着。"

张德邦笑笑，拱手还了礼。

高立亭附在张德邦耳边说："徐老板在厨房忙活了，你的那些事，俺也听他说了。俺爹也说你是个好人哪。"

张德邦摇了摇头，又端详了一阵高立云，对高老爷子说："老爷子，俺突然想起一件事来，立云有没有婚约？"

高立亭笑道："怎么，你想当大媒？"

张德邦说："俺这次救的徐家大姑娘，长得不赖，上过几年私塾，也懂礼数。虽说她爹不成器，把她卖进那种地方，可这孩子性子烈，俺去得又及时，还是完璧之身。她爷爷曾是总统在济南府时候的厨子，清白人家……"

他还没说完，就听高立云插话道："张大哥的好意俺心领了，俺是一介武夫，婚姻大事还是俺自己做主吧。"

高立亭说："兄弟，你张兄既然把话说了，咱不能不懂规矩吧。"他对躺在椅子上的父亲说："爹，要不让他自个儿去见见，不管看中看不中，咱都得感谢张老板的一番好意哪。"

高老爷子点点头，对高立云说："云儿啊，历来……婚姻大事……都是父母做主……可如今是民国了……说民主啥的……咳咳……你又是留洋回来的……与别人不一样……俺也不强迫……随便……咳咳……"

高立亭急忙上前给父亲揉着胸口，还一个劲地朝弟弟使眼色。

高立云从哥哥的眼神中似乎明白了什么，尽管心里有几分不愿意，还是问明路线，骑着马一路奔到临朐全羊馆门前，见门上挂着"今日歇业"的牌子，他下了马，上前拍了拍门，大声问："有人吗？"

门开了，走出一个七八岁的小姑娘，说："这位官爷，对不起，俺家今天有事，您明儿再来吧。"

小姑娘长得倒也清秀，穿着蓝色细绸子长褂，手里拿着一只风筝。

高立云想起小时候哥哥给他扎制风筝的情景，一时忍不住劈手抢了过来。不料，小姑娘并不恼，说："这位官爷，这是俺姐姐给俺扎的。请还给俺吧，您想要可以去街上买。"

这时，里面传出一个清脆的声音："清丽，你在和谁说话呢？告诉客人咱家今天歇业，明日再来。"

高立云循声望去，见一个十七八岁的姑娘正从里间出来，只见她梳着长髻，眉如柳叶，脸若桃花，穿一身青色镶花边长裙，显得清新脱俗。就这一眼，他就已经醉了。

待小姑娘关门的时候，他才反应过来，急忙用脚抵着门槛，把风筝还给小姑娘，朝那大姑娘拱手施礼道："俺叫高立云，刚刚和盛商号张大哥向俺爹保媒，想把你许配给俺，让俺过来看看……"

徐清香一听，脸上立时飞起了红云，朝高立云深深地道了个万福，就低着头不敢说话了。

高立云正了正军装，推门进去，径直走到徐清香面前，仔细瞅了瞅，越看越喜欢："现在俺相中你了，你愿意嫁给俺吗？你要是不说话，俺就当你是答应了。"

徐清丽跑向里间，一边跑一边叫着："大娘，大娘，张恩人把俺姐许配人了，姐夫还是个官爷呢。"

徐清香几乎把头埋进了挺拔的胸脯间，脸色红得就像九月里的高粱，双手在腰间不知所措地缠绕着。

高立云也不吭声，上前一把将徐清香抱了过来，几步出了门，直接搂着上了马，大声说："从今儿起，你就是俺高立云的女人了。走，带你见爹去！"

徐清香哪里见过这样的阵势啊。刚才见到他的时候，她就被高立云身上的那股英武之气所折服，只是没想到幸福来得这么快。

她伏在高立云怀中，连眼也不敢睁，身子随着马匹的奔跑而颠簸着。她感觉那宽阔的胸膛好温暖，从来没有被人这么呵护过。此时此刻，她多么希望一辈子在这个男人怀里啊。

也不知过了多长时间，她听到"到家了"三个字，这才回过神来。下马后，她感觉身子还软着，被身边的男人扶着走了进去。

两人走到凉亭前，徐清香见石桌旁边坐着恩人张老板，还有两个陌生人。她不敢抬头，低着头给三人道了万福。

高立云说："爹，感谢张大哥，俺不但看上了，还把人也带来了。"

一见弟弟领着徐清香进来，高立亭心里想发火，又不敢发作。老爷子病入膏肓，明摆着时日无多了，他才把弟弟叫回来。可弟弟真是鲁莽，哪有去相亲，直接把人给带回来的啊。既然木已成舟，他也不好说别的了。新人进门冲喜，说不定老爷子能多活些日子呢。

这么一想，高立亭火气消了。刚才，他岂会不理解张德邦的良苦用心，所以用眼神暗示弟弟去看看，没想到这桩亲事真成了。他刚刚还特意吩咐下人在门外等候，要是高立云看不上人家，回来也要说看中了，安慰一下老爷子。

按昌邑的老规矩，婚姻乃终身大事，要听父母之命、媒妁之言。从说媒、批八字到定亲，再到嫁娶，都有一套烦琐的程序和仪式。像高家这样的大户人家更是特别讲究。大婚前，男女双方往往很难见面，除非是一个村的，而媳妇也要等结了婚才能住在婆家，哪有八字还没一撇就带进门的啊？

高老爷子笑呵呵地骂起来："武夫……一介武夫……让你去见人……哪有接着把人带来的……"话还没有说完，又是一阵剧烈的咳嗽。

高立亭正要去抚揉，却见徐清香踩着碎步上前，低着头说："大人，让俺来吧。"说着，伸手在高老爷子胸前轻轻揉起来，又用痰盂接了痰，既细心又小心，就是亲闺女也不过如此。

高立云笑呵呵地说："啥大人，以后就叫大哥吧。"

高老爷子缓过了劲，眼中闪动着欣喜的泪水，对高立亭说："去把……你媳妇……还有……徐掌柜……叫来……甭管啥规矩了……择日不如撞日……今儿就把亲……定了！"

高立亭立马叫来妻子和儿子，与徐清香见了面，又去后厨叫来了徐老板。

徐老板一听侄女要嫁给高家老二，开心得不知如何是好，一个劲地朝高老爷子施礼。

高立亭拉着徐老板坐到他爹身边，让高立云和徐清香二人跪下磕了头，两人的婚事就这么定下了。

郭丽蓉怀中三个月大的高静姝，小眼睛滴溜溜地望着这场景，咧开小嘴咯咯地笑起来。那笑声就像春天的黄鹂，飘出了院墙，听得人心醉……

张德邦回到下营的第二天，去了赵金龙家，他手里提着礼物，说是去感谢，其实是继续给赵金龙"上眼药"。

赵金龙见他一副开心的样子，一时没弄明白："俺没帮过你什么，用不着感谢啊！"

张德邦没有把话挑明，而是点到为止："赵老板要是知道了怎么帮俺，俺今儿就不会提着礼物上门了。外面人都说，别看姓赵的和姓张的对着干，两人其实穿一条裤子呢。咱都是买卖人，不一定非得从自家的盐场里出盐，对吧？"说完，张德邦起身告辞，留下赵金龙一脸不明所以。

走到门口时，张德邦听到身后传来摔茶杯的声音……

高立云在家待了三天就走了。按高老爷子的意见，婚礼等过年的时候再办。徐清香就留在了高家，帮着嫂子带娃，兼着伺候高老爷子。

高立亭以三千两的价格盘下了那家酒楼，挂上了"临朐兄弟全羊馆"的牌子。张德邦入了股，诸事不管。

高立亭还告诉张德邦，说滨州那边的朋友回信了，赵老幺原是个杀猪的，膝下有三个儿子，叫大奎、二奎和三奎。闹义和团的时候，赵老幺带头闹事，官府前去捉拿。他带着三个儿子逃往直隶，从此没了消息，后来听人说他们一家都已死在了洋人的枪下。

即便弄清了赵金龙、赵银龙就是大奎、二奎、三奎中的两人，可如今是民国了，谁还去算大清的旧账呢？

如果无法证明赵金龙就是杀蔡瘸子和黄二贵的凶手，谁都奈何不了他。特别是有赵泽凯帮忙遮掩着，就像黄师爷的死一样，最终会成为悬案。

商场如战场，主动出击就是最好的防守，但出击要看时机。张德邦意识到，在当下境况下，和盛商号能够抵挡赵金龙的阴招，守住根基，就已经够了。

张德邦把女儿家秀送去县城，平时家秀就住在高立亭家，与徐清丽、高静之一起去上学，课余跟着埃文教父学医。听高立亭说，他们三个人有着说不完的话，学习成绩都很好。

赵金龙的儿子赵耀祖和他们一个班，仗着他爹的势力，总是欺负同学。有一次，他拿着一只蚂蚱放到张家秀的辫子上，徐清丽和张家秀二人把赵耀祖骂了个狗血喷头。可那小子随他爹，脸皮厚，还经常用小恩小惠拉拢几个同学一起使坏，连老师都被他们气得冒烟。

高老爷子终于没能熬过冬天。出殡的时候，高立云没回来。赵金龙赶来吊唁，随了二十两银子的奠礼。

徐清香以儿媳的身份参加了葬礼。高立云一直到过年也没回来。

正月初八，是各商铺开张的日子。朱昭然派人去请张德邦，拿出一张签满议员名字的控诉状，揭发刘文章贪赃枉法，乱加税赋。张德邦毫不犹豫地在朱昭然的签名下面签上了自己的名字。

果然，还没出正月，刘文章就被撤职查办，上面又派来了一位姓路的知事。路知事一上任，就下令禁止银两和大清龙洋、铜圆的交易，通行民国银圆和铜币。但在下营，银两还是通货，混合民国的货币一起使用，一块银圆折银七钱二分。接着，盐税下降到每斤一角二分，各家盐场的窝棚里重新冒出了熬盐的青烟。

朱昭然又找了张德邦几次，提出盐场转卖的事。张德邦故意把价格说得高点，当初他以每亩八百两银子买下来的，再怎么着也不能亏本吧。最终，两人没谈得拢，也就拖了下来。

张德邦以为县署会追究赵金龙与刘文章之前所干的勾当，不知怎么竟没了动静。赵家哥俩一个会长、一个队长，还是当得稳稳当当的。

初春，北海化冻了。赵金龙打听到和盛商号从胶东购盐的消息，终于醒悟过来。花银子买海滩堵水渠，根本就是蠢招，一点也动摇不了和盛商号的根基，还给了张德邦一个不出盐的正当理由。难怪张德邦要提着礼物上门感谢呢。

如果真让张德邦把盐场卖给朱昭然，那他在下营的好日子也就到头了。于是，他主动放开水渠，还请张德邦喝茶，说话的语气也没有原先那么嚣张了，话里话外暗示张德邦一定要保住自家的盐场。

张德邦清楚赵金龙的那点心思，一旦让朱昭然回到盐业，不但赵金龙的日子不好过，所有盐商的日子都不会好过。能开烟馆的老板，就是一个吃人不吐骨头的畜生！

面对复杂的形势，张德邦只能继续利用朱昭然制衡赵金龙，保持这层关系。

三个月后的一天晚上，偌大的朱宅竟然起了大火，宅子被烧了个干干净净，还烧死了朱家的二儿媳妇和孙子。朱昭然一下子晕倒，得了半身不遂，连话都说不出来了。

街上立时有了传闻，说得有鼻子有眼的，说孙黑炮能飞檐走壁，三更半夜带人偷偷进了城，飞过朱家大院的高墙，用洋油引了火，然后飞走了。

第二天，赵泽凯带着几个警察，在朱家的废墟上折腾了好一阵，也没折腾出个子丑寅卯来，就像以前一样没了下文。

外人还不知道，就在朱家出事的第二晚，张家顺突然哭闹不已，睡在隔壁的张德邦起了床，索性去外面凉快。他去茅房的时候，听到一阵狗叫，忽然看到两米多高的院墙上有人影在晃动。他吼了一声，那人跳了下去。他随即提着一根棍子追出大门，见院墙下有一把梯子和一只鞋子，还有两捆浇了洋油的干芦苇。

夜晚风大，风助火势，如果不是儿子吵闹，他家就会和朱家一样了。想到这里，张德邦惊出一身冷汗。

这时，张德兴也醒了，叫了两个下人一起追出来，一见张德邦手里拿着一只鞋子，就说："哥，一定又是孙黑炮。他劫了咱家那么多货，还想来烧咱家的宅子。"

张德邦低声说："孙黑炮和朱昭然有仇，咱可从来没有惹过他，土匪劫财不伤人，凭啥来烧咱家的宅子？"

张德兴似乎反应过来："那就是姓赵的。俺听说，前些天姓赵的和朱家老爷去了海边，不知怎么了，闹得很不愉快。一定是姓赵的勾结孙黑炮烧了朱家，又……"

张德邦打断说："没有证据的事，可不能瞎说。明天去买两条狗，晚上安排人值夜。这事千万不能声张！"

唯有真正识别出问题，才能想出有效的解决方案。等大家都睡下后，张德邦去屋里拿了枪，提着灯笼出了后门。因为前几天刚下过小雨，脚印依稀可见。他顺着脚印往前找，见脚印朝北去了。

他一路追寻，一直走到张世武家门口，见里面黑着灯。他没有拍门，拿出那只鞋，在门口比对了一番，最后把鞋子放在门口，又往里面塞了几块大洋。

他相信，以恨对恨，恨永远存在；以爱对恨，恨总有一天会消失。张世生被砍头后，张德邦除了每月送钱、定时派人帮忙外，还让张世生的儿子张云波去学堂念书；张世武仍在盐场那边干活，每个月比别人多领五十文钱。如果张世武心里还怀着恨，要烧他的宅子，则触碰到了他的底线。

爹说过，人要行善，但好心不一定有好报，有时候会喂了狗。

张德邦也不是没有亲身体会，但还是觉得行善最终会有好报，即使喂了狗也是行善。于是，他把手里写着"张"字的灯笼挂在门环上，心里念着：这是第一次，也是最后一次！

凡事留一线，也是给自己一条退路。他慢悠悠地回了家，又睡了一会儿，天亮后就骑马往县城赶去。令他没想到的是，张世武从此不见了……

张德邦来到朱家破烂的老宅里，瘫在床上的朱昭然瞪着眼珠子望着他，脖子上梗出了一条条青筋，艰难地从牙缝里蹦出含糊不清的三个字"朝天锅"。

张德邦凑近了问："您想吃朝天锅吗？"

朱昭然无力地摇了摇头，似乎很失望。

"朝天锅"是潍县特色美食，据传与郑板桥有关。有一年寒冬腊月，时任潍县县令的郑板桥到河滩大集微服私访，看到赶集的人饥寒口渴。他体恤百姓，命卖肉的商户就地垒灶台支锅，在大锅里放一些猪下货，边煮边卖。赶集的人能喝上口热汤，也可以用单饼卷上热乎乎的猪头肉、肥肠、心肝肺等，那叫一个美味。当地百姓称它为"杂碎锅子"，又因为锅口朝上不盖盖，又称"朝天锅"。后来，有人将大锅移至屋内，开起了朝天锅店，风靡至今。昌邑县城也有开朝天锅店的，有好几家。可这与朱昭然也没有什么关系啊？

张德邦想了很久，始终没弄明白朱昭然说的是啥意思，这也成为他心里百思不得其解的"谜"。

朱昭然躺了一个多月就咽气了。三个儿子为了争夺家产，曝出了偷运鸦片的事，连烟馆也被查抄了。

不久，王蛤蟆在赵金龙的指使下，真把烟馆开到了县城。

和盛商号继续出着盐，马逢春算了一笔账，每斤能赚四分钱，十几个分号勉强维持着运转。按张德邦的想法，只要不亏本就行。兄弟全羊馆那边买卖不错，每个月能有几十块大洋的分红，足够家庭开支了。

在诸位士绅的推举下，高立亭就任县议事会议长，张德邦仍任副议长，赵金龙也加入了议事会。经过商议，他们制订了一些民主施政举措，送到县知事那里，却没了下文。

赵金龙笑着说："总统要当皇帝，议事会就是放屁！"

果然没多久，街上传闻袁总统就职洪宪皇帝，中华民国改叫中华帝国。一些人又偷偷把辫子接在头上，在背后一晃一晃的，就像赶蚊蝇的牛尾巴。

到了桃子成熟的季节，北京那边传来消息，袁皇帝死了，还是中华民国。那些把辫子接在脑后的人，又把辫子藏了起来。

自从有了张家顺，张德邦就与妻子分床睡，开始是住在隔壁，后来索性搬到东跨院的书房。四十岁左右的男人，正值旺盛年华，他有时候也辗转难眠，可一想着埃文教父的警告，陈梅英不能再怀孕，便打消了念头。有一次，陈梅英暗示他再娶一房，被他顶了回去……

这天晚上，张德邦睡到半夜，忽然听见门响，以为进了小偷，正要起身，却见门开了，一个身影晃了进来。还没等他反应过来，那人影已经扑到床上。他本能地用手一推，感觉触手软绵绵的，同时闻到了一股女人特有的香味，下面立时有了反应。

正在疑惑时，只听那女人轻声说："大哥，是俺！"

·

第九章

　　一个能够控制自己情绪的人，才能控制自己的人生。此时，张德邦听出是弟媳杨小玉的声音，心里的天平迅速摆正了，随手抓了一件衣服跑了出去。

　　哪知刚出门，就被一个人抱住了，那人低声说："哥，帮帮俺吧，俺到现在没儿没女的，走在街上都抬不起头来啊。要是……要是她能怀上，那也是咱张家的血脉啊。哥，求你了！"

　　张德邦把弟弟甩开，踢了一脚，低声骂道："你个神经病，俺怎么能做那禽兽不如的事，愧对祖宗啊。"

　　走到外院，仰头看着悬在半空的弦月，听着弟弟压抑的呜咽，他发出几声长叹，低头骂了一句："造孽啊。"

　　这年海上结冰的时候，高立云回来了，与徐清香举行了隆重的婚礼。听说他已升任营长，赵金龙觍着脸上门祝贺，还送了一个二十两重的金财神。

　　高立亭告诉张德邦，他实在看不懂这个人。同样，张德邦也看不懂！

　　赵金龙是个买卖人，在生意上巧取豪夺，在官场上挥洒大手笔，都很正常。不正常的是，他在铆足了劲对和盛商号发起一击后，却突然停手了。

　　张德邦躺在炕上的那些日子，琢磨了赵金龙对付和盛商号的各种法子，也吩咐弟弟尽量避免被人抓住把柄。他想过，如果赵金龙把和盛商号逼上绝路，他只有以命相搏！

　　其实，每个人都有自己的底线，一旦别人突破了底线，剩下的就只有最值钱也是最不值钱的命了。没想到的是，赵金龙居然莫名其妙地放过了他，以赵金龙的性格，绝不会那么轻易放弃的。他对孙栋才一家，那可是

赶尽杀绝啊——

孙栋才被逼自杀后，赵金龙诱使他儿子又抽又赌，最后把店铺和宅子都卖了，还欠下了高利贷，只得卖了老婆孩子，走了他爹的老路。

朱昭然家的那一把火，说是孙黑炮放的，可细细琢磨，应该也是赵金龙下的黑手。或许，赵金龙是畏惧他与高立亭的关系，才不敢太过分了，正所谓"做人留一线，日后好相见"。

时间一晃就是几年，张德邦每天活在小心翼翼里，总算保住了祖上传下来的家业。和盛商号的运营仅仅够维持盐工们的生活，还有几十个伙计与其同甘共苦支撑着。遇到年份好的时候，还能多赚一点，好歹还上了同德银号的借款，连本带息近四万块大洋。

高静之、张家秀、徐清丽已经长大成人了，眨眼间就变成大姑娘、大小伙了。三人依旧天天见面，只是在一起时高静之多了一分男人的羞涩。

张德邦知道，高立亭在黄师爷出事那年，主动提出让高静之将来迎娶黄师爷的女儿黄小翠。这些年，张德邦知道高静之与黄小翠少有往来，但几次话到嘴边还是没说出口。

张德邦一直认为女孩能识几个字就行了，将来寻个门当户对的人家嫁过去相夫教子，也不需要抛头露面。所以张家秀中学毕业后，没有继续在埃文教父那里学医，而是回了家。

徐清丽也不读书了，在全羊馆帮忙。有人上门求亲，被她骂了出去。她识文断字，嘴巴伶俐，满嘴都是理，还没出阁呢，就得了个"羊汤西施"的名号。

高静之去了省城读书，一直与张家秀有书信来往。张德邦看在眼里，急在心里，劝了女儿几次，可看到女儿那忧郁的眼神，他的心就软了。他后悔当初没主动提出与高家联姻。若是让女儿去给高家做小，他心里怎么也过不了那道坎。

眼见女儿日渐憔悴，他也无可奈何。当娘的最懂女儿心，陈梅英对他说："他爹，咱家秀不会是林黛玉托生的吧？"

张德邦连连"呸"了几次，对妻子有点恼："你就别咒咱闺女了吧。"

在妻子的撺掇下，他还是厚着脸皮去找高立亭，探探口风，看看有啥好法子。动身的时候，张家顺非嚷着要跟着去。

张家顺自幼聪明伶俐，五岁上学堂，国文和算术都很优秀。张德邦特别疼爱这个儿子。自从有了张家顺，家里确实也顺遂了不少。那年，要不是他夜里哭闹，家宅肯定就让人一把火给烧了。

老大张家昌老实本分，在学堂读书，有空就让马掌柜教着打算盘，看来还真是当掌柜的料。

高立亭正在教女儿读古诗，见张德邦领着张家顺进来，忙起身相迎。两人坐下后，他吩咐女儿：“静妹，你跟家顺哥哥玩去吧，爹和你叔说点事。”说着，他给张德邦倒了茶，问：“近期买卖怎么样？”

张德邦说：“还凑合吧，能维持着就不错了。”

高立亭见张德邦面带愁容，笑着问：“怎么了？姓赵的又为难你了？”

张德邦回答：“那倒不是。”接着就把张家秀与高静之通信的事说了。

高立亭也着实犯了难，虽说现在的年轻人整天叫嚷着婚姻自由，可当年订下的婚约不能说黄就黄了吧。再说，他俩还欠着黄师爷一条人命呢！

张德邦知道高立亭的难处，高家只能娶一个儿媳，至于将来会不会娶偏房，那是另一码事。

最好的朋友往往是惺惺相惜的，不愿给对方增添一点麻烦。一见高立亭面露难色，张德邦急忙换了话题，聊起了几任县太爷，每一任都捞得肚满肠肥。怨恨归怨恨，感慨归感慨，最后一切还要回到现实——

中华民国九年，赵泽凯去了胶东道，郑光耀接任警察局局长。

高静之与张家秀的事也不好再提，两人有一搭没一搭地闲聊着。张德邦扭头看见张家顺与高静妹在门口放风筝，一副嘻嘻哈哈、天真无邪的样子，当即说：“高年兄，您当年说静妹有一股牛劲，不知哪家的公婆要遭殃，要不就便宜俺家得了。”

“这事有点突然啊，儿女大事，容我考虑一下如何？”

“俺今儿上门，就是想着和您结成亲家的，不能让俺再留遗憾啊。”

见张德邦这么说，高立亭笑笑，算是应承下来，但也给自己留了后路：“兄弟，虽说俺答应了，可孩子还小，长大后是啥样也不清楚，将来要是他俩没缘分，您可别怪俺哟。”

张德邦笑着说：“有您这句话，俺就知足了。”说完，他当即把张家顺叫进来，给岳父岳母磕了头。

高立亭受了礼，笑着说："等过两年他来城里读书，也住在俺家里吧，好有个照应。"

事先，张德邦也没带什么礼物，便把身上的玉佩摘下来，说："这算是俺的随身之物，俺爹留下的，就当作定亲之礼吧。"

高立亭也没客气，伸手接过来，说："等她出嫁的时候，这玩意还是你们张家的。"

张德邦笑了："咱俩还分得那么清啊。"

高立亭接着说："还有一件事，俺差点忘告诉你了，立云如今是团长了，管着一千多号人呢。前些天来信说，军队驻扎在广饶，俺那弟媳生了两个娃，军队过些天要往南走，想送回家里来，还说军队要用你家的盐，一个月一千斤。他也帮着联系了另外两个团长，人家都答应了，价格比市场上高一成。"

张德邦开心地说："那敢情好，俺亲自押运过去，顺便把清香给接回来。"广饶不通火车，必须用马车运过去。

高立亭说："不用，不用，估计这几天就到了，有军队护送过来。"

张德邦突然想起一件事："如果弟弟回来时顺便剿灭了孙黑炮，是不是大功一件哪？"

孙黑炮一直闹得挺厉害，这些年改劫道为绑票了，专门绑架大商户。去年，城里丰升银号的掌柜媳妇领着儿子回娘家，就被孙黑炮绑了，花了五千大洋才赎回来。夜里，土匪还去盐场那边偷盐，各家商号都被偷过。县里剿了这么多年，一点用也没有。老百姓笑话说，县警出城剿匪，匪毛没见一根，尽糟蹋地里的庄稼了！

高立亭说："军队剿匪要奉命才行，俺就是想让他立功也没机会啊。"

张德邦说："这年头土匪多如牛毛，长官护送老婆回家，上面没说不能动用多少人，是吧？来个一百多人就行，也算给您撑撑脸面。等他们回去的时候，一部分化装成盐队的伙计，跟着俺的运盐队走，其余的人跟在后面……"

话还没说完，高立亭笑了："这个法子不错，俺这就写信和他说说。"

张德邦打的是自家的小算盘，不管当年杀伙计的土匪是不是孙黑炮，孙黑炮曾经劫走和盛商号的盐包是事实，只要高立云的军队剿了土匪，也算是报了仇。他还多了个心眼，那就是抓住孙黑炮，就可以确认赵金龙究竟有没有与其勾结了。

吃午饭的时候，张德邦多喝了两杯，让张家顺赶着马车往回走。路上，他迷迷糊糊中听到家顺说什么长大也要当团长。他随口答应着，听了个稀里糊涂。

也不知过了多长时间，他一觉醒来，听到儿子在和别人说话。他一机灵立时醒了七八分，"噌"地一下子坐了起来，见前面车辕上坐着一个青年，手里提着赶马车的鞭子。

他警觉地问："你是谁，怎么在俺车上？"

张家顺回答："爹，这是俺舅，还说出了娘的名字呢。"

那青年回头望了一眼，张德邦并不认识，接着问："俺问你呢，你到底是谁？"说着，随手拿出藏在衣服里的枪，并打开了保险。

这是一支德国产的盒子枪，是埃文教父送给他的。几年前，他送张家秀去埃文教父那里学医，捐了两千块大洋。埃文教父便以这支枪作为回礼，说是让他防身。几年来，他每次出门都把枪带在身边，一直没用得上。

那青年看了一眼张德邦手里的枪，并不害怕，笑着说："姐夫，俺叫陈清水，俺爹是和盛商号德州分号的陈有才。光绪三十年腊月二十，您去德州娶的俺姐，那时候俺才五岁呢，追着你要糖葫芦吃，您忘了吗？"

张德邦怔了一下，赶紧合上枪的保险，往前爬过去，紧紧抓住陈清水的手，泪水一下子涌了出来，声音也哽咽了："兄弟，俺得到消息赶到德州之后，都……你姐哭了好些天呢，以为一家人全没了……兄弟……究竟怎么回事啊？"

陈清水说："出事那天，俺碰巧出去玩了，回来见家里烧成了废墟，乱糟糟的。俺站在那里哭，一个好心人把俺领走了，闯了关东。继父待俺像亲生儿子一样，今年春上，俺尽了孝，就想着来昌邑找俺姐，没承想在这里遇见您了。"

张德邦连连说："真是巧了，回来就好，回来就好。你姐要是知道你还活着，不知道该有多开心呢。"

两人说着话，笑声洒满一路。张家顺嘟着嘴，接过鞭子，"啪"地甩了一下，那马撒开四蹄狂奔，很快便到了下营。

到了家门口，张家顺急匆匆跳下车，喊叫着跑了进去："娘，娘，俺舅来了！"

张德邦和陈清水一前一后进了家门，还没走到内宅，陈梅英踉踉跄跄地迎出来，扶着门框怔怔地看了一会儿，脸上写满了疑惑，嘴唇哆嗦着说不出话来。

陈清水叫了一声"姐"，说："俺是豆儿。"

陈梅英顿时惊喜万分，身子晃了两晃，往地上栽去。

张德邦见状，连忙冲上前把妻子搂在怀里，说："他舅，你姐想你们哪，一下子受不了……"

陈梅英缓了片刻，睁开了眼，喊了一声"兄弟"，泪水狂涌而出，又跪下仰天喊了一声："爹、娘，苍天有眼啊，俺兄弟还活着……还活着呢！"

陈梅英搂着弟弟，哭了好一阵才停下来，仍不断抽噎着，眼角挂着欣喜的泪。

张德邦也是热泪盈眶，今儿张家三喜临门：一喜是与高家结了亲家；二喜是送盐去军队，买卖看到了希望；三喜是姐弟重逢，这是天大的喜事。

三个孩子走上前见过舅舅。陈有福也赶来了，兄弟俩免不了一阵唏嘘。

张德邦开心不已，吩咐张德兴赶快准备酒菜，孩子他舅一路赶来，肯定饿了。

陈清水笑着说："姐夫，俺不饿，俺在城里喝的羊肉汤，还被那店里的小妮子一顿骂呢。"

张德邦问是咋回事，陈清水说："就因为多说了一句话……"

陈清水还没说完，张家秀低着头接了腔："舅，她就那样，得理不饶人，甭理她就是了。"

每一个人来到这个世界上，都是因缘而聚，因缘而散。陈清水一听，惊讶地问："你认得她？"

张德邦便把徐清丽与张家秀的关系，还有徐家与高家的一些事简单说了。

说话间，张德兴一副闷闷不乐的样子。张德邦便把他拉到一边，低声问："怎么啦？"

张德兴挤出一丝微笑："没事，哥。"

吃晚饭的时候，张德兴似乎满怀心事，不言不语，喝着闷酒，后来喝得趴在桌子上又哭又笑，举止失控。

张德邦有些生气，骂了几句，吩咐下人扶着张德兴回去休息。

在酒席上，陈清水提出想去盐场那边干活，张德邦没答应。盐工们干的都是粗活，传出去也不好听，可以先去柜上帮忙，顺便熟悉一下业务。

他得知陈清水尚未婚配，心中微微一颤，立马想到了骂过他的"羊汤西施"，心里闪过这个念头，但没有往深处想。

陈梅英亲自给弟弟收拾出一间厢房，似乎与弟弟有聊不完的话题。

张德邦没有打扰他们，去了张德兴那边，见弟弟躺在炕上眯着眼。杨小玉坐在旁边，揉着肚子，看到他进门，赶紧掩饰，神色有些慌张。

张德兴并没睡着，瞅了哥哥一眼，顾自傻笑起来："这下你开心了？"

张德邦叹了一声："兄弟，你说啥呢？睡觉吧。"他心里似乎明白是咋回事了，只是无法说出口。

转身出门的时候，他跺了一下脚，沉声说："过些天出一万斤盐去广饶，俺自己押送过去。"

从东跨院出来，张德邦感觉脚下有些发虚，弟媳肚子里怀的不知是谁的种。早知这样，当初就该听弟弟的话，肥水不流外人田。杨小玉长得不赖，身材前凸后翘的。当时，弟媳扑在他怀里，他不是不想，但祖宗的礼法逼得他控制了欲望，这种事情一旦暴露，他还怎么在下营混啊。

走到陈清水的窗前，他见里面亮着灯，姐弟俩聊得正起劲，屋内还不时传出陈梅英开心的笑声。他已经好久没听到她这样笑了。

陈梅英自从生了张家顺后，下腹部时常疼。吃了米娅留下的洋药，也喝了不少中药，病情一直不大见好。特别是每月见红后，就感觉累得不行，要躺好几天，一直就这么病恹恹的。

张家秀屋里同样亮着灯，一个模糊的人影晃在窗户纸上，准是又在给高静之写信呢。

他寻思着找个合适的时机，与女儿好好聊聊，直接把她送去省城学医，干脆让他俩经常见面，没准儿两人私订了终身，高立亭也就没辙了。

这个法子虽有些不地道，但也是没有办法的办法。真那样的话，高立亭也会理解的。至于黄小翠那边，可以多给一些补偿……

两个儿子的房间虽没亮灯，却隐约听到哥俩窸窸窣窣的说话声。他在院子里转了一圈，进了书房，躺在床上，感觉心里空荡荡的。

刘文章被查后，盐税都按民国银圆结算，火耗银两这一项也就没了。这两年，政府那边的盐税已经涨到每斤两角六分四厘。虽说走铁路货运能够节约一些成本，可每斤盐的成本也要七角多。如今，连山区那边的盐价也涨到了九角，一斤盐能换三四斤麦子，折算起来，达到原先的近两百文钱。大城市的盐价还很坚挺，前一段时间学生闹事的时候，北京的盐价到了每斤一块五……

张德邦想着这些事，不知不觉睡着了。睁开眼时，天已大亮了。洗漱的时候，他见鬓角多了一些白发，忍着疼揪了几根，可好似揪不干净，就索性不揪了。从二十岁开始，他就操心着商号的买卖。特别是这十年来，还要每天提防着赵金龙的黑手，哪里睡过几个安稳觉啊。古语云，四十不惑，可他已到了四十岁的年纪，很多事情咋还没弄明白呢？

张德邦来到院里，张家顺蹦跳着过来："爹，俺舅呢？"

张德邦问："没在屋里吗？"

正说着，一个下人在旁边说："老爷，一大早陈管家就领着他去盐场了。"

张家顺一听，不高兴了："舅舅说话不算话，昨天在车上答应俺，要教俺念洋文呢。"

张德邦说："你姐也会洋文，找她教你去。"

支开儿子后，他来到陈梅英屋里，见妻子躺在床上喘息着，脸色煞白。张家秀坐在旁边，低声说："俺问过埃文教父，俺娘这病主要是当初流血过多，后来没恢复好，所以……"

张德邦也知道，在他被抓的那些天，陈梅英没有睡过一个囫囵觉，替他担惊受怕的，能养好身子吗？他心里一直愧疚着，所以陈梅英劝他纳妾，他一口拒绝了。

此时，陈梅英喘着气说："他爹，俺弟昨晚上说要去盐场，可千万别让他去。盐场那活不是他能干的，让他去柜上或在家里帮忙也成。过两年给他娶个媳妇，也算替俺爹娘……"

张德邦安慰说:"你好好歇着吧,俺心里有数。"

早饭后,张德邦去了盐场,见陈清水穿着一身粗布衣裳,打着赤脚在盐田里铲盐,一边干活,一边与几个盐工说着话。

他转了一圈,没看见张德兴,问了伙计后才知弟弟两三天没来盐场了。制好的精盐堆了两大垛,还没过秤入盐库呢。

兄弟俩经营和盛商号二十年了,从来没有发生过这样的事。张德邦铁着脸,临时指派一个叫张老财的远房本家暂时接替弟弟。张老财本来就协助张德兴管理盐场,也是熟手。

回到家,张德邦一直等到天黑,也没等到弟弟回来,就去东跨院问弟媳,杨小玉苦笑着不吭声。

家丑不可外扬。他嘱咐杨小玉:"别一天到晚窝在屋里,多去街上溜达,就说吃了埃文教父的洋药怀上的。你俩不要脸,俺还要呢,也不怕辱没了祖宗!"

杨小玉朝他啐了一口:"当年如果不是你去惹那条狗,狗能咬他?你倒好,自己爬树上去了。你兄弟跟着你这么些年,他得到啥了?你有儿有女的,他成了绝户。他心里有多憋屈,你知道吗?"

张德邦被弟媳一顿数落,脸色涨得通红,一声不吭地出了门。家里发生这样的事,就像一坨子驴粪堵在嗓子眼,吐不出也咽不下。

回到堂屋,他心里憋着气,在下人面前还得装出若无其事的样子。

张德兴一整晚都没回来,他让陈有福派人去找,镇上的烟馆和赌场都去了,也没找到。

第三天,张德兴终于回来了,满身的怪味,脸上还有两个大黑眼圈。

他把弟弟拉进书房,低声骂起来:"你这半混,三天不见人影,盐场那边也不管了。你去哪儿了?俺还寻思你被孙黑炮绑了呢。"

张德兴斜了哥哥一眼,满不在乎地说:"俺倒想被绑了去。"

张德邦低声说:"俺知道对不住你,可那时俺才八岁,那条狗又那么凶……"

张德兴摇头晃脑的,就像一个醉鬼,抢过话头:"小时候的事情甭说了,就说咱爹走后的事吧。你是俺哥,没错,可张家上下从来就只有你说话的份儿?俺的话有时候连管家都不稀得听,什么事都要你同意。俺想明白了,

从今往后你甭管俺了，也让俺活得像个人样！"

张德邦一听，憋了两三天的怒火顿时被激发出来，扬手给了弟弟一记耳光："俺啥时候亏待过你？你啥时候活得不像人了？商号是咱俩的，不是别人的，一个家必须要有一个主事的人！"他想起弟媳说过的话，压低声音说："以后娃儿生下来，甭管是谁的，俺会像亲侄子一样对他。爹说过，咱兄弟不能分家，俺会立下遗嘱，以后孩子们要是分家，绝对不按人头，要一家一半。"

张德兴往床上一躺，说："俺要睡觉了。"

张德邦说："俺可警告你，不许你去烟馆，更不许去赌场，否则我对你不客气！"

一连好几天，张德邦心事重重，愁眉不展，每天看着家昌、家顺兄弟俩欢天喜地去学校，却开心不起来。

一万斤盐已经准备好，就等着高立亭那边的消息了。

陈梅英的身体越来越差，他让人去请埃文教父过来看看，下人回来说埃文教父去了潍县乐道院。

陈梅英一直想让弟弟回来，可陈清水就愿意在盐场干。这天，张德邦又派人去盐场叫他回来。人没叫回来，张老财却急匆匆地来了，告诉张德邦，陈清水和盐工们经常谈啥"革命"……

张德邦听了，顿时背上起了一阵凉意……

第十章

中华民国元年那四条人命一直是张德邦心里的痛。如今陈清水所谓的
"革命"，要是被赵金龙知道了，指不定会闹出什么乱子来。

十年前，已经错杀了一个"闹革命"的远房侄子，决不能再出人命了。

人在江湖，明枪暗箭天天有，没有人会事先通知你。张德邦匆匆去了
盐场，好歹把陈清水拉了回来，二话没说，让陈清水和张家秀一起送陈梅
英去潍县乐道院治病。为防止被孙黑炮劫道，张德邦还特地吩咐他们绕道
岞山火车站乘火车去。

张德邦刚把陈清水他们送走，郑光耀就带着人来了，说是有人举报和
盛商号的盐场有乱党分子。

幸亏张德邦早有防备，自然显得很镇静，说前几天请了一个记账先生，
在盐场和盐工们唠嗑时，随口说了广东那边革命的一些稀奇事。他生怕惹
出啥乱子，就把那个记账先生给辞退了，现在人也不知去了哪里。

郑光耀把张德邦拉到一边，低声说："姓赵的手太黑了，黄师爷死得
不明不白，可那事俺没法插手，您这边可千万不要让他抓住小辫子呀！"

张德邦知道郑光耀一向仗义，他感谢了一番，亲自把郑光耀送到门口。

看来，不能让陈清水再回来了，以免赵金龙生事。陈清水有文化，否
则也不会说出教张家顺学洋文那样的话。他决定将陈清水介绍去高立云那
儿落脚，以后的事再另做打算。

他在家里等了半个月，高立云的部队终于来了人，十几个当兵的，一个
个扮成伙计的模样，由一个姓焦的连长领着，枪支都装在车上的麻袋里。

焦连长告诉张德邦，高团长考虑到土匪可能有眼线，所以没让军队进

下营，还有七八十人在后面，随时待命。

出发前，张德邦去找了傅立善，想让傅立善帮忙去商会借护盐队，虽说请了十几个伙计，但手里没枪不行。他已经退出商会，拉不下脸来去商会要人。

其实，他这么做的目的，就是让傅立善去通知赵金龙，把和盛商号运盐去广饶的信息传出去。

果然，傅立善出去后没多久就回来了，说姓赵的不给派人。为了表示对赵金龙的愤恨，傅立善还当着张德邦的面，把赵金龙的祖宗十八代都骂了个遍。

张德邦望着傅立善那口沫横飞的样子，忍着笑，低声安慰："这些年，姓赵的没少在咱头上拉屎，只要咱规规矩矩做买卖，他就拿咱没辙。他要是敢再堵水渠，俺就把盐场卖给高立亭，去高密开全羊馆去！"他心里清楚，这些年赵金龙不敢动他，全仰仗他和高立亭的关系。

临走时，张德邦故意叹了口气，说："既然不给派人，俺就亲自押运吧。"

从傅立善家回来，张德邦吩咐马逢春，赶紧把他亲自押运盐包的消息散布出去。赵金龙听到消息，肯定会以最快的速度通知孙黑炮。

张德邦还是和上次那样，选择半夜悄悄出发。因为土匪在官道上都有耳目，大白天就会选一处地方动手，根本不需要等到晚上。而夜晚走路只见灯火不见人，土匪摸不清有多少人，就不敢轻易出击。

按计划，后面跟着的军队同样着便装，扮成闯关东的汉子，十几个人成一群，距离运盐队只有几里地，一旦有什么风吹草动，他们能快速围上来。

张德邦故意走得很慢，在潍县固堤还停留了一天，派人骑马去潍县乐道院接上陈清水。陈清水还带了两个人，说是他的朋友，跟着一起去投军。

运盐队过了白浪河，走到一处林地，路边坐着一个须发皆白的老乞丐，正低着头打瞌睡，衣裳破烂不堪，双腿肿胀，流着脓血，他面前还放着一只破碗。

这条道并不是官道，来往的人不多。张德邦没多想，往破碗里扔了两块大洋，说："老人家，您拿着去看看伤吧。"

老人没抬头，而是摸索着把碗里的大洋抓在手里，又用木棍敲了敲破碗，那意思是不够。

土匪劫道也有规矩，有时派个人在路边等着，就是土匪的眼线，也称"眼子"。懂行规的人拿了钱给"眼子"，算是买路；如果不懂规矩贸然往前走，进了土匪的圈套，货就会被吞掉。

张德邦大惊，连忙朝老头深施一礼，放进去十块大洋，见老头仍没动静，又继续往碗里放，直到放了七十三块，老头才伸手拿起破碗，意思是行了。

通常买路只需十块二十块的，多的也不过三四十块，这老乞丐也太贪得无厌了吧。

焦连长几次要去摸枪，都被张德邦用眼神制止了。土匪在暗处，他们在明处，若是打起来很容易吃亏。即便要动手，也应该等到土匪露面才行。有时候能用钱解决的事情，没必要拼上人命。

张德邦朝着老人再次拱手，问："当家的，您认识孙老板吗？俺想见见他，有几句话想问他。"

老头没有回答，起身抹掉腿上的脓血，仍旧低着头，利索地往林子里去了。土匪的"眼子"怕被人看清长相，所以低头也很正常。

马成林走到张德邦身边，低声说："东家，俺和您换一下衣服吧。"

张德邦穿着一身长褂，戴着黑色圆顶帽子，帽子上面还镶嵌着一块白玉。外人打眼一看就知道他是管事的人。如果土匪要杀人越货，往往先朝这种人开枪。

这时，一个声音从林子里传出来："张老板，往前三里地，甭开枪！"

张德邦一惊，这个老头怎么知道他身份的？细细一品，他觉得这声音似乎很熟悉，是柴大仙，没错！想不到柴大仙离开下营，成了土匪，可这也不对啊。如果柴大仙是孙黑炮的"眼子"，拿了买路钱后，会通知土匪放道，又怎么会在前面等着他们，还叮嘱说"甭开枪"呢？

他朝林子里喊："柴大仙，蔡瘸子原是朝廷六品武官，是谁杀了他？"

一个人不可能无缘无故被杀，柴大仙与蔡瘸子、黄二贵的死应该有着某种联系，而他们与赵金龙之间的关系也是一个谜。

声音在林子里回荡，却再也没有声音传回来。张德邦拔腿追了过去，

可等追出林子，早就不见柴大仙的影子了。他猜测，只有一种可能，柴大仙知道前面有土匪埋伏，所以在这里发出警告。

张德邦快速与马成林换了衣服，队伍继续往前走。大约走了半里地，他们见路边树上绑着一个人，嘴巴被堵着。

张德邦一看，这才是真正的"眼子"，立即让马成林把人放下来。那人跪在地上一个劲地磕头，直叫："老爷饶命，老爷饶命。"

张德邦问："你是孙黑炮的人？"

那人连连点头。

张德邦又问了几句，得知上次杀人劫盐的就是孙黑炮，烧朱家大宅的也是孙黑炮，只不过城里有人接应。孙黑炮就在前面的水泊子边上等着，已经等了两天了。

张德邦半信半疑，孙黑炮是一条顶天立地的汉子，不应该干那样的傻事。他拿了十块大洋给那人："好好回去过日子吧，别再当土匪了。"

那人拿了钱，又在地上磕了几个头，看着张德邦他们一行人走远，拿出一个冲天炮，点燃后放上天。

张德邦听到身后一声响，也不知是福是祸，当下吩咐大家小心点。

一行人又走了两里多地，听到一声枪响，队伍最前面的马成林捂着肩膀滚落在地，接着又是一声枪响。这时，前面苇子地里站起一个土匪，大声喊："张老板，是误会！"

张德邦还没听明白咋回事，就听焦连长骂了一句："都开枪伤人了，还有什么误会。俺本来就是来剿匪的！"

对军人而言，枪声就是命令！

焦连长举枪"砰砰"两声，放倒了那个喊话的。士兵们立即抽出枪，噼里啪啦地射击起来，边射击边往前冲，转眼撂倒了好几个土匪。

张德邦猫着腰上前把马成林拖到盐包后面。第一枪是打马成林的，可第二声枪响究竟是怎么回事？那土匪说的"误会"是啥意思？

这时，枪声中传来一个粗犷的吼声："弟兄们，豁出去灭了他们！"

双方隔着两条沟，互相射击，土匪人多，且形成四面包围之势。焦连长的人冲出后又退了回来，还伤了两三个，其他人躲在运盐车后面，奋勇抵抗。

土匪开始往前冲，可总归敌不过正规军，在死伤七八个人后，再也不敢靠近了。

时间一分一秒地过去，双方就这么僵持着。

张德邦用手给马成林捂着伤口，陈清水从车上拿来绷带，一起帮着包扎。马成林疼得喘着粗气，说："东家……不对……上次的土匪……有机枪……"

张德邦愣了，一般的土匪哪有机枪，只有正规军队才有。他听了这一阵子枪响，也没有听到机枪响。

焦连长下令士兵暂缓射击，目的是拖延时间。只要坚持半个小时，后面的队伍追上来，土匪就逃不掉了。谁知只等了十几分钟，后面冲过来一拨人，一边吹号一边开枪，直接用机关枪开道，强行撕开了一个口子。

土匪哪见过这样的阵势，撒丫子就跑了。焦连长和后面上来的士兵一起对土匪展开追击。

张德邦瞅见几个土匪护着一个人，跑向一处坡地，坡地下有几棵树，树上拴着几匹马。要是让孙黑炮上了马，就很难抓到了。

他当即上马，一手提着枪，一手抓着马缰，冒着枪林弹雨追了上去。那几个人也上了马，正往西北方向狂奔，见后面有人追来，忙不迭地开枪，可距离有点远，根本打不着。

张德邦一路追了十几里地，眼瞅着人突然不见了。正在纳闷的时候，一个人影从草丛中飞起，一把拽住他，将他拖下了马。他正要挥枪，可手腕一痛，手枪立马到了对方手里。

这时候，他看清了面前的几个人，其中一个居然是失踪了好几年的张世武，另一个目露凶光、满脸络腮胡的应该就是孙黑炮。

孙黑炮晃了一下枪，说："能够单枪匹马追俺的，确实是条汉子。要不是小武认出你是张老板，现在你已经是一具尸首了。"

面对黑洞洞的枪口，张德邦并不惧怕，起身朝孙黑炮拱手道："孙当家的，开枪的时候俺好像听到说啥误会，所以追来问问。"

孙黑炮冷笑道："以前是有点误会，不过现在没有了，你欠俺三十多条人命呢。"

张德邦说："可俺也有伙计被害了，还被你们劫走了四万斤盐，是你

不讲江湖道义，劫货还杀人！"

孙黑炮说："那事真不是俺干的。俺以前确实劫过你的盐，可从来没杀过人。你救了徐家姐妹的事，俺听说了，俺敬你是个好人，早就吩咐兄弟们不能打你家的主意了。俺今天见你，就是想和你解释清楚，没承想你却给俺下了套！"

张德邦说："上次杀俺伙计的那伙土匪有机枪，俺也是刚刚知道你们没有机枪，所以断定杀俺伙计的那伙人不是你们。"

虽然大家都认为杀人劫货是孙黑炮干的，可张德邦一直有所怀疑，觉得事有蹊跷。这次他亲自押货，约莫着那帮人还会再次下死手，所以与高立亭商议了用军队暗中押运的计划。如果孙黑炮这次真要劫道，也是活该撞到枪口上。

孙黑炮说："违背道义的事俺可不干，冒充俺、毁俺名誉实在可恶。俺怀疑是'穿叶子的'①，不像道上的！"

难道上次杀伙计劫盐的人，是军队假扮的土匪？

张德邦顿时吃了一惊，如今时局混乱，军阀四起，民不聊生。军队假扮土匪杀人越货，也不是不可能。他倒吸一口冷气，问："俺遇到了柴大仙，他吩咐俺甭开枪，可却是你们先开的枪。"

如果他没有与马成林换衣服，倒在地上的就是他了。

张世武说："叔，不是俺先开的枪，开枪的人已经被当家的给毙了。"

张德邦想起那两声枪响，问："究竟怎么回事？"

张世武说："三天前，有两个人找到俺，说您亲自押盐去广饶，没有派护盐队，只有十几个伙计。有人出一万块大洋买您的人头呢，当家的没答应。那两人又说，有一队潍县丁家财主的布匹商队要去广饶那边，可以合作一次。俺当家的才答应了，把队伍拉到这边，等了一天也没见丁家的商队过来。那两个人中的一个说，他去林子里联系他们当家的，来一场两头堵截。俺这边就留下了一个，没多一会儿，您就过来了。俺认出骑在马上的不是您，而是马掌柜的儿子。当家的也纳闷，要找一个兄弟过去和马掌柜儿子说话，哪知那个人居然开了枪。当家的就火了，一枪崩了那

---

① 穿叶子的：土匪黑话，指穿军装的人。

个家伙。俺一个兄弟对您喊'是误会',可你们根本不听,直接开了枪,还打死打伤俺好几个兄弟。当家的顿时红了眼,这才和您干上了,没承想……"

张德邦想起他在树林里放走的那个人,别看那个人一个劲地求饶,却没说一句真话。那个家伙显然是受人所托,目的就是借孙黑炮的手杀掉他。见孙黑炮不答应,才把孙黑炮诓骗到这里,然后先开枪,造成双方误会开火。

可军队暗中押货的计划,连傅立善都不知道,那个人又是如何知道的呢?想到这里,他问孙黑炮:"柴大仙是你的人?"

孙黑炮说:"那是俺义父,当年就是他把俺从姓朱的手里救下来的。他还告诉俺,手下有兄弟才能报仇。俺一直都想报仇,可没有机会,谁知有人替俺报了。"

张德邦又是一惊:"朱家大宅难道也不是你烧的?"

孙黑炮豪气地笑了几声:"俺倒是想,可城门口都贴着俺的通缉令呢。"

张德邦点点头。其实,他当初就猜测那事不是孙黑炮干的。他望着孙黑炮,问:"你和赵金龙是啥关系?"

张世武抢过话说:"叔,俺当家的和姓赵的一点儿关系也没有,俺可以做证!"

孙黑炮接着说:"你和赵金龙的恩怨,俺可以替你报,但今天俺的兄弟也不能白死吧?"

张德邦望了一眼孙黑炮手里的枪,闭上眼,说:"我总算明白了,现在你可以为那些死去的兄弟们报仇了。"说着,张德邦慢慢转过身去。

待了片刻,张德邦没听见孙黑炮的枪响,却听到身后张世武的声音:"当家的,俺叔不能死啊。俺叔一死,昌邑盐商就是姓赵的一家独大了,北海的盐工可就惨了啊!"

张德邦扭头一看,张世武正跪在孙黑炮面前替他求情,张德邦当即说:"俺杀了你哥,难道你不想替你哥报仇吗?"

张世武哭着说:"俺哥被杀,俺以前确实想报仇。朱家被烧后,俺也想烧了您家的宅子,却被您发现了。那天晚上,俺躲在墙头,见您一直找到俺家门口。俺本来想扑下去杀了您，可没想到您放下鞋子，还往里面塞了几块大洋。俺知道您是真心的，可俺已经做过对不起您的事，也就不能在下营待了。后来，俺偷偷潜回去见了嫂子，知道您对俺侄子不薄。俺后来想明白了，俺哥的死不能归罪于您。俺兄弟俩就是老爷子养大的，俺哥还是您给娶的媳妇，就算还了您家的恩，俺和您家已互不相欠。您被赵金龙打压，盐场的水渠都被堵了，您每天亏钱，还给盐工发着工钱。您是好人，只有您在，北海的盐工才有活路啊。再是，俺还讹了二叔二十两银子……"

这时，远处传来马蹄声。张德邦说："孙当家的，俺的人追上来了，要么杀了俺，要么你们赶紧走。"

他看到孙黑炮上了马，接着说："孙当家的，烦请以后改个字号。另外还要借您死去兄弟的那些脑袋，至于那些受伤的兄弟，俺会设法安顿好的。"

孙黑炮没说话，朝张德邦一拱手，策马飞驰而去。

看着几个人跑远，张德邦身子一软，跌坐在地。刚才转身的时候，他脑子里就想过，孙黑炮敬重他的为人，甘愿放弃一万大洋也不愿杀他，那他索性拿自己的命再赌一次，赌孙黑炮的为人，绝对不会从背后开枪。

他爹曾说过，一个成功的生意人，有时候就是一个赌徒，甚至不惜赌上自己的命。看来听老人的话总是没错！

没多一会儿，陈清水和焦连长带人骑着骡马追了上来。骡马本来是拉车的，脚力慢，所以耽搁了这么长时间。

陈清水下了马，扑到张德邦面前，担心地问："姐夫，您没事吧？"

张德邦起了身，叹了口气说："俺没事，他们是快马，咱追不上啊！"

第十一章

暖暖的太阳照得天地通亮，天空中飘浮着几朵金黄的微云。天空是黄的，山野是黄的，马路是黄的，连小河都成了一条黄黄的带子，泛着金光。

张德邦回到商队，得知打死了二十四个土匪，抓了八个受伤的；军队这边死了六个，伤了十二个；和盛商号只伤了马成林一人。

他还听说，在打土匪的时候，发现南边二里开外的蒿草丛中有埋伏，几个士兵追过去却不见人，只留下满地的脚印，约有二十号人。他断定，这伙人才是杀人劫货的真凶。他们想着让孙黑炮和这边打得差不多后，他们再跳出来坐收渔翁之利，结果事与愿违，见势不妙就溜了。

戏还是要继续演的。张德邦在土匪的尸体中，找了一具与孙黑炮相似的，狠狠心砍下了头，说："这就是土匪孙黑炮，想不到他为祸多年，今天终于死在了我们枪下。"

张德邦吩咐人匀出几辆马车，军队的人分成两拨。焦连长带领一部分人安葬完六名士兵，与陈清水一起护送盐队继续前行。另外二三十人由胡排长带领，和张德邦一起护送伤者去潍县乐道院治伤，顺便拉着那些土匪的尸体去邀功。

快到潍县的时候，张德邦告诉胡排长："咱统一口径，匪首被当场击毙，所有受伤的人都是士兵。"

胡排长不理解："俺打算领完功，就拿这八个家伙去祭奠死去的弟兄呢。"

张德邦说："你们团长的家眷在昌邑，如果想不出事，就必须照俺的吩咐去做。如果这八个人伤好了，愿意投军，也算弥补他们的过错。"

胡排长有些不情愿，却也不敢反对，那八个土匪也表示伤好后就跟随胡排长从军。

一行人到了潍县，先送受伤的人去乐道院治疗，然后拉着那些尸体直接去了县政府。县长拿出孙黑炮的通缉令，仔细看了人头，确认就是孙黑炮，当即兑付了两千块大洋的悬赏。

县长为了显示潍县剿匪之功，还特地召集全县士绅召开了表彰大会。

张德邦有声有色地讲述了剿匪经过：胡排长护送高团长的家眷回乡，顺便押运盐包回程，途中却遭遇孙黑炮劫道，于是一举剿灭了孙黑炮，一个也没留活口……

县长随后讲话，高度赞扬胡排长的勇敢和大义，替地方除了祸害，并表明军队眼下经费不足，十几个受伤的士兵还躺在医院里，连手术费都拿不出，希望乡绅们慷慨解囊。

经过县长一番游说，当即就筹到了三万多块大洋。可事后交付给胡排长的只有一万大洋，那一大半不知去向了。

胡排长要去找县长算账，被张德邦制止了。县长能够给一万大洋，就已经不错了。若是没有县长帮忙筹款，恐怕连一块大洋也拿不到。当官的借机敛财，这也是套路。

那颗头颅在潍县城门口挂了几天，受伤的人也都做完手术，剩下的就是安心静养，等待伤愈。

张德邦在乐道院陪着妻子，根据埃文教父和两个主治医生诊断，陈梅英的病除了没休养好外，很可能是肝部有恶疾。依照乐道院现有的医疗手段，就算是动手术，恐怕也难治愈，只能就这么调养着，能够熬到明年就不错了。

张家秀流着泪说："爹，俺娘是啥病，您也知道了。埃文教父说，如果送去香港治疗，可能还有两成的希望。俺想带着娘去香港，俺要去学医，顺便给娘治病。下个月初，埃文教父和两名医生要回德国，俺正好和他们一起走。"

张德邦默默地点点头，含着泪望着女儿一会儿，问道："高静之知道这事吗？"

张家秀说:"俺会写信告诉他的。"

张德邦拉着张家秀的手,说:"好闺女,俺知道你孝顺,去吧。不管花多少钱也要把你娘的病治好。家里有俺和你叔,到了那边,多写信回来。"接着,他起身去找埃文教父,询问去香港的费用问题。

张家秀学医,加上陈梅英治病,大约需要两万大洋。

和盛商号这几年被赵金龙打压,家底渐渐空了,别说两万,就是五千大洋都成问题。他找到同德银号鲁掌柜,提出以和盛商号做抵押借大洋两万。这次不需要现洋,要德华银行的本票就行。

德华银行是由十三家德国大银行联合投资组成的在华银行,成立于光绪十五年,在济南设有分行,办理全世界的通兑业务。

鲁掌柜面露难色,似有难言之隐,想了想,提出了条件,这次不能以和盛商号做抵押,而要以北海盐场二百亩盐田做抵押,月息两分八厘,时间一年。超过时间未能还本息,同德银号有权将盐田卖与他人。

尽管张德邦觉得鲁掌柜有些乘人之危,可生意人就这样。这几年,和盛商号经营状态不比以前,下营人都知道,所以鲁掌柜才提出这样的条件,说起来也不算过分。

张德邦咬咬牙答应了,但有一个请求,那就是不能把这事透露出去。

上次,他向鲁掌柜借银三万两,事后被高立亭知道了,把他好一顿说,说他宁可去银号借钱,也不愿找朋友开口。其实,他就是一个不愿连累朋友的人,宁可自己吃亏,也拉不下脸找朋友借钱。别人向他借了钱,他也不好意思主动张口去要。这些年来,他陆陆续续借出去有两三万大洋和银子,有人主动还了,有的至今未还,还有一些已经成为死账。就像借给孙栋才的两千两银子,人家都已经绝户了,找谁要去?

十天后,张德邦给张家秀送去了一张两万元的德华银行本票。他领着儿子张家昌、张家顺,为妻子和女儿送行。

陈梅英望着张德邦,抚摸着两个儿子的肩膀,禁不住泪眼婆娑地说:"他爹,俺知足了,你该续一房的……"

张德邦真想把妻子搂在怀里,但当着埃文教父和孩子们的面,还是忍住了,哽咽着说:"你受苦了,是我对不住你啊。"

火车进站了,张德邦眼看着张家秀扶着陈梅英跟随埃文教父上了火车。

在车门关闭的那一刻，他眼中噙满了泪水。男儿有泪不轻弹，只是未到伤心处。这一去，不知啥时候才能见面。

眼下他要做的，就是如何在一年期限内还上同德银号的借款，保住那二百亩盐田！

兄弟全羊馆那边，一年也就一两千大洋的分红，和盛商号的买卖一直不温不火，刨去各项开支，一年能有三五千大洋的进账就不错了。万一不行就卖掉老宅和二十多亩地，商号就是再艰难也要撑住，盐田无论如何也要保住。

回到家，他坐在屋里想了几天，也没想出啥好法子。虽说高立云帮忙，多了军队那边的业务，可也不稳定，现在军队驻扎在广饶，说不定过几个月就去别的地方了。

弟弟那边，他也指望不上了，张德兴整天就知道喝酒，难得有个清醒的时候，好在还有陈有福里里外外照应着。

这一天，"胡瓜怂"上门了，涎着脸说："张老板，赵会长请您去喝茶呢。"

所谓的旧账重提，是因为它从来就没有解决。这些年，姓赵的每年都会收到四斤茶叶，从来没有拒绝过。这会儿怎么突然想到请他喝茶了？

张德邦心里明白，肯定是为了上次军队护送盐包剿灭孙黑炮的事。和盛商号有了军队撑腰，早在昌邑传开了。他笑着说："太阳从西边出来了，那俺得去瞧瞧。"

他跟着"胡瓜怂"来到望海酒楼，还是那个雅座，还是满桌的酒菜，还有泡好的茶。赵金龙一见到他，脸上立刻堆满了笑，拱手道："张老板，多日不见啊，上回是您请俺喝茶，如今风水轮流转，也该轮到俺请您了吧。"

赵金龙居然用了一个"您"字，张德邦回了一句："难得，难得呀。"

"胡瓜怂"在后面轻轻地把门带上，像狗一样站在门口，忠实地守卫着。

赵金龙随即做了个请坐的手势，没话找话地说："张老板，一向可好？"

张德邦也不回礼，坦然地坐了下来，道："俺命大，土匪的子弹都绕着走呢。"

赵金龙屁颠屁颠地亲自沏上茶，依然赔着笑："那是，那是。"说着，他拿出一根金条放在桌子上，说："够您这些年的茶钱了吧？"

张德邦瞟了赵金龙一眼，也没客气，把金条装进兜里，喝了口茶："嗯，味道不错。"

赵金龙笑嘻嘻地坐下来，说："张老板德高望重，俺觉得在下营没人能比得上您。俺这会长嘛，当了这么些年实在窝囊，说话都没人听，都恨俺呢。要不，还是您来当吧，俺第一个支持！"

张德邦眯着眼睛说："别价啊，俺是无官一身轻啊。能保住自己的命，本本分分地做买卖就成了。"

赵金龙说："明天俺就提出辞呈，像您一样，本本分分地做买卖！"

张德邦望着赵金龙说："啥事，直说吧。"

赵金龙眼中闪过一抹狡黠："刚才已经说了，想请您回商会主持大局！"

张德邦淡然地说："那咱俩都甭回商会了。"

赵金龙说："商会可是你爹辛辛苦苦创下的，是这古老盐都的基业哪。您真的就甘愿放弃了？"

张德邦听到这话，心里一紧，当初他离开商会是形势所逼，心里又何尝愿意呢？就像朱昭然想重新买回盐场一样，每个生意人都不想失败，不愿屈服。他脑中飞速转动着，一时摸不清赵金龙让他回商会的真正用意。

对于赵金龙这个人，他越来越捉摸不透了，明明知道有些事是对方做的，却没有任何证据。这样的人才是最可怕的。

他站起身，说了一句"多谢"，转身走出去。在他出门后，身后传来赵金龙的声音："俺在鲁掌柜那边有股份哪。"

他心里猛地一颤，虽然他吩咐鲁掌柜不得将借钱的事外泄，可股东就不一样了，有权知道每一笔钱放出去的底细。如果一年后他无法如期还钱，那二百亩盐田就很可能姓赵了。

他头也没回，说："放心，俺一个子儿都不会少你们的！"

如果早知道赵金龙在鲁掌柜银号有股份，他就不会去借款了。回到家没多一会儿，赵金龙居然领着傅立善和十几个商会同仁上门来了，一齐劝他回去当会长。看在同仁们的面子上，他只得答应下来。

赵金龙还搞了一个欢迎张会长的隆重仪式，给足了张德邦的面子。

张德邦当上会长后，头一件事就是整顿运盐队，把"胡瓜怂"换成了马成林。

两个月后，杨小玉生了个男娃，起名张家盛。张德兴很知趣，没敢抱进祠堂去拜祖宗，也没有提出把名字加入族谱。

这年秋天，张德邦终于接到来自香港的信，张家秀在信中说，埃文教父安排她在香港一所教会医学院学医；母亲也住进了医院，下个月就要动手术了。

按照来信时间推断，此刻陈梅英已经动完手术了，也不知情况如何。张德邦按照上面的地址，给女儿回了信。

快过年的时候，北京分号的刘掌柜回来对账，带来了五千大洋，给张德邦增加了一些底气。

这两年，北京城内乱得很，什么"驱黎"，什么"贿选"，他听得云里雾里的。刘掌柜还说了一件事，宫内王太监出来了，不伺候主子了，在皇城根下混日子，帮人介绍买卖当捎客，日子过得挺舒坦。前些日子，他还帮着广鑫商号介绍了一个关外的大客户，盐价每斤一块八，赚了不少。

张德邦微微一笑，没有收那五千块大洋，而是让刘掌柜带回去，接着对刘掌柜说了自己的想法。赵金龙能够花钱收买王太监，他也可以呀！

人的一生就像爬山，无论身在何处，都要把自己放在山的最低处。这一步棋能不能走活，就看刘掌柜怎么忽悠王太监了。

送走刘掌柜，张德邦又去拜访高立亭，给几个孩子买了礼物。张家昌、张家顺兄弟俩在城里读书，就住在高静之屋里。

吃饭时，徐清香给张德邦敬酒，问起一件事："听俺妹说，当时在店里吃饭的客人中有一个是孩子他舅？"

张家顺的嘴巴更快："爹，清丽姨已经问过俺好几次了。俺告诉她了，俺舅去了二叔的队伍上。"

张德邦明白徐清香的意思，轻轻拍了儿子一下，对徐清香说："这事很简单，俺和高团长都想喝这杯喜酒呢。部队上的事情，俺可不能插手啊。不过，你嫂子倒是交代过，让俺给他寻个好人家的闺女，寻啥啊？这不就在跟前吗？"

徐清香笑着说："妾有意，还不知道郎有没有情呢？哪像俺那男人，一进门就把俺给带走了。俺这就写信给立云，探一探家顺他舅的意思。"

高立亭笑呵呵地说："你张家风水好，好事全让你家给占了。来，先喝一杯亲上加亲酒吧。"

张德邦举起酒杯："还得感谢您哪，要不是仰仗着您，俺的命早就没了。"

高立亭笑笑，不置可否，随口问了陈梅英治病的事。张德邦没有隐瞒，把家秀来信的内容说了。

高立亭叹了一口气，也说了打算让高静之毕业就与黄小翠结婚的事。

喝到最后，这酒似乎少了一些味道。张德邦便起身告辞，带着张家昌兄弟俩回下营。路上，张家顺一个劲地埋怨高静姝，说她总是管着他，连晚上睡觉不洗脚也要管。

那是小两口的事，将来成了婚，有媳妇管着也好。张德邦懒得说话，任由他絮絮叨叨。

过完年，还没到正月初八开市，下营街上的盐价突然暴涨，从九角三分一路涨到一块二角六分。广鑫商号以一块三角的价格，几乎买空了其他商号的囤盐。街上传闻广鑫商号进了二十万斤盐，也不知咋回事。

冬季熬盐出盐量本来就不高，一口大锅日夜不停平均一天也就出两三斤。整个北海的盐场不过七八十口大锅。

和盛商号的盐场里有七万多斤囤盐。马掌柜告诉张德邦，广鑫商号掌柜来问过，开出一块三角二分的价格。

张德邦心里明白，肯定是刘掌柜那边得手了！

街上又有传闻，说直奉打仗，把路给堵了。关外那边的盐价涨得比潮水还快，很多商号后悔把盐卖给广鑫商号了。据说，广鑫商号还到寿光、潍县那边调了几万担精盐呢。

张德邦去了商会，见赵金龙与几个人在喝茶，走过去拱手道："赵会长，大手笔啊！"

赵金龙有些得意地笑笑："做买卖，各有各的道嘛。哪像您张会长，捂着几包盐就像捂着金条一样，舍不得撒手。"

张德邦对同仁们说："甭听外面瞎传，俺才不相信呢。咱做买卖要本本分分的,不能坑人哪!"

赵金龙不阴不阳地说:"全昌邑也只有您张会长不愿抬价,前些年宁可每天亏着几十两呢。不过张会长财大气粗,熬个三五年的也没啥问题!"

那些同仁想起了前些年的事都笑起来,有钱不赚,还是买卖人吗?

傅立善笑着说:"张会长,您别不信,俺打电报去北京了,那边就是这么说的,您要是真不信,还捂着做啥?俺出一块三角五,全要了。"

张德邦说:"一块三角五是好价,可俺不能坑你,万一你亏了本,怎么办?"

傅立善信誓旦旦地说:"做买卖就是有风险,俺就怕你捂着,等着价钱继续上涨呢。今儿俺当着大家的面,把话说明白喽,您要是真当俺是朋友,就把盐给俺,是赚是赔,俺都认了!"

几个商会同仁也都喧嚷起来:"张会长就是想捂价呢,俺出一块三角六分……"

张德邦立时拉下脸来,朝那几个人大吼:"你们都别叨叨了,俺是在乎那一分钱的人吗?人家傅会长最先说的,我也不能一女二嫁啊。"

傅立善一听,开心地找来纸笔,当场就写下一张条子,对张德邦说:"张会长,咱俩可是多年的老交情了,这点面子不能不给吧。"

张德邦沉默了片刻,说:"俺要是再不给面子,只怕你就翻脸了。中,俺答应你。不过,俺只能给你七万斤,而且要现洋,其他的留给山区那边的分号,俺不能让穷人没盐吃啊。"

七万斤盐,那就是差不多十万块大洋。傅立善的常和旺商号就是买卖再好,也一下子拿不出那么多钱啊。

傅立善朝坐在不远处的赵金龙瞟了一眼,似乎有了某种默契,接着对张德邦说:"中,就现洋!"

第十二章

事情就是这样，一旦开始，未必会往你想的方向发展。你以为是猎人，其实你是猎物，一旦进了笼子就别想随便出来。傅立善大功告成，光等着数钱了，在望海酒楼请了两次客，大伙喝得都很尽兴。

张德邦用七万斤盐换了近十万大洋，还清了同德银号的借款本息，还剩七八万，这几年亏损的都赚回来了。

几天后，近二十万斤盐从峄山火车站起运。据说是广鑫商号和常和旺商号两家的货，直接运出关外。

张德邦悠闲地在家里喝完茶，把醉得稀里糊涂的张德兴从床上拎起来。他不想知道孩子的亲爹是谁，只是不愿让两个儿子看到叔叔整天这模样。他苦口婆心地说："兄弟，俺知道你心里憋屈，可你这么下去啥时候是个头啊？你两个侄子都在看着呢，盐场的事你不管，家里的事你也不管，人活着是为了啥？俺打算让你去香港一趟，治治你那病。俺听埃文教父说，香港的医生能把动物那玩意换到人身上，还生下娃了。你反正是死猪不怕开水烫了，还怕啥？"

人总是对新鲜的事物充满好奇，何况是与自己的命运息息相关的事。顿时，张德兴眼中闪现亮光，立即醒了酒，抓着张德邦的衣襟说："你真是俺亲哥啊，为啥不早点告诉俺，俺和嫂子一起去呢。"

张德邦说："只是别人说，俺有点不相信。家秀来信说，你嫂子的病能治好，俺才相信的。等开了春你就走，治好了病，跟你嫂子一起回来。"

其实，埃文教父并没有说那话，他只是为了安慰弟弟现编出来的，目的就是想让弟弟出去走走，也见见世面，省得在家里活得人不人鬼不鬼的。

张德兴可等不及了："听说你刚卖了十万块大洋呢，俺明天就走吧。俺想让俺儿子的名字堂堂正正地写在张家族谱上。"

话说到这份儿上了，张德邦只得点点头。第二天，他亲自把弟弟送上了火车……

就在张德兴走后的第三个月，傅立善冲到张德邦家里，二话不说跪在了地上："张会长，哦，不，兄弟，您帮帮俺吧，俺被人坑了！"

张德邦扶起傅立善，惊诧地问："怎么回事？"

傅立善哭着说："赵金龙在北京分号的郭掌柜，不知怎么认识了一个关外大客户，说要买二十万斤盐，每斤一块九，货到关外就结账，还给了十根金条和一些珠宝、古玩、字画当定金。郭掌柜找人看过，那些东西都是真的，加上金条就超过十五万大洋了。俺的货加上广鑫商号的货，头一批运过去十八万斤，赵老板算过，就算不结账，也不亏本。货确实去了关外，可接货的人不是那个大客户，而是奉军，直接就给扣了……"

张德邦说："那你也没亏啊，难不成姓赵的没给你钱？他在同德银号还有股份呢，找鲁掌柜要去。"

傅立善抹了一把鼻涕，说："不是那么回事，金银珠宝倒是真的，可那些都是从大清王府里面偷出来的赃物。郭掌柜被抓了，赃物也充了公，俺这边的盐全打了水漂啊。买你盐的时候，俺商号没有那么多钱，还是以盐田做抵押，从鲁掌柜那里借的五万大洋呢。"

张德邦说："过年的时候，俺听说北京那边的盐已经涨到一块六了，关外那边涨得更高。刘掌柜还让俺运盐过去，俺觉得时局不稳，没敢冒险。不对，是不是姓赵的给你下了套？他就是要吃下你的钱，谁让你以前和他过不去呢。那人心眼小，心里记着账呢。"

傅立善说："俺打电报给北京那边，确定郭掌柜被抓起来后枪毙了，广鑫商号北京分号也被封了。姓赵的手黑，可也不能对自己人都那样吧？这两天他在家里急疯了，一直没去会馆。"

张德邦没想到，刘掌柜把这事办得这么利索。他忍着笑说："俺不也没去吗？去会馆看人家脸色，哪有在家里喝茶自在呢？你别急，这事得慢慢来。你想想，到底是哪里不对？"

傅立善摘下帽子，抓了一下头，揪下一把头发来："俺没觉着哪里不对啊，就是运气不好呗。"

张德邦说："做人不能太贪，你要是运到北京，虽然少赚一点，可不至于血本无归啊。俺当初不愿卖给你，就是怕你被坑，可你非得逼着俺卖。唉，不说了，快起来吧，你朝俺下跪做啥？"

"现在只有您能帮俺了。求求您先借给俺五万大洋，月息三分，咋样？"

"俺是卖给你七万斤盐，可你知道，俺这些年外面欠着很多钱呢。你要不信，去鲁掌柜那边问，俺才还了他两万多；俺弟去了香港，带去了三万；山区各家分号这几年亏欠了不少，林林总总有三四万吧，刚给他们补上。另外，盐场那边的盐工，总得给工钱吧……"

傅立善听着张德邦算账，脸色渐渐变得煞白，哀求道："要不，您帮帮俺，向高老板那边借点？他和您是亲家，只要您开口，他不可能不借。"

张德邦摸了摸稀疏的胡子，为难地说："俺缺钱的时候，都没好意思向他开口。俺脸皮薄，真的没法开口啊。不过，咱俩这么多年的交情，俺若是不帮，好像也说不过去。"

他没有对傅立善说真话，山区七八家分号头几年确实亏了不少，这几年降低了运费，总算不亏；张德兴去香港只带了一万大洋的德华银行本票。他手里实际还有六七万块大洋。

他故意沉思了一会儿，接着说："如果还不上鲁掌柜的借款，你家那几十亩盐田就没了。要不俺帮你看看商会哪个老板，愿意出价买你的盐田，好歹还能有点钱回来。如果不够，俺再想办法帮你借点，只能这样了。"

傅立善谢过张德邦，脸色惨白，步履踉跄地离去。

没几天，下营的盐价就落了下来。在这件事上，好些老板都赚了钱，只有傅立善和赵金龙损失不小。

来到会馆，张德邦召集十几个同仁，开门见山地问有没有愿意购买傅立善盐田的。做买卖就是这样，你越急着出手，别人越想着要压价。几个老板都开了价，一亩盐田最高四百块大洋。这样，七十多亩盐田也不过三万块出头，还不够支付鲁掌柜那边的借款。如果按正常的价格，一亩盐田能够卖到八九百至一千块左右。

傅立善对着大家求爷爷告奶奶的，求了两天，价格不但没涨，还落到了每亩三百五十块。

平日生意正常的情况下，彼此之间借个千儿八百的，还有人愿意。如今眼看着你还不起了，别说几百块，就是借几十块也难了。

越有钱的人越能够借到钱，越落魄的人越难借。这就是人性。谁都想着趁人落难的时候再捞一点，只顾自家吃香喝辣，哪管别人死活啊。

张德邦让人把赵金龙和鲁掌柜请来，当着大家的面，让赵金龙出价，可赵金龙脸色铁青，一声不吭，一副满腹心事的样子。在张德邦几次催促后，赵金龙才挤出一句话："俺看谁敢买！"

傅立善听了，脸色比死了亲爹还难看，双膝哆嗦着就要给赵金龙跪下，被张德邦一把拉住了。

张德邦望着赵金龙说："赵老板，这就是你的不对了。你自己不愿出价，也不许别人买吗，挑明了就是你想得到傅老板的盐田吧。你那笔大买卖究竟是亏是赚，俺不清楚，但人家傅老板真是走投无路了。"

赵金龙也不搭话，起身掀翻了一张桌子，大步走了。

顿时，那些同仁目瞪口呆，一个老板怯怯地说："张会长，您可得为傅老板做主啊。"

张德邦叹了口气说："这些年大伙都看到了，俺和赵老板一直顶着呢。俺还给他送了多年的茶叶，你们可别把俺往火坑里推啊。俺如果帮了傅老板，就怕……"

另一个老板说："您和高老板是亲家，赵金龙不敢对您怎么样，也只有您才能帮傅老板了。"

张德邦装出一副为难的样子："俺是想帮啊，可俺也没钱啊。要不俺厚着脸皮去找找高老板，看看他有啥想法，要是高老板不愿意，可别怨俺啊。"

过了两天，张德邦去了县城，找高立亭喝了一餐酒，说笑话似的说了傅立善的事。两人哈哈笑了一通。

回到下营，张德邦给傅立善带话说，高老板答应买下他家的盐田，价格是每亩四百五十块。

傅立善激动得泪流满面，一个劲地感谢。按照约定的时间，在几个商会同仁的见证下，高立亭与傅立善签订了买卖文书，当场交付了现洋。

没了盐田，常和旺商号从今往后只能从别人那里拿货，能赚一点是一点，要不只能改行。

高立亭买下盐场后，委托和盛商号管理。他们亲家合作，别人谁也管不着。实际上，高立亭没出一分钱，都是张德邦出的。

这事虽然有些不厚道，可那也是傅立善太贪导致的。张德邦能够出每亩四百五十块大洋也够仗义了。如果他不买，傅立善的下场只会更惨。

办完这事，张德邦和马逢春、陈有福喝了两天的酒。原先的把头和伙计全部留用，按照和盛商号的标准，每个月工钱比他们原来还高几毛钱呢。

张德邦一直没有接到香港那边的来信，也不知道张德兴到了没有。他心里担忧，有时整晚睡不着，白头发多了不少，接连写了三封信也没收到回信。

大雪下来的时候，北海边一片白茫茫，呼啦啦的北风能把人吹化了。各家盐场的熬盐大棚内随风飘着海腥味。

这天，张德邦终于收到香港的来信，只有薄薄的一页纸，还有一张半身照片，照片上娘俩都面带微笑，但从陈梅英脸上看出了疲惫与虚脱，而且更瘦了，看着令人心疼。

从家秀娟秀的笔迹中，张德邦得知陈梅英的手术很成功，张德兴也动了手术，两人都恢复得很好。年后，他们就能一块回家了。

他拿着信翻来覆去看了很久，上次的来信是好几页纸，除了说陈梅英的病情，还说了一些在香港的见闻，熙熙攘攘的大街、喷香诱人的面包，还有四个轱辘的汽车，这次怎么一页纸都没写满呢？

家秀写这封信的落款日期是九月二日，也就是说这封信在路上走了两个多月。他总感觉有些不对劲，可又说不出原因……

张家这个年过得很冷清。街上噼里啪啦的鞭炮声，驱赶不了张德邦心中的担忧和焦虑。

半年前，他做过一个梦，梦见陈梅英望着他哭。从那时起，他就有了一丝不祥之感。后来，又做了几次梦，知道站在对面的人是陈梅英，可就是看不清面容。自从娘俩离开潍县，他初一、十五都会给先祖们上香，祈祷保佑全家平平安安，保佑陈梅英的手术顺顺利利。

除夕之夜，爷仁坐在大桌边，看着满桌的酒菜，大眼瞪着小眼。他让人去叫弟媳，下人回话说她已经吃了饺子，不过来了。

东跨院的门经常关着，他也懒得过去，偶尔听到杨小玉对张家盛呵斥，心里挺不是滋味。不管怎么说，他们还是张家的人。他吩咐陈有福找了一个用人，专门伺候杨小玉母子。

看着桌旁空荡荡的椅子，他心里沉甸甸的，索性让伙计们都上桌，为的就是图个热闹。

张家顺偷偷藏起一个白面做的老鼠，说是高静姝教他做的，要留给娘。

吃完饭，兄弟俩在院子里放鞭炮。张德邦独自在喝茶，其实他喝的不是茶，而是带着苦味的寂寞。

正月初八开市那天，他领着众人去盐祖庙祭拜了，又回下营主持商会开市典礼。在诸位同仁的贺喜声中，他找回了当年意气风发的感觉。

赵金龙和傅立善都没来，或许不愿见到去年赚了钱的老板们。有人说，赵金龙去了北京，估计是处理那边的买卖去了。

出了正月，赵金龙还没回来。傅立善的常和旺商号仍在卖盐，有人看到他与王蛤蟆喝了几次酒，也不知为了啥事……

二月初十这天，张德兴回来了，只有他一个人，怀里还抱着一个红包袱。张德兴进门后，看到张德邦，叫了一声"哥"，就号啕大哭起来。

张德邦吃惊地问："你嫂子呢？"

张德兴双手把那个红包袱放在桌上，悲戚地望了张德邦一眼，目光又转向那个包袱，哭着喊了一声"嫂子"。

家秀在信中说，年后他们一起回家，没想到进门的居然只有一个人。张德邦从见到弟弟的那一刻，心就提了起来。当看到弟弟那个样子，心里顿时明白了。他感觉天塌地陷，眼前一片漆黑。

醒来时，他已经躺在床上了，听到外面哭声一片……

马逢春坐在一旁，腰间扎着孝带。张德邦想要起身，却被他摁住了："东家，您躺着，外面有陈管家照应着。家昌和家顺兄弟都接回来了，今晚俺陪着守灵。"

张德邦无力地摇摇头，咬着牙起了身，在马逢春的搀扶下走出屋子，見院里搭起了灵棚，摆上了灵堂。灵位后面放着一个用白布盖着的盒子，盒子上有一缕用红绳系着的头发。

家昌、家顺兄弟俩披麻戴孝，跪在地上凄惨地哭叫着"娘啊，娘啊"，一声声悲天泣地，听得人心碎。

张德兴、杨小玉站在一旁，不停地抹着泪。张家盛跪在他们身边，也戴着大孝。几个腰间扎孝带的伙计在前前后后忙碌着。

张德邦不知自己是怎么走到桌边的，伸手去拿盒子上的头发。当他拿起头发的那一刻，仿佛看见了陈梅英朝他微笑，然而他发觉自己居然没有流泪。

走的时候还是一个大活人，回来就在这个盒子里了。张德邦哽咽着说："他娘，俺已给家昌说了媳妇，亲家帮忙做的媒，是原来县丞的女儿，诗书人家的好孩子，在学校里教书呢。原本想着等你回来，咱就把媳妇娶进门，可是……"

马逢春上前扶着，低声说："东家，您节哀顺变。"

张德邦想让人打电报叫陈清水回来，可部队转战南北，连高立亭也不知道他人在哪里。

张德邦扭过头望着张德兴，张了张口，一字一句地问："不是说手术很成功吗？"

张德兴抹着泪说："俺听家秀说，嫂子到那边的时候就只剩下一口气了，还是被抬下船的，调养了一阵，医生觉得没必要动手术了，说啥已经扩散了。家秀整天陪着她娘，不敢给你写信，最后还是俺逼着她，给你写了那封信。"

一连几天，张德邦的神智一直不太清醒。高立亭和徐掌柜兄弟来了，商会的同仁们也来了……

他想说话，可没有力气。

安葬完妻子，张德邦两个多月没出屋，时常一个人捧着妻子的照片发呆。有人说，爱情是在黑暗中度过的。张德邦觉得，爱情就是那种说不出的依赖，谁离了谁都感觉空落落的。他不知道他与妻子算不算爱情，反正自从妻子走后，他觉得心里空了，似乎生活没了奔头。

刘掌柜从北京回来了。张德邦强撑着出了屋，亲自倒上茶。刘掌柜安慰了几句，最后说，王太监被人杀了。

院外树上的桃子开始泛红的时候，张德邦来到院子里，感觉阳光很刺眼，他却感觉不到一丝温暖。

陈有福快步走过来扶着张德邦："东家，您还是歇着吧。"

张德邦推开陈有福，说："俺还没老呢，只是出来透透气。"

他使劲喘了几口气，呼吸着夏日里的潮湿，感觉五脏六腑都被洗了一遍。他慢慢出了家门，就在太阳底下缓缓地走着，感觉身子渐渐有了一些暖意，步履也轻快了。

几家商号的掌柜看到他，纷纷走到门口施礼问候，他都一一回礼。

他来到自家商号门前，见门外停着一辆马车，马逢春正送客人出门。当客人离开后，马掌柜急忙把他迎了进去。

进了内室，马逢春低声说："东家，二爷回来后变了！"

第十三章

几个月来，张德邦沉浸在孤独和悲痛中，有些事情看在眼里，也不愿多说。

弟弟从香港回来后，确实变了一些，不像以前那样耷拉着脸半死不活了，眉头也舒展开了，还经常大声呵斥下人。他也听到下人偷偷议论，说二爷终于像个男人了。

听了马掌柜的话，张德邦笑着说："他是和以前有些不一样了，俺知道。"

马逢春叹了口气："您知道就好，俺就不多说了。等把账目交代好，俺就走了。"

张德邦一下子没听明白，急忙问："走？你要去哪里？"

马逢春说："感谢您这些年对俺的信任，俺就要回德州老家了，回去做个小买卖。"

张德邦大惊："怎么啦？"

马逢春说："二爷要赶俺走，说是您同意的。俺见您身子骨那样，也就没敢去您屋里问。"

张德邦的脸顿时涨得通红："俺啥时候答应了？是俺请你过来帮忙的。这些年来你任劳任怨，没出过一点差错。要是你这样走了，俺百年之后怎么有脸面去见你表妹啊？"说着，气呼呼地离开了商号。

回到家，张德邦一见到刚从北海盐场回来的张德兴，二话不说，当即一记耳光呼了过去。

张德兴捂着被扇得发麻的半边脸，委屈地问："俺又怎么了？"

张德邦气得说不出话来，喘息了片刻才说："为啥要辞掉马掌柜？他来咱家二十几年了，一向勤勤恳恳，账目清楚，就因为不讨你喜欢，你就辞退人家？"

张德兴说："马掌柜确实是个好掌柜，可为啥有钱不赚呢，别人送上门来的钱都不要？俺问过你，是你答应的。"接着，他说了半个月前发生的一件事。郑州那边一个盐商过来，分别从几家商号定了两三万斤盐，又找到和盛商号要购买十万斤，表示只要盐好，价格可以比别人高出三四分。马掌柜没答应。这么好的买卖为什么不做？当即他就与马掌柜发生了争执，情急之下就说了要辞退马掌柜的话。回到家，他去哥哥屋里把事情说了，还说了要辞退马掌柜的事。哥哥不吭声，只是一个劲地点头……

张德邦想了很久，也想不起自己啥时候答应过这事。有人突然买那么多盐，而且价钱也不低，天上哪会掉馅饼？同样的招数，他已经对赵金龙用过一次，马掌柜老成持重，是不会轻易上当的。他缓了片刻说："从今儿开始，柜上的事情不用你插手了，这事就算过去了。"

张德兴说："好，俺啥也不管了。这么多年了，你一直都让俺管着盐场，柜上的事从来不让俺插手，所有的账目都是你说了算，每年给俺多少，俺也从来不敢有意见。对俺稍有不满，张口就骂，伸手就打，俺早就够了！"

兄弟俩就这么瞪着，过了好一阵，张德邦才说了一句："你要活明白了，对你还有期待的人才不会放弃你，才会一次一次地提醒你。你啥时候才能让俺放心啊？"

张德兴把手一挥，大声说："俺叫你一声哥，从今儿开始，还是你说了算，俺就吃现成的，每个月给俺两百大洋……"

张德邦闭上眼睛，失望地说："中，俺答应你了。"

张德邦嘴里答应弟弟，心却在流血。人教人，是教不会的，但事教人，一次就醒了。他何尝不明白，这样做只会把弟弟越推越远，但弟弟既然有了远离的心，苦苦挽留只会适得其反。无数事实表明，亡羊补牢虽然不会造成更大的损失，但总归属于事后的补救，怎么也不如防患于未然啊！

民国十六年正月，张家昌过了守孝期。张德邦张罗着把儿媳姜彩云娶进了门，张家大院好歹有了一些生气。

陈清水回来了一趟，为姐姐上完坟就匆匆回去了。他如今是团参谋了，这也多亏了高立云的栽培。

日子就这样波澜不惊地过着，一切还比较平稳。杨小玉相继生了两个娃，一男一女，儿子叫张家明，女儿叫张家齐。

张德兴抱着家明进了祠堂，郑重地把名字添在族谱上。

高立云当了师长，驻扎在德州，正月里回来了一趟。张德邦带着礼物去了县城，和盛商号每年向军队供盐近十万斤，多亏了高立云帮忙。

眼下，张德邦最大的心事就是陈清水的婚姻大事，他总想着对过世的妻子有个交代。他多次给陈清水去信，催陈清水回来完婚，可陈清水回信总说不急。有一次，他去找徐老板，徐清丽还说："姐夫，俺俩的事您就别催了，他心里有数。"还没过门呢，就姐夫长、姐夫短地叫上了。

张德邦也没把徐清丽当外人，笑着说："他妗子，说归说，你俩一天不结婚，俺都挂念着，总觉得对不起你姐啊。"

喝酒的时候，张德邦央求高立云回去后，劝陈清水回来结婚。高立云微笑着点点头。

送走高立云，高立亭对张德邦说："孩子的终身大事，成了咱父母绷在心里的一根弦。唉，家家有本难念的经啊。"

高静之自作主张去了日本留学，与黄小翠的婚事同样拖着。眼看黄小翠年纪不小了，这么拖着也不是办法，高立亭也是伤透了脑筋。他去找过黄家，意思是黄小翠可以另嫁人，高家愿意出嫁妆，可黄小翠说："一女不嫁二夫，俺愿意等！"

张德邦又何曾不牵挂女儿的终身大事呢？在他看来，女人过了二十岁就是老姑娘了，还要拖到啥时候哪？

近三年来，每两三个月他都会收到从香港寄来的信，每一个字都是满满的牵挂。张德邦几次写信问张家秀啥时候回来，可除了失望还是失望……

张家昌在高立云的帮助下，考上了南京一所军事学校，出了正月就去了南京。

三月，从北边吹来的风仍带着寒意，海面上的冰还没有化开。一天深夜，陈清水突然回到下营，只有他一个人，连军装也没穿。

张德邦愣了片刻，说："你好歹也是团参谋了，怎么连个随从也没带？算了，能回来就成，俺马上让人看日子，通知徐老板那边，尽快给你们完婚吧。"

陈清水说："姐夫，俺是从高师长那边逃出来的，回来见清丽一面，然后就去东北。您就装作没见过俺。"

张德邦问："为啥要去东北？啥事能比结婚更重要？你就甭管了，安心当新郎官吧。"

陈清水说："姐夫，实不相瞒，俺是共产党员。国共两党闹翻了，俺干革命随时准备牺牲，不能害了清丽。她是个好姑娘，俺要亲自告诉她，让她另嫁个好人家吧。"

张德邦顿时呆住了，从民国初年到现在，他最怕的就是"革命"这两个字，可偏偏绕不过去。听说城里抓了好几个共产党，还枪毙了几个。他抓着陈清水的手说："俺不管啥革命，只知道不能对不起你姐，革命也要娶媳妇吧，也要生娃娃吧？徐家二闺女等了你这么些年，你忍心对不起她吗？"

陈清水说："姐夫，话不能这么说，俺是有组织的人，凡事都要向组织汇报，组织上同意才行。"

张德邦说："那你把组织叫过来，俺和组织说。今儿你既然回来了，就是天王老子来了，俺也要让你结婚！"

陈清水说："如果让他们知道俺是共产党，会害了您的。"

张德邦想了一会儿，说："俺在潍县央子的嘉祥盐号有股份，那边蔡老板也想让俺派个人过去，要不你先去那边，反正也没人知道你的身份。俺和高年兄商议一下，在潍县再开一家全羊馆，让徐家二闺女去那边管着。另外给你置办一处宅子，你俩也好见面。在周边出了啥事，俺和高年兄好歹能出面救你。"

陈清水想了想，点点头说："组织上也有让俺留在这边的想法，是俺自己不想连累你们。"

张德邦说："说啥呢，你姐没了，姐夫永远是你姐夫。就这么定了，你到蔡老板那里，就说是俺表弟。"

他接着给蔡老板写了封信，让陈清水带上，又去后院牵了马，连夜将陈清水送出门。望着马匹消逝在夜幕中，张德邦这才感觉到一阵寒意，从心底一直冲到头顶。

回屋的时候，他听张家顺在院子里和陈有福低声争吵。张德邦隐约听到"俺要跟舅舅去革命"的话，顿时无名火起，他操起一根棍子，朝着张家顺当头就打。张家顺头上挨了一棍，身体晃了几下倒在了地上。

张德邦吓得扔掉棍子，急忙搂住儿子："儿啊，你可别吓唬爹，爹是气坏了，下手没轻没重……你要是有个三长两短，爹也不活了。"

张德兴听到声音赶了过来，一边叫陈有福去请大夫，一边帮着把张家顺抬到床上。

不一会儿，大夫来了，检查了一阵，说没啥大问题，只是打破了头，敷上药后歇几天就成。

张德兴一个劲地埋怨哥哥下手太狠。张德邦也是既后悔又心疼，一直守在张家顺的床边。

第二天一早，张家顺苏醒过来。张德邦抹了抹眼角的泪："儿啊，你可把爹吓坏了。你想吃啥，爹让人去做。"

张家顺虚弱地说："爹，俺今天约了静姝，带她去看咱家的盐场呢。"

说曹操，曹操就到。话音刚落，陈有福领着高静姝进来，说："东家，高家小姐找家顺呢。"

高静姝一见张家顺那模样，忙问："你这是怎么了？"

张家顺委屈地说："俺爹打的。"

高静姝望着张德邦："叔，您怎么打得这么狠呢，这可是您儿子啊！"

张德邦尽管心里有愧，却不愿在高静姝面前表露出来，面含威严地说："他不懂事，胡乱叨叨……"

高静姝打断说："俺认识他这么久了，没听他胡叨叨啊，他说啥了？"

张家顺说："我只想着跟俺舅那样，为穷人讨个公道！"

张德邦说："孩子啊，你们还小，不知人性险恶，这世上哪有公道的事啊。"

高静姝说："叔，这就是您的不对了，俺和家顺从小学到中学，都是凭自己的本事考上去的，这就是公道；您的商号明码标价，不缺斤短两，这也是公道；俺还听说您担心山区的穷人吃不起盐，坚决不让那边分号涨价，同样也是您心里的公道，咋就没公道了呢？"

张德邦被高静姝将了一军，竟然无言以对。

这时，张德兴从外面进来，说："哥，商会那边来人请您过去，说有事商量。"

张德邦这才疾步走出房间，摆脱了窘境。

来到外面，张德兴低声说："哥，你这未来儿媳妇的小嘴可真能说，和家顺那妮子一样，得理不饶人啊。要是以后娶进家里，还有安稳日子吗？要不，您趁早和高家……"

张德邦说："俺咋觉得她说得有道理呢。女人嘛，有主张不见得是坏事，只要他俩感情好，为啥要棒打鸳鸯呢？再说，若没有她爹帮忙，能有咱和盛商号的今天？"

张德邦来到商会，见坐了一圈人，都低声嘀咕着。见他进来，一个个起身拱手。

一个姓夏的老板说："张会长来了就好，今年开春后，这海水不知怎么了，和往年不一样，有一股怪味，盐工们都说会影响出盐质量。要是不能出盐，今年可怎么办啊？"

另一个老板说："俺几个寻思着是不是有人故意使坏，可谁敢这么做呢？"

张德邦也是头一次听说这样的事，决定和大家一起去盐场看看具体情况，再考虑咋办。一行人呼啦啦来到盐场，见每一条沟渠里进来的海水里都浮着亮闪闪的一层油，海水确实发出一股怪味。这样的海水晒盐，肯定不能吃啊。

一群人在盐场转了几圈，也拿不出一个好主意，一个个愁眉不展。张德邦正思索着，却听到一阵银铃般的笑声，循声望去，那笑声正是张家顺和高静姝发出的。张家顺头上还缠着绷带，两人一边说着话，一边牵着马朝这边走来。

高静姝看到张德邦他们，赶紧过来打招呼，落落大方而不失礼节。老板们都向张德邦贺喜："恭喜张会长，说了这么一个好儿媳。"

高静姝朝沟渠里看了一眼，对张德邦说："叔，水面上是柴油，恐怕一个月不能出盐了。"

一个老板问："哪来的柴油呢？"

高静姝说："前些日子，一艘运油船在大连那边被打沉了，估计柴油泄漏了，漂到咱这边来了。"

夏老板说："他们打他们的仗，反倒弄得咱没法做买卖了，真是可恶。每条进水渠都有油了，这可怎么办啊？"

高静姝说："这很简单，先设法把水渠封住，把里面的海水排干净，再刮去被油沾上的淤泥，整理好沟渠。每天派人观察海水，等海水正常了，就可以放进来了。根据北海的潮汐，一个月后过了大潮，应该就差不多了。"

张德邦眼前一亮，他们正在苦苦思索的问题，被未来的儿媳两三句话就解决了，他禁不住对高静姝刮目相看，但表面上还是板着脸说："你一个十几岁的娃娃，懂啥啊？"

高静姝笑着说："那您慢慢琢磨吧，俺去玩了。"

两人牵着马，顺着盐场的路慢慢走着。一路上，张家顺讲述着北海盐场的历史和盐祖的传说。

道路两边的尘土都泛着白白的盐碱，与每家每户的墙根一样，就像没有化开的积雪，透着刺眼的白光。

两人走到一处盐工家的小院前，从里面跑出几个小孩，一个小女孩经过高静姝身边时，不慎摔倒在地，哇哇大哭起来。

高静姝刚把女孩扶起来，就看见从院里追出来一个三四十岁的妇女，那妇女一句话没说，冲上前拽着孩子回了院子。

高静姝望着张家顺，不解地问："他们怎么好像都怕咱们？"

张家顺笑着说："你看咱俩这一身穿着打扮，不是少爷就是小姐，这就是富人与穷人的界线。俺想跟着舅舅闹革命，就是要打破这个界线，凭啥他们辛辛苦苦生产出来的盐，被俺爹他们一转手，就能卖那么高的价钱；而他们辛辛苦苦一辈子，只能穿破衣服，住这种阴冷潮湿的破房子？"

高静姝说："张大少爷，你还有这样的想法，难怪你参要揍你！"

一缕阳光斜照在高静姝脸上，衬托出她那如雪的肌肤。张家顺一时间竟然看呆了。

高静姝也奇怪张家顺怎么会用那种眼神看她，正要问时，见旁边的一堵矮墙上，两只老家雀正叽叽喳喳地欢叫着，时而跳来跳去嬉戏，时而相互缠绕着脖颈，替对方梳理羽毛。看到这一幕，她顿时羞臊起来，低着头轻轻骂了一声："你坏！"

张家顺反应过来，目不转睛地望着她："静姝，你真漂亮！"

高静姝转过身，摸了摸发烫的脸，低声说："俺差点忘了一件大事，俺爹和俺婶子商量想去潍县开一家全羊汤馆，说让你舅离你爹远一点。"

张家顺问："为啥？"

高静姝说："俺爹说，姓赵的正愁找不到借口朝你爹下手呢，别自个儿送上门去。"

张家顺点点头，似有所悟地说："还是要革命啊。俺舅说，革命成功后，百姓当家作主，没有苛捐杂税，没有土豪恶霸，大家的日子就好过了。"

她的目光望着村里那一栋栋的破屋，还有那些挂在墙上的盐池拖绳，笑意渐渐凝固在脸上，目光有些迷离起来，心里荡漾起一个疑问：家顺为啥会有这样的想法？

两人牵着马去盐祖庙那边溜达了一会儿，开始往回走。一路上，张家顺故意挑一些话题，逗高静姝开心，直到他说："以后俺爹揍俺，俺就逃，反正他也撵不上。"

高静姝听了，露出些许微笑。两人骑在马上，感觉脚下的这条路很长，很长……

张德邦没想到，他所考虑的问题，高立亭已经考虑到了。两个月后，潍县乐道院附近街上开了一家临朐兄弟全羊馆，掌柜的就是"羊汤西施"徐清丽。在高立亭的帮助下，张德邦和徐立星兄弟偷偷给陈清水、徐清丽完了婚，也没敢张扬。

这年九月，张家顺和高静姝去了省城读书。高立亭提出年前就把两人的婚事办了，省得夜长梦多。

张家昌去了南京读军校，将来张家的买卖就落在张家顺身上了。

张德兴还是什么也不管，但也没惹事。

日子定在了腊月二十二，张德邦和高立亭开始为他们开开心心地置办结婚物品，崭新的棉被做了十八床，用当年的新棉花弹得蓬蓬松松，里面用粗红丝线铺成双喜字，外面是柳疃产的上等丝绸被面，绣着"鸳鸯戏水"

和"百子闹灯"。

年底，高静姝带回一个消息，说张家顺改名张振中，意思是振兴中华，跟着几个同学去了苏联。

十几岁的孩子，简直是胡闹啊！张德邦听到消息气得差点背过气去。前几年，他出钱让张世生的儿子张云波去济南读书，那孩子去了就没回来，也不知干啥去了，也不回来看望老娘。有人说，那孩子死在外头了，也有人说他跟着他叔当了土匪。

家里的老娘也没人管，全靠和盛商号出钱救济着。张云波也一直是张德邦心里的牵挂。

他没想到，如今又出了个张家顺。他真希望张家顺不要像张云波那样，一走就没了消息……

第十四章

年前，张家秀回来了，只回家看了一眼，就去了潍县乐道院，说去找米娅。

张家昌也不让人省心，军校毕业后就回来过一趟，信也很少寄回家，也不知军务究竟有多忙。

两个儿子、一个女儿，没一个省心的。张德邦看着姜彩云愁眉不展，心里比谁都窝心，可没辙啊。用高立亭的话说，儿孙自有儿孙福，父母瞎操心也没用。

这两年，他看见什么都厌烦，连院子里溜达的狗，也不知被他踢过多少次。

高立亭家也有本难念的经，高静之留在日本也不回来。一年前，高静之写信回来说，娶了个日本媳妇，气得高立亭骂了两天。

没办法，高立亭只得让侄子抱着一只公鸡，好歹把黄小翠娶进了门。每次喝醉了，他就嚷着要和高静之断绝父子关系。

民国十九年秋天，昌邑来了新县长，谁也想不到新县长竟是以前那个被查的刘文章。

按规矩，商会会长要去拜访，但张德邦不愿看见刘文章，托病窝在家里，能避一时是一时。

在家里还没躺两天，刘文章居然上门了，是赵金龙陪着来的，还带来了两盒北平同仁堂的"清心丸"。刘文章一脸和蔼，额头上明显多了一条伤疤，那疤还闪着亮光。

刘文章痛心疾首地说了自己的过去，经过这些年自我反省，他立志要当一个廉洁奉公的好县长。临走时，他拿出一本《道德经》放在床头柜上。

赵金龙走到门口，扭头望了一眼张德邦，露出了颇有深意的微笑。这种不怀好意的笑，就像一贴狗皮膏药，紧紧贴在了张德邦心上。

张德邦将他们送走后，拿起刘文章留下的那本《道德经》，长长地叹了一口气。虽说刘文章来者不善，但有高立亭那边的关系，刘文章绝对不敢乱来。

果然，刘文章与议事会的士绅们商议后，贴出了降低盐税及各项税收的告示，连马掌柜都说刘县长好像真变好了。张德邦也希望刘文章能真正变好，那才是昌邑百姓之福啊。至于他们之间的恩怨，只要和盛商号本分经营，刘文章也拿他没辙。

他以为自己躺几天就能起身，哪知越躺身子越沉重，后来竟连床都起不了了，吃了好多药也不见效。

陈有福急了，找张德兴商议："街上都传你哥这病是被刘县长吓的，商号好歹也是你们俩的，你可不能不管啊。"

张德兴醉醺醺地说："俺给你出个主意，要是俺哥的病好了，你得答应帮俺说话，让俺好歹管点事。整天这么喝酒，俺也不乐意啊。"

陈有福点点头："俺一定帮你说。"

张德兴说："俺哥那是操心的命。像家秀和家顺那样，一个不结婚，一个去了苏联，家昌又不回来，就是俺也得堵出病来。你把他送去潍县乐道院找家秀，说不定病就好了……"他似乎还有几句话想说，只是觉得没到时候，便忍住了。

陈有福见张德兴说得有道理，就去屋里安慰张德邦，劝他去潍县治病，还提议让张德兴继续去盐场管事。

张德邦点头答应了。他到了潍县乐道院，张家秀亲自做了诊断，觉得他没啥病，就是糟心事太多窝出来的毛病，需要静心调养。

别看潍县乐道院医院不大，看病的人可不少。自从埃文教父回国后，米娅就不再是修女了，她采用中西医结合的方法为病人诊治，天天忙得团团转。张家秀回来后，成为她的得力助手。白天，张家秀根本没空陪着爹说话，只有到了晚上，她才有时间坐在爹的病床前。

张德邦觉得有一肚子话要对女儿说，可又不知从何说起，半天才挤出几个字："秀啊，苦了你了。人家已在日本娶了媳妇，你怎么这么傻呢？"

看着爹痛苦的样子，张家秀苦笑了一下，安慰说："爹，您就甭操心了，好好养身子吧。"

调养了半个月，张德邦觉得好了一些，找了个时间去探望徐清丽。徐清丽已怀了四个多月的身孕，陈家总算有了后。

徐清丽还说了一件事，潍县警察局的人去央子抓陈清水，好在蔡老板机警，设法拖住了警察。如今，陈清水在一处小学当教员。警察来家里找了两次，也没为难她。

高静姝从济南女校毕业后，在昌邑县城凤鸣书院教书。张德邦几次去找高立亭，也没捞着见见儿媳妇。他就想问问，张家顺为啥这两年都没给家里来信。

出院的时候，张德兴来接他。张德邦与女儿告别时，只说了一句话："秀，啥时候让爹看到女婿啊？"

张家秀听了，把头扭了过去，眼睛直盯着教会医院楼顶上的十字架。放弃一段恋情是困难的，尤其是放弃一段刻骨铭心的恋情。但是，既然那段岁月已经悠然遁去，既然那个背影已经渐行渐远，又何必再苦苦守望呢？

张德邦快快地上了马车，慢悠悠地走了。

一路上，哥俩也没说几句话。其实，张德兴也没啥要说的，说得太多，搞不好还吵架，索性不说了，心里明白就行。快到家时，张德兴说了一句："哥，俺嫂子临走的时候，叫俺催你再娶一房……"

张德邦没接腔，这些年了，他连一个说说心里话的人也没有，之前也确实有过这个想法。特别是到了晚上，独自躺在床上也觉得孤单，可一想到自己身子不好，便打消了念头。在医院里，他好几次想问问家秀，她叔在香港治病的事，可话到嘴边还是停住了。总归是女孩子，再说身为兄长，过分打探兄弟的隐私终归不妥。

到了家，张德兴又说了一句："哥，俺觉得刘文章这次回来没咱好事，要多留点心哪。"

张德邦火了："你说话能不能利索一点，像老羊拉稀一样，有一搭没一搭的，俺心里当然有数！"

张德兴有些不服气地说："俺只是提醒你，怎么又骂上了？"

好在陈有福上前把张德兴劝开了，又把张德邦扶到屋里，兄弟俩才没继续吵下去。

张德邦在家里歇了一会儿，就去了商会，和商会的几个同仁聊了聊生意上的事。几处大城市的买卖还行，不过听说中原那边遭遇大旱，还闹了虫灾，买卖不好做了。有的分号一天才卖出几斤盐，连伙计的工钱都不够。

几个人都说刘县长确实和以前不一样了，是一个勤政爱民的好官。那天还当着大伙的面，把赵银龙的盐警队队长给撤了。

张家总算有了喜事，姜彩云生了个男孩。张德邦露出了久违的笑容，按照家族"德家恒远"的排序，孙子是"恒"字辈的，于是起名为张恒睿，并写信告诉了远在南京读书的张家昌。

九月底，有消息传来，日本人占了东北，和盛商号东北两家盐号的伙计们跟着军队往关里撤。

昌邑大街上陆陆续续有灾民经过，都是往胶东讨活路的。敲开每一家的门，可怜巴巴地讨一口吃的。刚开始还能要点，可灾民来了一波又一波，啥时候是个头啊！

刘文章召集士绅们开了会，呼吁大家捐粮捐款，说什么国家有难、人人有责，救贫济困是为商之道。

张德邦代表盐业商会捐资两万大洋，其他商会也捐了款。县城内开了粥铺，每日救济灾民，还搭建了灾民棚，好让灾民有个栖身的地方。

张德邦也觉得刘文章确实变了，兴许是自己以小人之心度君子之腹了。

寒冬来临，气温骤降。大批的灾民继续往这边走，沿路百姓不堪重负，一家家都不敢开门。中原大旱，昌邑和潍县一带收成也没好到哪里去，百姓家中余粮本来就不多，实在施舍不起了。

潍北一带乱了起来，一股股灾民纠集起来，开始进入村子劫掠，还杀了人。刘文章出了告示，让各村镇成立联防队维护治安，城内的保安队也出城剿匪。

前往胶东的灾民又返回来了，说那边的收成也不好，过去也没有活路。因为下营码头每天来船，跟过来的灾民越来越多，聚集在下营的灾民很快到了几百人，每天至少消耗十石粮食。

张德邦把老宅腾了出来，给寒风中的灾民居住。和盛商号带头在门口支起几口大锅，每天熬粥救济灾民。广鑫商号也跟着建了粥棚，有的商号则给灾民发放高粱面和玉米面窝窝头。那东西扛饿，吃一个能够撑一天。

张德邦约莫着下营的粮食也无法撑到明年，就和商会同仁们商议，派护盐队去江苏、浙江一带购买粮食。赵金龙提出让他弟弟跟着前往，商会有几个同仁信不过，就从几个商会都抽了人，这才放心让他们上路。

张德邦每日都去粥棚，亲手将粥舀到灾民碗里。望着黑压压的人群，他寻思着这也不是办法。若是开了春还是这样，总不能一直救济下去，得设法安民。前两天，他给高立亭递话过去，约刘文章今天来下营商量一下，看看大伙有啥建议。刘文章回话，今天就来。

他正想着，突然听到人群中有哭喊声传来，是一个男人的声音："张德邦不是人啊，为了不给吃的，在粥里下毒了！"

定眼望去，有几个人倒在地上呻吟着。人群中有人喊："砸了这毒粥摊！"

愤怒的灾民就像被一把火点燃了，大吼着冲过来掀翻了粥棚，摁倒几个伙计就打。

马逢春和张德兴护着张德邦退进商号里，关上了门。此时此刻，他听着噼里啪啦的擂门声，怔怔地问："怎么回事？"

马逢春说："有人喝了咱家的粥，中毒了。"

张德兴说："不可能，俺哥亲手熬的粥，怎么会有毒呢？"

马逢春说："俺也知道东家不会害人，可别人不信，和盛商号的粥棚开了十几天，为啥恰恰今天出事？"

张德邦一下子明白了，因为有人知道刘文章今天来，所以才来闹事。他一直小心谨慎，没想到还是防不胜防！

过了一会儿，外面吵闹声小了。有人拍门说："张会长，麻烦出来一下吧。"

张德邦听到是高立亭的声音，急忙上前开了门，见门外站了不少人。除了灾民外，还有刘文章和县政府的几个干事。

镇上的治安队员拿着枪维护秩序，地上躺着几个人，还有人在翻滚着。

高立亭低声问："怎么回事？"

张德邦说:"俺也不知道,这些天一直都没事,怎么今天约了你们一来,就出事了。"

刘文章走过来:"张会长,俺今天和高议长下来,是与大家商议下一步咋安置灾民的。出现这种事,让俺很难堪啊。"

这时,人群中有人喊:"张德邦假仁假义,残害灾民,必须法办!"

声音一出,其他灾民也跟着喊。刘文章无奈地叹了两声,望了高立亭一眼,低声说:"高议长,您说咋办吧,好歹给灾民们一个交代啊。若是传出去,影响咱昌邑的声誉啊!"

高立亭大声说:"俺以人格担保,张会长不是那样的人。要不然,他也不会主动提出,让俺和您下来商议下一步安置灾民的事。这事一定要查个水落石出!"

有人开始往这边扔石块,张德邦呆呆地站着,被石块打中了脸,脸顿时肿了起来。

刘文章对高立亭说:"高议长,事情明摆着,如今闹得这样,一旦引发民变,谁都承担不起责任啊。"他见高立亭不吭声,接着大声道:"来人,把张德邦押走!"

就在两个保安队队员抓住张德邦的时候,人群中传来一个声音:"等一下!"

张德邦抬头望去,见高静姝和米娅挤过人群走过来。他惊道:"闺女,你怎么来了?"

高静姝虽是他的儿媳,可他一直"闺女闺女"地叫,已经习惯了。

张德邦朝米娅点点头,算是打了招呼。

高静姝叫了一声"爹",接着转向刘文章,大声说:"刘县长,事情没有弄明白,就想把人带走,朗朗乾坤,公理何在?"

刘文章厉声说:"灾民吃了和盛商号的粥中了毒,难道不是事实吗?"

高静姝反唇相讥:"刘县长,您有没有想过,万一是有人栽赃陷害呢?"

刘文章问:"你有什么证据?"

这时,米娅已为几个人检查完,站起身小声说:"确实是中毒了,应该是砒霜。"

这时，站在米娅身边的一个人喊："张德邦用砒霜害人，咱砸了他的商铺！"

灾民们被鼓噪着往上冲，几个治安队员用枪杆子拦着。

这时，高静姝站上一个台子，对着人群大声说："同胞们，大家都是明事理的人，千万不要被坏人利用。请大家给俺一点时间，如果俺不能证明和盛商号无辜，任凭大家砸店。"

有两三个十几岁的学生也大声喊："请大家听高老师的。"

人群逐渐安静下来。

高静姝接着大声说："如果和盛商号不愿救济灾民，大可关闭粥棚，完全没有必要做这伤天害理之事。"她转向刘文章，一脸严肃地问道："刘县长，如果换成是您，您会这么做吗？"

刘文章顿时不吭声了，不自觉地摸了摸额头上的伤疤。

高立亭对女儿投去赞许的目光，偷偷对张德邦说："今天一早出门的时候，静姝知道俺要和刘县长来下营，她就料定可能会出事。俺还不信，骂了她几句，哪知真让她说中了，更没想到她会把米娅大夫请来。"

张德邦低声说："静姝的话倒是提醒了俺。"他往前走了两步，接着大声说："俺没害人，俺要是存心害人，今儿就死在大伙面前！"说完，他大步走到一个被掀翻的粥桶前，用勺子从桶底舀了一勺，向嘴边凑去。

张德兴担忧地喊了一声"哥"，几步冲到张德邦面前，要去抢那勺子。

张德邦用力推开弟弟，大口喝下了勺中的粥。他要当众证明和盛商号的粥没有问题。喝完，他把勺子一扔，大声说："俺张德邦半辈子从来没有做过亏心事，今天不会，往后也不会。俺张德邦为人咋样，下营的老少爷们都心里有数！"

高静姝走上前，捡起勺子当场交给米娅去化验。片刻后，化验结果出来了，她大声说："粥里没毒！"

米娅把掀翻的八个大桶的粥全做了现场化验，结论是只有最西边的一桶粥里有毒。同样的粥，为何只有一个粥桶里有毒呢？

这时，人群中有几个人想往外溜。

高立亭大声说："大伙一个都不能走！"

这话一说完，现场顿时乱了，很多人推搡着往外跑，治安队员怎么挡都挡不住。只片刻工夫，现场就只剩下了几个中毒的人。

米娅给中毒的几人服了药，为几个严重点的做了催吐，这几人都没有生命危险了。

张德邦苦笑了一下，对马逢春说："都是冲着俺来的，往后和盛商号也别施粥了，搭上几条人命，不值当啊。"说完，他望了刘文章一眼，没有继续说话，而是大步下了台阶，径直朝家里走去。

他在家里坐了一会儿，张德兴和马逢春来了，说今天就是有人故意使坏，幸亏高静姝及时赶到，否则后果不堪设想。

马逢春说，和盛商号不能停止施粥，否则会让人看笑话。咱可以多派一些伙计看着点，要是还有人使坏，直接抓起来。

张德邦细想之后，也觉得停止施粥有些不妥。正逢严冬，不是产盐的旺季，可以从北海盐场调些人过来帮忙。

马逢春会意地点点头……

第十五章

世界上有许多事不是我们努力就能实现的，有时靠缘分，有时靠眼光。

过了晌午，高立亭来了，一见张德邦就说："俺没想到的，静姝都想到了。前几年，她让俺做丝绸和洋布成衣，还逼着俺派伙计去上海那边学裁剪，俺家这才开了昌邑城内第一家成衣铺，如今买卖好着呢。这闺女主意多，俺都听她的，想让她接手商号，可她就是不答应，说自己是张家的媳妇。"

张德邦微笑着说："这就是眼光，读过书的人就是不一样，看问题比咱这些老家伙明白多了。你没问问她，俺家那逆子啥时候回来？"

高立亭说："已经回来了，回来也没几天，在潍县见了他姐，来昌邑和静姝见了面，说是怕你生气，就去了他舅那边。咋，家秀没跟你说吗？"

张德邦生气地说："啥事都瞒着俺啊。他这样躲着，俺就不生气了？他和他舅在一起就是搞啥'革命'，姓刘的正愁没法整死俺呢。"

高立亭说："赵金龙想霸占北海盐场，也不是一天两天了。这么多年，他不知下了多少黑手，都没把你给整死，心有不甘啊。俺也寻思着家顺和他舅在一起不合适，俺回去就吩咐静姝，让她劝家顺回家好好待着。年前，咱给他俩把喜事办了！"

张德邦说："亲家，你说这灾民闹的，俺宅子还没收拾呢。"

高立亭笑道："啥收拾不收拾的，咱结婚的时候不也很随便地盖床红被子、贴上红窗花就结婚了吗？俺还想和你商量个事，她哥不回来，俺就指望这个闺女了。俺虽是嫁女儿，可希望她在身边。俺寻思等过完年，在俺家旁边给他俩盖一处小点的宅子，偶尔让他俩过去住住。你看成吗？"

张德邦说："中，这事甭商量，你拿主意就行。盖宅子的钱俺这边出，不能光占你家的便宜。"

高立亭急了："要不这样，都别争，你出一半，就这么定了。"

张德邦说："中，你给俺家养了这么好的儿媳妇，是俺张家的祖坟冒青烟了。"

说完家里的事，该说说买卖上的事了。高立亭低声说："刘文章那边，你打算怎么应付？"

张德兴在一旁抢过话，说："俺觉得姓刘的无非就是贪一点，咱给他送点钱，缓和一下关系吧。"

张德邦顿时火了，抓起一个茶杯朝张德兴扔了过去："送啥送？俺就是把盐场给卖了，改行卖烧饼，也不送给姓刘的一个子儿！"

高立亭说："俺觉得老二说得也有道理。刘文章是个机灵人，不会不懂场面上的规矩。以咱两家的关系，谅他也不敢乱来。但你和他之间的关系，应该缓和一下，不如送一点礼，求一个暂时平安。"

张德邦赌着气，还是那句话："不送！"

高立亭说："静姝也说，能够与刘文章缓和关系，那是最好。如果你不愿出面，可以让别人出面。现在最要提防的人是赵金龙，他处处暗算你，总不能一直这么下去。静姝还说，今儿就算抓到了使坏的人，也不一定就供出赵金龙，逃掉也好，省得刘县长的面子挂不住。静姝还说，无论做啥事，如果没有完全的把握，就必须留条后路。做事不留后路，就好比下棋下到了僵局，即使没输，也没法再走下去了。"

张德邦愣愣地看着高立亭，感觉认识了这么些年，似乎陌生起来。张口闭口就是"静姝说"，静姝就是再厉害，也就是一个黄毛丫头，哪知人世间的险恶啊。

张德邦何尝不知道赵金龙是他的死对头，每一次和盛商号出事，都有赵金龙的影子。十几年前的那笔账，还没算明白呢。他叹口气说："人家一逼再逼，哪有后路啊？"

高立亭站起身说："有俺在，好歹能替你顶一顶，可有些事只怕俺也顶不住啊。今儿要不是静姝请了米娅大夫过来，俺也没辙了。"

张德兴不敢吱声了。

张德邦也沉默不语，他也想把赵金龙赶出下营，算一算这么多年的账，可没办法，他拿不出证据。孙黑炮说要调查冒充他名号的事，这几年也没了消息。潍县和昌邑一带的土匪倒还有几支，不知孙黑炮是改了名号，还是改邪归正了。如果当年劫杀商号盐队的是军队假扮的土匪，也确实没法查。今天这事就算抓到使坏的人，只要刘文章不配合，也无法拿到有力的证据。即使把人押去县里，说不定扭头就给放了。

当天晚上，张家顺回来了，穿着一身和灾民一样的破衣服，嘴唇冻得青紫，进屋后叫了一声"爹"。

张德邦看到儿子，一阵阵心疼，却忍不住拿起一根棍子就打，口中骂道："好好的名字不叫，还叫啥振中，去苏联留学，连一封信都不来……"

棍子打在张家顺身上，他也不躲闪，就那么硬扛着，说："爹，俺没错，俺只想让穷人有口饭吃。"

张德邦更火了，大骂起来："你是说俺亏待了盐工，害得人家没饭吃？"

张家顺梗着脖子，说："爹，不是咱家，您看看那些灾民都卖儿卖女，没有活路了啊。还有河南那边，听说不知饿死了多少人……"

张德邦手里没停，棍子一下又一下地打在张家顺身上，却疼在他的心里。

张德兴听到动静赶了过来，劈手夺下棍子："哥，家顺回来得正好。俺明天就去找人，把西厢房收拾好，过些天就让他完婚，有媳妇管着，说不定就不乱跑了。"

张家顺跪下磕了个头："叔，俺今晚就要走。"

"去哪里？"

"您别管，俺有大事要办。"

张德邦一把抓住儿子，对张德兴说："拿绳子把他捆起来，不能让他走了！"

哪知张家顺不等张德兴去拿绳子，从地上爬起来，一溜烟跑了，到了院里还说："爹，儿子不孝。"

张德邦穿上鞋要追出去，被张德兴一把抱住了："哥，孩子大了，你管不了，让他去吧。要是让姓赵的知道咱家有闹革命的人就麻烦了。"

张德邦气得直跺脚，哀号着大吼："家门不幸啊！"

第二天一早，张德邦赶去县城找高立亭，说了张家顺回家的事。高立亭也是连声叹气，倒是高静姝说："爹，俺都不急，您急啥？俺还想在家里多住两年呢。"

高立亭勉强笑笑，说："听到没有，俺现在都不能说出嫁的事。要是说了，就怪俺撵她出门。得了，啥时候逮个机会把婚结了就成，今后你就两边跑吧。"

张德邦问高静姝："闺女，你知道他干啥革命吗？"

高静姝说："俺也不是很懂，说是共产党，就是替穷人打天下的那帮人，说啥打土豪劣绅，他跟俺说的啥'主义'，一套一套的。"

张德邦问："俺就是乡绅，难不成儿子还要革老子的命？"

高静姝说："您是开明士绅，不是恶霸劣绅，还是他们团结的对象呢。听说前阵子胶东那边有穷人暴动了。"

张德邦说："安安稳稳过日子，搞啥暴动呢？"

高静姝说："爹，不是每个地方的人都像您这么好，也有像赵金龙那样的坏人，逼得老百姓没了活路，人家才暴动的。"

几声"爹"叫得张德邦开心不已，可是原定腊月二十二的婚事没法办了。

过年的时候，张德邦以为张家昌会回来，结果也没回来。他听着姜彩云在屋里直叹气，于是也借着酒劲站在院子里骂了半天，直到张德兴过来把他扯回屋里。

进了屋，他坐在椅子上一个劲地喘粗气，嘴里嘟囔着："家门不幸啊！"

这个年过得有些凄惨。漫天的雪花，肆虐的北风，一股悲凉笼罩着下营，鞭炮声零零散散的，没一点年味。

张德兴在东跨院堂屋摆上了酒席，叫张德邦过去。张德邦却梗着脖子，独自喝着闷酒。

那一年，他招呼伙计们一块上桌，还有两个儿子陪着，可今年却只剩下他孤家寡人，心里有种说不出的滋味。他对弟弟说："你去吧，甭管俺，俺想一个人静静。"

他不过去的目的，是想一会儿把陈有福和几个下人叫过来，陪他一起喝酒。

哥俩正说着话，大门口传来说话声，不一会儿，一个下人领了一个戴着破棉帽的人进来了。

张德邦一看，笑了："这个大年夜，有人陪俺喝酒了。"

那人拍了拍身上的雪花，径直走到张德邦面前坐下，摘下帽子往边上一放，叫了一声"姐夫"。原来是陈清水。

张德邦笑起来："怎么回事？你们这些有组织搞革命的，一个个大过年的也穿得破破烂烂吗？要是没钱，姐夫给你。"

陈清水笑笑，没接话。

张德邦接着问："今儿怎么不回去陪媳妇，来俺这里了？"

张德兴也不便插嘴，打个招呼转身离开了，他老婆孩子还等着他吃饭呢。再说，陈清水大年夜找上门，肯定有事，他在旁边也不好。

陈清水也不客气，坐下来敬了张德邦一杯酒，直接说："姐夫，俺想向您借钱，一千块大洋。"

张德邦惊异地问："要那么多钱干吗？"

陈清水说："俺想拉队伍，可手里没枪。"

张德邦笑了："你大年夜来找姐夫，就是来要枪的？俺这里真有两支，一支长的，一支短的，你都拿走吧。"

陈清水说："两支枪不够，俺……"

这时，大门外传来急促的敲门声，还有不少人的叫喊。

张德邦竖起耳朵，笑了："俺寻思这个年过得冷清，居然这么热闹。"

陈有福跑过来，低声说："东家，听声音是治安队罗队长，俺怀疑他是冲着清水来的。"

陈清水说："也没人看见俺啊。"

张德邦站起身说："你先坐着，俺去会会他。"说着，他披上老羊皮大袄，来到门口开门，见门口围了七八个持枪的治安队员。罗队长站在台阶上，拿着枪，见他开了门，就把枪收了起来，点头哈腰地说："张会长，打扰了。"

张德邦微笑着说："大年夜你们不在家吃饺子，折腾啥啊？"

罗队长说："不好意思，俺是奉命来抓你家老二的。"

张德邦神情自若地说:"俺家老二出去一两年了,啥时候回来的,你怎么不告诉俺一声呢?"

罗队长说:"县里接到线报,说你家老二和他舅可能都是共产党,就在瓦城和马渠一带活动,几次派人去抓,都没抓到。今儿是大年夜,他一定回家了吧?"

张德邦冷笑一声:"这年头,怎么逮到谁都说是共产党,俺也是共产党,你信吗?每年土匪四处祸害百姓,前阵子还进庄杀了人,也没见你们去抓。咋了,俺张家的门好敲是吧?回去告诉刘县长,如果俺张德邦的儿子敢闹事,俺第一个抓他去坐牢!"

罗队长赔着笑:"张会长就是张会长,俺相信。"

张德邦却装出很客气的样子:"外面风雪大,要不几位进来陪俺喝几杯?顺便看看俺家老二在不在屋里藏着?"

罗队长嘿嘿干笑了几声:"张会长,今儿不行,俺几个还要去青乡那边,就不打扰了。"

张德邦从牙缝中挤出两个字:"不送!"

回到屋内,张德邦见陈清水坐在那里悠闲地喝着酒,笑道:"你不怕俺把他们放进来?"

陈清水吃着大块把子肉:"不怕,你们在外头说话,俺都听着呢。"

张德邦低声说:"姐夫劝你一句,好好的日子不过,闹啥革命啊,大年夜都过得不安稳。"

陈清水喝了口酒,说:"姐夫,俺那些学生有的一年到头都没肉吃,这是民生。你们商会和议事会那么多人,说出的话还不如赵金龙在刘文章面前放个屁,这就是民权。灾民过境,滞留在昌邑的灾民不过几千人,刘文章却虚报全县灾民三万余,还要各家商会筹款,总计超过六十万大洋;修盖一座容纳灾民的大草棚,他就敢记账一百块大洋,其实真正用到灾民头上的不到三分之一,这就是民主。"

张德邦惊愕不已:"你怎么知道的?"

陈清水吃饱喝足,把手指上的油都舔干净了,说:"姐夫为人和善,可你一个人救不了天下劳苦大众。青乡那边有俺的同志,俺得快去救,麻烦姐夫给俺一匹快马,那一千块大洋你准备着,俺随时会派人来取。"

张德邦笑起来："合着你提前打土豪了？中，算俺倒霉，从后门走，出庄后往西有一条道去青乡，虽说远一点，可你有马，能赶在他们的前头。"

陈清水离开后，张德邦独自一人喝着酒，喝到最后还是陈有福扶他回房去的。他躺在床上，听着张德兴领着儿女们在东跨院放了半宿炮仗。他却默默地望着妻子的遗照，抹了一夜泪。

初四这天，张德兴一早就出门了，说是去办一件重要的事情，到了晚上也没回来。

初五下午，高立亭派人告诉张德邦，说张德兴被刘文章抓起来了，罪名是贿赂县长。

事情的经过很简单，张德兴到了县城，通过高立亭约了刘文章在海鲜酒楼吃饭。席间，高立亭也帮着和盛商号说话，刘文章微笑着直点头，也不多说话。喝完酒，张德兴送刘文章回去，也不知怎么回事，当晚就被抓了。郑光耀派人告诉了高立亭，高立亭一边去见刘文章，一边派人通知张德邦。

张德邦到了县城，没有去县政府，而是直接去了高立亭家里，听高立亭说了事情的经过。他痛心地说："俺弟弟想着和刘县长和解，俺一直不答应呢。没想到他真的做了傻事，自己跳进了别人的陷阱。静姝呢，她怎么说？"

高立亭说："您是张家的主，怎么啥事都问她？"

张德邦说："这事俺也不知该怎么办啊，只能让商会和议事会出面，向刘文章说说情。俺还想听听静姝的看法，看看她有啥好法子。你不是也一直听她的吗？"

高立亭摸了摸胡子，说："静姝说，这事很麻烦。公然贿赂官员，若是真按民国律法，是要判刑的。如果姓刘的要杀一儆百，警示官员廉洁奉公，依法加重处罚也是有可能的。"

张德邦着急地问："她没说别的？"

高立亭摇摇头。

两人喝着茶，想来想去，都想不出啥法子。

中午，高静姝从学校回来了。张德邦像抓住了救命稻草，急切地问："静姝，你总算回来了。你叔被抓的事，除了商会和议事会这两边出面，还有没有别的法子了？"

高静姝微笑着给两人续上茶，坐在一旁思索了一会儿："也不是没有法子，有一个人可以帮忙。"

张德邦急切地问："谁？"

高静姝说："就是一直和您不对付的赵金龙，他出面说和，刘县长会给他面子，否则，就算商会和议事会出面力保，也没多大作用。刘县长完全可以将这件事上报，说和盛商号意图收买他，别人知道后会咋想，都以为和盛商号想巴结刘县长，官商勾结呢。这样不但打压了和盛商号，还体现了他为官清廉，成就了他的清官之名。"

张德邦皱着眉头问："真要俺去求赵金龙？"

高静姝笑道："十几年前的老账，您真当别人不放在心上啊？要是真的那么好，就不会出现灾民中毒的事了。"

张德邦长长地吁了一口气："中，为了救俺弟弟，别说俺厚着脸皮去求他，就是让俺下跪都成。"

高静姝说："爹，您也没有必要那样，得逼着他对您妥协，最好有他的把柄。"

高立亭说："只可惜灾民出事的时候，没抓住那几个人。"

高静姝说："抓了那几个人也没用。眼下，您一定要显示出胸有成竹的样子，绝对不能心虚。您越是心虚，他就越不松口。俺叔能不能没事，就看您怎么去谈了。另外，您别急着去找他，该干啥干啥，就当这事没有发生。到时候，他会沉不住气，找人来提醒您，你就赢了八分。刘文章和赵金龙本来就是一条绳上的蚂蚱，他回来继续干县长，就是要报仇啊。只要逮着一点点机会，他们都不会放过的！"

张德邦说："你叔关在大牢呢。"

高静姝依然笑着说："没事的，俺爹每天去探望一次，给他带好吃的，他们也不敢乱来。到时候求商会和议事会这两边去帮忙说说情，给刘县长一个台阶。"

左右逢源要使点心机，这是策略问题。张德邦想了一会儿，笑了："亲家，俺就说要听听静姝的主意嘛，咱家有一个女诸葛，看姓赵的怎么跟俺斗！"

第十六章

　　一个人要战胜困难，首先要战胜自己。因为一个人最大的敌人往往就是自己。听了高静姝的话，张德邦心里有了底，也就不急躁了。

　　吃完饭，他驾着马车慢悠悠地往回赶。行至半路，路边蒿草丛中突然蹿出一个人挡在马车前。他急忙抓起枪，大声问："谁？"

　　那人拱手说："请问是张会长吗？俺是陈清水的朋友。"

　　张德邦问："找俺啥事？"

　　那人低声说："他让您准备的一千块大洋，叫俺来取。"

　　张德邦放下枪，那一千大洋的事只有他和陈清水两人知道。他沉声说："他呢？为啥不直接来找俺？"

　　那人说："他有事去别的地方了，让俺来找您。俺叫陆升勋，是大陆村的，与家顺是同学。"

　　"陆家可是大户人家啊，你怎么也革命了？"

　　"大叔，如今国民政府腐败不堪，民不聊生。国家，国家，没有国哪有家啊？"

　　"你怎么知道俺从这里经过呀？"

　　"刚才俺去过您家，知道您去了县城，所以俺就在路边等。"

　　"哦，今晚三更，你到俺家后门来取。"

　　那人也不答话，身影一闪钻进了草丛中。

　　张德邦想跟着看看那人到底去了哪里，可最后还是停下了。这陆家大少爷不愁吃、不愁穿，怎么也革命了？这世道是怎么了？

　　他越想越迷糊，就干脆不去想了。

回到下营，他没有急着去找赵金龙，而是安慰了弟媳几句，逗着孙子玩了一会儿，才去柜上找马逢春提了一袋子大洋回来。

晚饭后，他坐在屋里看了一会儿刘文章留下的《道德经》，灯孤影单，顿觉伤感无比，又拿出妻子的照片，泪眼模糊地看了一阵。

眼看三更将近，他想去叫着陈有福一起帮忙拿着大洋去后门，哪知陈有福屋里黑着灯，敲门也没人开。

陈有福来下营的第二年，娶了一房媳妇，在张家大院不远的地方买了一处小宅子，还生了三个娃。老大成家立业，在济南做小买卖，女儿已出嫁，只有老二在商号帮忙。陈有福一般都住在张家大院里，有时也回去住。

他想着陈有福可能回家了，便寻思自己提到后门去。走过院子，看见东跨院里还亮着灯，想必杨小玉担心张德兴，夜晚睡不着。就在他回内宅的时候，东跨院的门开了，一个人影闪出来。

张德邦以为是小偷，可转念一想，绝对不是。这时，院子里两条狗迎了上去，一个劲地摇着尾巴。

借着依稀的光，他认出从东跨院出来的人正是陈有福。这时，他终于解开了心底的疑惑。

他躲在屋檐下，看着陈有福往下宅而去，才转身回屋。有些事只要心里明白就行，一旦闹开了，大家面子上都挂不住。陈有福也不是外人，在张家大院尽心尽力干了这么些年，虽是家里的丑事，但也不能外传。再说，男人和女人一旦出轨，都是没有自制力的。

随后，他提着大洋来到后门，交给两个人，其中一个就是陆升勋。他们也没多说话，拱手施礼后便匆匆消失在黑暗中。

转身回屋的时候，张德邦看到姜彩云屋里亮着灯，想着可能是孩子半夜起来解溲，哪承想一个身影照在窗户上，正慢慢向上移去，居然悬在了半空。

他顿时大惊，一脚踹开门，见一个人头挂在一根丝带中，身体在半空晃悠。他急忙上前抱住那人的双腿放下来，一看是姜彩云，说："孩子，你怎么这样啊？"

张家昌去南京后，一直来信说学习紧张，两年都没回来了，这些年信也很少来了。

姜彩云哭着说:"爹,他要休了俺。"

枕头上有一封信,张德邦拿起来看了,是张家昌写来的休书。他气得把休书撕得粉碎,骂了一声"畜生"。

姜彩云抽泣着说:"俺没有做对不起张家的事,他为啥要休俺啊?"

张德邦低声说:"亏得他还是识文断字的人,现在是民国了,哪有一张休书就想把人赶走的?有爹在,还轮不到他做主。"

姜彩云泪水涟涟地抬起头:"爹,俺怎么活啊?"

张德邦安慰说:"孩子还小,不能没有娘啊。"他擦了一把泪,继续说:"孩子,可千万别胡思乱想了,往后的日子还长着呢。俺就不相信他敢不回来,明儿俺找个人陪着你,省得你胡思乱想。"说完,他走出屋子。

初八那天,张德邦照例领着商会同仁去盐祖庙上香。刚祭拜完,旁边响起了噼里啪啦的枪声,人群顿时乱了,一个个吓得往盐祖庙里钻。

张德邦没跟大家一起躲进去,而是望向开枪的方向。不远处不知何时出现了一些警察,还有治安队的人,正在围捕一群手里拿着锄头和镰刀的百姓。

他快步朝那边走去,大声喊:"怎么了?"

这时,不远处传来爆炸的声音,激起了满天的尘土。张德邦的脚边落下一截手臂,也不知是谁的。他愣愣地站在那里,一个人突然扑向他,一起倒在地上,耳边传来声音:"听说盐工要拿您的脑袋祭奠盐老祖呢。"

张德邦听出是张老财的声音,扭头骂道:"你知道也不早告诉俺?"

张老财说:"俺哪敢乱说啊,听说是恁舅子组织的,盐工们都说被张家老二扣了那么多年的工钱,也该算一算账了。俺只听说要暴动,不知他们怎么暴动,也不知是哪一天……"

张德邦大声说:"你说啥?扣什么钱?和盛商号啥时候少过大伙的工钱?"

"您真不知道?"

"我知道什么啊?"

"这几年,您弟弟每次发工钱时都会从盐工手里扣钱,说是入股。可这么多年也没见分红,有人闹了找他要,还被他打了。"

张德邦瞪起眼珠子:"俺怎么不知道啊?"

"您弟弟管着盐场，自然不会让您知道。他还警告俺，说要是俺告诉您，就弄死俺全家。"

张德邦觉得一股血气冲上头顶，他迅速站起身，歇斯底里地喊起来："这个混蛋，这是什么世道啊？"

枪声不知什么时候停了，地上躺着几具尸体，治安队的人抓着几个人，用绳子绑着。躲在庙里的商会同仁从庙里出来，有人哭丧着脸说："今年又见血了，不祥之兆啊！"

张德邦觉得心里好像有什么东西堵着，喘不上气，想要去灶家村问问，却被几个人抱住，强行送上了马车。

他躺在车上，觉得浑身瘫软，一个劲地直叹气。

傅立善主动上了他的车，路上聊了今天发生的暴动和一些买卖上的事。

张德邦也感觉今天治安队和警察出现得很突然，像是早就埋伏好了一样。他觉得有些不对劲，可又说不上来，只默默听着傅立善一路上絮絮叨叨讲着话。

快到会馆的时候，傅立善才说了正题："俺听说您弟弟贿赂刘县长被抓了，要不您找找赵金龙，让他帮忙说说情。如果您不愿意拉下脸求他，俺帮您约约？"

张德邦心里一动，赵金龙果然撑不住了，找来傅立善出面当中间人。他顿了一会儿："今儿俺就不在商会陪大伙了，你帮俺约约赵老板吧，还是老地方。"

今儿暴动这事，他必须弄清楚究竟是不是张德兴造成的。

到了会馆，举行完开张仪式，张德邦向同仁们告了假。当他走进望海酒楼包间时，见赵金龙正悠闲地喝着茶，桌子上摆了几盘小菜。

赵金龙笑着说："就咱俩人吃，甭浪费了。"

张德邦坐下，顾自给自己倒了茶："赵会长，咱俩斗了这么些年，谁也没赢，对吧？"

赵金龙说："哈哈，民国元年没把你整死，俺就知道你很难办呀。"

张德邦笑着："想俺死还不简单，你找个人埋伏在路边打俺的黑枪，那不就行了？"

赵金龙把身子往前一倾，低声说："你以为俺不想啊？可是你死了，你家的盐场会交给高立亭，就他弟那身份，谁敢动他？所以呢，俺宁愿你活得好好的，到时候乖乖地把盐场送给俺。"

张德邦喝了口茶，平静地说："做梦呢，说正事吧。"

赵金龙笑了几声说："你弟贿赂刘县长被抓了，你不想救他？"

张德邦往地下吐了一口老痰，用鞋底搓了搓，拿起筷子夹了菜，吃了两口，慢悠悠地说："活该，谁让他不经俺同意去办蠢事哩。俺现在一有空，就看刘县长给的那本书呢。"

赵金龙皮笑肉不笑地说："你拿一万大洋，俺让刘县长放人，要不至少判他三年。"

张德邦说："俺没那么多钱啊。"

赵金龙说："前阵子给灾民捐款，你捐了不少钱，现在每天施粥也花不少钱吧？这样财大气粗的，说和盛商号没钱，谁信呢？"

张德邦眯着眼睛望了赵金龙一眼，慢悠悠地说："说到救济灾民，俺家粥棚出事的账还没算呢。有些人整天就想算计别人，还以为别人不知道。世上哪有不透风的墙啊，那几个混在人群里的家伙，俺都……算了，不说了。"

赵金龙嘿嘿笑了两声："粥棚那事跟俺没关系，今儿就说你弟弟的事，五千，不能再少了。"

张德邦喝了口酒，伸出了一个手掌："就这么多，否则让刘县长判去。俺这个弟弟也不省心，北海盐场今天暴动的事，听说就是因为他克扣盐工的工钱引起来的。"

赵金龙笑着说："听说盐场暴动是你舅子组织的，抓到就枪毙。高立亭也保不了，还有你那儿子，听说也跟着一起闹呢。"

张德邦一拍桌子，生气地说："那个逆子，出去几年都没回来。大年夜的时候，罗队长还来俺家找呢。"

赵金龙点点头："别说那些废话了，麻溜点交钱放人。"

张德邦夹了一块牛肉干放进嘴里，嚼了几口说："俺弟弟让谁抓的，俺就把钱交给谁，你是谁啊？不怕人家说你和刘县长官商勾结啊？"

赵金龙伸出大拇指："果然是一只老狐狸！俺还要告诉你，你那会长也做到头了！"说完，拍拍屁股走了。

张德邦也没起身，也没言语，只自顾自地吃菜。

有商会和议事会出面力保，张德邦向县政府交了五千块大洋罚款，把张德兴领回了家。

刘文章的精明之处，就在于把这笔钱列入罚款。至于以后如何处理，还是他说了算。

张德兴蹲了几天牢房，身上没伤，也不见瘦，满脸泛着油光，只说牢里的跳蚤太多，晚上睡不好。

一进家门，他看到张德邦去拿棍子，早就像老鼠那样溜进了东跨院，关上了门。

张德邦用棍子捶打着门，大声吼叫着："俺张家一向本本分分做买卖，从来没亏待过下人，你居然克扣盐工工钱，你心肠让狗吃了。你到底克扣了多少，给俺吐出来。往后你就在家里喝酒吧，买卖上的事永远别插手了！"

张德邦骂了一阵，还不解气，又在屋里摔了几个茶盅，连晚饭都没吃。他苦心经营商号，善待他人，每年都按祖上规矩，给盐工送年货，表达商号对盐工的感激之情。他一直认为每个月都不少盐工们一分钱，就连被赵金龙堵了水渠，也按月给盐工们发钱，却没想到，盐工们居然要暴动，还要拿他的脑袋祭奠盐老祖。

他在院子里转了几圈，气得呼哧呼哧直喘粗气。

家秀在潍县乐道院，不知啥时候嫁人；家昌在南京不回来，还写休书要休掉家里的媳妇；家顺跟着他舅闹革命，脑袋都别在裤腰带上了。好端端的一个家，眼看就这么毁了。

他扔掉棍子，坐在屋里，想一阵，苦笑一阵，不知自己究竟做错了什么。要不是想着家里的产业，他也想找根绳子吊死算了，活得太累，实在太累了……

正在他胡思乱想时，陈有福从外面进来，低声说："东家，家顺有下落了。"

张德邦一惊："被抓了？"

陈有福说："没呢，他躲在外面，今天晚上坐高老板运丝绸的船去上海。"

张德邦问："你怎么知道的？"

陈有福说："您去县城接弟弟那会，他回来了，去他娘的灵前磕了头，见了一下他嫂子就走了。俺还给他拿了点钱，他让俺不要告诉您，俺……"

高家的商号虽说这几年以成衣为主，但丝绸买卖还继续做着，隔三岔五从柳疃陶家口子走船，运往东北和上海等地。

张德邦抓起狗皮帽子戴上，顺手拿起床头的枪："俺这就去逮他回来！"

柳疃往北两三里地的小龙河边上就是码头，船只沿着河沟往东驶入潍河，一路向北就可以出海。柳疃街上的丝绸商号，一直从这里往外运丝绸。以前丝绸买卖好的时候，每天都有船只出去。如今丝绸生意不行了，码头也清闲了下来，可隔三岔五仍有船只外出。出海的渔民打鱼回来，也在这里靠岸，再把海鲜运往城里。

张德邦骑着马来到小龙河边，果然见码头上有一艘船。船头船尾挂着大马灯，就像大海兽的红眼珠。几个伙计正在收拾缆绳，看样子就要出发了。

张德邦下了马，对着船头大吼："张家顺，你臭小子给俺滚出来！"

不一会儿，船头上出现一个人，喊了一声"爹"。

张德邦吼道："你闹出这么大的事，搭上几条人命，就这么拍拍屁股走了？"

张家顺说："组织出了叛徒，暴动失败了，县里到处抓人，俺不能不走啊。俺到了那边，会写信回来的。"

张德邦叫道："要是让你们暴动成功，你爹的脑袋已经放在盐祖庙了，你倒不如现在就把你爹杀了！"

张家顺站在船头说："爹，俺的计划是杀了刘文章那个王八蛋。是俺叫俺叔去贿赂刘文章，目的是让刘文章参加盐祖庙祭祀典礼，然后趁机暴动，杀了那个狗官。"

张德邦心中一惊，张德兴去贿赂刘县长居然是与张家顺、陈清水合谋的。如果他们暴动成功，杀掉刘文章，也算为老少爷们除掉一个祸害。现在如果他把儿子强行留下来，一旦被赵金龙知道，就是满门大祸。

张家顺低声说："爹，回去吧，夜晚风大。"

张德邦站在码头上，呆呆地看着船只在夜幕中渐行渐远，最后连挂在船尾的大马灯也看不见了。

张德邦正要往回走，却听到一阵马蹄声传来。远远望去，见前面冲来一匹马。张德邦渐渐才看清马上是一个女人，正在纳闷时，听到那女人喊了一声"爹"。

他听出是高静姝，担心地说："闺女，你怎么来了呢？你一个女孩子，从昌邑大老远跑来，要是有个闪失可怎么办？"

高静姝顾不上和张德邦说话，拔腿就往河堤上跑。张德邦急忙跟上去，一边跑一边喊："闺女，船已经走了。"

高静姝停下来，望着苍茫的夜色，两行清泪从眼角滑下。她抹了一把泪，跺了一下脚说："都不知道等俺来。"

张德邦走上前说："你怎么知道家顺跟着你家的船出海呢？"

高静姝说："俺爹说的，他还不让俺来。"

张德邦没再说话，心里却泛起了嘀咕。家顺在码头上船，高立亭又是怎么知道的呢？

第十七章

爹曾说，应该多琢磨事，少研究人。但经历一些事情后，张德邦发现，事要琢磨，人也要琢磨。他心里想着，骑上马，与高静姝一起往回走。

刚走没多远，路边的草丛中有火星一闪，随即听到一声枪响。张德邦左肩一阵剧痛，连忙伏下身子，忍痛拔出枪，朝草丛开了两枪。

高静姝也拔出枪，朝着草丛接连开枪。两匹马速度很快，冲过了那段路，快到下营街口的时候，张德邦再也忍不住了，滚落马下。

高静姝一手持枪，警惕地看着身后，一边扶着张德邦，快步往家里走。

回到家，张德邦左肩流血不止。高静姝忙帮着止血，又让人去潍县叫张家秀，另外找人去县城通知她爹说自己要暂时留在下营。

高立亭得到消息，第二天上午就来到张家。张家秀已经为张德邦做完手术，取出了卡在肩膀里的子弹。张德邦失血过多，脸色惨白，还在昏迷中。

张家秀也没在家里多做停留，手术结束后留下一些药，吩咐了几句，就匆匆回了潍县。

高静姝向爹说了昨天晚上发生的事。高立亭听完微微皱起了眉头，嘱咐大家绝对不可声张。若有人问起，就说是从盐场回来的路上遭了土匪的黑枪。

张德邦醒来时已是午后，没见着女儿，一个劲地直叹气。

高立亭坐在炕边，低声说："俺知道你有事想问俺，先养伤，俺心里有数，等过些天再告诉你吧。"

高立亭走后，陈有福进来说，暴动中盐工死伤十几人。张老财出钱买了棺材，把人埋了，抓走了七八个，另有几个逃去潍县，有人说他们去当了土匪。

一场暴动闹成这样，张德邦心痛不已。他躺在炕上，除了陈有福，都是姜彩云在旁边尽心伺候着。张德兴来看了两次，哥俩没话可说。

这些天，张德邦一直在想，草丛里对他开枪的人是谁呢？按张家顺的说法，暴动针对的是刘文章，而不是他。如果是赵金龙安排的人，又怎么知道他去码头呢？何况赵金龙说过，杀了他也捞不着好处，那样的傻事他是不会做的。那究竟是什么人能够掐准时间，埋伏在草丛里暗算他呢？

半个多月后，高立亭又来了，说了整件事的经过。原来，和盛商号的粥棚出事后，高静姝就怀疑是赵金龙与刘文章合伙下的套。他知道，张德邦不愿给刘文章送礼，但要缓和与刘文章的关系，最好的办法就是送礼。碰巧徐清丽去探望姐姐，说了陈清水可能要在昌邑暴动的事。他听了，就让徐清丽设法通知陈清水，可以选在商会祭拜盐祖庙的时候动手。而他则让张德兴去给刘文章送礼，顺便请刘文章去盐祖庙主持祭祀仪式，计划在暴动中除掉刘文章。只要刘文章一死，和盛商号就没了危险，哪知刘文章却把张德兴给抓了起来。

初八这天，高家商铺也开张，他和掌柜运送一批绸布从柳疃上船，听说了暴动失败的事，见到不少被抓的人。他好不容易找到张家顺，才知道陈清水受组织委派，紧急去了东北。灶家这边一时群龙无首，就有人去告了密，官府事先做了埋伏。于是，他让张家顺藏在坡里躲避抓捕，等晚上跟船出海去上海避一避风头。他回到家对静姝说了家顺的事，静姝拿了她叔送的小手枪非要骑马去见一面，怎么都拦不住。只是他没想到张德邦也去了码头，还被人打了黑枪。最后，他还说了一件事，张家顺留了话，让张德邦有空去马渠找齐记大药房的齐老板。

听完，张德邦有点生气，说："这么多年了，俺白交你这个朋友了。咱俩还是亲家呢，啥事都瞒着俺，来下营也不上门喝杯茶。"

高立亭赔着笑："俺知道那天你忙，没想打扰你。哦，还有件事，俺本来不想说，今儿也告诉你吧。静姝分析德兴被抓的原因，就是礼送得太轻了。刘文章是啥人，你和俺都清楚。德兴既然去送礼，除了一些礼品外，就只送了一百块大洋。刘文章能把一百块大洋放在眼里吗？如果他真的不贪，为啥你交了五千块大洋罚金就把人给放了？"

张德邦重重地在桌子上擂了一下："你要是把计划告诉俺，俺能不亲自去送吗？从小到大，他啥时候办过一件让俺放心的事啊？"

高立亭笑着说："你不是亲口说过，就是把盐场卖了，也不给刘文章一个子吗？亲家，俺觉得你的思想该转变一下了，连俺弟都说，民国政府上下贪腐盛行，中原的灾难，一半是天灾，一半是人祸啊。城内一千四百多灾民，每天耗费粮食二十多石，真当咱都是傻子啊。俺代表议事会要求刘文章清查赈灾款的去向，可他交出一本账，一石米居然要十二块大洋，你们商会集资从南方运回来的大米不过八块大洋。他说什么赈灾款也要交税，还说整个赈灾过程动用了政府资源，保安队帮忙维护秩序，等等。反正他说得头头是道，让人无话可说。暴动吧，暴动也好，先杀掉一批贪官污吏！"

张德邦点点头。

高立亭接着说："俺打听了，被抓的那几个人都是硬汉子，上了大刑，打死都不招供，最后拉出城外枪毙了，可惜了几条好汉。"

原以为民国的官员会民主一些，哪知比大清还黑。几个好汉送了命，剩下孤儿寡母的，咋活啊！

两人又聊了一阵，高立亭连饭也没吃，就回了县城。

马逢春去盐场那边，把多年克扣盐工的工钱给统计出来，共计八千多块大洋。

一个多月过去了，张德邦的伤基本痊愈。他去东跨院找了几次，终于堵到了张德兴。他拿着棍子，追了张德兴两条街。

和盛商号不能出那笔冤枉钱，得从张德兴的分红里扣。

马逢春陪着张德邦去了盐场，按名单把盐工叫来，直接说了和盛商号的困境。盐工们可以选择要盐田，也可以要现洋。每亩盐田市价已超过一千块大洋，张德邦却按八百块大洋计算，就当作这些年对盐工们的亏欠。如果不要盐田的，那就拿着和盛商号的欠条，一个月后再来兑换，和盛商号连本带息一次还清。

和盛商号不能赚昧心钱，更不能对不起盐工。这里住着几百户盐工，是昌邑古老盐都的根哪。

办完这边的事，张德邦去了商会，当众提出辞职，但给继任的人立下了三条规矩：不抬盐价，保证质量，善待同仁。当天下午，商会选出了新会长，还是赵金龙。

这一次，张德邦只是卸任会长，并没有退出商会。

东北分号的伙计逃到北平，暂时由北平分号的刘掌柜安置。另外和盛商号在德州设立办事处，专门负责给军队供盐。张德邦把东跨院的门给封了，另外开了一扇门，就是不想再见到张德兴。

这天，马逢春过来说，赵金龙不知去了哪里。听他柜上的伙计说，他是从峰山火车站坐火车走的……

五月，中原那边下了大雨，终于解除了旱情。灾民们陆陆续续回去了，有一些人自愿留下来，在盐场帮工。

转眼之间，院里核桃树的青果长得像铜铃那么大了。张家顺从上海来信说考上了复旦大学。

张德邦拿着信来到商会，看到"失踪"两个多月的赵金龙回来了，满面春风，正在宣讲什么"大东亚共荣圈"，人看起来精神了不少。

张德邦把信给几个同仁看了，然后大声说："哪个王八蛋胡咧咧，说俺家顺是共产党，跟着他舅胡闹来着？看明白喽，上海复旦大学。"

赵金龙不服气地说："那你说说，高家运送丝绸去上海的那晚，你是不是去送你儿子了？"

张德邦大声说："俺那未来的儿媳要捎封信去上海，俺陪着一起去的码头，回来路上就中了土匪的黑枪。大伙都知道，红口白牙的，不能乱咬人啊。"

赵金龙冷笑一声，高声说："你也不用来这里漂白，事情总会有弄明白的那一天。以后谁说了算，还不一定呢！"说完，他歪着头瞟了张德邦一眼，起身走出会馆。

尽管马渠离下营不远，可张德邦一直没去。那个姓齐的老板估计也是共产党。如果他与共产党来往甚密，一旦被赵金龙抓住把柄，会给商号带来灭顶之灾。

万万没有想到，齐老板居然找上门来了。他更没想到，还是孙黑炮领着来的。

孙黑炮介绍说，齐老板叫齐正阳，在马渠村开着一家大药房。

张德邦把两人迎到屋里，关上门，低声问孙黑炮："你也革命了？"

孙黑炮说："那年，俺回去后，有两个兄弟回来了。俺思前想后，认定您是个好人。后来，俺手下渐渐有了十几个兄弟，不能再报号孙黑炮了，就改叫二麻子。俺记着您的好，也都吩咐道上的朋友，不能对和盛商号下手。当年冒充俺名号杀了和盛商号伙计那事，俺查了好几年，一点头绪都没有，可能真是军队为匪。去年俺劫道的时候，碰上了家顺，也知道了他与您的关系，是他给俺指了一条弃暗投明的正路子。以后叫俺孙从良吧，孙黑炮已经死了。"

张德邦问："盐场那几个被枪毙的好汉，你们为啥不救？"

齐正阳接过话，痛心地说："俺也想救，可人手不够，就十几个人，只有四支枪，怎么救啊？"

张德邦又问："俺侄子呢？"

孙黑炮说："他现在管着俺原来手下的那几个人，不过俺给他立了规矩，不准抢劫穷人和妇女，不做伤天害理的事。虽然是土匪，但盗亦有道。"

接着，孙黑炮说了他俩来此的目的，就是取走张家顺藏在她母亲灵位下的名单，还说要在下营开一家杂货铺，另外他将亲自押送一批食盐去东北。

张德邦起身去了祠堂，果然在妻子的灵位下找到一份写满名字的纸条。他打开看了一眼，发现好些都是他的远亲，有两三个人在那场暴动中丧了命，还有几个被枪决了。

他把名单递给齐正阳："俺不反对你们革命，可不能白白丢了性命，一家家上有老下有小的，留下孤儿寡母的，图啥啊？"

齐正阳笑着说："人活着要是没有了希望，又图啥？国家兴亡，匹夫有责，国都没有了，还有家吗？"

孙黑炮说："俺早就想着去东北抗日，可组织不让。上次您遭人打黑枪那事，俺听说了，也调查过，不是道上的人。俺来下营后，会继续帮您查。还有，赵金龙这几年为了逃避烟土税，运货的船到潍河口就用小船偷运到下营上岸，您不会不知道吧？"

张德邦说："俺是盐业商会的，管不了他的烟土，俺只想实实在在地做买卖。"

孙黑炮笑了："张老板，说一句您不爱听的，现在的您可不像当年俺遇到的您啊。"说完，就起身告辞了。

张德邦送两人到门口，返回屋里坐了一阵。他没想到连孙黑炮这样的土匪都革命了，还想着北上抗日。如今日本人确实欺人太甚，民国三年就占领了青岛，现在又占据了东北，年初还攻打上海，没完没了了……

前阵子议事会筹款抗日，和盛商号捐了两千块大洋，已经是尽了最大能力了。他希望那些钱能够真正用到抗日战场上！

赵金龙偷运烟土的事，下营街上很多人都知道。赵家兄弟横行霸道，有刘县长撑腰，没人敢惹。张德邦也不愿多事，只能由着他们去。

张德邦正准备起身去商号，刚走到门口，见马逢春快步走过来，由于走得太急，他脸上都冒了汗。

马逢春看到张德邦站在门口，上前说："东家，发到北平的盐出事了！"

张德邦拉着马逢春的手："怎么回事，进屋说。"

来到堂屋，马逢春焦急地说："刘掌柜来电报，说上次运去北平的四万斤盐都是劣质盐，差点吃出人命，都上报纸了。"

年前，商号给北平发了一批货，是张德兴和马逢春两人经手的。从盐场直接发的货，都是包装好了的盐包，柜上只是过数，然后安排伙计送到峁山火车站，运往北平站。

马逢春说："俺这边过了数后，你兄弟说去昌邑办事，俺就让他押着走了。"

毫无疑问，又是张德兴出的幺蛾子！

张德邦只觉得怒火噌噌往上蹿，他起身出门转过胡同，一脚踢开了东跨院的门，见杨小玉正和两个孩子玩耍。娘仨都被吓了一大跳，杨小玉怯怯地问："哥，又怎么啦？"

张德邦大声问："那混蛋人呢？"

杨小玉说："好几天没回来，也不知死哪去了。"

马逢春追了过来，把张德邦拉出东跨院，低声说："俺马上派人去找，您看看这事怎么办，是不是姓赵的又给咱……"

张德邦摆了摆手，这事不能乱说，自家盐场出的盐质量不好，根本不关赵金龙什么事。他想了一下，说："你去一趟盐场问问张老财是怎么回事，然后再安排发一批盐过去。"

马逢春说："还有一件事忘了告诉您，高家小姐也在下营呢，带着一群孩子找各家商号募捐，说是支援东北抗战，俺给了十块大洋。"

正说着，胡同口来了几个人，是高静姝和几个孩子。孩子们提着柳条筐，筐里装着一些手工小饰品，他们手里还拿着一面小旗子，旗子上写着：支援东北抗日。

高静姝走上前，脆生生地叫了声"爹"，接着说："俺学校发起支援东北抗日活动。孩子们自己做的饰品，也算为抗日尽一份力。孩子们渴了，俺领回家喝点水。"

张德邦笑着说："快快，屋里喝水去。俺马上吩咐厨房那边，给孩子们做好吃的。"

几个孩子蹦跳着进去了。高静姝低声问："爹，是不是又遇到啥事了？俺看马掌柜神色不对。刚才在街上的时候，听人说咱家商号出事了。"

电报是柳疃电报局的人送过来的，自然瞒不过别人。不消一天时间，只怕整个下营都知道了。

张德邦点头说："北平分号出了一批劣质盐，差点闹出人命。俺让马掌柜尽快调配一批好盐过去。"

高静姝说："这么大的事，涉及和盛商号的声望啊。俺觉得爹应该亲自去一趟，您是老板，虽然那边刘掌柜可信，可如果老板出面解决此事，效果就不一样了。既然事情都上报了，那就通过报纸把名誉给争回来，把商号这些年发生的事原原本本地告诉大家。爹，国难当头，您可不能只盯着自家的买卖哪。"

高静姝最后那句话，像针一样扎在张德邦心上。他的心被狠狠地揪了一下。是啊，国难当头，作为商人怎么能只盯着自家的买卖呢？人若无大义，如何立德于子孙？他也觉得这段时间心里憋得慌，出去走一走也好。张德兴的账，等他回来之后再算。

高静姝陪着公公说了一阵子话，然后来到姜彩云屋里，逗了一会儿小侄子。上一次，公公中枪，她在这里住了两个晚上。她知道嫂子的苦闷，还托人带了一些书籍过来。虽说公公找了一个老妈子陪着嫂子，可那老女人只管服侍娘俩，盯着她别寻短见就成，却不知女人的心思。人只有解开了心结，才不至于往邪路上想。

她和嫂子聊了一阵，听到外面有孩子喊，就出去陪着孩子们吃了一些东西，领着孩子继续去街上募捐。

张德邦吩咐马逢春安排车子，傍晚送高静姝和孩子们回城，又去了齐正阳新开的杂货铺，让齐正阳直接和马逢春对接。

安顿完家里的事，次日一早，张德邦带着马成林往北平赶去……

第十八章

　　到了北平，刘掌柜领着张德邦直接去了仓库，接连打开几个盐包，见盐的色泽倒还正常，也没有异味，只是多了一些黑色杂质，还夹杂着黄色细粒海沙。他一看，就知道是从盐田中捞出来的原盐。原盐没有经过精炼，含有盐毒，人是不能直接吃的，一般都是养殖户低价买去给牛羊吃的。但这种原盐只要碾碎了，与正常的食盐没啥两样，一般人很难看出来。

　　刘掌柜说："前一阵子，就有人上门来说，吃了咱家的盐上吐下泻。起初，俺还不相信，结果店里的伙计有几次也这样。俺给马掌柜去了电报，问是怎么回事，马掌柜回复说没问题，都是从盐场那边出的货。直到上个月连续出现食盐伤人的事，俺才仔细检验，发现有五十多包是原盐。咱商号从来没有出过这样的事情哪。一些人到商铺闹事，俺没办法，只能临时关了门。没想到，报纸上登了这事，之后就有人冲到店里来打人。"

　　张德邦问："这种盐一共卖了多少？"

　　"大约有六十包，一包一百斤，那就是六千斤哪。"

　　张德邦脸色阴沉，吩咐说："明天，你去请一些报社记者和市民来，越多越好。俺要当众还和盛商号一个公道！"

　　刘掌柜点点头："俺这就去办。今晚委屈您和郝掌柜他们住在一起吧，东北逃进关来的难民太多了，街边都睡了人。"

　　张德邦一路过来，确实看到街边有很多难民。他吩咐伙计们把剩余的那几十袋盐封好。与郝掌柜见面后，他顺便打听了吉林那边的情况。

郝掌柜是东北人，原先开了一家小杂货铺，勉强糊口。光绪年间，张德邦去关外开展业务，看中了郝掌柜的为人，让郝掌柜做了和盛商号的关外总代理。

去年八月，郝掌柜见情况不妙，就把仓库里的盐运到城外山林中，找了一处地方藏了起来。九一八事变后，他带着伙计退回关内，幸亏刘掌柜帮忙，一家人才有了栖身之处。他在山西那边有朋友，打算过些日子前往山西。

张德邦早就有在山西开分号的想法，只是路途遥远，运费成本太高，只得作罢。眼下他也没多言语，只安慰了郝掌柜一番。

北平的清晨比不得昌邑，天一亮，外面就传来各种嘈杂的声音，叫卖声、汽车喇叭声、哭喊声……各种声音混杂在一起，显示出大都市的喧闹。

张德邦在院子里溜达了一阵，与郝掌柜聊了聊当下的局势，心里沉甸甸的。吃过早饭，刘掌柜来了，他们一起来到一条河边，见那里已经围了不少人，还有一些胸前挂着照相机的记者。

张德邦虽说主持过商会的多次会议，也主持过拜祭盐祖庙仪式，可面对这么多媒体记者和市民，还是头一次。高静姝曾对他说，每一句话都必须从大局出发，要让大家产生共鸣，也要勇于承认错误，才能得到别人的谅解。

他站在台上，扫了一眼骚动的人群，清了清嗓子，大声说："俺是和盛商号的老板张德邦，为和盛商号发生的事情，特地从山东赶来，先向大伙说声对不起了。由于我们商号内部出了问题，把原盐当成了好盐，责任都在我。"他深深地鞠了一躬，继续说："大家已经购买了原盐的，可以拿到商号兑换，以一兑三。对吃了原盐而生病的人，每人补偿两块钱的现洋。俺知道这么做，也难以平息大伙的不满，但俺真的没钱了。有人说，奸商都在发国难财，可俺不是奸商。国难当头，俺更不会只盯着自家的盐号。去年山东大灾，俺捐了两千块大洋，开设粥棚救济灾民，连俺家的老宅都腾出来住了灾民；今年东北抗日募捐，俺又捐了两千块大洋。和盛商号到俺手上已经是第三代了，一向讲究的是诚信经营，童叟无欺，从来不擅自涨价。从民国三年到民国十一年，和盛商号宁愿自己亏钱，也要保障山区的百姓能够吃上盐。这些年，和盛商号一直艰难维持着……"

说到这里，他想起这些年的经历，情不自禁地眼中含泪，哽咽道："俺不是标榜自己有多好，只想秉承祖宗的规矩，做一个实实在在的买卖人。这里还有几十包原盐，俺要让大伙做证，和盛商号不卖黑心盐。这是第一次，也是最后一次！"说着，他一扬手，刘掌柜和伙计们就把原盐全部倒进了河沟。

他望着台下的人，继续说："国家有难，匹夫有责。从今儿开始，北平和盛商号把所有利润都捐给东北抗战的将士，在店门口开设粥棚，以自己的绵薄之力救助灾民！"

没有想到，他的一番发自肺腑的话，不仅得到市民的谅解，还登上了报纸头条。分号重新开门后，没有一个市民前来兑换，也没人来要钱，都是来买盐的，连军方也派人来采购盐。

短短几天时间，北平分号仓库里的盐就所剩无几了。刘掌柜打电报给马掌柜，要他火速调配五万斤盐。

这次北平之行，张德邦触动很大。路边难民的哀号，无助而又茫然的眼神，使他彻夜难眠，他打定主意，回去后要拿出全部家产救助难民。

令他没想到的是，他还在火车上的时候，和盛商号的盐场都已经姓了赵！

张德邦风尘仆仆地回到下营，才喝了几口茶，陈有福战战兢兢地告诉他："东家，有件事俺必须告诉您，咱家的盐场被您弟弟都输掉了。"

他以为自己听错了，当陈有福又说了一遍后，他才确定自己不是在做梦。

马逢春赶过来，沉声说："东家，他在赌场输掉了三十万大洋，立下字据拿盐场抵押，还在商会做了公证。如今，他人也不知去哪儿了。俺打电报去北平，刘掌柜说您已经离开了。"

张德邦眼前一黑，倒了下去。当他慢悠悠地醒来，炕前站着高立亭父女和张家秀。高立亭没说话，只朝他微微摇了摇头，又点了点头。

事已至此，他不知该说啥，嘴里满是海水的咸腥味。他喘着粗气说："俺……死不了……有啥话……你们说吧。"

高立亭说："你们都出去，俺和亲家聊两句。"

高静姝和张家秀出去了，把门给关上。高立亭长叹了一声："俺这里还有钱，要不……"

张德邦无力地摇摇头："亲家……您知道……俺的脾气！"

高立亭说："你就是北海盐祖庙前的那棵老槐树，护着一方荫凉哪，千万不能倒下啊。那些孤儿寡母们，还指望着你呢。"

张德邦眼角流下两行浊泪："俺……这辈子……就交了你……这个朋友！"

高立亭微笑着说："姓赵的这一招真绝，俺想拿钱赎回盐场，他都不答应。他和你斗了这么些年，现在终于成为下营最大的盐商了。你要是真把俺当朋友，就忍着，往后的日子还长着呢。"

自古以来，创业难，守业更难。一味地守，其结果往往是"失地陷城"。张德邦虚弱地点点头，交友如此，也不枉此生了。

张家秀回了潍县乐道院，临行前到张德邦的炕前磕了头。父女俩默默地望着，眼泪从心底渗出，也不说话，所有的话都在泪水里。

他躺了几天，也在思索着接下来要面对的事。赵金龙肯定不会就此收手，会对和盛商号赶尽杀绝。虽然他在寿光蔡老板那儿有股份，可蔡老板的盐场根本供应不上和盛商号。从今儿开始，和盛商号只能从别人那里进盐，平白无故多了些成本。

他要去盐场看看，看看那棵老槐树还能不能为盐工们遮风挡雨，看看那些为张家辛苦了几十年的盐工。他愧对他们，无法再照顾他们，只能任由他们承受赵金龙的盘剥。

他吩咐陈有福套车，吃力地走出屋子，见杨小玉领着三个孩子跪在面前，流着泪叫"哥"。

他吼起来："哭啥？俺还没死呢！"

孩子们眼中闪现惊恐的目光。他顿时心软了，低声说："他爹混账，不能怨孩子，往后有俺一口吃的，就少不了你们的，手心手背都是肉啊。"

杨小玉手里捧着一个盒子："哥，这是俺的一点积蓄……"

张德邦上前把杨小玉和三个孩子扶起来："给孩子们留着吧。"

杨小玉站起身，抽抽噎噎地道了个万福，转身领着孩子正要离去，却听到张德邦的问话："俺只问一句，俺中枪那事，你究竟知不知道？"

听到这话，杨小玉身体颤了一下，低下了头。

张德邦的身体摇晃了两下，差点摔倒，踉跄几步扶住了墙壁，哑声说："家门不幸啊！"

出了门，陈有福已经在等着了。他上了车，一路往北，到了他中枪的地方，他让陈有福停下车，自己走进草丛中，又朝四周望了望，最后将犀利的目光对准坐在车辕上的陈有福。陈有福被盯得浑身不自在起来。

张德邦上了车，沉声说："回去！"

陈有福问："不去了？"

张德邦淡淡地说："去看了也是心里难受。"

陈有福调转马车往回赶，走了七八丈远，张德邦厉声问："啥时候有的那想法？"

陈有福装傻充愣地说："东家，俺不知道您在说啥。"

张德邦说："赵金龙确实想要俺死，可他顾忌得不到盐场，所以一直没敢下手。倒是自家人，巴不得俺早点死呢。那天晚上，是你告诉俺家顺要出海的事，也只有你才有机会。俺一直不相信你会害俺，可俺弟媳……"

陈有福立时勒住马匹，不敢回头看张德邦，待了一会儿，才低声说："东家，俺不是人啊……"

张德邦发出一声苦笑："大树都是从里面空了心，才经不起风刮的。俺的好兄弟啊！"

陈有福"扑通"一声跪了下去，说："是俺对不住您，回去后任凭您处置，是杀是剐，俺都认了！"

张德邦说："俺要是杀了你，怎么对得起你堂妹啊？你回德州吧，俺不想再见到你，揪心呢。"

陈有福说："俺那里还有一千块大洋，都是这些年的积蓄。"

张德邦说："有些东西一旦失去了，用再多的钱也买不回来。你儿子也不小了，该给他娶一房媳妇了。你起来吧。"

陈有福爬起身，狠狠地抽了自己几个大耳刮子，哭着说："东家，俺一时糊涂啊！"

张德邦说："给俺张家留点面子吧，不要把家盛带走，好歹姓张呢。"

陈有福伏在车辕上，泪水洒了一路。

张德邦面无表情地望着马的四蹄，每一步都走得那么踏实。

和盛商号没了盐场，家里不需要那么多人了，也不需要管家了，只留了厨子和服侍姜彩云的老妈子。

陈有福走了，没有带走张家盛，只在张德邦的屋门口抹了半天的泪。

张德邦躺在床上，听着陈有福哭泣，也是面色凄然。他望着陈梅英的照片，痴痴地看了良久。

当天，他拿出一些积蓄，变卖了几件古董，加上店铺的一点现钱，好歹把欠盐工们的债还了。

高静姝经常来下营探望张德邦，顺便陪着姜彩云说说话。她相信，前方再暗，点亮一盏心灯，一切都会豁然开朗。渐渐地，姜彩云脸上有了点笑容。

张德邦也知道高静之回来了，还带来一个叫秋叶子的女人。高立亭没让他们进门，他俩领着孩子去了省城。

每一家都有一笔说不出口的前世债啊！

和盛商号从八月份开始从别家进盐，成本上涨了一角二分。每斤盐运到各家分号售出，所赚不过三五分钱。马逢春忧心忡忡，张德邦劝他说："能赚点就不错了，民国开始的那阵，咱还赔过好几年呢。"

张德邦待在家里，每天看看书、写写毛笔字，偶尔陪着孙子在院子里溜达。张家盛担起了看家护院的责任，把院子打扫得干干净净，连大门的铜环都擦得锃亮。干活的时候，他也不说话，只闷头干活。张德邦吩咐他有空就去柜上，跟马掌柜学点本事。

张家盛长得矮矮墩墩的，也挺健壮，很像陈有福。张德邦还注意到，张家盛经常天不亮就出门，也不知去干啥，天亮的时候才回来。他以为张家盛去见他爹，有一次他跟着去看，见张家盛出门沿着胡同往北，经过一片荒地，进了柽柳林子，就再也找不到了。

柽柳是昌北海滩上的一种特有植物，耐盐碱、耐干旱，在荒漠、碱滩等恶劣的环境中照样生长。每年五月开花，花开花落，三生三落，绵延不绝，又称"三春柳"。这片柽柳林子一大片，有几米高，人藏进去，很难找到。张德邦知道，如柽柳一样倔强而顽强的张家盛不可能做什么出格的事，从那以后，张德邦就不跟去了。

这天，张德邦在院子里，看着秋风把树上的叶子一片片揪下来。他弯腰拾起几片，打算做个树叶蝈蝈给孙子玩。忽然，听到外面有人敲门，他开门一看，是一个军人，身后还跟着几个看热闹的孩子。

军人年纪不大，也就二十七八岁的样子，上前鞠了一躬，说："您好，请问是张家秀家吗？"

张德邦的心一揪，问："家秀咋啦？出啥事了？"

那军人说："我叫鲁明，是来求婚的。请您答应把家秀嫁给我吧。"

张德邦以为自己听错了，问："你说啥，求婚？"

鲁明说："是的，在香港时，我就爱上了家秀，可她一直拒绝我。我现在是南京的军事教官，特地请了假来求婚的。"

马逢春从胡同那头赶了过来，看了看鲁明，对张德邦说："东家，俺听说街上有人在打听大小姐家住哪里，所以过来看看。"

张德邦把马逢春拉到一边，低声说："俺也不懂咋回事，说是啥教官，喜欢家秀，要求亲呢。"

马逢春把鲁明请进屋里，倒上茶，又问了几句，开心地对张德邦说："东家，您不是担心大小姐的终身大事吗？现在求亲的人都上门了，这是好事啊！"

张德邦问："家秀为啥不领他一块回来呢？"

马逢春说："兴许家秀太忙了，让他直接上门求亲呢。要不，俺让人去把小姐给叫回来？"

张德邦点头说："还有俺那亲家和儿媳，让他们也来瞧瞧。俺也不知该怎么办，家秀也真是的，这种事也不对俺说一声，还让俺不要管她。当爹的哪有不管儿女终身大事的啊？"

马逢春高兴地走了出去。

张德邦和鲁明又聊了一阵，知道鲁明出身于香港一个大家族，家里有两家大工厂，还有别墅。

在北平，张德邦听刘掌柜说过，那些资本家的日子过得可滋润了。他问了一句："你说你是军事教官，教出来的兵能打日本人吗？"

鲁明笑着点点头。

听说能打日本人，张德邦非常开心，特地交代厨房多做几个菜，他要和鲁明喝几杯。

鲁明不胜酒力，别看他人长得高高壮壮的，只喝了两杯就醉得不省人事了。

张德邦让人收拾了一下陈有福住过的屋子，让鲁明躺下醒酒。他独自喝着酒，越喝越觉得这酒顺口，不知不觉多喝了两杯。借着酒劲，他在院子里来来回回转了几圈。望着那棵正在落叶的桃树，仿佛看到了春天满树桃花的样子。鸟儿在枝头叽叽喳喳地嬉闹，满院子都洋溢着欢乐。

这时，大门口传来马车声，他急忙迎了出去……

第十九章

并不是所有黑暗的地方都需要光明。自从高静之带着日本妻子回来后，张家秀的心就碎了。她恨自己的痴情，懊悔自己的付出，但对高静之怎么也恨不起来……

张德邦没想到，家秀都快三十岁的人了，还能找个军人女婿。他心里打算着，虽说和盛商号买卖步履艰难，但也不能少了排场，必须好好地办一场婚礼，让老少爷们看看，张家仍是昌邑的名门大户。

至于婚礼仪式，得按照昌邑这边的风俗来办。他寻思了半天，突然想起一件事，自己只顾着开心了，没问鲁明结婚后他们住哪里，总不能带着家秀回香港吧？那可不成！

上次他去潍县乐道院，见家秀住的那屋子都放不下两张凳子，还比不上马圈大呢。要不在潍县给他们置办一处宅子，和徐清丽住的宅子那么大的。

也不知教官是啥官，总之是个官就不赖。他去女婿睡觉的那屋瞅了一眼，见他呼噜声打得震天响，寻思着家秀结婚后也不知能不能睡着觉……

张德邦来到大门口，见几个孩子在胡同口看热闹，高立亭父女从车上下来。高静姝叫了一声"爹"。

高立亭问："亲家，听说来了个军人女婿？"

张德邦笑笑："家秀那些年去香港，也不知怎么就和这个人好上了，家里还是个有钱的人家。"

高静姝笑着说："爹，人家那是贵族。"

张德邦把高家父女迎进门，高静姝直接去内宅找姜彩云说话。

高立亭笑着问:"他人呢?"

张德邦给高立亭倒上茶,才说:"两杯就倒了,在有福那屋里睡着呢。"

接着,他把陈有福想害他的事说了,只是没提陈有福与弟媳之间的丑事。

高立亭听完吃了一惊:"当初俺也怀疑是自家人。"

第二壶茶喝到一半,听到外面有多人的说话声。张德邦和高立亭来到大门口,见一个军官领着一队士兵,把整个胡同挤得满满的。那军官见到张德邦后,敬了一个礼,说:"请问,鲁明教官在这儿吗?"

张德邦急忙说:"在呢,在呢,陪俺喝了两杯酒,现在还醉着呢。"

正说着,身后传来鲁明的呵斥:"你们来这里做什么?不是让你们在外面等吗?"

那军官对鲁明敬了礼,大声说:"报告教官,我们的任务是保证教官安全。大家等了两个多小时,担心教官出什么事,就过来看看。"

鲁明笑了,说:"这里安全得很,你们还是去外面等着,免得扰民!"

那军官再次敬礼道:"遵命!"随后带着胡同里的士兵离开了。队伍走得整整齐齐,连步伐都只听到"嚓嚓"声。

鲁明对张德邦说:"不好意思,让您见笑了。"

张德邦笑着说:"哪里,哪里。"接着他向鲁明介绍高立亭:"这是我亲家,县议事会首席议长。"

张德邦特意加了"首席"两个字。高立亭朝鲁明拱拱手,鲁明也学着高立亭的样子,拱手行礼:"见笑,见笑!"

三人回到堂屋,高静姝从内宅出来。张德邦向鲁明介绍:"这是家秀的弟媳静姝。"

鲁明笑着说:"听家秀说过,家里还有两个弟弟,他们呢?"

张德邦脸色微微一漾,说:"去外地办事了,没回来,以后就能见到。"

高静姝和鲁明聊了一阵,先用汉语,又用英语,原来鲁明不但懂中文,还精通英文。

傍晚,去潍县的人回来了,说大小姐很忙,来不了,也不愿见鲁明,让鲁明回去。

人家大老远上门求亲，哪有赶人家走的道理？

张德邦拍着鲁明的肩膀说："你俩的婚事，俺同意了。俺明天就陪你一起去潍县。"

这时，听见外面又有声音传来，来的人还不少。张德邦还没起身迎接，就听到了赵金龙那公鸭般的笑声。

两人走到门口，见胡同里除了赵金龙，还有刘文章和一帮县里的官员，有十几个呢！

刘文章对张德邦拱手道："张会长，听说女婿上门求亲，还是咱国军的教官，恭喜恭喜啊！"

如果只有赵金龙和刘文章两人，张德邦连门都不让进，但胡同里有那么多官员，还有商会同仁，他只得忍着气，拱手回礼道："同喜，同喜！"

刘文章望着张德邦身后穿着军装的鲁明，拱手道："鄙人是本县县长，得知教官前来本县，全县上下深感荣幸。鄙人在镇上备了点薄酒，略表心意，还请教官务必赏光。"

鲁明点点头："哦，谢谢。"

县长和诸位官员的面子不能不给，张德邦和高立亭陪着鲁明，跟着大家一起去了望海酒楼。

高静姝回到内宅，见姜彩云抱着侄子，正在内院门口往外瞅。姜彩云见了她后，着急地问："他婶子，咱那姐夫长得啥样？听俺大爷说，香港有很多外国人都是满头金发，胡子老长，就像大狗熊呢。"

高静姝咯咯笑得直不起腰，捂着肚子说："嫂子，哪有人长得像狗熊的？俺在济南时，学校就有很多外国人，也不像你说的那样啊。再说，咱这姐夫也不是外国人，是地地道道的中国人，长得俊着呢，说话也很绅士。咱姐算攀上高枝了。"

姜彩云望着自己脚上的四寸金莲绣花高底鞋，又看了看高静姝穿着的平底黑色方口布鞋，说："俺不像你，有一双正常女人的脚，哪里都能去。俺在娘家的时候就很少上街，嫁到这边来，连大门都没出过。平日里连个说话的人都没有，都要闷出病来了，外面发生啥事更不知道了。"

高静姝笑着安慰道："嫂子，记住一句话，如果你常流泪，就看不见星光。你无法改变环境，可以改变心境；你不能左右天气，但可以改变心情呀。您现在就放开脚，不要总是活在别人的阴影里，坚持一段时间，就能像俺这样了。"

姜彩云似懂非懂地望着高静姝，又似乎在琢磨高静姝说的话。

厨师把饭菜端到内堂正屋里，妯娌俩简单地吃了饭，去屋里继续说话。姜彩云把孩子放在炕上，摆上玩具让他自个儿玩。

炕上放了两个枕头，其中一个枕头上的枕巾已经旧了，另一个枕头上的枕巾却还像新的。衣架上挂着一件男人的对襟蓝色外套，也是新的，只是上面落了灰尘。

姜彩云坐在炕上，盘起腿，悲凄凄地说："你哥不要俺了，俺也想明白了，俺就这命，好好把儿子养大就成了。"

高静姝笑起来："嫂子，那是他不懂得珍惜，全昌邑像嫂子这么漂亮的有几个啊？你要是往街上那么一走，那些老爷们还不扭了脖子？"

姜彩云"扑哧"一声笑了："你要是能天天这么陪着俺说话就好了。"

高静姝和颜悦色地说："等俺嫁过来，不就天天一起了？"

姜彩云收起笑容，低声说："他婶子，俺听说他叔原来跟着舅闹啥革命，这阵子去上海一所大学读书了，也不知啥时候回来。看看俺家男人，他爷爷非送去南京读书，结果……"说着，忍不住又要拿帕子擦眼泪。

高静姝说："嫂子，你可千万别像林黛玉那样，俺哥还能一辈子不回来？等他回来后，你问问他，要是他真不要你了，那你就该为自己的终身幸福考虑一下了。你这么漂亮的小媳妇，还怕找不着男人？"

外面传来说话声，高静姝追出门去，见张家盛吃力地扶着高立亭，公爹则扶着鲁明，几个人摇摇晃晃从外面进来。张家盛一看到她，喊起来："嫂子，过来帮帮俺。"

高静姝快步走过去，帮着张家盛把三个醉汉安顿好。她见张家盛拿了一个马扎，坐在公爹屋门口，于是问："你在这里干啥？"

张家盛说："俺在这里守着他们，他们酒醒后要喝茶，不能没个伺候的人。"

高静姝心头一热，这孩子就是实诚，话不多，但干活利索，心也挺细的，就说："家盛，嫂子问你个事，你爹回来过吗？"

张家盛低着头说："半个月前回来了一趟，被俺娘一顿好骂。他也说

对不住俺大爷，当天晚上哭着走的。"

高静姝问："他没说去了哪里？"

张家盛把头埋进两腿间，声音像蚊子一样："俺娘问了几遍，他不肯说。俺爹变成那样，俺走在街上都抬不起头来。"

高静姝问："家盛，你爹作的孽，不关你啥事。你要勇敢一点，把头抬起来。你是个男子汉，要活得堂堂正正的。"

张家盛委屈的泪水狂涌而出。

高静姝安慰他："你大爷年纪大了，家里也没个担当的男人，往后你就要担当起责任，替你自己和你娘争口气。"

张家盛抬起头，抹了抹眼泪："多谢嫂子。"

高静姝说："好好跟着马掌柜学，有啥不懂的多问问。你爹和马掌柜虽有点不对付，可马掌柜不是那种没有胸襟的人。"

张家盛点点头："他教俺算盘，还教俺做账，跟俺大爷一样，都是好人。"

高静姝低声说："俺今晚和大嫂睡，这边的事情就交给你了。外面凉，你去屋里拿床被子在炕边上躺着，晚上多留意姐夫那边的动静。"

张家盛连连应声，高静姝又跟他聊了一阵铺面上的事，还给他讲了一些为人处世的道理，才回了姜彩云屋。妯娌俩又说了半宿的话。

张德邦半夜醒来，觉得口渴，见炕尾窝着一个人，借着灯光一看，是张家盛。他苦笑了一下，没想到混沌半世，却要一个没有血缘关系的人服侍。不管怎么说，好歹他还姓张。

张德邦看着这娃儿长大，觉得娃儿性格内敛，太实诚了。他吩咐马掌柜好生调教，可有些不尽如人意，缺乏掌柜应有的机警和应变能力。在店铺干活还行，但难以独当一面，也不知今后能不能有所改变。

家盛身世的秘密，只要弟弟和弟媳不说，他也不会说，他宁愿把这个秘密带进棺材里。张家大门大户的，丢不起那人。

他的叹息声惊醒了张家盛。张家盛一骨碌从炕尾起身，叫了一声"大爷"，赶紧下炕去沏水。

张德邦喝完水，问了一句："那边屋子看了没有？"

张家盛有些惊慌地说："俺看过，那个人……哦不，是姐夫，睡得很好，呼噜声比俺爹还……"他无意间说顺了嘴，提到他爹不由得低下了头，像一个做了错事的孩子。

张德邦声音平和地说："去睡吧，往后跟马掌柜多学点，可能咱张家就指望你了。"

张家盛惶恐地往后退了一步，低声说："俺觉得二嫂才是……才是做买卖的人。"

张德邦淡淡地说："你二嫂虽然主意多，可终究是个女人。你去吧，顺便再去你姐夫屋里看看。"

张家盛出去后，张德邦靠着躺了一会儿，见高立亭睡得正香，便起身出了屋。来到院子里，带着咸腥味的夜风有几许凉意，就像家秀小时候冻得冰凉的小手，拂过他的脸。他喜欢这份凉爽，更喜欢这份回忆。那藏在内心深处的往事时不时地泛出来，他感觉活得也有意义了。

地上扫得干干净净，没几片落叶。张德邦抬头望着一轮残月，心中感叹不已。家盛是好个孩子，以后张家仅有的这点家业就要交给这个孩子了。想不到三代人努力经营的和盛商号，就这么毁在自己手里，他觉得自己愧对祖宗啊！

身后传来脚步声，他扭头一看，是高静姝。

高静姝低声问："爹，您怎么还不睡？"

张德邦叹了口气说："家里出了这么多事，睡不着啊。你大哥把你嫂子和侄子扔在家里不管，家顺也不回来完婚，姓赵的想把俺赶尽杀绝，啥时候是个头啊！"

高静姝说："爹，您一生坦坦荡荡，助人无数。上天有好生之德，不会亏待咱张家的。赵金龙只不过是一时得势而已，以他的为人，就不怕北海的盐工再闹事？"

张德邦说："他如今有钱有势又有枪，盐工能闹啥啊，还不是白白丢了性命，多几家孤儿寡母？你舅去了东北，一家人都提心吊胆呢。只希望家顺毕业后能够老老实实地回来……"说完，他顾自苦笑了一下。

知子莫若父。家顺这孩子自从外出上学，就没让他省心过。

高静姝说："爹，俺有个想法，您登报和家顺脱离父子关系吧。"

张德邦一听，心头猛地一颤："怎么了，他是俺儿子，为啥要和他脱

离父子关系？你是不是听到什么了？告诉爹！"

高静姝说："爹，他是什么身份，咱心里都清楚，就怕赵金龙生事，俺觉得还是早点提防比较好。登报只是个给人看的形式，他还敢不认您了？"

张德邦微微点头："闺女，你看着办吧。明儿一早俺和你姐夫去潍县，希望把他俩和你俩的婚事一块给办了。有你爹，加上你姐夫这边，赵金龙暂时不敢动俺。"

高静姝向张德邦道了万福，说："爹，俺去睡了。您也早点歇息吧，外面风凉，别感冒了。"

防患于未然，是智者避免灾祸的良方。张德邦望着高静姝进屋，又在院子里站了一会儿，眼看月已西沉，这才回屋休息。他躺在炕上，想起了齐正阳，前几次经过齐记杂货铺，只打了招呼，没进去，哪天找机会跟齐老板聊聊，顺便打听一下陈清水的情况。

迷糊了一阵，睁眼时已经天亮。高立亭还在酣睡，张德邦听到院里有人说话，起身走出去，见张家盛拿着大扫把，与鲁明说着话。

胡同里也传来声音，张家盛说："大爷，官兵在门口呢。姐夫不让他们进来！"

第二十章

虽说张家大院不算小，可大清早一下子进来几十个人，确实有些不妥。

张德邦吩咐张家盛去后院把马牵来。他简单洗漱一下，与鲁明出了门，领着一队士兵在街上转了一圈，吃了肉火烧，才朝潍县而去。

哪知张家秀见到鲁明后，也不说话，头摇得像货郎鼓。

张德邦蒙了，闺女把地址都告诉了鲁明，现在人家上门来了，她却不答应了。这要是传回昌邑，还不成了大笑话？

他直接把脸拉长了，说："闺女，全下营都知道鲁明上门求亲的事了，连县长都来祝贺。你居然这样对人家，还让不让爹活了？"

张家秀说："爹，俺自己的事您就别操心了。"

张德邦生气地说："你是俺闺女啊，我能不操心吗？"

张家秀叽里咕噜对鲁明说了一通洋话。顿时，鲁明露出痛苦的表情，对张德邦说："求您了，不要逼她了。"

张德邦大声吼起来："今儿俺就逼她了，怎么了？"

鲁明眼中含泪："她会死在咱面前的！"

张德邦怔怔地望着张家秀，一时之间无话可说……

鲁明痛苦地走了。张德邦也不知道该不该挽留，干脆扭过头，不再看女儿。

张家秀怔怔地望着，喊了一声"爹"。

张德邦的嘴唇哆嗦了一下，挤出几个字："往后别叫俺爹！"

张家秀跪在地上，流着泪说："爹，您就当女儿死了吧。"

张德邦听了，心里像刀割一般，独自回了下营。路上，望着两边的蒿

草丛，他多么希望里面伸出一支枪，把他打死算了。

回到家，他仍旧装出一副若无其事的样子，脸上挂着笑，但笑得有些勉强，背后是满腹的忧伤。

马逢春一眼就看透了，没再提女婿的事，只谈了这段时间店铺的生意。

和盛商号从别家盐号进盐，每个月七八万斤，每斤成本达九毛四，山区那边卖八毛二，每斤净亏一毛二；北平、济南等城市卖一块一毛五，比别家便宜一毛多。好在高立云那边，每个月能消耗一半，价格一块六毛三，所以每个月除去各项开支，还有几百块大洋的结余。如果真要从胶东那边调货，每斤成本将上涨七分。

马逢春接着说："俺听到风声，说赵金龙不让其他人把盐卖给咱。咱不怕，俺也放出风声，说大不了不做本地的买卖，去央子和胶东那边进货。他赵金龙的手再长，也伸不到那里。结果呢，几个盐老板来找俺，非要把盐卖给咱。不过，有件事俺没想明白。"

张德邦问："啥事？"

马逢春说："赵金龙吞了咱家的盐场，雇佣着原来的盐工，每个月出盐十几万斤，听说他们一个劲地往北平运盐，可他们家在北平的买卖也不咋地，是不是针对咱家的盐号去的，想打价格战？"

张德邦问："刘掌柜怎么说？"

马逢春说："刘掌柜来电说，郝掌柜在陕西开了分号，从北平这边调了两万斤过去。陕西那边的盐是一块四毛六，但运费太贵，成本都到一块二毛多了。哦，有件事差点忘了，听说赵金龙的儿子回国了，在济南呢，和高大人的儿子一样，也带了一个日本娘们回来。俺不明白，为啥以前去日本留学的人，没见带日本娘们回来。现在怎么时兴这事了，难道日本娘们比咱中国姑娘强吗？"

张德邦笑着说："哪里的女人不是女人？都是年轻人的事，咱也没法管。"

马逢春低声说："东家，有件事不知当讲不当讲？俺寻思着给您添一房，往后家里也好有个照应。俺打听到一个寡妇，马渠村的，姓孙，四十出头，长得不赖。男人去年春上得病死了，有个女孩已出嫁，膝下有个十二三岁的男娃……"

张德邦眉头微微一皱："马渠？是不是杂货铺齐老板说的？"

马逢春张着嘴巴，不解地问："他也和您说过？"

张德邦说："俺和他不熟，只听别人说，镇上前阵子新开了一家杂货铺，老板姓齐，是马渠人。你和他关系咋样？"

马逢春低声说："那杂货铺隔着咱商号没多远，俺和他天天见面。前两天，他约俺去他铺子里喝茶，俺觉得他人很实诚，要不让他给牵牵线？"

张德邦说："你表妹走后，俺就发誓不再娶女人进门。如今，家里那么多事，俺没那心思啊。今年先把家顺和静姝的事办了再说。"

马逢春点点头，没再说话。

第一场雪下来的时候，张家顺回来了。

张德邦已经和高立亭说好，只要张家顺一回来，就立马给他俩举办婚礼，省得这孩子又跑掉。他交代张家盛一个任务：一定要寸步不离地跟着张家顺，千万不能让他离开家！

腊月二十，是张家顺结婚的日子；这一天，也是赵金龙纳妾的日子。

赵金龙纳的是傅立善的外甥女，傅立善给当的媒人。那女人读过几年书，也算识字，原来定了昌邑卜庄的一户人家，不知为啥退了亲，宁愿给赵金龙做小。

世俗的风横扫着大地。张家大院张灯结彩，但门口来人寥寥，胡同口也没几辆车。张德邦和马逢春站在门口迎客，眼都望酸了，也没见来几个人。即便来了人，也是站在门口寒暄几句，便匆匆离去。

马逢春低声说："东家，都去赵金龙那边了。"

张德邦微笑着，没有说话。人心不古，趋炎附势，那是很正常的。人有时会埋怨人情世故，埋怨老天不公，可是否曾低头看看，自己有没有认清脚下的位置呢？

赵金龙和傅立善只是派人送来了礼品。那礼品轻得就像蒿草长出的穗子，提在手里都没有分量。

去年，商会的护盐队解散了，镇上成立保安队，赵银龙成为大队长。说是为了保护镇上的安全，实际上却成了赵家兄弟的私人武装。如今，下营远近十里八村的，无人敢惹赵家兄弟。街上做买卖的人，一个个涎着脸

极力巴结，生怕惹恼赵家兄弟，引来横祸。

张家摆了二十桌，可连两桌客人都没坐满。这是活生生地打脸呢！

张德邦似乎并没在意，顶着寒风在门口又站了一会儿，听到街上一阵锣鼓喧天，马逢春不等吩咐，快步出了胡同，没一会儿就领来一大拨人。待走近了，才看清是看守盐祖庙的张老财，后面跟着一大帮盐工。秧歌队在胡同口继续扭着，锣鼓声响过了赵家的鞭炮声。

张老财上前躬身行礼，大声说："大兄弟，今儿是张家大喜的日子，别人不来，咱们这些穷亲戚可不能不来啊。咱张家可不能让外人抢了风头，咱要好好地热闹，还要热闹出喜庆！"

张德邦哈哈大笑，一扫心中的阴霾，朗声说道："谢了，谢了，大家都快请进，今儿咱就开开心心地喝个够！"

他正招呼大伙进屋，从旁边过来一个穿着灰色衣服的人，把他拉到一边，低声说："张会长，俺是郑局长派来的，县里接到上峰命令，说您儿子是共产党，让郑局长带人前来抓捕。抓人的队伍就跟着送亲的花轿后面，马上就要来了。郑局长让俺先来一步通知您，让恁儿子赶紧出去躲一躲。"

张德邦吃了一惊，从口袋里摸出几块大洋，塞到那人手里，低声说："知道了，替俺谢谢郑局长。"

他吩咐马逢春帮忙招呼客人吃席，自己快步朝内宅走去。情况紧急，容不得他细做安排。

进了新房，他见张家顺、张家盛兄弟俩正说着话，当即低声说："儿啊，警察来抓你了，就跟在送亲的队伍后面。你赶紧走，出去躲一躲。"

张家顺似乎早有预感，说："爹，俺知道怎么办。"说完，他快速脱去新郎新衣，换上便装，出门朝后院跑去。

张德邦追上几步，脱下身上的大袄扔了过去："外面冷。"

他看着儿子跑出后院，才对张家盛说："家盛，赶紧换上你哥的新衣，等会儿去门口接新娘。"

张家盛惊道："大爷，您让俺跟嫂子拜堂？"

张德邦点点头："赶紧的。"

这时，胡同口鞭炮齐鸣，是新娘子过门了。

　　原定是让张家顺去县城接亲的，可张德邦担心儿子趁机跑掉，就让高立亭找了侄子送亲过来。

　　马逢春看到张德邦领着张家盛到了门口，眼中闪过一丝疑惑，却没多问。

　　张家盛按照程序踢了轿门，用红绸子拉着静姝踩在红毯上进了门。张德邦坐在太师椅上，接受了一对新人的跪拜，看着他们拜了堂。

　　这时，郑光耀领着一队警察冲进来，大声宣布："奉命捉拿共党分子张家顺！"

　　张德邦走上前，大声说："郑局长，麻烦您看清楚了，这是俺侄子张家盛。那个不孝子虽然回来一趟，可又跑了，还要家盛替他拜堂呢。"

　　郑光耀身后走出一个穿中山装的人，冷笑着说："你儿子是共党分子，你也脱不了干系。郑局长，还等什么？"

　　张德邦瞪着那个人，质问："你是什么人，有什么权力指使郑局长？俺儿子究竟是不是共党分子，俺不清楚。即便你们说他是，可如今是民国了，讲究民主，哪有儿子犯法治老子罪的道理？"

　　这时，盐工们也都围住了那些警察，一个个怒目相视。

　　高立亭从人群中走上前，大声说："何秘书，自古王法治罪，无不在乎人情。大清时，即便是死囚，倘若已有家室并未有后，也会法外开恩，留后之后执行。如今是民国了，难道民国的律法比大清还不近人情吗？"

　　原来，高静姝在路上的时候，得知送亲队后面跟着一队警察，怀疑是冲着张家顺来的，就吩咐人赶紧回去通知她爹，让她爹带一张报纸过来。

　　何秘书对高立亭说："高议长，您的话有几分道理，可俺和郑局长只是奉命行事，有话您找县长去说吧。"

　　高立亭朝何秘书扔去一张报纸，轻蔑地笑了笑，说："何秘书，麻烦您看一看，顺便带回去给刘县长。"

　　何秘书拿起报纸，看到上面有一则声明，上面写着张德邦与儿子张家顺脱离父子关系，落款的时间是前年的日期。何秘书当即变了脸色，对郑局长说："那就搜一搜，看看他们把人藏哪里了。"

　　郑光耀带人把张家大院搜了一遍，回到何秘书身边，摇了摇头。

高立亭笑着说："何秘书，要不留下来喝杯喜酒？"

何秘书耷拉着一张老脸，就像一只抢不到骨头的恶狗，灰溜溜地朝高立亭拱手："高议长，对不住了，酒就不喝了，俺还有公事要办。"

眼看着一帮人悻悻离去，张德邦拉着高立亭的手说："亲家，今天多亏你了。"

高立亭说："是静姝让人通知俺，俺才赶了过来。走，喝酒去！"

张德邦拉着张老财一起上了桌。几杯酒下肚，张老财说："俺和大伙都说好了，盐田不是张家的了，年后大伙宁愿出去扛活，也不给姓赵的干，让他凉快去吧。"

高立亭说："大兄弟，可别这样，该干活还得干活，至于怎么干，咱心里都明白。若是干完活，姓赵的不给工钱，咱就去县政府闹去，议事会那边不会不管的。"

张老财咧开没有门牙的嘴笑起来："有高议长这句话，俺心里就有数了。"

张德邦对张老财举起杯子："来，老哥，俺敬你一杯！"

马逢春也给高立亭敬了酒，然后低声在张德邦耳边说："俺吩咐了街上打更的，让他们多留点神，要是看到街上有异常动静，就放一个大爆竹。"

张德邦感激地望着马逢春，相互敬了一杯，他打心里感谢马逢春这么多年尽心尽力的付出。

院子里，盐工们一边喝酒，一边还扭着秧歌，张家大院的锣鼓声飘到了天际。

太阳西斜，天渐渐暗了下来。高静姝盖着红盖头坐在炕沿边，一直默默地等着。大红烛飘忽着，门一开，悄悄地进来一个人。随即，红盖头被挑开，她看到了那张英俊而熟悉的脸，忍不住扑上前，紧紧地与他相拥，口中喃喃道："老天爷，你可回来了。"

张家顺紧紧搂着高静姝，说："嗯，回来了。"

她摸到张家顺脸上冰凉凉的，心疼起来，低声说："外面那么冷，也不知道早点回来。"

张家顺说："没事，躲在坡后的柽柳丛中，也不太冷，爹还给了俺大棉袄呢。东北抗联的同志们才冷呢，冰天雪地的，缺衣少食。"他接着在高静姝的脸上亲了一口，笑着说："你真俊！"

高静姝羞涩地低下头，在张家顺的胸口轻轻擂了一下，脸上红得就像三月的桃花。

春宵一刻值千金。是夜，月华如水，缓缓流淌下来，淹没了张家大院。夫妻俩含情脉脉，喝了交杯酒，解衣上炕，把炕上的莲子、花生和枣子扫到一个小筐里，相拥着躺下了。两人虽然是同学，可从来没有这么近距离接触过。一阵热吻后，情到深处，就像干柴着火，瞬间熊熊燃烧起来……

也不知过了多久，张家顺沉沉地睡去，高静姝却怎么也睡不着。望着男人的浓眉大眼和稀疏的胡子，她心里泛起了涟漪。如果他一直这么革命下去，啥时候是个头呢？总不能每天躲躲藏藏地不见人吧？

正胡思乱想着，她听到一阵压抑的男人哭声。今天是张家大喜的日子，谁在哭呢？

她穿上衣服，轻手轻脚地出了门。声音来自东北边的一间小屋，她循声走了过去。屋里亮着灯，隐约还闻到一股檀香味。

走到门前，见张德邦跪在张家列祖列宗牌位前，低着头抽泣着。

张德邦听到身后有脚步声，扭头看到穿着大红花袄的高静姝，连忙用袖子擦了擦眼睛，起身问："静姝，你怎么不睡呢？"

高静姝没有回答公公的问话，而是跪下恭恭敬敬磕了三个头，直起身子一字一句地说："张家列祖列宗在上，俺高静姝如今是张家二儿媳了。世道艰难，张家受贼人所害，失去了祖产。俺对祖宗发誓，一定拿回属于张家的产业，振兴和盛商号！"

张德邦心头一颤，泪水再一次模糊了双眼，哽咽道："孩子，你有这个心就行了。"

高静姝起身扶着张德邦，低声说："爹，早点歇着吧，往后的日子还长着呢。"

两人离开祠堂，刚走到院子里，听到街道那边传来一个爆竹的炸响。张德邦愣了片刻，想起了马逢春说的话，对高静姝说："赶紧叫醒家顺，让他快走！"

　　高静姝一路小跑回到新房，摇醒了张家顺，低声说："街上有动静，爹让你赶紧走。"

　　张家顺快速穿上衣服，从枕头下摸出枪，飞快地朝后门逃去。

　　高静姝在屋内收拾了一番，听到胡同里传来叫喊声："都围住了！"

　　没一刻工夫，门外就传来噼里啪啦的拍门声。她听到公公叫了家盛，爷俩开了大门，接着传来公鸭一样的声音："张会长，有人看到张家顺回来了，县长命我们前来抓捕！"

第二十一章

天上的星星若隐若现，地上映着树枝摇曳的碎影。一行人来到新房外，高静姝装出刚睡醒的样子，慢慢腾腾开了门。见爹和公公都在，还有一群官兵，为首的军官很是猥琐。

高立亭生气地说："罗队长，昨天郑局长带人上门检查了。今儿天还没亮，你又带着保安队前来，是不是过于扰民了！"

那个被称作罗队长的家伙仰着头说："高议长，俺只是奉命行事。张家顺一天没抓住，俺就一天都不消停，没办法啊。"他望了高静姝一眼，问："你男人呢？"

高静姝整了整衣服，摇了摇头。

罗队长色眯眯地说："昨天夜里有人去县里报告，说看见他回来了，弄得弟兄们都睡不安稳。既然你说他没回来，那很简单，天亮后，找个接生婆给你验一下身子就知道了。不过俺可告诉你，包庇共党分子者，同罪！"

张德邦生气地骂道："你们也太过分了，杀人不过头点地，有这么侮辱人的吗？"他从身底下抽出一支枪，接着道："老子今天跟你们拼了！"

他的枪口对着罗队长，还没来得及扣动扳机，就被高立亭拦下了，一声枪响，子弹射上了天。

罗队长冷笑着说："县里派人去潍县乐道院问了，你女儿没嫁给那个教官。虽说你大儿子在南京，可他也不敢包庇。你公然持枪，企图枪杀本人，该当何罪？"

高立亭夺下枪，对罗队长说："罗队长，他昨晚喝多了，也气糊涂了。

您宰相肚里能撑船，就原谅他这一次吧。"

罗队长一挥手："简直是胆大妄为，给俺抓起来！"

几个士兵冲上前去抓张德邦，被高立亭挡住了。高立亭凛然道："咋天晚上，俺也睡在这里了，如果包庇共党分子是同罪的话，也把俺一起抓走吧。不过，俺弟弟要是来救兄长，罗队长可要后果自负哦。"

罗队长眼珠子转了几圈："高议长，您别护着他。俺惹不起您，但是……"

高静姝笑盈盈地说："罗队长，俺叔的脾气和俺公公一样暴躁，都是不顾后果的。你不就是想抓俺男人吗？俺已经说了，他没回来。你可以去镇上找接生婆给俺验身。不过，俺和家顺自小青梅竹马，大伙都知道的。俺也不怕出丑了，说实话吧，俺俩在济南读书时，就有了夫妻之实。您听明白了吗？"

这时，从外面进来几个人，为首的是刘文章，身后跟着何秘书和几个士兵。刘文章朝高立亭拱手道："高议长，实在对不住，您弟弟是国民政府的师长，可他也不敢窝藏共党分子。张会长持枪闹事，这是事实吧？鄙人身为一县之长，只是奉命行事，还望高议长海涵。若高议长持枪帮他人拒捕，鄙人报到上面，只怕您弟弟也帮不了您吧。"

刘文章一顿抢白，高立亭顿时无语了，只得把枪扔在地上，眼睁睁地看着张德邦被押走了。他抬头望着天，东边露出了一抹鲜红，红得瘆人。

高静姝走过来，低声道："爹，怎么办？"

高立亭叹了口气，说："想不到你公爹还是改不了这牛脾气。闺女，你嫁了过来，就是张家的人了，认命吧。爹先回去，看看有啥办法吧。"

高静姝送爹出了门，回屋时见姜彩云抱着孩子站在门口，一脸惊恐地说："要不打电报给恒睿他爹吧，他不要俺了，但不能不管家里的事吧。"

高静姝说："嫂子，放心吧。俺爹会想办法救人的，等马掌柜来了，俺让他打电报去南京。"

她叫来张家盛，低声嘱咐了几句，随后又去东院见过杨小玉，安慰了一番。

高静姝回到堂屋时，马逢春已经来了。走在街上的时候，他已听说了张德邦被官兵抓走的事。他对高静姝说："街上贴满了捉拿家顺的告示，悬赏两千块大洋呢。连举报行踪的人，都赏一百块大洋。俺刚才进胡同的时候，宅子前后都有人盯着，往后可要多留点神啊。"

高静姝点点头，叫了一声"马叔"，递过去一张纸条，让马逢春按照上面的意思，给张家昌发电报。

她说："马叔，俺今天回娘家，和俺爹商议救人的事。家里只有家盛一个男人，俺不放心。您和马大哥过来住吧，有事也好有个照应。俺不担心外面的贼人，就担心镇上的贼呢。"

马逢春敬佩地望着高静姝，说："放心吧，俺父子俩就是豁出命，也要保护好张家！"

高静姝朝马逢春弯腰施礼，眼中隐隐有泪花："往后俺可就多仰仗您和马大哥了。"

安排完这些，她这才感觉有些累了，回屋里躺了一会儿，抚摸着张家顺的枕头，那上面仿佛还有他的余温。

眼看日上三竿，她穿戴好，简单吃了点东西，见家盛还没回来，便自己去后院牵了马，又去屋子里拿上半兜子糕点零食上了街。

走到齐记杂货铺门前，她进去买了几包香烟，低声说："麻烦您告诉俺家男人，家里很危险，不要轻易回来。家里的事有俺和俺爹，让他安心就是。"

夫妻俩在喝交杯酒的时候，张家顺曾告诉她，往后会在潍县和昌邑一带开展工作，有事可以去齐记杂货铺找齐老板。

齐正阳警惕地望了望门外，低声说："你家发生的事，俺已经派人通知他了。放心，他没有什么危险，俺这里你也尽量少来，以免被姓赵的察觉。"他接着大声喊："新媳妇上门，好兆头啊，香烟五包，您慢走！"

高静姝拿了烟出了门，骑上马继续往东走。一路上有些孩子追着她跑，小嘴欢快地叫嚷着：

>　新媳妇，戴金银
>　半大脚儿配红裙
>　骑着马儿街上遛

看呆爷们一大群

……

高静姝抿着嘴巴笑得很开心，把兜里的花生、枣儿撒给孩子们。她一路慢悠悠地过去，两边铺面上的老少爷们都伸着脖子看。街边炸油条的王麻子把油条都炸焦了。有史以来，他们还没见过哪家的新媳妇牵马上街呢。

高静姝来到商会门口，见大门开着，几位老板正围着火炉喝茶聊天。她拴了马后走进去，惊呆了所有的人，一个个站起来，呆呆地望着她。

赵金龙坐在最里面的桌子旁，正与傅立善等几个老板嘻嘻哈哈地聊着，看到高静姝走进来，眉头微微一皱，并未起身，而是将身子往后一仰，斜靠在椅子上，冷笑着说："你一个妇道人家，来这里干啥？"

高静姝学着男人的样子，朝赵金龙和诸位老板行了礼，大声说："赵会长，商会没有哪一条规矩不许女人进来吧？"

赵金龙愣了，确实没有这一条，当即得意地说："俺是会长，从今天开始加上这一条，不行吗？"

高静姝不亢不卑地说："赵会长，无规矩不成方圆。按照惯例，商会增加条款，应该召开全体同仁会议，经过表决才生效。您该不会现在就想开会吧？俺只是一个弱女子，您堂堂的商会会长，气量如此狭小，为难一个女人，说出去也不怕人笑话？"

赵金龙冷不丁被高静姝一阵抢白，脸顿时成了猪肝色，大声道："你一个刚过门的新媳妇，不顾体统，跑来撒野，究竟想干什么？"

高静姝环视了大伙一番，慢悠悠地说："俺公爹在天亮前被抓走的事，大伙都知道了吧？俺男人不在家，罗队长带着人上门，俺公爹一生气失去理智就想掏枪，哪知正好被人捏住了把柄。今儿俺前来求大家出面保俺公爹，若是大家不愿出面，俺也不强求。赵会长，您是个明白人，不需要俺多说了吧？"说完，她把手里的包袱和香烟扔在桌子上，说："来，都沾沾俺张家的喜气，锣鼓声可比鞭炮声响亮多了！"

在现实社会中，人们都愿意选择盲从，好像世界上最安全的就是让自己消失在"多数"之中。此时，那些老板一个个望着赵金龙，没人敢吭声，倒是傅立善说话了："张家媳妇，你求大伙也没用。我们就是真去保他，也不一定管用啊。"

高静姝望着傅立善，笑着说："傅叔，俺小时候就知道您和俺公爹好得像亲兄弟，后来您和赵会长关系好了，还逼着你外甥女给人家做小，果然是个头脑灵活的买卖人啊。不过，俺公爹好像说过，那件事还得感谢您呢！"

傅立善被高静姝揭了短，脸上青一阵红一阵的，压着火气问："哪件事？"

高静姝眉头一挑，笑着说："俺也不是很清楚，不过俺公爹还说，只要你在赵会长身边，他就放心了。"

赵金龙扭头看着傅立善，傅立善顿时不自在起来，说："甭听她瞎叨叨，俺可没做过对不起您的事啊。"

高静姝摆出一副凛然的架势来，大声说："人哪，谁都会有雨天没伞的时候。该说的俺已经说了，你们继续喝茶吧！"

回到家，张家盛已经回来了，告诉她："嫂子，真被你猜中了。俺离开下营的时候，就感觉后面跟着人。俺一路往西过了灶家，到了青乡，在盐场兜了一圈，然后回来的。咱家屋前屋后还有一些不三不四的人呢。"

高静姝低声说："往后辛苦你了，隔个两三天就出去兜一圈，啥时候没人跟踪了再告诉俺。"

张家盛低着头说："知道了，嫂子。"

高静姝接着说："马叔那边，俺都和他说了，你多留点神。"说完，她去屋里收拾了一下，往怀里藏了支手枪，出门上了马车，沿着大道往县城而去。

她走到离昌邑城十几里的隅庄，见前面来了一匹马，马上坐着一个穿中山装的年轻人。那年轻人长得倒还清秀，眉目间带着几分警觉。

马匹和马车相遇的时候，年轻人看了高静姝几眼，又看了看车辕上挂着的马灯，勒住马，问："请问，您和昌邑盐业商会会长张德邦是啥关系？"

高静姝摸向怀中的手枪，问："你是谁？"

年轻人说："俺叫张云波，俺爹是张世生。"

高静姝把手从怀中拿出来："俺是他儿媳妇，昨天过的门。俺听说过你，你去济南读书后就没有回来。"

张云波下了马，上前问："那您就是俺婶婶了。昨天才过门，今天怎么就一个人驾车出来了？"

高静姝说："你回下营就知道了，俺没空和你聊。"说完，驾着马车继续往前赶。

回到家，高静姝见了娘，才知道爹还没回来。她领着娘进了婶子的屋里，把天亮前发生的事都说了。娘连连哀叹着："这可怎么办啊？"

徐清香说："要不找人去通知你叔，让他回来一趟？"

高静姝说："有爹呢，先不急，看爹回来怎么说吧。"

高静姝在家等爹的时候，高立亭领着议会的几个人，正在县政府与刘文章据理力争呢。

高立亭大声说："郑局长与何秘书去过张家后，你和罗队长又一次带人前往张家抓人，在天色未明之时再次冲入张家，弄得老老少少上下不安。你说县里接到举报，可俺当夜就住在张家，眼见张家盛替兄拜堂成亲，几十个喝酒的乡亲也可以做证。请问究竟是何人向县里举报，请那个人出来当面对质。"

刘文章说："县里必须保证那个人的安全，不能让他出面。"

高立亭质问道："你身为县长，难道不知道县议事会的职责吗？如你所说，他出来与俺对质就不安全了，请问俺是什么人？"

刘文章说："你不就是想救张德邦吗？"

高立亭大声说："你错了，俺只是站在县议事会的立场上，还世间一个公平和公正，替无辜的人讨一个公道。张德邦因怒火攻心迷了心智而拔枪，这事不假。那也是因为有人故意陷害他，实属情有可原。如果刘县长徇私枉法，包庇恶意诬陷者，俺就是告到省里，也要把这事说清楚。"

刘文章嘿嘿一笑，换了一副嘴脸说："照高议长的意思，如果俺今天交不出那个人，就必须放了张德邦？"

高立亭冷笑一声："刘县长，俺只是议长，有监督职责，具体放还是不放，当然是你做主了。天道昭昭，人可欺，心不可欺。因果历然，天地无欺。不能让小人得势，恶人横行，当官的昧了良心！"

何秘书走上前，在刘文章耳边低声说了几句，刘文章朝高立亭他们几个人打了一个哈哈，笑着说："既然高议长都那么说了，鄙人没意见，那就把张德邦给放了吧。不过，鄙人也是刚刚得知，罗队长已经对他用了刑，当兵的下手也不知轻重。若有啥不妥之处，还望高议长海涵啊。"

没多一会儿，两个士兵用担架把张德邦抬了出来，只见他浑身上下都是伤痕，牙关紧闭，已经昏了过去。

高立亭生气地对刘文章大吼："刘县长，你们也太狠了吧！"

刘文章朝几个人拱手说："高议长，您别生气，张会长拿枪指着罗队长，罗队长手下的兄弟心里不舒服，所以下手没轻没重，让张会长吃苦了。我这就去惩戒他们，我让何秘书陪您一起将人送去医院，花多少医药费，县里出了，就从罗队长的薪水里扣！"

高立亭和几个议员抬着张德邦离开县政府，放在车上。这时，一个议员说："城西有个黄神医，是黄御医的后人。前几年坊子煤矿倒塌，有几个矿工被压坏了身体，送到潍县乐道院都治不了，就是请这个老头给救活的。"

黄御医就是大名鼎鼎的清代御医黄元御，原籍城西黄家辛戈村。在昌潍一带妇孺皆知。他出身于书香门第，明代"六朝元老"黄福的十一世孙。自幼聪慧好学，雍正二年考中邑庠生；雍正十二年，因用功过度，突患眼疾。遇庸医误用大黄、黄连等寒泄之剂，致脾阳大亏，导致左目失明。哀痛之余，他发愤立志："生不为名相济世，亦当为名医济人！"从此，苦读历代中医典籍，数年后开始悬壶济世。乾隆十五年四月，他北游至京，适乾隆帝有疾，众太医束手无策。经举荐，黄元御入宫视疾，药到病除，得到乾隆帝特别青睐，亲书"妙悟岐黄"以为褒赏，并恩赐御医。

高立亭一听，眼前一亮，说："那赶紧走。"于是，几人驾车急匆匆往黄家医馆而去。

到了黄家医馆一看，门外排着十几个人呢。进了门，见一个七八十岁的老人正在给一个妇女把脉。高立亭拿出一袋子大洋，放在炕沿边，拱手说："求先生先救救这个人吧。俺这里有五十块大洋，不成敬意！"

黄神医瞟了一眼那个袋子，从鼻子里哼了一声，慢悠悠地说："你不知道俺这里的规矩吗？出去，轮到你再说吧。"

高立亭救人心切，也顾不得体面了，当即跪下，眼中含泪道："俺叫高立亭，当过昌邑县令，如今是县议事会议长。俺这一辈子就只交了一个朋友，就是下营盐商张德邦，也是俺的亲家，如今他遭到奸人陷害，伤势严重……"

话还没有说完，黄神医眼中露出惊异之色："原来是高大人哪，老朽年纪大了，老眼昏花，失敬失敬呀。请高大人快快起身，折煞俺了。高大人所说的张德邦，就是从潍县醉花楼救了一个弱女子，又设粥棚救助灾民的张善人吗？"

高立亭站起身，点点头："正是他。"

黄神医感叹一声："世道艰难，恶人横行，好人难做啊。高大人，赶紧把人抬进来吧！"

高立亭快步走到门口，拱手对外面等候的病人说："黄老先生要先救这位危重病人，请乡亲们谅解。有等不及的，明天再来，所有的费用俺出了。"

在外等候的几个病人已经听到了他们的对话，一个男子说："高大人，救张善人要紧。俺这些小病，早一天晚一天不碍事的。"

不一会儿，众人七手八脚地将张德邦抬到病床上。只见张德邦面色青紫，口鼻流血，双目紧闭。黄神医边把脉，边问高立亭："什么人打的，怎么下手这么重啊？"

高立亭把张德邦被罗队长所打的经过简单说了。黄神医听完，用毛笔在一张便签上写了几种药，交给身边的儿子："你快去平和堂找阎掌柜，告诉他，必须用百年辽东参、十年以上云南三七，拿到这几种药后速回！"

只见黄神医眉头皱起，脸色越来越凝重，对高立亭说："高大人，赶紧把那两个大火炉子生起来吧！"

几个议员很快生起了火炉子，不一会儿，屋里便暖和了起来。黄神医接着说："高大人，您费心把他的衣服脱了吧。"

高立亭小心翼翼地为张德邦脱了衣服，黄神医用手从脖子开始，慢慢地往下摸，来回摸了几遍，低声骂了一句："真是畜生！"

只见黄神医的手在张德邦左肋下停留片刻，用指甲抽出一根两寸多长的钢针，针孔里立刻飙出黑色的淤血。眼见淤血变得鲜红，黄神医才止了血。

黄神医表情凝重地自言自语："这是下的死手啊。断了五根肋骨，还断了腰椎骨，并伤及内脏，能不能活过来很难说呀。"

一个议员愤愤不平地说："那些家伙就是想整死张会长，太狠了！"

这时，张家秀闻讯赶了过来，站在一旁，抹着眼泪。几年前，张家秀曾经慕名前来拜师学艺，被黄神医拒绝了。

黄神医认出了张家秀，问了一句："闺女，这是你爹？"

张家秀赶紧朝黄神医跪下，哭道："求您救救俺爹吧。"

黄神医没言语，从药架的一个抽屉里拿出一个竹罐子，倒出两粒黑色药丸，在火炉子上温了黄酒，把药丸放入黄酒化开。然后，他撬开张德邦的嘴灌了进去，可灌进去的药酒很快顺着嘴角流了出来。

黄神医对张家秀说："闺女，他是你爹，知道怎么做了吧？"

张家秀含泪点点头，喝下一口黄酒，与她爹嘴对嘴，把黄酒渡了进去。

此间，黄神医并没闲着，他伸出两个指头，在张德邦的脖子和胸口点了几下，同时低声说："若病人牙关紧闭，汤药不能进，需以口渡之。同时，点击病人这几处穴位，可帮助汤药入喉。"

一碗黄酒很快渡完，黄神医又拿出另一个稍大点的竹罐子，从里面抓出一把红褐色黏糊糊的药膏，涂抹在张德邦身上，抹得很小心。抹完，又找来一条大白绸，把张德邦像捆粽子一样捆绑起来。

这时，黄神医的儿子驾着车来了，带来了七包药。黄神医把药和那袋子大洋一起交给高立亭，正色说："高大人，您的五十块大洋虽说不少，可连买这七包药都不够。俺老汉子并非一味求财之人，以高大人的官声和张善人的名声，老汉绝对不能收一个子儿，否则对不起祖宗的教诲。俺替受过张善人恩惠的灾民还一个心愿吧！"

做完这些，黄神医吁了一口气，又倒出四颗药丸递给张家秀，吩咐说："今晚子时再进一丸，此后一天一丸，温黄酒送服，连续三天。第四天开始，用我儿子送来的药，十碗水熬成一碗，分早晚两次服用，连续服七天。"

高立亭焦急地问："先生，情况怎么样？"

黄神医叹了口气说："积劳成疾，心火和肝火太旺，身体受重创，伤及五脏六腑。还好，送来得及时，总算把他从阎王爷那里抢了回来。那根长针刺入他的身体直达心肺，奸人是想要他的命，且不留痕迹，但好人有好报，长针正好替他排出了心肝之淤，万幸啊。他的左大腿骨折，肋骨骨折多处，不过有俺的秘药，躺个三两月就行了。只可惜他腰椎被打断，而且移了位，伤了经脉和骨髓，即便是俺的秘药也回天乏术，只怕今后走路是不能与常人相提并论了。"

高立亭松了口气，拱手朝黄神医深深施礼，伤势这么重，能够保命就很好了。

张家秀再一次跪在黄神医面前，磕头感谢。

黄神医扶起张家秀，低声说："闺女，俺知道你在潍县乐道院，是个好大夫。你和你爹一样都是好人，可俺黄家的医术概不外传啊，这是祖宗定下的规矩。洋人的医术虽有过人之处，但总比不上咱老祖宗几千年留下的精髓啊！"说着，他又从抽屉里拿出两个罐子，递给张家秀，说："闺女，祖宗没有说不能送药救人，你拿着吧。"

第二十二章

在人生的舞台上，永远是你方唱罢我登场，没有人给你分配角色，一切由性格决定。一时善念，一句善言，都可能为你结下一段善缘。

眼看天色已晚，高立亭与几个议员拖着疲惫的身子各自回家。张家秀留下陪护。

到了家，高立亭把今天的事情与高静姝说了。

高静姝听完，简单收拾了一下，说："爹，俺替您女婿谢谢您了。您歇着吧，俺去和家秀姐做个伴吧。"

不等高立亭回话，高静姝急匆匆出了门，驾着马车顶着呼啦啦的北风往城西而去。快到黄家医馆的时候，她隐约见路边有人影一闪，那人影迅速躲进树丛中不见了。

到了医馆门口，高静姝转身朝路上望了一眼，又看见了那个人影。她装作什么也没看见，顾自走进医馆。

黄神医已回家休息，他儿子认识高静姝，领着进了治疗室。只见张德邦躺在床上，眼睛闭着，身上盖着棉被，一摞带血的衣服堆在旁边。床边有一个大火盆，屋子里暖烘烘的。

高静姝轻轻地在椅子上坐下，望着公公那布满皱纹的脸，心里五味杂陈。她想起了路上看到的人影，断定那帮家伙肯定是知道公公在这里救治，料想张家顺会偷偷前来探望，所以安排人盯梢呢。

兴许是太累了，张家秀趴在床边，似睡非睡。高静姝一坐下，立时醒了，眼里溢满了泪水。

高静姝也潸然泪下，问明了张德邦的伤情，两人默默地在心里祈祷着，

有一搭没一搭地说着话。

高静姝低声说："姐，俺哥那样的男人，不值得你想。鲁明长得那么帅，而且……"

张家秀平静地说："妹子，俺的心早死了。"

"鲁明为了追你，不惜与家族闹矛盾；为了你，不远万里来当教官。他那么爱你，可不能辜负了人家一片心啊！"

张家秀苦笑了一下，并不答话。当年，她收到高静之那封信后，心就死了，所以陪着母亲去了香港，哪知又遇上了鲁明。鲁明是长得不错，家境也好，但她心里就是装不下他。高静之那文静儒雅的影子，不时出现在她的梦中。虽然鲁明喜欢她，可她并不喜欢鲁明。感情上的事说不清楚，也想不明白……

两人不再说话，出现了短暂的沉默。人就是这么奇妙，适合他人的，不一定适合自己；适合自己的，也不一定适合他人。当年，陶渊明最终选择了归隐，就是因为那腐败昏暗的官场不适合他，而归隐才是最适合他的。于是，才有了东篱下的悠悠酒香。

不知过了多久，张家秀说了一句："静姝，往后家里的事，你多担着点吧。"

高静姝没吭声，悲怜地望着张家秀，三十岁还不到的人，居然有了白发。人生苦短，啥时候是个头啊？

子时，张家秀在炉火上温了一碗黄酒，化开一粒药丸，却见爹睁开了眼睛，当即百感交集，哽咽着叫了一声"爹"。

张德邦虚弱得无法说话，眼角有泪水滑下，望了一眼床前的女儿和儿媳，露出欣慰的笑容，微微张了张嘴巴。

张家秀连忙用勺子舀了黄酒，给爹一口一口喂下去。做完这些，才把黄神医的吩咐对高静姝说了。

高静姝认真地记下，正要说话，却看到门被推开，一个人闪身走进来。她惊道："老天爷，你怎么来了？俺就怕你……"

来人正是张家顺。他快步来到病床前跪下，低头叫了一声"爹"。

张德邦望着儿子，露出一抹微笑。他张了张口，喉咙里咕噜了一下，说不出一个字。

张家顺起身说："爹，您别说话，俺见到您就知足了。俺已经向组织要求，计划再来一场盐工暴动，杀掉那狗官和赵金龙，替死去的盐工报仇！"

张德邦艰难地吐出一个字："枪。"只要有了枪，啥事都能成！

张家顺说："俺舅很快就回来了，也计划在寿光那边发动暴动，让革命的烈火熊熊燃烧起来。爹，俺现在正设法搞枪呢，有了枪就不怕他们了。"

张德邦又从喉咙里挤出两个字："眼镜。"

张家顺急忙问："爹，您让俺去找一个叫眼镜的人，还是戴着眼镜的人？"

张德邦的头不能动，眼睛朝两边转了一下。

高静姝说："家顺，你猜错了。"

张德邦闭上了眼睛。

张家顺说："爹，您别说话了，等好一点再说。"

高静姝说："爹肯定是想告诉你，去哪里搞枪。"

张德邦露出欣喜之色，证明高静姝猜对了。

高静姝接着问："爹，您歇着，俺这里有陪嫁过来的五万大洋，原来是想用来振兴和盛商号的。俺先拿给家顺吧，让他设法联系俺叔，从部队上买枪，咋样？"

张德邦脸上微微露出笑意。

高静姝从大红棉袄内拿出一张五万大洋的存单和一支手枪，递给张家顺，深情地说："这支枪陪了俺好些年了，有它在你身边，俺就放心了。家里家外到处都有狗盯着呢，你暂时不要回来了，在外面也小心点，不要轻易相信别人！"

张家顺和爹告别后，与高静姝出了门。来到围墙下，张家顺刚要翻墙，却被高静姝从身后紧紧搂住了。他回身抱了一会儿，在她冰凉的脸颊上亲了亲，低声说："家里的事，就靠你了。"

高静姝"嗯"了一声，仍舍不得放手。两人抱着说了几句话，才依依不舍地分开。她望着男人高大的身影消失在墙头，眼泪又一次顺颊而下……

第二天上午，张家秀回了潍县，临行给爹喂了药，擦了脸。

张德邦又在医馆里躺了三四天，都是高静妹服侍着，偶尔才需要黄神医的儿子搭把手。

马逢春来了一趟，说家里都很好，平安无事。其实，在张德邦被抓走的第二天晚上，张德兴就偷偷回来了，结果被胡同外盯梢的人察觉了。保安队再次冲进张家大院抓人，张德兴侥幸逃脱。

也是在这天晚上，烟馆的王蛤蟆被杀了。镇上传闻烟馆进了土匪，杀人又劫财。后来，烟馆由赵银龙接管着。

高立亭来探望了几次，见张德邦恢复得还行，只是仍很虚弱，说不了一句完整话，腰部以下也没有了知觉。

又过了几天，张德邦一直用手比画着要回家。

是啊，再过几天就过年了。高静妹明白张德邦的意思。

腊月二十六日，高立亭父女向黄神医父子道了谢，载着张德邦往下营赶去。

北风卷着尘土昏天暗地，枯黄的蒿草丛被风吹得哗啦啦直响。马车慢悠悠地走着，铃铛在寒风中响着，似乎在诉说着世间的不平。

以往从昌邑到下营，也就两三个小时，可这一次他们却走了大半天。车轮碾着冰碴，就像碾在人心上一样。

到了家，安顿好张德邦，高立亭吩咐了女儿几句，连茶水都来不及喝，就回了县城。

张家盛、张家明和张家齐兄妹三人，跪在炕前给张德邦磕了头。杨小玉泪水涟涟，不住地抹着眼泪，也不说话。

兄妹三人很懂事，帮着高静妹一起照顾张德邦。

年前，张家秀回来一趟，陪着爹坐了一会儿，含着泪走了。

赵金龙和傅立善上门看望，却被张家盛拦在门外。此外，还来了一个人看望，那就是已在下营小学任校长的张云波。

张云波进了屋，跪在炕前，感谢张德邦对他娘的照顾。

张德邦说话还是不行，断断续续蹦出几个字。

这些年，张云波到底去了哪里，人家没说，他也不便多问。离开的时候，张德邦才挤出两个字："你叔……"

张云波说："您放心，俺知道咋做。"

年除夕这天，张家大院分外冷清。张家盛兄妹领着张恒睿，在院子里放了很长时间的爆竹，却少了欢笑声。

高静姝陪着嫂子聊到半夜，回到自己屋里，她搂着张家顺睡过的枕头，一直坐到天明。

正月初一，张家大院没有了往年人来人往的喜庆。张德邦天天含糊不清地骂着"畜生"。家里出了这么多事，张家昌也不回来，不是畜生还是什么呢？

初二那天，一对母子拍响了张家紧闭的大门。一位年轻人告诉张家盛，他们是昌邑城西黄家辛戈的，要见张善人。

张家盛把两人领进内宅，先见了高静姝，又见了张德邦。原来，这对母子是黄神医的儿媳和孙子。一见张德邦，两人就跪在了炕前。

高静姝赶紧将他们扶起来，听二人诉说了春节前的遭遇。张德邦他们离开医馆的第二天，也就是腊月二十七，那天是昌邑大集，按往年的规矩，医馆开始歇业。可就在黄神医父子收拾东西时，医馆突然失火，黄神医父子双双命丧火海……

张德邦泪流涟涟，一字一句地说："是……俺……害了……他们……"他心里清楚，若不是为了救自己，父子俩肯定不会死。他在心里又默默地记下了一笔血债。

接着，张德邦示意高静姝拿出一千块大洋，可黄神医的儿媳坚决不收，只提出一个请求，就是让儿子黄海远去潍县乐道院学医。黄海远自十一岁就跟爷爷学习中医，已经整整十年了。

黄神医的儿子生前曾说过："父亲得祖上亲授，深得精髓，但一直排斥西医，其实西医也有过人之处。别的不说，治疗伤寒病，那是一绝，药水打进去，两三天就好了。所以，他一直想学西医，可父亲就是不答应。"

张德邦想不到一个妇道人家竟有如此觉悟，当即答应下来，用手比画着，让高静姝亲自护送黄海远去潍县乐道院。

初八，张德邦听到外面开业的鞭炮声，如同鞭子抽打在自己身上的声音，震耳又刺心。那天被罗队长带走后，当天晚上他就被吊起来毒打，逼问他张家顺藏在哪里，开始用的是皮鞭，后来直接用棍子，直到把他打晕了过去……

在黄家医馆的那天晚上，他想告诉张家顺去盐警队搞枪。盐警队在青乡，离下营十几里路，有二十多支枪。哪知他们猜来猜去，都没猜中他要表达的意思。

张家顺听不懂他的话，就好像他当年没听懂朱昭然的话一样。他还清楚地记得当时朱昭然说的"朝天锅"，他想了很久也没想明白。现在仍在迷茫中，"朝天锅"应该是指某个人，可哪个人的名字发音与"朝天锅"相似呢？

高静姝见公爹眼睛直盯着屋顶，口中一遍又一遍地念叨着"朝天锅"，于是说："爹，您想吃朝天锅，等您再好点，俺去给您买。"

张德邦含糊不清地说："那天晚上……俺想……告诉家顺……让他设法……从盐警队……弄枪，可你们……听成了……眼镜……当年……朱家大宅……起火……俺怀疑……是赵金龙……下的黑手……然后……栽赃给……孙黑炮……临终前……朱昭然……对俺说……朝天锅……朝天锅……到底……是谁呢？"

高静姝说："管他谁呢，俺爹说姓朱的原本也不是啥好人，都死那么多年了，跟咱家也没啥关系。"

张德邦断断续续地说："俺感觉……他想告诉俺……一些事……以前看守盐祖庙的……蔡瘌子被杀……还有黄师爷和黄二贵……都是无头悬案……俺感觉都与……赵金龙有关……可没证据……还有柴大仙……已经是民国了……为啥还要……离开这里……他好像在……躲避什么……那次……俺亲自运盐……给你叔……他在路边……向俺要了……好几十块大洋……救了盐队……他沦为乞丐……为啥还要……那么多钱？这么多年了……他不知……是不是还活着……"一口气说了这么多，他脸色变得煞白，呼吸也急促起来。

高静姝说："爹，您想不明白就甭想了，先好好养身子，姓赵的想方设法要整死您，咱偏偏就活得好好地给他看。俺找个机会告诉齐掌柜，让他通知家顺，设法从盐警队夺枪。他不让咱好过，咱也不让他好过！"

家里发生了这么多事，高静姝不能去教课了，就去学校递交了辞呈，专心料理家事和生意。

北海的冰雪化开后，张家大院里的桃花开了，一朵朵开得很鲜艳。高静姝已告诉齐掌柜，可盐警队那边还没动静。

这一两个月来，张家盛每天出门，终于没人再跟着了。张家顺也不知咋回事，晚上再也没偷偷回来过。

二月二，龙抬头。昌邑民间有"打粮囤"的习俗。一大早，张家盛用草木灰在院子里画了几个大大小小的粮囤，中间放上五谷杂粮，跪在地上，默默地祈祷好运降临，五谷丰登。

春风和煦，院外的垂柳枝上挂满嫩嫩的绿叶，自由随性地垂落下来，看得让人心醉。张家盛正想背着张德邦出来晒晒太阳，黄海远怯生生地走进来，说："俺在潍县乐道院跟张家秀大夫学医，听说大叔的下身还不能动。俺想用祖传的针灸试试，俺还带来了一把轮椅。"说着，黄海远把轮椅从车上搬进来。这洋人的玩意还真行，前面两个小轱辘，后面两个大轱辘，人坐在上面，推着就能走。

高静姝坐上试了试，开心地笑了，随即把黄海远领进屋。张德邦热情地握住黄海远的手，用力握了握，传递着一份感激和信任。

黄海远没言语，顾自拿出细长的银针，在张德邦的手和双腿分别扎了针，一边扎，一边低声问："您要是感觉有点疼，就告诉俺。"

随着一根根银针扎入，张德邦没有半点反应。虽然屋里并不热，但黄海远紧张得鼻头溢出了汗。当扎到足窍阴穴和足三里穴，针入三寸时，张德邦终于说话了："有一点疼……"

黄海远舒了一口气："还好，骨筋没断。"

听到这话，高静姝久绷的神经终于放松下来。

黄海远对高静姝说："婶子，您跟着俺学针灸吧，往后每天坚持扎一次。两个月后，大叔应该就能下床了，但骨筋受创，即便能行走，也远不及常人了。"

接下来的三天，黄海远住在张家，耐心地教高静姝怎么用针、怎么下针，什么穴位、什么深度，讲得很仔细。最后一天，高静姝在黄海远的指导下试着下针，虽然手有些颤抖，好歹把银针扎了进去。其间，他还说了针灸对人体穴位的控制，有些穴位一旦被扎上，不但动弹不得，还会七窍流血而亡。

这天，黄海远带来一个粗布袋子，里面装着一些夹杂着黑颗粒的盐粒子。黄海远告诉高静姝，这叫竹盐，是黄家祖上传下来的方子。每天炒热后，用袋子装起来在身上、腿上热敷，食用的话还能养胃除湿呢。

高静姝抓起一把竹盐，似有所思。黄海远接着说："早年听爷爷说，竹盐是将日晒盐装入三年生的楠竹中，两端以天然黄土封口，以松树为燃料，经高温煅烧后提炼出来的物质。相传，东晋后期，天花泛滥，疟疾横行。葛洪在湖北赤壁葛仙山上就地取材，以丹炉为器，以松木为柴，以鲜竹、食盐、艾蒿为料，昼夜炼制丹药，救治黎民百姓，挽救了周边无数人的生命呢。"

高静姝顿时满脸喜色："我们为什么不大量制作呢？"

黄海远说："原来爷爷和父亲只是药用，如要大量生产，一是没地方，二是竹子用量大，运不来。"

"咱可以合作生产啊。"

黄海远就把详细的制作工艺和注意事项一一说了。竹盐煅烧需要大概十个小时，第一次煅烧后，竹子水分已经完全渗透进了盐分里。此时的盐还是盐棒形状，然后粉碎，再次放进竹子里烧，这样反复八次，到第九次烤制时往火中撒进松脂，将温度调到最高限度时，盐将变成晶体，也就是九烤竹盐。经过了九次煅烧以后的竹盐，功效能得到最佳体现。这样，竹子、松木和黄土中的有益成分在竹盐煅烧过程中得到充分融合，保留了最佳的品质。

黄海远表示，愿意无偿将方子捐给张家，用于扩大生产。离开时，他还留下一瓶祖传的安胎药，还有一包金疮药，说以后也许会用得着……

从此，高静姝每天给张德邦针灸，有几处穴位扎入银针后，他感觉到了麻痒和刺痛。

好几个晚上，高静姝听到院里狗吠，开心地出门迎接，可都是空等一场，只得怏怏回屋，抱着枕头发呆。

针灸还真有效果，张德邦能够下地了，然后能吃力地扶着炕沿走几步了。尽管双脚落地后感觉很疼，但他咬牙坚持着，一步一步地迈着腿，直到走不动为止。

有时候，他自己坐在轮椅上，让张恒睿和张家明推着在院里转。张家齐站在一旁，抿嘴看着。

一天，高静姝给张德邦喂药的时候，闻到药味，忍不住捂着嘴想吐。她站在屋檐下一阵呕吐，却吐不出啥东西。

姜彩云领着张恒睿在院子里捡花瓣玩，见此情景，走上前惊喜地说："妹子，你有了？"

高静姝愣了片刻，很快反应过来，顿时羞红了脸，低声说："就一个晚上，怎么就……"

姜彩云笑了："亏弟妹还是文化人呢。"她拉着高静姝进了屋，妯娌两个说了好一会儿话。出来的时候，高静姝的脸就像树上的桃花。

张德邦不再让高静姝进屋服侍，张家盛一个人就够了。

这天，在张家盛的搀扶下，他正在院里吃力地走路，就听到外面有人拍门。张家盛去开了门，门外站着张老财。他手里提着一个包袱，走到张德邦面前，低声说："家顺在灶家，又想领着大伙暴动。您得管管，那年暴动死了那么多人，不能再死人了。赵银龙领着保安队正守在各处路口，就是为了抓他呢！"

张德邦问："你见他了？"

张老财点点头："有天晚上他躲官兵，还逃到庙里去了。"

张德邦笑了笑，说："俺如今是个瘸子，哪里都去不了。你就去镇上报告，让官兵去逮他，顺便得几块赏钱吧。"

张老财怔怔地看着张德邦："俺要是那样的人，就让雷劈死！"

张德邦说："那你就和俺一样，啥都不知道。"

张老财搓着手想了一会儿，似乎明白了，从包袱里掏出一个袋子递给张德邦："那个人说，如果您跟着俺去，就让俺留下这些钱；如果你让俺装作不知道，就把这些钱还给您。"

张德邦接过袋子问："那个人是谁？"

张老财说："是个老乞丐，昨晚在庙里住的，今儿让俺来见你。"

张德邦打开袋子，看到一只破碗，数了数袋子里的大洋，正好是七十三块。这无疑就是当年在树林里给柴大仙的钱。张德邦当即问："他还说啥了？"

张老财说："让你防着姓赵的三兄弟。"

张德邦的心突然被刺了一下。他一直都防着姓赵的，可下营人都知道赵金龙、赵银龙兄弟俩，哪来的三兄弟？他突然想起了当年高立亭说起过的赵老幺和三个儿子，难道是……

他又想到一个问题，柴大仙来下营的第二年，赵金龙兄弟和几个外乡人也来了。如今柴大仙说出这话，证明赵金龙兄弟与柴大仙之间有着某种联系。

可他们为什么来下营，而且十多年间好像没什么联络？也许见到柴大仙后，一切都会明白。

想到这里，张德邦拿出几块大洋给张老财，说："如果他再来，你告诉他，俺想见他一面。"

张老财收了钱，叹着气说："俺记下了。"

张德邦望着张老财蹒跚的背影，陷入了沉思，直到高静姝叫他，他才醒过神来。

高静姝听说张家顺在灶家一带，就想着去那边看看，说不定能够碰上见一面。

张德邦叹了口气，缓缓地说："商号没了盐田，就没了根哪。去年也没顾得上给大伙送年礼，你让马叔帮忙买一些东西，明儿去灶家探望一下伙计们吧。让家盛陪你去，带上俺那支长枪……"

高静姝安慰说："爹，天无绝人之路，俺找到好东西了。后面再告诉您！"

第二十三章

埃文教父送给张德邦的盒子枪，被罗队长顺势拿去了，家里就剩下了一支长枪。

马逢春按照往年送年礼的名单，给每家都买了礼物，有面粉、布匹和油，装了满满一大车。

一早，高静姝吃过饭，和张家盛赶着马车去灶家村。姜彩云追到门口一个劲地叮嘱："路上慢一点，千万别颠着。"

她穿着新娘的大红绸子花袄，盘起了头发，在脑后卷成发髻，插了一根银簪子，浑身上下一副小媳妇的打扮。

杨小玉也知道了侄媳有身孕的事，嘱咐儿子好生照顾。张家盛提着马鞭不敢甩，任由车子慢悠悠地走。

路两边的蒿草长出了一尺多高的嫩芯，不远处的盐碱地上有了一片片的绿色。盐碱地上长着一种带有丝状叶子的野菜，当地人叫它黄须菜。只把叶子摘下来，用开水焯一下，拌上蒜泥，就是一道美味的开胃菜。

有一年春天，张家顺领着她采了两大筐，那青春的笑声洒遍了北海滩。

来到下营西大门，远远见几个穿着黄军装的保安队队员，正在盘查来往的人。这些家伙比土匪还可恶，大姑娘、小媳妇都要搜身，说是搜查共党分子的情报，实际是趁机揩油。遇到男人，也是要搜的，搜出多少钱直接拿走。谁要是敢讨要，直接用枪托揍一顿。

高静姝看到两个做小买卖的货郎被兵痞搜走了钱，一声不吭地赶紧走了。旁边树上绑着一个男人，那男人浑身上下伤痕累累的。

马车驶到卡口的时候，两个士兵持枪往前一挡，一个喊起来："干啥的？"

张家盛也喊起来："不认得俺吗？"

保安队队员大多是原先的护盐队队员，自然认得张家盛。另一个笑嘻嘻地说："这不是张家少爷和大房二儿媳吗，这是要去哪里？"

高静姝脆生生地说："去灶家探望亲戚，咋，不让走了？"

一个保安队队员说："上头有令，要挨个检查，防止给共党分子带情报呢。如果不想让咱兄弟几个为难，您去前面新开的饭店里找队长，只要他答应了，咱兄弟哪敢乱来啊。"说完，那人往前面指了一下。

不远处确实有一家小饭店，门口挂着的"聚友饭店"的幌子，在海风中摇晃着。

高静姝下了车，大步走到饭店，推开门，顿时被烟雾呛了个趔趄，差点呕出来。张云波和另外两个人正陪着赵银龙喝酒。

张云波见到她，起身问："您怎么来了呢？"

高静姝也纳闷道："张校长，眼看就要开学了，你怎么在这里呢？"

张云波说："俺想在青乡开办一所村小，想请赵大队长帮忙呢。"

赵银龙叼着烟，摇摇晃晃地站起来，笑嘻嘻地盯着高静姝，眼珠发了直："这么漂亮的妞，怎么就便宜了姓张的那小子？妹子，听哥一句话，你男人迟早要被抓住枪毙的，不如趁早改嫁跟了俺，一辈子吃香喝辣，亏不着你。"说着，一个劲地往前凑，满嘴的烟味和酒味熏得高静姝想吐。

高静姝后退了几步，平静地说："俺男人的事，俺管不着。现在俺去灶家探望亲戚，还望赵大队长行个方便。"

赵银龙嘿嘿笑着，继续往前凑："方便，当然方便。"说着，就想动手去搂高静姝。

张云波趁机挡在中间，笑着说："赵队长，您醉了，俺扶您去休息。"

赵银龙推开张云波，见高静姝已经出了酒店，连忙追了出去，嘿嘿笑着说："别急嘛，陪俺喝一杯啊。"

高静姝跑回马车旁，大声说："赵队长，下回陪你喝，现在可以让俺走了吧？"

赵银龙哈哈笑了几声，说："记得下次一定陪俺喝两杯，不醉不归哈。走吧，走吧！"

张家盛一甩马鞭，马长嘶一声，冲了出去。跑出了几十丈远，他担心车子太颠，急忙收住缰绳，继续慢悠悠地走。

远处就是盐场，一堆堆小山似的盐垛整整齐齐排成一大排。盐田里，十几个人在干活，岸上站着几个人正大声呵斥着。

张家盛恨恨地说："那一大片原来就是咱家的，被俺爹输了。俺爹也后悔着呢。"

高静姝淡淡地说："嫂子答应你，属于张家的东西，一定会拿回来的。"

走到盐祖庙前，高静姝下车推门进了庙，给盐老祖磕了头，对张老财说了来送礼的事，央求他带着进村，认认各家的门。

张老财低声说："俺知道你是来见他的。他走了，好像去了东边。放心吧，俺就是豁出老命，也要保他没事。乡亲们都记着张家的好，没人会说出去，保安队天天在村里转悠，没用！"

张老财骑上毛驴，领着高静姝一家家地上门，把礼物送上。

高静姝送上礼物的时候，同时说："俺是张家的二儿媳，以前张家的买卖有大伙帮忙照应着，辛苦了。现在张家虽然没了盐田，但不能没了人情。"

一个老妇人拉着高静姝的手说："闺女啊，怎么把盐田给了人家呢？姓赵的不是人啊，把人当驴使唤呢，还不给工钱。大伙都盼着张家重新把盐田给买回来呢。要不，让大家一起凑点钱，也行啊。"

高静姝安慰老人："大娘，现在恶人当道，张家也是没法子啊。"

一车子礼物送完，早已过了晌午。张老财炖了只鸡，高静姝却就着咸菜萝卜，啃了一个棒子面窝窝头。

吃完饭，两人往回赶。走到盐场的时候，听到一阵惨叫声，只见一个壮汉拿着鞭子，正对着一个老人猛抽。老人在地上滚来滚去，哭喊连连。

张老财叹了口气："唉，是宋三，那年暴动的时候，他儿子被抓起来枪毙了，儿媳也跑了，就留下两个孙子。老婆子身子不好，去年冬天生了病，向赵家预支了两块大洋，听说今年利滚利涨到了十几块。他怎么能还得起呀，没办法只能拖着病身子下盐田了。"

高静姝让张家盛扯住缰绳，下了车，踩着碎步走过去，大喊："住手，不能打人！"

那壮汉住了手，扭头恶狠狠地问："你算哪棵葱啊？"

高静姝望着壮汉说："我刚刚可是跟你们赵大队长见了面。"

壮汉一听，急忙收起鞭子说："他欠了盐场大洋，还不好好干活，不是找抽吗？"

这时，从盐田东边凉棚里过来几个人，为首的是一个矮胖秃顶的老头，眼睛里露出狐狸般的狡黠。此人就是赵金龙的二岳父、傅立善的连襟朱东来。由于他长相像猪，人送外号"猪头来"。

"猪头来"走过来，上下打量了高静姝一番，堆起笑脸："俺以为是哪路神仙呢，原来是张家二儿媳、高议长的千金，失敬失敬。有些人天生就是贱命，不揍不行啊。"

高静姝问："他欠了多少钱？"

"猪头来"用手指头比画了几下，说："十八块大洋。"

宋三哭喊起来："年前就借了两块大洋，才几个月就变成十八块了，还有没有天理啊？"

"猪头来"对高静姝说："俺没让他借钱，他可以去你们张家借，听说还不要利息呢。"

高静姝说："朱老板，派人拿上借据，跟俺回下营拿钱吧。"

"猪头来"跷起大拇指："果然是女中豪杰，爽快。不过，俺现在就要！"

高静姝和张家盛身上都没带钱，张老财就更加不用说了。

她沉思了一下，把手上的玉镯摘下来，放到地上："大声说，这是俺爹给的嫁妆，随便去哪一家当铺，最少也能当五十块大洋，先押在你这里。明天让俺兄弟带着钱来取镯子。"

"猪头来"拿起镯子在眼前晃了晃，慢吞吞地说："按理说，俺这里不是当铺，只要钱不收物，但看在高议长的份儿上，好歹给你个面子，镯子先放在俺这里。可是，万一不见了，俺可不担责啊。"

高静姝笑着说："那就当打碎了呗，把借据拿来吧。"

"猪头来"收起镯子，拿出借据递过来。

高静姝接过借据，瞄了一眼，撕成了碎片。

宋三爬到高静姝面前，磕着头说："多谢少奶奶，多谢少奶奶。"

高静姝吩咐张家盛把宋三扶到车上，宋三却跪着说："少奶奶，俺这条贱命能撑一时算一时吧。"

宋三身上除了鞭子抽的伤痕外，胳膊和大腿上还有一些旧伤，都红肿化脓了，浑身发出阵阵恶臭。

高静姝并不嫌弃，扶起他低声说："老人家，今儿让俺遇上了，俺不能不管。张家没了盐田，对不起大伙，是张家欠大伙的。您还有两个孙子呢，不能不管他们的死活吧，跟俺回下营，先把伤治好再说吧。"

在张家盛的搀扶下，宋三才一瘸一拐上了车。

走到盐祖庙前，张老财和他们分开，径直去了庙里。

高静姝问："老人家，村里就你姓宋吧？"

宋老三羞愧地低下头："同治七年，俺爹来这边落的户，娶了俺娘，俺是灶家唯一的外姓。"

高静姝说："等您治好了伤，让俺爹给你另外找个活干，免得被姓赵的欺负。"

宋三张了张口，鼓足了勇气，哑声说："张家少奶奶，张家虽然没了盐场，可还有法子啊。俺听爹说过，往西五六里地有一大片盐碱地，能挖出卤水，直接就可以上锅熬精盐。要不您买下那片荒地试试？"

高静姝心中暗惊，表面上却不动声色，平静地说："北边全是盐碱地，为啥只有那地方出卤水呢？"

宋三说："俺也不知道，只听俺爹说过。他在同治七年的时候，就挖到过卤水。光绪年间，俺爹和几个人挖了一口井，抽卤水熬盐，运到高密那边集上售卖。后来被人查出来，俺爹就封了盐井，没敢再开。他临终时告诉俺，让俺设法买下那片盐碱地。可俺这条贱命，就是再干几十年，也赚不出买盐碱地的钱啊。"

高静姝安慰着宋三："老人家，不急，这事得从长计议。如果那片盐碱地真能出卤水，俺就给您股份。"

到了下营，高静姝回家拿了钱，让张家盛送宋三先去治伤。接着，她走进公公屋里，把宋三说的事告诉了张德邦。

张德邦沉思片刻，说："央子那边倒有不少盐卤井。灶家和下营这一带盐碱地里，先人们曾经挖过，还没听说挖出卤水的事。不过俺听说，同治年间遵王与清军大战，把一批浮财埋在北海一带。后来，清军为寻找那批浮财，还杀了不少人呢。俺还听老人说过，宋三他爷爷就是同治年间来这里的，难道他爹去荒滩上挖过浮财？"

高静姝说："要不俺让他来见您，您亲自问个清楚？"

张德邦说："这种事情，问了也白问。俺爹当年也在潍河边找过呢，都是没谱的事。你相信宋三的话？"

高静姝点了点头。

张德邦说："做买卖就要时刻防着被同行算计，宋三是外姓人，一直被姓张的族人排挤。俺当初见他可怜，便留他在盐场扛活。这个人倒也实诚，但张家败落，人心不古，如果是姓赵的布的局，安排他给咱家设陷阱呢？"

高静姝肯定地说："他的眼睛不会骗俺。"

眼睛是心灵的窗户。要了解一个人，首先要观察他的眼睛，因为眼睛是最不会说谎的器官。在交谈中，高静姝一直注视着宋三的眼睛。

张德邦的眼神也深邃起来："如果咱家出面直接买那片荒地，姓赵的肯定不让，你认为怎么才能顺利买到手呢？"

高静姝说："姓赵的当年就出过一招，买下北边的滩涂，堵咱家的水路。傅老板表面上不是您的好朋友吗？要不咱让他帮忙……"

张德邦深深地吸了口气，说："扶俺去祠堂。"

张德邦被高静姝扶着走进祠堂，点上香，跪下，大声说："不肖子孙张德邦，遭奸人陷害，家业不保，所生二子，皆不能继承祖业，辱没先人，愧对祖宗。现将仅有的家业交给二儿媳打理，从今儿起，高静姝就是张家的掌舵人。希望祖宗保佑她重振产业，保住北海盐祖的根！"

高静姝跪在公公身后，磕完头，见公公低着头久未起身，急忙上前将他搀扶起来。此时，张德邦已老泪纵横。张家如果有儿子能够继承祖业，何至于交给儿媳呢？

离开祠堂回到屋，张德邦从床头小柜子里取出一个盒子，盒子里有七八根金条和十几个银元宝，还有一些珠宝首饰和一个小盒子。他打开小盒子，里面有两个玉石印章，一个是和盛商号的，一个是他本人的私章，此外还有一张民国三年办的制盐许可证和几张德华银行的存单。

他把自己的私章拿出来，而后把盒子郑重地交到高静姝的手里，沉声说："这是张家的全部家底，都交给你了！"

高静姝从小盒子里拿出和盛商号的印章和制盐许可证，小心地装进衣服内，把盒子盖好放在炕上，微笑着说："爹，现在还没到动用家底的时候，俺有钱。"

张德邦问："俺想知道，你怎么才能买下那片盐碱滩？"

高静姝说："不急，等宋三治好了伤，俺和他去看看，估摸一下大约有多少亩。您这边可以找傅老板商量，告诉他你想对付姓赵的，要买下海边的泥滩，堵他家的水路。您只要这么说就成，其他的甭管了。"

张德邦说："可咱家无论买啥，姓赵的都不会同意的。"

高静姝说："俺嫂子有个亲戚是青乡的，让他出面买下，就说是养羊。"

张德邦赞许地说："这倒是个好主意，养羊卖给兄弟羊肉馆，别人不会起疑心。"

从公公屋里出来，高静姝见嫂子坐在屋檐下，望着对面墙角两条正在嗅尾巴的狗发呆。狗儿都有情，有的人却无情！

高静姝走过去，叫了一声"嫂子"。姜彩云的脸色有些不自然起来，用手绢擦了擦眼角的泪，掩饰窘态。

高静姝装作不在意的样子，在姜彩云的身边蹲下来，低声说："俺正要去找你呢。之前听你说，你家里原本要把你许配给青乡一个姓林的小伙子，是你爹贪图张家富贵，收了三百块大洋的礼金，才……"

姜彩云低声说："俺命苦，俺认命了。"

高静姝说："嫂子，俺想去找他，请他帮忙呢。"

姜彩云一听，眼里立时有了光。

两人说着话，见张家盛领着宋三来了。宋三又要磕头，被高静姝扶起来。她去屋内拿了几块大洋，递到宋三手里，笑着说："这些钱你先拿着过日子，过两天你陪着俺去那边的荒滩上看看。"

宋三千恩万谢，感动得眼泪直流。

眼看已是傍晚，高静姝吩咐张家盛去厨房拿了一袋面，送宋三回去，接着又在宋三耳边低声说了几句。

吃过晚饭，高静姝与嫂子坐在炕上聊天。她摸着微微隆起的腹部，问："嫂子，生娃的时候疼吗？"

姜彩云说："当然疼，俺生娃的时候，疼了大半宿呢，天明才生下来，就剩一口气了。听说咱娘生家顺的时候，也差点没了命，还是米娅大夫给救回来的呢。女人，生娃就是过鬼门关啊！"

高静姝说："俺也听咱姐说过，潍县那边的女人要是生不下来，都去乐道院剖肚子呢。"

姜彩云若有所思地说："你说咱家那姑爷，咋就不来了呢？也不知他们啥时候结婚。俺见咱爹那次从潍县回来不大高兴，好像有啥事。"

高静姝说："俺觉得咱姐还是忘不了俺哥，要不然她应该和鲁明一起回来的。"

姜彩云叹了一声，说："要是咱家有这样一个军人姑爷，姓赵的就不敢欺负咱家了。"

两人家长里短地聊到半夜，高静姝又在嫂子屋里睡下了。她以前觉得孤单，就来嫂子这边睡，都习惯了。两个身边空荡荡的女人，同病相怜，各自辗转反侧，都睡得不安稳，倒是张恒睿睡得很熟。

迷糊之间，高静姝听到外面有动静，有人敲了敲窗户，一个细微的声音传来："嫂子，静姝在吗？"

高静姝一听是张家顺的声音，来不及穿大褂，赤着脚就奔了出去。月光下，她朝着那个健壮的男人一头扎了过去，紧紧搂住他，说："俺的娘嘞，你怎么这么久才回来啊？"

她听到旁边有人咳嗽了一声，才明白边上还有人，顿时羞得不行，哪还敢抬头。

张家顺对身后的张德邦说："爹，您回去休息吧。俺俩说说话，天亮前就得走。"

张德邦问："又要去哪里？"

张家顺说："南边。"

他搂着高静姝进了屋，低声说："俺也想你呢。"

高静姝不顾男人身上那股难闻的汗臭味，紧紧地搂着不放手，娇嗔地说："那你怎么不回来？"

张家顺说："俺回来过两趟，胡同外面有狗呢，担心害了家里。"

高静姝问："你们怎么还不暴动，杀了那姓赵的杂碎？"

张家顺说："你让齐老板转告俺的话，俺知道了。俺也想从盐警队夺枪，可赵家老二带着保安队在青乡驻扎着，他们人多，俺就几个人，只有四支枪，很难得手啊……"

高静姝问："俺不是给了你五万大洋，让你找俺叔买枪吗？"

张家顺说："买了两百多支枪和一批弹药，全都送给了鲁南山区，另外采购了一批药品和粮食送去了东北，咱这边还得自己搞枪。现在的主要任务，就是宣传革命思想，唤起民众觉醒。"

高静姝说："俺这里还有点钱，本来想买下一块地，振兴张家产业的。要不你先拿走，俺回家再向爹要去。"

张家顺说："不用，齐老板那边买卖还行，能够维持组织的活动。"说着，就想把高静姝压在身底下。

她抓起他的手，去摸那微微隆起的腹部，娇声说："再过几个月，你就当爹了。"

张家顺俯身在高静姝的肚皮上亲了一下，自豪地说："俺要革命不成功，俺儿子可以……"

高静姝急忙捂着他嘴，连声说："呸呸呸，不许胡说！"

两人搂着说了好一阵子话，眼看快要天亮了，张家顺起身出了屋，见爹站在屋檐下，手里拿着一个小包裹，低声说："娃儿，走到哪里都要花钱，拿着吧。注意安全！"

张家顺接过沉甸甸的小包裹，似乎想起了什么，低声说："爹，有件事差点忘了，俺见过二叔，他现在手下有七八个人，在昌邑和潍县两边活动，对外叫号'半天红'，他想查出当年杀死张家伙计的那伙土匪。另外，张世武带着那伙土匪投奔了潍县保安队，混成排长了，驻扎在固堤。"

张德邦说："杀死张家伙计的那伙土匪，不是军队假扮的吗？还查啥啊？"

张家顺说："俺一直想联络昌、潍两地的土匪，把大伙团结起来，拧成一股绳，干点正经事。据潍县的同志反映，在潍县有一股神秘的土匪，

神出鬼没的，横行二十多年了，一直查不出是什么人。齐老板这边已经安排人盯着赵金龙，发现'胡瓜怂'经常去找这股土匪。"

"胡瓜怂"自从被撤了职，就去县城管理烟馆，很少来下营。盐警队队长换成了"胡瓜怂"的弟弟。"胡瓜怂"找赵金龙，无非是为了贩卖烟土的事。

张家顺说："赵金龙的烟土原先从柳疃码头上岸，现在直接到县城了。俺劫了一次没成功，还损失了两三个同志。"

张德邦嘱咐说："他如今势力大，手里有枪，你们打不过的，有些事情急不得，保住自己的命要紧。如果想动盐警队，可以从傅立善身上做点文章，他那孙子整天在街上疯，看不住哩。"

张家顺点点头："俺明白了。"说完，翻墙而出。

随着胡同外的脚步声，高静姝的心也随着飘远了……

第二十四章

北海一带的春天，就像院里的桃树，从含苞待放到花落坐果，都在不知不觉中悄然而逝，令人留恋而惋惜。

张德邦还没顾上欣赏桃花，就见枝头上挂满了嫩绿的小桃子。站在桃树下，不禁感叹人生苦短。

这棵桃树是新宅子建起来的第二年，他从潍河边移栽过来的，几十年的老桃树，枝叶茂盛，每年都结桃。待到桃子成熟，摘下来咬一口，满口流汁，甜到了心里。

夏天，桃树上长出桃胶，若是娃儿口舌生疮，只需用桃胶配着蜂蜜熬碗水，喝下去就好了。

按照高静姝说的，张德邦找傅立善聊了一次。

前两天，高静姝回了趟县城，把黄小翠也接了过来。黄小翠也是苦命人，嫁入高家好几年了，还是完璧之身，眉宇间那一丝惆怅让人心疼。

从黄小翠的脸上，张德邦似乎看到了张家秀的影子。

这些天，高静姝进进出出的，也不知忙啥。她不说，张德邦也不多问，寻思着身体好一点，就去找高立亭喝茶，有一阵子没见了，还怪想他的。

这时胡同里传来马车的声音，没一会儿，高静姝领着一个壮实小伙从外面进来，开心地介绍："爹，这是林建东，俺的合伙人。"

林建东穿着青色短褂、灰色布鞋，拘谨地上前弯腰施礼，叫了一声"老爷"。

张德邦看着这个年轻人，倒还实诚，微笑着对高静姝说："事情办得咋样了？"

高静姝回答："俺去找了刘文章，提出买海边的泥滩，他直接就给回绝了。俺问他为啥当年卖给赵金龙，如今却不卖给俺，他问俺买泥滩干啥，俺直接说是为了封赵家盐场的水道。他说那会引起商户之间的矛盾，更不能卖了。"

此时，张德邦心里清楚，事情肯定办妥了。高静姝想办的事，没有办不了的。这就是智慧。

张德邦故意问："那后来呢？"

高静姝接着说："他不答应，俺就在那里缠，然后林大哥就进去了，说是也想买盐碱荒滩养羊，他当场就应允了，还出了批文，总共一千二百多亩，每亩三块大洋。林大哥办完就走了，姓刘的还劝俺，甭卖盐了，养羊多好。俺也就顺了他的意思，买了五百亩。"说着，她拿出两张盖着鲜红大印的官府批文，还有两张收据和地契，说："俺明儿就在荒滩上打井。爹，您要去看看吗？"

张德邦点头道："俺本想去找你爹喝茶呢。那俺先去看你们打井，带着你弟弟和侄子一起去，娃儿们好久没出去耍耍了！"

人世间，最复杂、最难琢磨的就是人。张德邦感觉林建东的神色有些异样，频频望向他身后。他扭头看时，见姜彩云低着头，往屋里去了。

高静姝对林建东说："林大哥，你先回去，明天去盐祖庙找张老财，让他带着宋三和其他人去帮忙打井。"

林建东走后，张德邦才注意到儿媳的左手腕上没了镯子，疑惑地问："你左手的镯子呢？咱张家还没沦落到当镯子的地步吧。"

高静姝笑着说："爹，别生气，俺那镯子不小心打碎了。再说，那镯子也值不了几个钱，等俺打出卤水，再去买一对好点的。"

昨天，她让张家盛带着五十块大洋去找"猪头来"，想赎回镯子，可"猪头来"硬说镯子不见了。这事也只能作罢。

第二天一早，一家人开开心心地吃了早饭，乘坐三辆马车出行。黄小翠夜晚着了凉，身子不舒服，就没跟着去。

车过青乡的时候，保安队没有为难，只看了一眼就放行了。

他们到了那片荒滩，见已经来了好几十个人，林建东正安排人每隔十丈远近打一口井。

张家明、张家齐领着张恒睿，三人就像脱了缰绳的马儿，时而奔跑，时而趴在沙地上，时而在柽柳丛中捉蛐蛐。他们惊起了几只野鸭，捡了几个海鸭蛋。

每年春夏之交，北海边的柽柳丛里聚集着很多海鸭，勤快点的人可以捡到不少海鸭蛋。

孩子们的欢笑声飘荡在荒滩上空，张德邦也被这笑声感染了。他望着奔跑的孩子，一扫这几年来心头的阴霾，依稀看到了希望。

他走到杨小玉面前，低声问："他多久没回来了？"

杨小玉低着头："一年多了。两个月前，从墙外扔进二百块大洋。"

张德邦说："家盛也不小了，该给他说一房媳妇了。如果他回来，你对他说一声，俺给孩子也物色着。"

杨小玉的目光望着远处，低声说："哥，家盛他其实……"

张德邦打断了弟媳的话："甭说了，他姓了张，就是俺张家的人。如今，静姝掌了家，让他多帮衬着。马掌柜年纪大了，想回德州。俺让他过完年再走，往后铺面上的事就交给家盛了。"

杨小玉的脸上滑下两行清泪，道："哥，俺当年也是……"

张德邦说："过去的事，甭说了。"

他转过身，恰巧看到林建东不时扭头望着站在不远处的姜彩云。两人似有目光接触，又害怕被人发觉，慌忙闪开。他装作没看见，走到打井的边上，见已经挖下去一丈多深，井内不是卤水，而是那种不咸不淡的潲水。这种水既不能喝，更不能用来制盐，连牲口都不愿碰。打的三眼井都是这样。

他往人群中扫了一眼，发现有些不对劲，把高静姝叫出人群，低声问："咋没见宋三呢？"

高静姝说："张老财说宋三的孙子磕着了，来不了。没事，咱再多打几眼井试试看。"

张德邦没有搭话，脸色铁青，朝一辆马车走去。如果宋三与赵金龙合谋陷害张家，他就是豁出这条老命，也要杀了宋三。

还没等他上车，见不远处过来了一群拿着枪的人，领头的是赵银龙。

赵银龙挥舞着枪，大声喊着："兄弟们，抓住张家顺，每人赏十块大洋！"

保安队很快围住打井的人。张德邦上前问："赵队长，怎么回事？"

赵银龙得意地说："你们来这里，是不是见你儿子的！"

张德邦冷笑着说："俺倒是想见他，可也要你们保安队给机会啊。"

高静姝笑嘻嘻地说："赵队长，俺寻思啥时候找个机会，和你好好喝一盅呢。"

赵银龙色眯眯地望着高静姝，嘿嘿笑了笑："只要抓到你男人，就不怕你跑了！"

高静姝说："俺自从嫁到张家，就没见过他。咋，你知道他在哪里？"

赵银龙望了一眼高静姝微微隆起的腹部："俺见天看着你和小叔子在一起，男人不在身边，学会偷腥了？你公公和你婶子听说也是不清不楚的。"

张德邦听到这话，气得要往前冲，被林建东抱住了。他大骂着："半混，神经病！"

这时，站在不远处的杨小玉迈着小脚冲上前，揪着赵银龙的衣服哭喊起来："俺男人被你们兄弟害了，至今生不见人、死不见尸。你个狗日的，还空口白牙说俺和孩子他大爷不清不楚，污人清白。你哪只狗眼看到了？走，去找刘县长说个清楚。今儿刘县长要是不给俺主持公道，俺就吊死在县政府门口！"

赵银龙用力推开杨小玉，把枪晃了一下，吼起来："你个疯婆子，要是再纠缠不休，俺一枪毙了你！"

高静姝笑着说："朗朗乾坤，法治民国。赵队长，你说出这样的话，也不怕闪了舌头？持枪逞凶，威胁良民百姓，是什么罪，你知道吗？今儿你必须要给俺婶子个说法，还俺婶子清白。要不然，她会告到县里、省里，一直告到南京去。别忘了，俺大伯哥还在南京呢。你现在查验清楚，看看打井的这些人里面，到底有没有俺男人！"

赵银龙一听，立即收起了枪，对杨小玉说："算俺胡说，行了吧？"

张德邦吼道："跟那畜生说这些话干啥！走，直接去找刘县长！"

高静姝走到赵银龙面前，低声说："赵队长，你还不快走，真要俺爹拉着你去县里？"

赵银龙的手下已经检查过打井的人，都是附近村里的盐工。他一听高静姝这么说，借坡下驴，灰溜溜地走了。

张德邦生气地说:"凭空污人清白,为啥这么轻易就放过他?"

高静姝低声说:"爹,刘文章在县里当官当了多久了?"

张德邦寻思了一会儿,第一次是两年,第二次从民国十九年到现在是七年了。县长一般三年为一任,刘文章在昌邑已经是第三个任期了。

高静姝说:"刘文章就是赵家兄弟的后台,另外还有那个赵泽凯,听俺爹说他已经调到省警察厅了,咱现在必须忍着。赵银龙就是一条疯狗,咱也得忍着!"

在林建东的指挥下,隔着几十丈远又打了三口井,仍是那种溇水,再往下就是黑乎乎的黑泥,臭气熏天。

张德邦气得脸色铁青,嘟囔着要去找宋三算账,被高静姝拦住了。她笑着说:"爹,您原来可不是这性子,怎么年纪大了,脾气还见长了呢。宋三领着俺来的时候,只说在这一片,他也不知道具体在哪个位置。甭急,多打一些井,说不定就碰上了。"

儿媳这么一说,张德邦也觉得自己这几年的脾气有点急躁,稍不如意就动怒,没有一点老人应有的气度了。

高静姝接着说:"爹,您不是想去县城找俺爹吗?让家盛陪着,回来捎上一捆红绸,俺有用。"

张德邦想了想,与其在荒滩上生闷气,还不如去找高立亭喝茶聊天。这些年来,高立亭是他的贵人,帮他排忧解难,更是他人生路上的指路明灯。

他气呼呼地坐上马车,和张家盛一起向县城而去。

晌午,大伙一起在荒滩上吃了午饭。林建东担忧地对高静姝说:"少奶奶,要是真打不出卤水,怎么办?"

高静姝依然笑着说:"那咱就养羊,俺爹合股的羊汤馆买一只羊要七八块大洋呢。林大哥,往后甭叫俺少奶奶,叫得俺都老了。咱是合伙人,你叫俺高老板或者妹子吧。"

林建东挠了挠头,有点难为情地说:"还是叫高老板吧,俺就是一个扛活的。"

也许是姜彩云在场,林建东就像一个青涩少年,还有些害羞呢。

高静姝抿着嘴偷偷笑了,说:"林大哥,还有一件事要麻烦你,家盛陪俺爹去了县城，等会儿俺也回去，麻烦你辛苦一下。"

眼看太阳落山，孩子们在荒滩上疯了一天，也累得不轻。高静姝让林建东赶着一辆马车，载着姜彩云和侄子，她与婶子乘坐另一辆车。

到了张家胡同口，见一些人直往里瞅，也不知发生了啥事。高静姝几步冲进屋，见鲁明痛苦地蹲在桃树下，桃叶和小青桃落了一地。

黄小翠从屋里出来，泪水涟涟地说："你们总算回来了。"

鲁明满身酒气，瞪着血红的眼珠子，大声吼："为什么不愿意嫁给我？"

黄小翠把高静姝拉进屋，含泪说了事情的经过。原来，早上他们刚走没多久，鲁明就来了，眼睛直勾勾地望着她。柜上的马掌柜过来，陪着鲁明说话。中午，两人喝了酒，鲁明几杯下肚就醉了，之后二人就把他安置到屋里休息。马掌柜回了柜上，临走前叮嘱她留点神，帮忙照顾着。

鲁明醉得不轻，滚到了地下。张家厨子不在，黄小翠也没法子，只能用力把他拖上炕。哪知这一拖，她就被鲁明搂住了，两人一起滚在炕上。她又哭又打，这才挣脱逃出了屋子。日头偏西的时候，鲁明醒了，到她屋前赔礼道歉。她不敢出屋子，紧闭着门，一直等到胡同内有马车声，才敢开门出来。

高静姝安慰了嫂子，走出屋，来到鲁明面前，用英文说："俺想和你单独谈谈。"

鲁明低着头，跟着高静姝进了堂屋，诚恳地说："我知道，你们这里的规矩，没有夫妻关系的男女是不能那样的。对不起，我当时迷迷糊糊的，以为是她……"

高静姝问："你去潍县找她了吗？"

鲁明点点头，抓着头发说："我很痛苦，可是找不到人倾诉。我辞掉教官来到这里的目的是想住下来，直到她答应我。没想到会发生这样的事，我愿意用任何方式补偿。"

高静姝接着问："我问你，你是真心喜欢张家秀，还是喜欢她那种类型的女人？"

鲁明沉默片刻，叹了口气，说："我也不清楚，我小时候看过一本书，只要遇到可怜的女人，就忍不住想要呵护她……"

高静姝接着问："是不是法国作家亚历山大·小仲马的《茶花女》？"

鲁明抬起头，惊讶地望着高静姝："你怎么知道？"

高静姝说："第一次见面的时候，你告诉了我关于你的身世。你受到那本书的影响，会情不自禁地想要去帮助和保护弱小的女性。你追求张家秀的时候，她有没有告诉过你，她为什么那么哀怨？"

鲁明摇摇头。

高静姝说："她一直念念不忘的人是我哥。她和我哥青梅竹马，但我哥却娶了一个日本女人。她曾经告诉我，收到我哥那封信的时候，她的心就已经死了。"

鲁明一脸茫然，问："那我该怎么办？"

高静姝说："我没法教你怎么做，谁也没有办法强求别人的感情。不过，我建议你在这里住几天，考虑清楚之后再离开。"

鲁明感激地望着高静姝，说："多谢了！"

高静姝走出屋，见林建东还在院子里，走过去低声说："你回去后，去找宋三，请他明天去工地。"

林建东出门的时候，还不忘扭头望了一眼站在屋门口的姜彩云。两人的眼中似乎有了一丝牵挂。

最懂女人心的，往往是女人。

当初，高静姝找到林建东，一看他为人老实憨厚，是不可多得的合作伙伴。交谈中，她知道林建东一直忘不了只见过两次面的姜彩云，至今没婚配。她之所以把林建东拉进来，其实还有女人的私心，不忍心看着姜彩云被男人抛弃后，活得那么痛苦。既然郎有情妾有意，为什么不能让有情人终成眷属呢？

吃完饭，张家盛回来了，说大伯要在县城住两天，和高议长一起去潍县一趟，不知道两人去干啥……

昨天晚上，高静姝和黄小翠聊到半夜。黄小翠属于那种天真单纯、长不大的类型，根本不知道啥是爱情。

那年，她爹死了，高立亭就上门定了亲。这么多年来，她只在照片里见过高静之，从来没见过面。那次，高静之回家，高立亭根本不让他进门。她追出去的时候，高静之已经走了。

高静姝调笑她："你知道被男人搂住是啥感觉吗？"

黄小翠不答话，满脸通红，把头钻进了被窝里……

初夏的清晨，鸟儿叽叽喳喳的，令人陶醉。高静姝是被院子里的跑步声吵醒的。

她穿上衣服，走到院子里，还没来得及和正在晨练的鲁明打招呼，大门就被擂得"砰砰"响。

张家盛跑过去开了门，林建东满头大汗撞进来，说："高老板，宋三不见了，全家人都不见了。"

高静姝问："怎么回事？"

林建东说："昨儿晚上回去，俺找到他，说了打不出卤水的事。他答应今天去看看，可今儿一早张老财让人去叫他，才知道他早就带着孩子跑了。"

高静姝怔住了，难道就如公爹怀疑的那样，宋三是赵家兄弟坑害他家的一粒棋子？不对啊，宋三那眼神看着不像个骗子呀，肯定有别的原因。

林建东问："现在怎么办？"

高静姝拍了拍衣服上的褶皱，笑着说："没有宋屠夫，咱还能吃带毛猪。继续打井，另外派人去找宋三！"

林建东问："如果继续打井，都打不出卤水呢？"

高静姝说："那咱就养羊啊。打井的坑，刚好围成羊圈。"

又连续打了三天，还是没有打出卤水，宋三也没找到。下营街上很快便传开了：张家二儿媳花钱买了荒滩地，改养羊了。

这三天，高静姝看到黄小翠与鲁明开始说话了，问一些香港那边的事。两人不再有陌生感，只是保留了男女之间应有的拘谨。

她更没想到的是，公爹还没回来，赵金龙却上门了，还带着礼品，说是祝贺张家昌即将升任第七行政督察区专员。届时，刘县长和众乡绅都要上门祝贺。

高静姝笑得很灿烂，说："赵会长的消息真灵通啊。俺正要出门呢，没法陪赵会长唠嗑了。"

赵金龙说："听说你买了荒滩养羊？张家几代人都卖盐，咋改养羊了呢？要不俺吃点亏，五百块大洋一亩，把盐田还给你家？"

高静姝笑笑："多谢赵会长美意，等俺哥上任后，再说吧！"

赵金龙脸色一漾，悻悻地离去……

第二十五章

　　旁观的时候，每个人都是智者。吃过早饭，高静姝叫上鲁明和黄小翠："走，陪俺看打井去。"

　　三个人驾着马车，出了下营，一路往北，到了荒滩，见那里已经打出二十多口井，但打出来的井水全都是那种潺水。

　　高静姝看了一会儿，领着鲁明和黄小翠去柽柳丛中捡海鸭蛋。鲁明捡到了两个，开心地说："我在香港海边也捡过这样的蛋，但不是海鸭，而是海鹅。"

　　望着大片盐碱地里的黄须菜和半人多高的蒿草，高静姝心中产生一个念头：要是真打不出卤水，就养羊了！

　　这时，远处踉跄着走来一个人，待人走近了，才发现那人正是失踪了好几天的宋三。宋三走上前，跪在她面前，流着泪说："少奶奶，俺对不住您。"

　　高静姝苦笑了一下，说："你没有必要躲着俺，俺刚才也想过了，打不出卤水，就围上羊圈养羊呢。"

　　宋三抹了一把眼泪，说："俺带着娃出去躲了两三天，也寻思着自己不是人。张家待俺不薄，俺不能坑了你们。不是的，其实是俺藏了私心，没有把打井的方法告诉少奶奶。就在这一片，平地往下都是潺水，用砖砌好边缘，抽出潺水继续往下挖，打到黏土层，再挖下去两三米，就能找到卤水了。"

　　高静姝立即吩咐林建东拉来一些砖石，按照宋三的办法，把原来的井口垒起来，一边抽水，一边继续挖，挖到七八米深的时候，地下发出"咕噜"一声响，一股蓝汪汪的水流涌了上来。一个盐工撒上豆子，果然豆子浮在水上不动了。林建东用手捧着舔了舔，开心地喊起来："是卤水，上好的卤水，齁死人了。"

那时，测试卤水的浓度是用煮熟的大豆撒在卤水上，如豆沉下，则水中无卤；如豆浮于中，则卤只半数；如豆浮于上，则证明卤已达标。

湛清的卤水很快与井口齐平，还不断往上涌。盐工们情不自禁地搂在一起，欢呼起来："张家有救了，咱们有活路了！"

高静姝望着大伙开心的样子，转过身，朝着远处的盐祖庙缓缓跪下，重重地磕了三个头。她起身的时候，已是泪流满面。她拉着黄小翠的手，哽咽着说："嫂子，咱的好日子来了！"接着，她又对林建东说："你今天就去买些竹竿，把咱的盐滩全围起来。"

接下来，总共打出了八口盐卤井。盐工们可以直接在井边垒田，把卤水引进去，五六天就出盐，而且质量上乘，不需要那么多道提纯的工序。八口盐卤井的制盐量相当于四五百亩盐田，而且成本最起码下降一角钱。

荒滩上打出盐卤井的消息很快传开了。赵金龙呆住了，亲自带着人去荒滩上看过，证实不假。

近百年来，昌邑北边盐碱荒滩里从来没人打出过卤水。央子那边虽然打出了盐卤，但杂质较多。

赵金龙回去的第一件事，就是找刘文章，买下了与张家相邻的盐碱荒滩，安排人打井。他们按照张家的打井方式，打了八九米深，出来的都是黑乎乎的泥水。折腾了一个多月，搭进去一万多大洋，最后还是放弃了。

转眼十几天过去了，张德邦回到下营，得知北边打出了盐卤井，也见到了住在家里的鲁明。他把高静姝叫进屋，沉声问："俺把家交给你了，往后就是你当家，柜上的事情你做主，为啥没去找马掌柜对账呢？"

换了掌舵人，最重要的自然就是来往的账目。张德邦回来后，见了马逢春，得知高静姝并没有去柜上查账。

高静姝说："爹，您告诉过俺，马掌柜想回德州，年底各处分号会账后，他肯定会对俺有个交代的。他是柜上的老人了，几十年勤勤恳恳，有啥信不过的？"

一番话说得张德邦频频点头，喃喃地说："如今北边出盐了，老祖宗救了咱家，你打算怎么干？"

高静姝说："俺要把盐工拧成一股绳，实施股份制。爹以前答应过盐工们的事，一定要兑现！"

张德邦说："俺后来把你叔扣下的那些钱，都还上了啊。"

高静姝低声说："爹，家顺在北边闹革命呢，不能没有贴心人啊。"

张德邦心头一热，哑声说："闺女，还是你眼光长远。爹也看出来了，你想撮合你嫂子和林建东，告诉你嫂子，爹没意见。至于那个王八蛋，甭管他，一切爹做主，俺就当是嫁闺女了。"

高静姝眼中噙满了泪："爹，俺替嫂子谢谢您的深明大义。"她擦了擦眼泪，接着说："俺哥当上督察专员的事，您听说了吧？"

张德邦点点头："甭管啥专员，张家从此不许他进门。还有你哥，听说是山东省民政厅副厅长了。你叔把军队拉到德州去了，好像要打仗。俺和你爹去了那边一趟，给家顺他姥姥和姥爷上了坟。这么多年了，都没人……"说着，他声音哽咽，说不下去了。

高静姝说："等马掌柜回去，俺每年都过去一趟。您放心吧。"

张德邦擦了擦眼睛，说："娃儿月份一天天大了，你不能总这么跑，有事吩咐家盛就行。他勤快，办事也利索，有啥需要俺做的，说一声就行。"

高静姝微笑着说："俺正要说呢，明天爹去灶家，和咱家以前的那些盐工见个面，有愿意入股的，十块大洋一股；愿意像以前那样帮工的，签订雇佣合约，每个月工钱不少一分。另外，商会那边有愿意出资的老板，也可以入股，一百块大洋一股，只分红，不参与管理和经营。这样，咱张家拥有绝对的控制权。要是姓赵的想入股，爹答应才行。还有一件事，俺想和您商量，俺叔离家那么多年了，虽然做过错事，他心里也知道错了，就让他回来吧！"

张德邦的目光迷离起来："俺倒是希望他回来，人一旦走错了道，就回不来了。你先把张家的买卖经营好，等他老了，自然就回来了。"

高静姝又问："爹，俺让您买的红绸子呢？"

"买了，买了。"说着，张德邦从炕边拿出红绸子，交给高静姝。

没几天，北海滩上建起一栋栋房子，周边全围上了竹竿栅栏，竹竿上挂了一圈红绸子。每天，卤水哗哗地往外冒。

高静姝让马掌柜带着张家盛到外面转转，先后去了武汉、南昌等地，增加了六个分号。

按照高静姝的吩咐，马掌柜回来的时候带回了几大车南方的鲜竹。

黄海远亲自督战，指导着工人按程序烤制竹盐。三次烤制的为食用竹盐，九次烤制的为药用竹盐，卖给贵族、官员用于保健。竹盐具有抗菌、消炎、止吐、清火、凉血、解毒、止痒等作用，价格自然是原盐的几倍甚至更高……

产品源源不断地出来了，岞山火车站每天都有和盛商号的竹盐包往外运。尽管黄海远说无偿捐赠方子，但高静姝还是按产量付给他红利。

一九三七年七月，张家昌就任第七行政督察区专员。张家的门槛再一次被人踏破，马车从胡同里一直排到街上。莱阳、莱州、平度等地的官员和士绅纷纷上门祝贺，大箱小箱的礼品堆满了大半间屋子。光是百年辽东参就有好几根，也有直接送金条和大洋的。那些人送了钱后，往往会恭恭敬敬地递上一封信："希望老太爷转呈张专员。"

六十岁不到的张德邦莫名其妙地成了老太爷。他每天要做的就是面对各种阿谀奉承，挤着笑脸，拱着手，一个劲地点头。

张德邦告诉高静姝："这人哪，就是属狗的。你落魄了，他咬你；你得势了，他摇着尾巴亲近你。这就是人性啊！"

接连几天，张家大院宾客盈门，有人直接从望海酒楼点好酒菜，派人送上门。

这天，刘文章、赵金龙也来了，送了一个四斤多重的纯金大寿星。

张德邦穿着一身新衣服，把刘文章和赵金龙从大门口迎到堂屋。他故意走得很慢，一步一瘸的，偶尔还干咳几声，用手捂着当年断了肋骨的地方，一副大病初愈的样子。

刘文章和赵金龙跟在他身后，不敢走快了。进了堂屋，双方坐下，张德邦用从盐碱地采来的柽柳叶子泡了"茶"。

张德邦咳嗽几声，一口浓痰吐到赵金龙面前，急忙说："不好意思，俺被打伤后，眼睛就不好使了。"

赵金龙嘿嘿笑着，说："以前的事咱一笔勾销。俺觉得这会长还是您当合适。小弟是外地人，难以服众啊！"

张德邦干笑了两声："你赵家兄弟手里有枪，谁敢不服啊？"

"这是那几百亩盐田的地契，您收好喽！"说着，赵金龙将当年张德兴输掉的盐场地契放在桌上。

刘文章也赔着笑脸。

张德邦说："俺张家现在是二儿媳当家，那八口盐井出的盐，商号还卖不过来呢，还要啥盐田？赵会长，您说是吧？"

赵金龙望了一眼刘文章，刘文章冷笑道："鄙人早就得知，张德兴当了土匪，你二儿子和你舅子都是共产党。若是传出去，只怕对张专员的名声不利啊。"

刘文章想以此敲打一下张德邦，然而张德邦偏不信邪，说："当年俺协助军队剿灭了孙黑炮，还拿着人头到潍县请赏。俺和二儿子早就断绝了父子关系，有报纸为证。至于俺弟弟和舅子，俺更管不着。刘县长要是抓住他们，尽管枪毙好了，俺绝对不拦着！"

刘文章笑笑："中国有句老话，得饶人处且饶人啊。"

张德邦斜视着刘文章，脸上荡漾着微笑："刘县长，您这话说得中听！人在做，天在看，对那些恶人，老天是不会饶恕的。俺这些买卖人就知道诚信为本，心存善念。去年潍河发大水，淹了十七个村，刘县长确实没少出力啊。"

刘文章接过话，说："鄙人是一县之长，为百姓效力也是本分啊！"

张德邦笑了笑："这些年，您没少做好事，全县百姓都看着呢。俺寻思着今年该修一修潍河堤坝了，可商号这几年经营不善，赵会长是知道的，举步维艰哪。上次俺和高议长商议了，今年各家商号都凑点钱，由议事会派人主持修堤，最终还不是您刘县长的政绩吗？赵会长，您打算出多少啊？"

赵金龙赔着笑，伸出一个手指头，接着又伸出一个，顿了一会，说："两千大洋吧。"

正巧高静姝从外面进来，朝刘文章和赵金龙施了礼，说："刚才赵会长说要送礼两千大洋？咱家不能再要了，那尊纯金寿星就足够长眼的了。"

其实，她刚才在门口已经听到了里面的谈话。

张德邦说："不是。前阵子俺和你爹商量维修潍河大堤，赵会长说要捐两千块大洋。"

高静姝微笑着说："这是行善积德的好事啊。咱家借花献佛，把赵会长送的那尊金寿星也捐了吧。赵会长，您财大气粗，除了盐号，还有烟馆和赌场，曾经一晚上赢俺叔几百亩盐田呢，最少也要捐十万大洋吧。俺这里替潍河两岸的乡亲们谢谢您了！"

不等赵金龙说话，她转身走到门口，对着外面一群士绅大声说："今年潍河修大堤，赵会长捐款十万大洋！"

接着，在她的招呼下，乡绅们走进外堂向赵金龙拱手称赞。

赵金龙的脸顿时成了猪肝色，咬咬牙，说："十万大洋，俺还出得起！"

张德邦低声说："赵会长，你那两家烟馆每个月赚的都不止这个数。你那二房也快生了，做做善事吧，也算为子孙积点德。"说完，他起身朝着乡绅们拱拱手，指着刘文章介绍说："赵会长出资十万大洋的事，刘县长可以做证！"

刘文章起身道："赵会长出资的十万大洋一定会如数交付！"说完，两人灰溜溜地离开了。

张德邦走到高静姝身边，低声说："俺这就去找你爹，这事宜早不宜迟啊。"

张德邦去了一趟县城，与高立亭商议了修堤的事。第二天，高立亭召集县议事会开了会，倡议各家商号捐款修堤。高静姝带头捐出两万大洋。张德邦也把这些天别人送的黄金和几千块大洋捐了出来，包括赵金龙送的那尊金寿星。赵金龙扭扭捏捏地拿出五万大洋，说买卖不景气，剩下的五万大洋缓些日子再说。

这一次共收到捐款四十多万大洋。高立亭指派几个德高望重的老板，监督每一笔善款的用途。

高立亭和张德邦联合写信，请张家昌回来主持开工仪式。张家昌推说公务太忙，只派了一个姓李的秘书前来代表。

尽管张家昌没到场，潍河大堤修建的开工仪式还是隆重举行。人们自发地来到大堤上，放鞭炮，扭秧歌，踩高跷……欢声笑语淹没了潍水奔流的涛声。

听说潍河大堤上很是热闹，高静姝想拉着黄小翠去凑热闹，可两人还没出门，就被杨小玉拦住了。

杨小玉指着高静姝的肚子，说："都快当娘的人了，还像小姑娘那样疯疯癫癫的。去潍河边一路颠簸，你挺着个大肚子，要有个闪失咋办？还是老老实实地在家养着吧。"

高静姝笑着说："婶子，俺小时候和家顺他们爬墙跳屋，长大后骑马打枪，一样也没落下，身体好着呢。"

杨小玉严肃地说："那也不行，你要是觉得闷，就陪着你嫂子和小翠说说话。俺当年显怀的时候，连大门都不敢出。"

正说着，鲁明从外面进来，听到杨小玉说的话，笑着说："婶子，香港那边的女人挺着大肚子照样坐着马车出去玩。听家秀说，咱这里的女人生完孩子，还要坐月子，不能吃生冷食物。在我们那边，女人生完孩子就喝冰镇牛奶，一点事没有。"

他说到家秀时，情不自禁地看了一眼黄小翠。黄小翠只顾抿着嘴笑。

杨小玉说："听俺爹说，香港那边洋人多，洋兵连牛心肝都敢生吃。"

鲁明说："我们那边很多食物都是吃生的，非常有营养。"

黄小翠嗫嚅着说："啥？吃生的？俺不敢吃可怎么办？"

高静姝忍不住笑了，轻轻拍了小翠一下："嫂子，入乡随俗呢。你看看人家鲁明，不是已经习惯咱这里的生活了，还喜欢上了吃肉火烧，就着咸菜喝黏粥，呼哧呼哧的，听那声音活脱脱就是一个庄稼汉呢。"

鲁明对小翠说："不说我倒忘了，今天我要押送五万斤竹盐去火车站，马掌柜说是发到京城的，你给俺准备点火烧，路上吃吧。"

黄小翠欢快地跑去厨房，端了一大箩火烧出来，又去屋里找了包袱包好递给鲁明，低声说："路上小心，到处都是土匪呢。"

鲁明拍拍腰里的左轮手枪，说："放心吧，我有枪！"

高静姝望着鲁明和黄小翠两人，一阵欣慰，没想到两人看对眼了。前阵子，高立亭捎话过来："小翠就是高家的女儿，如果鲁明愿意，年底高家就嫁女。小翠的母亲由高家出钱养着。"

高静姝写信告诉了哥哥。高静之很快回了信，祝黄小翠和鲁明幸福，还让鲁明带着黄小翠去香港。信中，他还提了一句："日本人可能会继续进攻，占领更多的地方。"

日本人已经占领东三省，抗联队伍还在拼命呢。陈清水过去好几年了，至今没有消息。

九一八事变爆发后，高静姝看过一篇文章，文章里把日本比作鳄鱼，把中国比作雄狮，鳄鱼想吃雄狮，是不可能的。虽然能够在雄狮沉睡的时候，投机取巧赚一点便宜，但是一旦雄狮醒来，就会对鳄鱼发起毁灭之战。

甭管鳄鱼还是雄狮，老百姓只想过安稳日子，不愿打仗。打仗是要死人的，谁也不愿意自家的男人死在战场上……

她最担心的还是姜彩云和林建东的事。虽说姜彩云有了娃，但林建东不介意。可这是张家的大事，甭管咋说，休妻是休妻，面子是面子。如果张家昌还在南京，这事肯定就过去了。可如今他就在山东，还是大权在握的专员，如果这事处理不好，会害了姜彩云和林建东二人的。

花繁柳密处，拨得开，才是手段；风狂雨急时，立得定，方见脚跟。她想等着张家昌回来，让公爹把这事挑明，看看张家昌本人的意思……

第二十六章

水本无姿，借助山势，就能跌宕成飞珠溅玉的瀑布。巧借外力，助己发展，是高静姝做事的原则。她每天都忙着生意上的事，多亏有马逢春父子帮衬着。马逢春负责商号所有的进出账，盐包的运输都交给马成林。

八口盐井每天出盐上千斤，占了整个下营盐产量的一半。加上竹盐加工，使盐有了更多的附加值。盐场这边收了盐工六百多块大洋的股份，商会的八个老板投了近两万块大洋。

前两天，她在海滩上召开股东大会，宣布分股方案：张家占股百分之五十五，林建东占股百分之十，宋三占股百分之二十，商号老板占股百分之七，盐工占股百分之八。

有不同意分股方案的，可以退出股金。她还告诉大家，和盛商号计划在湖北、河北、安徽增加十家分号；明年她会从上海请会计师过来，力争上市交易，发行和盛商号股票。

参会的盐商同行及盐工对高静姝无不佩服，都说张家二儿媳是个能人。

鲁明离开没多久，张德邦从潍河大堤工地回来了，看样子累得不轻。

高静姝急忙上前搀扶着进屋，姜彩云奉上茶之后，又去厨房用人参炖鸡汤。

高静姝低声说："爹，俺知道您很累，可俺有事找您商量呢。盐场那边，林大哥一个人管不过来，俺寻思还是派人把俺叔找回来。传闻他当了土匪，反正也没有人证，只要俺叔咬死不承认，就说这些年在湖北做买卖，谁也没辙！"

张德邦说："既然是你当家，啥事都不需要问俺，你看着办就成。"

"还有俺嫂子和林大哥的事，要是俺哥回来，怎么说？"

"这事你甭管，俺来说。俺和你爹商量好了，过完年正月初六就是好日子，俺两家同一天嫁女。鲁明和小翠暂时住在你宅子里，啥时候走，随他们便。你林大哥那边，下半年让他把屋子拾掇拾掇。另外，你告诉他，俺想收他为义子，问他愿不愿意。"

"爹，俺知道了，您歇息吧。"

高静姝独自驾车来到大街上，见商号门口停了不少马车，几个伙计在招呼着。她没进去，径直去了齐记杂货铺。

齐正阳一见她来了，急忙起身迎进屋，泡上茶。

高静姝低声说："齐掌柜，俺男人去哪儿了？"

"在南边呢，放心吧，安全着呢。"

"保安队已经撤了，你们怎么还不动手呢？"

"组织上有统一的行动计划，具体情况俺也不清楚。"

"有一件事俺想求您帮忙，俺叔不是在外面流浪吗？能不能麻烦您派人找到他，请他回来。俺婶子想他了，盐场那边也急需一个管事的人。"

齐正阳笑笑："这事不好办，俺也找不到他。不过，俺这里有一个合适的人，不知道你愿不愿意要。"

高静姝脸上放光："齐掌柜推荐的人，俺怎么会不要呢！"

这时门帘掀开，一个四十多岁的男人走了出来，他脸上有一道疤，从嘴角一直延伸到耳边，连带着嘴也歪到了一侧。

高静姝仔细看了看，怔了一下，激动起来："舅，您啥时候回来的？"

这男人正是去了东北的陈清水，陈清水低声说："刚回来没多久。"

高静姝惊异地问："您的脸？"

陈清水淡定地说："被鬼子用刺刀挑的。"

"舅，您去见俺清丽姨了吗？"

"还没来得及呢。"

齐正阳接过话说："他以后就不是你舅了，也不是陈清水，是林掌柜了。林掌柜原来是和盛商号关外郝掌柜手下的伙计，跟着郝掌柜去了山西。如今商号要用人，就把人给调过来了。有人问起他脸上的刀疤，就说是运盐途中被土匪砍的……"

高静姝擦擦眼泪，连连说："俺明白，俺明白！"

这时，里面又走出一个人，是张云波，他笑着说："高老板，本来俺想让他去学校当护工的，既然商铺缺人，就先让林掌柜去你那边吧。"

高静姝望着三个人，一下子明白了，兴奋地说："你们都在一起，俺就放心了。舅，哦，不，林掌柜，明天俺和您去盐场。往后那边多养几条狗，有陌生人来，狗会叫！"

齐正阳笑了："都说张家二媳妇是个能人，果然想得周到。林掌柜在这边活动过，见过他的人不少，多留点心没坏处。俺这边安排好，明天让马掌柜把人带去你家，一切就水到渠成了。"

高静姝出门的时候，齐正阳往车上装了一坛子酱油、一坛子醋，还有一些日常用品。

高静姝回到家，张德邦刚喝完鸡汤。等姜彩云端着碗碟出去后，高静姝说："爹，俺给盐场那边请了个人，是俺舅。他从东北回来了，现在改叫林掌柜了，原来是和盛商号关外郝掌柜手下的伙计，跟着郝掌柜去了山西，是俺叫过来的。您记住以后就这样说，守着外人就装作不认识。还有家顺在昌邑南边，安全着呢。"

张德邦一下子坐直身子，问："你舅在哪儿？俺想见见他。"

高静姝说："明天就来了。俺送他去盐场，以后就住在那边。他和张云波、齐老板都是一起的。您心里明白就行了！"

张德邦连连点头，连说了几个"好"，接着低声说："上次俺和你爹去找你叔，要了五十支枪和一万发子弹，还有五百颗手榴弹，就是想送给他们的。枪已经到了昌邑，就藏在你家绸缎庄仓库里。告诉你舅，可以随时去取！"

高静姝点了点头。

晚上，张德邦怎么也睡不着，拿起妻子的照片看了又看，想着大儿媳和林建东的事，又想着家顺的安危……天亮的时候，他迷迷糊糊做了个梦，梦见家顺被绑着，浑身是血，顿时惊醒了。一看墙上的老挂钟，已近七点了。

这时，院里的狗狂叫，胡同里传来马车声，旋即他听到马逢春喊："东家，山西过来的林掌柜来了。"

张德邦赶快穿上衣服，出了门，见张家盛已把大门打开。马逢春领着一个男人进来。一见面，他眼里顿时湿润了，想起儿媳交代的话，便强行把泪水忍住了。

高静姝从屋里出来，大声说："林掌柜，一路辛苦了。俺这边实在是没人了，才向郝掌柜要人的。"

陈清水走上前，躬身施礼说："见过老东家，见过少奶奶。"

高静姝笑着说："往后甭这么客气，叫俺静姝就行了。马叔，您先回柜上，俺和林掌柜去盐场看看。"

张德邦看着陈清水出了门，慢腾腾地回到屋里，望着妻子的遗照，眼里噙满了泪，默默地在心里说：他娘，咱弟又回来了，你就放心吧！

高静姝和陈清水驾着马车出了下营。路上，高静姝把公爹交代给她的事都说了。陈清水低声说："寿光那边在筹划暴动，正缺枪呢，先设法把这批枪送过去，咱这边再另想法子。"

荒滩上，盖起了一长溜草棚，草棚里支着一口口大锅。距离几个井口不远处，有一排夯土建成的新屋，是盐场管事的人居住的地方。新屋的后面是草棚搭成的临时盐库，能囤几万斤盐。

盐工们用水车从井里把卤水抽到下面垫着油布的盐田里，太阳晒几天就出盐。这些盐本来杂质就少，免了三四道提纯工序，用大锅熬煮两遍就能制出精盐。大块精盐再用磨盘碾碎，过一下筛子，就可以装袋，直接往外运。用这样的海盐加工出来的竹盐，自然是盐中上品，供不应求，只是南方的竹子运输不便，产量受限。

盛夏，阳光如织，盐田里发出耀眼的光芒。每块盐田约几十丈长、两丈宽。盐工们不用再像以前那样，站在盐田里扒盐，而只需站在左右两边用大耙子扒一扒，白花花的盐就堆成了堆，再用铲子铲到辘轳车斗里，送到熬盐的草棚就行了。

卤水质量好，结晶快，连水车边缘都挂着白花花的盐粒子。每天从水车上刮下来的盐就有几十斤。

高静姝把陈清水介绍给林建东和宋三。一个盐工说："林掌柜长得有点像一个人。"

陈清水笑呵呵地说："今天见到老东家，也说俺长得像他舅子。俺祖上是河北保定的，早年跟着俺爹闯了关东，十几岁开始就跟着郝掌柜，后来去了山西，总号这边缺人才把俺给调过来。请大伙以后多多关照！"

高静姝安顿好陈清水，接下来要做的就是实现她对公爹的承诺，拿回张家失去的东西，包括公爹盐业商会会长一职。

第二天，她起了个大早，见张德邦在院子里溜达，上前说："爹，今儿俺陪您去商会走一趟吧。"

桃树上的桃子已经泛红，张德邦望了一眼，慢悠悠地说："闺女，爹年纪大了，不在乎那些虚名了。"

高静姝说："爹，现在的赵金龙不但是商会会长，还是镇长呢。赵家兄弟在下营横行了这么些年，您忍得了，下营的父老乡亲可忍不了啊。"

张德邦眉头一展，说："那咱爷俩就走一遭？"

这天是下营大集，天刚亮，附近村子的农户纷纷挑着担子，把自家菜园里的蔬菜挑到集上换钱，眼巴巴地等着有人来买。

日头半尺高的时候，蒸包子的、炸油条的、卖糖人的、摆古玩摊的……挤满了下营街道的两边，熙熙攘攘，热闹非凡。平日里小集上见不到的东西，大集上都能见到。大姑娘领着弟弟妹妹，小媳妇带着娃儿在集上悠闲地逛着。

突然，人群中出现一阵骚动，自动闪开一条道。张德邦穿着一身新衣坐在轮椅上，高静姝推着他，慢悠悠地往前走。

有认识的人，看见高静姝挺着大肚子，就主动过来帮忙推车，被高静姝谢绝了。

张德邦脸上荡漾着微笑，频频朝两边的人拱手。两人一路走过去，有人在背后议论着："前阵子在潍河大堤，张老爷子站得倍儿直，怎么这两天又不行了呢？"

高静姝推着车子，并不显得吃力，一边走，一边朝两边看热闹。经过齐记杂货铺时，她看见两个年轻人从里面出来，挑着担子朝另一边去了。

两人来到商会门口，两个伙计在台阶上放了两块木板，帮着一起推了进去。

赵金龙和几个老板正在喝茶，一看张德邦来了，急忙起身，满脸堆笑地迎上前："张会长，您怎么来了？您吩咐一声，俺亲自驾车接您多好啊。"

张德邦拱拱手，说："赵会长，俺哪有这福气啊。这不，家里客人太多，茶叶不够用了，出来转转。"

赵金龙眼珠子一转，笑着说："小事一桩，上等的庐山云雾，俺一会儿给您送去。"

高静姝说："赵会长，俺爹还找你要账呢。"

赵金龙怔了片刻："要账？啥账？"

高静姝说："潍河那边工地上每天都忙着，民工们要吃饭啊。你答应捐十万大洋，可只拿了五万，还欠着五万呢。"

赵金龙说："这些天俺正在凑钱呢，过两天一定如数交付。俺答应了的事情，一定办到！"

高静姝说："还有你北边的盐场，不但克扣盐工工钱，还放印子钱。这笔账怎么算？"

赵金龙晃着头："少奶奶，那事就不劳你操心了吧。该给多少，俺一分钱也不会少。至于印子钱，照正常的利息算就行。这该满意了吧？"最后一句话透出赵金龙的无奈和怨恨。

高静姝问："还有呢？"

就在他们说话的时候，商会的老板们陆陆续续进来了。原来，他们听说张家少奶奶推着张德邦去了会馆，就赶了过来。

赵金龙环顾了一下，大声说："俺正在商量着呢，还是让张会长回来主持商会吧。"

张德邦咳嗽两声，一口痰吐到赵金龙脚边，沉声说："俺年纪大了，身子不好，就别折腾俺了。再说，会长是大伙选出来的。"

赵金龙干笑几声，说："您不愿意，不是还有少奶奶吗？要不，咱这些大老爷们往后都听高会长的？"

张德邦接着说："择日不如撞日，那今天就选一选？"

一个老板提出异议，说："让一个女人当会长，传出去岂不让人笑话。"

也有老板认可高静姝，反驳说："别看张家少奶奶是女人，可比咱这些大老爷们强多了。"

接着，张德邦又发了话："俺张家就是她当家，往后大伙有啥事找她就中！"

三十四个老板参加了这次无记名投票，最后结果是，高静姝二十一票，赵金龙十三票。

票数一出，赵金龙脸色铁青，却不得不面对现实，他堆着笑脸向高静姝拱手祝贺："高会长，往后咱商会的事，还请多多费心！"

高静姝也朝赵金龙拱手说："鄙人只是一平凡女子，能得到诸位前辈的赏识，非常感谢。俺向大家保证，一定尽心尽力为商会效力，还请诸位多多支持啊！"

她这一套说辞像极了县长刘文章，几个老板捂着嘴笑出了声。赵金龙脸色很难看，仍挤着笑容，恨不得赶快离开这个是非之地。

高静姝接着说："明天望海酒楼，俺请客，请诸位赏光！"说完，推着张德邦离开了商会。

路上，张德邦笑着说："闺女，今儿是俺这几年来最开心的一天！"

高静姝说："爹，明天您还要喝两杯，帮忙镇镇场子。"

张德邦让高静姝停下，起身说："闺女，把轮椅留下，你先回去，俺再逛逛。今儿中午咱家吃大餐，等会儿让望海酒楼的伙计送过去。"

高静姝在集上逛了一会儿，买了一些布料，打算回去请婶子帮忙做娃儿的新衣。其实，她娘早就缝制了几套，还有虎头帽、寿字鞋，帽子上用金丝线镶了珍珠。老人说，珍珠能镇魂，鞋底的夹层里还铺了朱砂，是去煞的。

她从小就不喜欢女红。娘教她绣花、纳鞋底，她刚学了几天，就被针扎了手，从此就不愿学了。娘说，虽然集上都有卖的，可哪有自己缝制的好啊。

人群中，有几个孩子在追逐嬉戏。小时候，哥哥也领着她去赶集，两人也喜欢在集上打闹。

高静姝正看着，一个孩子迎面向她跑来，一头撞在她身上。她连忙用手护住了肚子，可仍感觉到一阵疼痛，忍不住呻吟了一声，站在那里不敢动弹了。

一个妇人急忙过来扶住她，问："少奶奶，您没事吧？"

　　她站着歇了一会儿，感觉疼痛渐渐轻了，就慢慢地向前走着。此刻，她多么希望张家顺在身边，扶着她一起回家啊！

　　那妇女不放心，一直搀扶着。经过齐记杂货铺时，一个蓬头垢面的男人，脸上满是疤痕，正目不转睛地望着她。

　　她知道，能够出入齐记杂货铺的人，都是和张家顺一样的人。于是，她朝那男人微微一笑，忍痛点点头，继续往前走。

　　人的痛苦，本质上就是对自己无能的愤怒。那男人望着她的背影，用袖子抹了一下眼泪，便急匆匆地离开了……

第二十七章

世上根本就没有什么感同身受，针不刺在自己身上，就不知道有多疼。到了家门口，高静姝谢过扶她回来的那位妇女，咬着牙进了家门。

黄小翠望着她，问："咋了？"

她勉强笑笑："可能是走路走多了，歇一会儿就好了。"

回屋躺下，她感觉下身湿湿的，她擦了一下，看到一丝血迹。她急忙叫黄小翠从床头柜里找到一个小玻璃瓶，倒出一颗暗红色的药丸，用温水化开喝了。那是黄家的安胎药，是黄海远上次带过来的。

躺了一会儿，听到外面有人招呼，她知道是望海酒楼的伙计送菜来了。鲁明去了盐场帮忙，张家盛去了铺面，张家明与张家齐在城里读书，家里除了张德邦，就剩女人了。

她吃力地说："嫂子，你让厨子把菜放在外堂八仙桌上，叫他们都来吃饭吧。爹一会儿就回来了。"

黄小翠出去后，高静姝感觉肚子的胎儿一阵翻动。她抚摸着肚子，低声说："娃啊，给娘争口气，好不好？"肚子又动了一阵，才渐渐平复下来。

杨小玉从外面急匆匆进来，拿着一封信，问："静姝，你没事吧？听小翠一说，可吓死俺了，要不要请大夫过来看看？"

高静姝笑着说："婶子，可能是走得太急了，就见了一点红。俺刚吃了黄家的药，已经没事了。"

杨小玉说："没事就好，没事就好。往后你可不能乱动了，盐场和柜上都有人，你不能太累了。等会儿俺去给老祖宗烧烧香，保佑咱娃儿平平安安的。哦，上午有人从墙外扔进一封信，还有几十块大洋。俺也不识字，你看看。”

高静姝展开信，是用毛笔写的，字体浑厚，颇有功底。

吾妻：

俺很好，听闻哥想让俺回家，很是欣慰。俺当年一念之差铸成大错，愧对哥，愧对列祖列宗，也无颜面对家人。俺会尽力查出当年杀害张家伙计的土匪。今送上五十块大洋，给家盛娶一房媳妇。哥是深明大义之人，不会亏待他的……

高静姝读到这里，杨小玉抽噎起来，泪水早已湿了半片帕子。她抢过信来，喃喃地说：“都到家门口了，怎么不进来呢？他这是要在外面流浪到几时啊？”

杨小玉出门后，就往祠堂去了。

这时，张德邦回来了。高静姝听到公爹快步走过来，到门口又停住了，他担心地问：“闺女，没事吧？”

按照昌邑的风俗，儿媳可以进公爹屋里，但公爹不能随便进儿媳房间，有事就在门口说。

高静姝说：“爹，没事了，刚喝过药了。俺先歇歇，你们先吃吧，待会儿让俺嫂子端点菜来就行。”

张德邦说：“那就分两桌呗，让你嫂子和婶子陪着你在屋里吃，俺和马掌柜他们在外面吃。”

于是，杨小玉、姜彩云、黄小翠三人陪着高静姝在屋里吃，张恒睿被爷爷叫去在大桌吃。

姜彩云一边吃菜，一边低声安慰着高静姝。

高静姝吃完饭，又躺了一会儿，感觉没什么事了，就让黄小翠陪着来到院里溜达。

张德邦正在给张恒睿摘桃子吃，一见儿媳出来，张德邦急忙说：“你怎么不歇着，出来干吗？”

高静姝笑着说：“爹，俺好了，黄家的药就是神！”

张德邦说："俺这条老命亏得黄神医，要不然早没了。为了救俺，人家搭上两条命，是俺欠人家的，这辈子都没法还哪。俺已经吩咐你姐，把洋人的医术都教给黄家那孩子，好歹能还一点人情。唉，救命之恩大于天啊！"

傍晚时分，夕阳映红了半边天。一家人围坐在一起吃晚饭。席间，杨小玉和姜彩云有些闷闷不乐，倒是张恒睿坐得板板正正的，举手投足有一股大老板的派头。他虽然刚上小学没多久，但字已经写得有模有样了。

张恒睿敬了爷爷一杯酒，说："爷爷，等俺长大了，要当一个比爹还要大的官，专门整他，谁让他不回来看俺哩。"

那奶声奶气的童声逗得张德邦笑了："对，就整他，必须整他。"说着，看了一眼姜彩云，接着对孙子说："你觉得林叔叔怎么样？"

张恒睿说："林叔叔对俺很好。那一次，俺和娘去盐场玩，他还帮俺捡海鸭蛋呢。他和娘说悄悄话，俺当时还想，要是他是俺爹就好了。"

姜彩云羞红了脸，凶了儿子一句："小孩子别瞎说！"

张德邦说："都是自家人，没事。甭管那个畜生，俺张家嫁女由不得他！"

吃完晚饭，高静姝就商会的新会规和买卖上的事和公爹聊了一阵。根据商会规矩，会长有权重新制定会规，只要半数以上会员同意就行。当初，赵金龙当会长的时候，有一阵子，胶东的盐价上涨，赵金龙制定了不准卖盐给和盛商号的会规，逼着大伙通过。后来，马掌柜只得去央子求蔡老板帮忙，才渡过难关。胶东盐价下跌后，和盛商号仍像以前那样从胶东调盐。那时，赵金龙盐库里的盐堆积成山，掌柜的曾偷偷找到马掌柜，在价格上愿意比胶东那边低二分钱，只求能够出盐。另外几家盐号也偷偷卖给和盛商号，所以那条会规就在不知不觉中作废了。

另外，她还想再增加几个下人，家里万一有啥事，也好帮忙照应。其实，家里也没啥力气活，只是帮忙扫扫庭院，看守门宅。

张德邦点点头，答应改天到灶家那边看看有没有合适的人。

两人谈了一阵，高静姝起身刚想回屋，就听到大门口有人敲门，一下一下的，像老羊拉屎一般不畅快。她叫上黄小翠，提着灯笼开了门，见傅立善站在大门口。

高静姝问："傅老板，这么晚了，有事吗？"

傅立善低声说："高会长，俺想见见老爷子。"

高静姝本来不打算让他进来，说："买卖上的事，俺做主了。你认为，你和俺爹之间还有以前那种交情吗？"

张德邦从阎王殿门口被黄神医抢救回来，回下营躺了几个月，都没见傅立善上门探望；张家昌到胶东任职，平度和莱州那边的乡绅都来祝贺，也没见傅立善上门；高静姝刚当上会长，傅立善就来了，而且是鬼鬼祟祟晚上来的。

傅立善显出一副可怜巴巴的样子，就差没给高静姝跪下了，说："今儿上午，俺给你投了票的啊。要是不让俺见老爷子，会出人命的，事关你家男人哩。"

高静姝一听，大惊，急忙侧身让傅立善进了门，又闪身出门朝胡同口看了一眼，确定没人盯着，才紧闭了大门。

张德邦此时已经躺下了，听说傅立善要见他，又事关张家顺，急忙穿了衣服来到前屋。刚进门，傅立善就哭着双膝跪在他面前，说："救救俺吧！"

张德邦扶起傅立善，让他坐下，问："不是事关家顺的事吗？怎么变成救你了？"

傅立善抹了一把泪，又甩了自己两巴掌，说："俺不是人啊。这么多年了，您一直把俺当兄弟，可俺尽做些对不起您的事了。"接着，他把这些年如何暗中勾结赵金龙、陷害张德邦的事说了。

张德邦显得很平静，其实那些事他早就知道了，也暗中报复了傅立善。

傅立善继续说："您不知道啊，那个赵泽凯就是赵金龙的堂兄，在赵金龙和赵银龙中间，还有一个赵天虎，更不是个东西。当年，俺在潍县醉花楼见过他一面，那人一看就不像正经人，今儿下午在赵金龙家里，俺又见到他了。还有一个人，好像从外地过来的，也不知是什么身份。赵金龙吩咐赵天虎，今晚带着保安队的人去蔡家栏子抓家顺呢。"

张德邦一直不动声色。柴大仙曾经让张老财捎话，让他防着赵家三兄弟，令他没有想到的是，除了赵金龙、赵银龙，居然还有个赵天虎。这样大奎、二奎、三奎三兄弟就对上号了。原来，两个兄弟在明，一个兄弟在暗。当年赵金龙兄弟带着那几个外乡人来昌邑的时候，也许就开始布局了。但他又不敢完全相信傅立善的话，他知道傅立善趋炎附势，就像墙头上的草，风吹两边倒。也许傅立善是受赵金龙的唆使，故意来试探他的。

他沉思片刻，平静地说："俺早就知道了，赵镇长想抓住家顺邀功呢。那是他的事，与俺无关，俺早就和张家顺断绝父子关系了。傅老板，你今儿晚上来俺家，要是被赵镇长知道，只怕……"

傅立善说："赵金龙太黑了，这些年俺没少帮他，还把外甥女给他做了妾室。他还要俺找人假扮土匪去烧您家的盐场。这样的缺德事，俺可不做。您儿子是专员，要是追究下来，俺还能活吗？"

张德邦微微一笑，依旧平静地说："如果你不去，他会咋样？"

傅立善望着张德邦那逼视的眼神，叹了口气，又抽了自己两记耳光，从口袋里拿出一页纸，上面写着一行红字：你的报应到了！

他哭着说："俺孙子不见了，门口只有一只鞋子和这张纸。"

张德邦知道，肯定是张家顺他们要利用傅立善对盐警队下手了。他装作惊讶的样子，说："那你快去找人啊，来我这里干吗？"

傅立善说："当年，俺一时鬼迷心窍，趁您去了北平，拉着您弟弟去赵金龙的赌场，又在他的茶水里下了药，害得他输掉了三十多万大洋，骗他拿着你们家的盐场抵押。事后，赵金龙给了俺一万块大洋。俺知道对不住你们兄弟，可俺也是没有法子啊，都是姓赵的逼的。"

张德邦收起笑容，直视着傅立善："下营这么多老板，他怎么不逼别人啊？"

傅立善哭丧着脸："还不是因为您把俺当兄弟吗，下营就数咱俩的关系最好。"

张德邦起了身："你回去吧，俺也不知道谁绑了你孙子，你该找谁就找谁去吧。记得明儿一定去喝一杯啊。如果你要去烧俺家的盐场，尽管去吧！"

傅立善跪在张德邦面前，抱着他的腿哭起来："大哥，求求您救救俺吧。要是俺孙子没了，俺也活不了了。"

张德邦用力把傅立善甩开，大声说："你去找赵镇长报案，该怎么办就怎么办吧。求俺也没用，今儿晚上的事，就当没发生过！"

傅立善如一摊烂泥瘫软在地上："俺打听了，是您兄弟绑了俺孙子。俺出一万块大洋赎人，还不成吗？两万，两万也行！"

张德邦说："傅老板，你听清楚了，现在是静妹当家，买卖上的事找她，俺早就不管事了。土匪绑票和俺家一点关系也没有。请吧！"说着，大手一挥，做了一个让傅立善快走的手势。

傅立善怨恨地望了张德邦一眼，慢腾腾地爬起来，神情沮丧地朝大门走去，整个人看上去矮了半截。

眼看着傅立善悻悻地消失在夜幕里，高静妹轻声说："爹，要不要马上通知齐老板，让他……"

张德邦摆摆手，他还是不太相信傅立善说的话。这个时候，说不定张家已经被人盯住了，如果去找齐老板，很可能中了陷阱。

张德邦回屋躺下，想想还是不行，起身去后院牵了马，提上那杆老枪，走后门抄小路，一直往北到了盐场。

陈清水和林建东在井口边帮忙，看见老东家晚上来到盐场，心知一定有事，急忙将人迎进旁边屋子，关上了门。

张德邦对林建东说："有人想烧咱的盐场，多派些人看着。俺把这杆枪留在这里，多少有点用处。你先忙去吧。"

林建东出去了，张德邦抓住陈清水的手，说："家顺是不是在蔡家栏子那边？今晚赵金龙派保安队去抓他，你马上找人去通知他，让他先去央子蔡老板那边躲一阵。"

陈清水说："家顺在哪里，俺也不清楚，只知道前些天他从高议长那边提了一批枪支弹药，用盐包盖着送到寿光去了。"

张德邦急了："那怎么办？"

"蔡家栏子那边确实有咱的同志，要不俺现在就过去一趟。"

"骑上俺的马，赶紧走！"

陈清水走后，张德邦在忐忑中躺下休息，心里却担心着儿子的安危。其实，张家顺前些天就离开了潍县。走之前，他安排黄海远到夏店红十字会医院坐诊，免费为附近村民治病，暗中宣传革命思想。

张德邦迷糊了一阵，天已亮了。鲁明和林建东正领着大伙往马车上装盐包，今天又要运走一批。盐包在下营商号过数后，拿到税票官凭，还是直接运往崅山火车站。

他看到张家盛一手夹着一个盐袋，直接往车上堆，吃惊地瞪大了双眼。一包盐一百斤，一般都是两个人抬着上车，一个人一次提起一包的情况都不多，而能够一次轻松拿起两包盐的更没见过。他今天总算开眼界了。

他走过去，怔怔地看着张家盛裸露的手臂，只见那双手臂比小孩的大腿还粗。夹起盐包走路的时候，还很稳健，一看就是一个练家子。

盐包很快装完，十五辆马车陆续离开盐场，浩浩荡荡朝下营而去。张德邦与张家盛坐一辆马车，在最后压阵。他坐在车辕上，低声问："家盛，告诉俺，你一身功夫是谁教的？"

张家盛低下头："师父不让俺说。"

张德邦问："从啥时候开始的？"

张家盛老老实实地回答："在俺十四岁的时候。"

张德邦在脑子里把认识的人都过了一遍，突然想到一个人："是不是一个老乞丐？"

张家盛沉默不语，张德邦知道猜对了："你现在还能见到他吗？俺想见他一面。"

张家盛说："今年春上就走了，不知道去了哪里。俺给他钱，他也没要，说要饭的走到哪里都有一口吃的。"

张德邦心念一动，张老财捎话给他的时候，柴大仙已经离开下营。见不到柴大仙，就无法解开当年那宗案子的谜团。究竟是谁杀了蔡瘸子呢？

到了下营，一些穿着军装的士兵在路口设了卡，正逐一盘查来往的人。旁边还贴了告示，盖着县政府大印，说奉张专员严令，昌邑和平度联合"剿匪铲共"。如有通共者，与之同罪！上面还派了一个连的兵力，驻扎在下营，遇到稍有嫌疑的人就抓起来。

每一个驾车的伙计都要下车去镇公所，验明身份后办理证件。

在镇公所里办证的是赵银龙，每个证件收取两毛钱，相当于一家人一天的菜钱。那些办了证的百姓从里面出来，朝着镇公所直吐口水。全镇几万人，赵家兄弟又进账了一笔黑钱。

张德邦回到家，歇了一会儿，和高静姝说了陈清水已连夜赶去蔡家栏子的事。眼看快要到中午了，两人坐上马车，前往望海酒楼。

刚要走，马逢春急匆匆地进了胡同，低声说："东家，刘掌柜打电话过来，说日本人攻打北平了。他领着家人和伙计带了一批盐前往山西，投奔郝掌柜了。"

张德邦吃了一惊："消息可靠吗？"

马逢春点点头："今儿大伙都在议论呢，这事假不了。"

张德邦顿时火了："日本人打咱东三省，几十万东北军逃进关内。如今，日本人又攻打北平了，这群王八蛋还在这里设卡抓共产党……"

马逢春急忙说："东家，小声点，要是让人听到可不得了。姓赵的就等着拿捏咱呢。"

人，除了自渡，他人爱莫能助。张德邦忍下了气，说："走，喝酒去！"

第二十八章

有的人实在不该在一起，却偏偏挤成一堆，互相做冤家。这就是大千世界。

几个人来到望海酒楼时，老板们已经来了，正在低声议论着，只是没见赵金龙和傅立善。赵金龙是镇长，公务繁忙；傅立善的孙子被绑票，估计此刻也没心情。

张德邦一进门，老板们都起身拱手祝贺。他挥挥手，说："今儿大伙吃好喝好，不醉不归！"

"好，不醉不归。"一个声音从身后传来。

张德邦扭头一看，是赵金龙。赵金龙穿一身灰色短褂，胸前口袋里装着一块怀表，露出了一截金色的链子。他朝张德邦拱拱手，说："往年是张会长请客，今儿是高会长请客，还是按老规矩来吧。"说着，他走到桌边，倒了九盅酒，笑着说："俺来晚了，先自罚三盅。俺作为副会长，理当先敬，这三盅是敬高会长的，高会长可不能不给面子呀。"

六盅酒下肚，赵金龙眼睛直盯着高静姝。

张德邦有点生气，说："赵镇长，她怀着娃呢，俺替她喝了吧。"

赵金龙脸上露出一抹冷笑："张老爷子，今儿您可不是会长了，别坏了咱的规矩。如果高会长不敢喝酒，只要说一句'赵副会长，请饶了俺'就算了！"

高静姝也不答话，走上前连干了三盅。

赵金龙鼓掌道："好，巾帼不让须眉，佩服佩服。俺要是再敬你三盅，就有些过分了。不过，在座的诸位老板，每人敬你一盅，不算多吧？"

张德邦忍不住大声呵斥起来："赵金龙，你到底想干啥？"

赵金龙笑嘻嘻地说："按照您说的，吃好喝好，不醉不归啊。您可不能打自己的脸啊。"

张德邦端起酒来，说："既然赵会长这么说，来吧，一人一盅，俺替了！"

赵金龙上前夺张德邦的酒杯，一失足，重重地撞了高静姝一下。高静姝感觉小腹一阵难受，身子踉跄了一下，勉强站定，朝大伙拱拱手："俺酒量有限，恕俺不能奉陪了。"

张德邦扶着高静姝下了楼，哽咽道："闺女，你没事吧？"

这时，高静姝脸色惨白，大颗大颗的汗水滚落下来。她咬着牙说："爹，您赶紧让人去请米娅和俺姐。"

幸好马逢春也在，快步回到和盛商号，吩咐正要运盐去火车站的马成林，赶紧骑快马去请米娅和张家秀。

张德邦把高静姝扶上马车，送回家，吩咐家人好生照顾，又去厨房找了一把菜刀。他刚走到大门口，菜刀就被马逢春夺了下来。

坐在马车上的时候，高静姝用手指抠了喉咙，吐了一些，下腹仍疼痛难忍。她趴在炕上又吐了一阵。黄小翠调好安胎药，扶着她喝下。

高静姝躺下后，感觉下面一股股水流出来，她吃力地用草纸一擦，都是鲜血。她含泪喘息着，对杨小玉说："婶子，这孩子恐怕保不住了……"

杨小玉说："别胡思乱想了，一会儿你姐和米娅大夫就来了。"

接下来的一个时辰里，高静姝疼得死去活来，最后连喊叫的力气也没有了，只是一个劲地呻吟。

米娅和张家秀急匆匆进了屋，让其他人都出去。米娅开始为高静姝揉肚子，张家秀握着高静姝的手，安慰着……

也不知道过了多久，孩子终于出生了，但浑身青紫，呼吸困难，没有哭声。

高静姝吃力地看了一眼，这就是她的孩子，是她和张家顺爱情的结晶。她想去抱，可怎么也没有力气。她看到孩子的小嘴动了一下，却发不出声音。

米娅用听诊器听了一会儿，轻声说："多亏你服用了黄家的安胎药，只是娃儿不足月，你娘俩还是去潍县乐道院吧，那里才有治疗条件。"

张家秀接着给高静姝打了一针。

这时，高立亭夫妇也闻讯赶来了，看了一眼襁褓中的孩子，说："那还等什么，赶紧走吧。"

张家秀出去叫了人，把高静姝抬出屋。张家盛、高立亭在外面接着，一起将人抬到马车上。

张家盛驾着马车，张家秀收拾了一些东西，和米娅坐了上去。

高立亭夫妇和张德邦都想跟着去，但被张家秀拦住了："爹，让大娘跟着吧。您和高伯伯明后天再去探望吧。"

郭丽蓉上了车，安慰着高静姝。张家秀不时地观察着孩子，低声对高静姝说："爹已把小翠和鲁明的事告诉俺了，谢谢你。"

高静姝迷迷糊糊答应着。张家盛不敢快走，任由马车慢悠悠地走着……

张德邦和高立亭回到屋里，都没了睡意，聊了一些家常事。陈清水已回到盐场，只让张家盛捎来两个字"没事"。

高立亭说了半月前张家顺把那批枪拿走的事，两人都为张家顺担心，也不知这种担心啥时候是个头。

张德邦一直挂念着高静姝他们的安全，出下营的时候，有士兵把守，如果哪个家伙嘴快，把消息透露出去，赵金龙会不会下黑手？

他不由得想起傅立善说过的那个名字，口中含糊着叨念了一句"赵天虎"。

高立亭一时没听明白："啥，朝天锅，都啥时辰了，你还……"

张德邦听到这话，一把抓住高立亭，说："俺想起来了，朱昭然当年对俺说的，就是'赵天虎'，俺和你一样听成了'朝天锅'。"

高立亭惊愕地问："赵天虎是谁？"

张德邦把傅立善的话复述了一遍，接着说："俺当年就怀疑朱昭然家不是孙黑炮烧的，而朱昭然认识赵天虎，不知他们两人有什么勾当。后来，两人闹翻了，赵天虎就对朱昭然下了死手。朱昭然知道俺和赵金龙不对付，所以想告诉俺。"接着，他起身说："亲家，俺担心静姝他们不安全。走，咱们追上去！"

他的脑子转得太快，刚刚说到赵天虎，又要马上去追高静姝。高立亭一时没反应过来。

张德邦去后院牵了两匹马，提了一把刀，两人一前一后朝着张家盛他们行走的方向追了上去。

夜空中挂着启明星，东边微微泛着鱼肚白。夜风吹在身上，带着些许凉意。道路两边种着棒子，棒子叶上挂着露珠，在晨光中分外剔透。此时，有勤奋的农民已经扛着锄头下地干活了。

过了马渠，顺着一条道往西南走，就能到潍县。这条道两边都是一人高的蒿草丛，十几里之内没有人烟，往往会遇上劫匪，一般的人都不敢走。

两人顺着车辙印一路追，过了马渠没多远，听到旁边的棒子地里传出一个少年的哭声："娘，娘，您咋啦？"

张德邦扭头一看，见棒子地里倒着一个妇人，一个十来岁的少年正拉着那妇人的手大哭，旁边还有一把锄头。

他心里挂念着儿媳的安危，可遇上了这种事又不能不管。他当即下马跑过去，不顾男女有别，扶起那妇人，用手指掐着人中。

那少年哭着说："俺娘已经两天没吃东西了，一定是饿的！"

高立亭走来："家里没粮食了，是吧？"

少年说："前阵子家里就剩两升棒子面了，我想去找姐姐借粮，俺娘不让，说等棒子熟了就有吃的了。俺和娘用棒子面熬糊糊，吃了半个月。前天，她从外面回来，给俺带了半块煎饼……"

高立亭见娘俩穿得破破烂烂的，从口袋里摸出两块大洋递给少年。那少年摇摇头说："俺娘说，做人要有骨气，不能平白无故要别人的东西。"

高立亭说："这钱是俺借给你的，先救你娘的命要紧！"

那少年跪下磕了头才收下。

不一会儿，那妇人悠悠醒来，挣扎着推开张德邦。少年把刚才的事说了。

妇人问："请问二位老爷大名，俺一定会去还的。"

高立亭指着张德邦说："这是下营和盛商号的张家老爷子。"说完，拉上张德邦就走。

两人上了马，高立亭说："咱自己的事都急着呢，还去管别人。"

张德邦笑笑："遇上了不能不管啊。举头三尺有神明，俺是给静姝和娃儿积德呢。"说完，他用力一夹马肚，狂奔了出去。

两人前行了十几里地，突然听到前方传来两声枪响。张德邦心头一紧，一手抓着缰绳，一手提着大刀，冲了过去。

他们拐过一道弯，见一辆马车在前面飞奔着，地上躺着一个男人，正蜷着身子哀号。路边的蒿草丛中，一阵晃动，隐隐约约藏着人。

张德邦拼命追上去，大声喊："俺是下营和盛商号张德邦，你们哪个不怕死的冲着俺来，别躲在暗处伤人！"

蒿草丛中并未有人冲出，也没人开枪。张德邦追上马车，见车上的人都没事，才放下心来。

张家秀手里握着一支手枪，见张德邦追来，立马藏了起来，惊诧地问："爹，您怎么来了？"

张德邦说："俺和你高伯伯都不放心，刚才是怎么回事？"

张家秀说："有几个土匪想劫车，家盛打倒了两个，有一个土匪想爬上车，被俺开枪打下去了。"

张德邦松了口气，幸亏遇上的是几个没枪的毛匪，要是遇到有枪的土匪，一旦开了枪，后果不堪设想。

高立亭也追了上来，一左一右，护着马车前行，终于赶到了潍县乐道院。高静姝因途中颠簸昏迷过去。娃儿还是浑身青紫，呼吸微弱。米娅立即安排他们进了抢救室。

高立亭夫妇和张德邦坐在抢救室外面的椅子上，大眼瞪小眼，也不觉得饿。

约莫一个时辰后，张家秀从抢救室走出来："静姝没事了，孩子还在抢救。"

张德邦放下心来："大人没事就好。"

傍晚，娃儿终于熬过了危险期。由于是早产儿，还需要进一步观察。

郭丽蓉留下来陪护高静姝母子。张德邦让张家盛走大路回昌邑，他和高立亭去徐清丽家一趟，顺便把陈清水在盐场的事说了。

两人太累了，在徐清丽的挽留下，在家里将就了一宿。

徐清丽有两个孩子，一个上中学，一个上小学。羊肉馆的买卖还不错。

这些年，陈清水不在身边，也不知她是咋熬过来的……

次日一早，徐清丽陪着张德邦和高立亭一起去探望高静姝。三个人站在护理室外面，隔着玻璃看到娃儿躺在一张婴儿床上。

张家秀领着张德邦、高立亭去向米娅表示感谢。在问起埃文教父的近况时，米娅神情黯淡，讲述了当年不听埃文教父的话，擅自用祖传的中医手法为张德邦的妻子矫正胎位的事，埃文教父一气之下将其赶回乐道院。

原来，米娅出身于中医世家，自小跟着父亲学医，入洋教的目的主要就是想跟随埃文教父学习西医。她说，这些年确实跟埃文教父学了不少东西，中西医结合才能更好地救治病人。既然道不同，她早就想脱离洋教了。

这些事，张家秀也是第一次听米娅说，这与她的观点不谋而合。

张德邦激动地说："中西医结合好啊。谁说女人头发长见识短，怎么和黄海远的母亲说的如出一辙呢。中医大有希望了，国人有福了！"

米娅接过话题，说："其实，这也是埃文教父回国的原因。他临走时说过这样的话，中医是不可抹杀的，中国人民是不可战胜的！"

高立亭点点头，伸出了大拇指。

聊天的时候，他们还聊到日本人进攻北平的事。米娅说，民国二十五年，日本就与德国结盟，成为盟友关系。以日本的野心和实力，迟早会打到山东来。

张德邦冷笑着说："小日本别以为占了东三省就开始嘚瑟，中国有四万万同胞，一人吐一口唾沫，都能把日本给淹喽！"

高立亭却不这么想："亲家，如今打仗靠武器，一个人只要手里有枪，十个人拿着刀也近不了身。奉军也不是吃素的，当年直奉战争的时候，打进了关内，连山东都被占领了。可眼下几十万东北军被赶进关内，小日本确实厉害，咱可别小瞧了！"

米娅拿出两面德国国旗，说："这是埃文教父留下的，送给你们，当然希望你们用不上。"

张德邦和高立亭接过旗子，谢过米娅，走出乐道院。张德邦说："叶落归根，埃文教父也不想把骨头留在中国，每个人都一样啊。"

高立亭点头说："是啊，俺弟前阵子还写信回来，说戎马半生，厌倦了行伍生涯，想着回来舒舒服服过几天安稳日子呢。"

张德邦问："亲家，您说小日本真有本事打到咱这里吗？"

高立亭说："很难说，不过一年半载应该打不到这边。民国二十年，小日本占领东三省，后来打上海，还不是折腾了好几年。"

张德邦说："咱不像埃文教父，可以回德国。咱的根就在昌邑，日本人要是杀过来，咱只有跟他们拼了。要不，您找找您弟弟，再搞点枪过来？"

高立亭说："俺回家就给他写信。"

两人分手后，张德邦回了下营，到家已是傍晚。家里人和鲁明正在吃晚饭，杨小玉起身问："哥，静姝没事吧？"

张德邦微笑着说："没事，没事，咱祖宗保佑，都好着哩。"

吃完饭，回屋里躺下，张德邦脑海里翻腾着这些天发生的事，不由得又想起了赵天虎。这个家伙藏得挺深，二十多年来，除了朱昭然和傅立善，没听别人提过。赵金龙和赵银龙在下营做盐商，开烟馆和赌场，还入股银号，赵天虎却从未露过面。

可以肯定，当初赵金龙和赵银龙来下营的时候，就已经做了局。两个兄弟在明，一个兄弟在暗，明暗相辅，劫掠各家盐号，做着无本生意。

马成林说过，枪杀和盛商号伙计的人手里有机枪，看上去不像普通的土匪，他怀疑是官兵假扮的。孙黑炮找寻那伙土匪多年，也没有任何线索。张德兴也在寻找，一直都没找到，难道钻到地缝里去了？

如果赵天虎就是土匪，即便赵金龙是镇长，也不可能把保安队让他带走。

张德邦眼前闪过一线亮光，除非赵天虎就藏在官衙里，能够拉出有机枪的队伍，无非就是保安队、盐警队或警察。

昌邑这边的情况，他很清楚，根本没有赵天虎这个人，也许就在潍县那边。

翻来覆去想了一夜，天亮的时候，他提笔写了一张条子，出门溜达着走到街上，买了几个火烧，又转到齐记杂货铺，把字条夹在纸币里递给齐正阳："掌柜的，来一斤红糖。"接着他又低声说："收好钱。"

齐正阳已看到纸币里的字条，急忙收好，并利索地称了一斤红糖，递给张德邦："张老板，您走好。"

张德邦提着红糖离开杂货铺，经过和盛商号的时候，马逢春正在给几辆盐车点数。他打了声招呼，连脚步都没停，继续往家走。快到胡同口时，他被一个人拉住了，定眼一看，竟是傅立善。他顿时笑了："咋？你还活着？孙子回来了？"

傅立善戴着一顶大斗笠，像是怕被人看见，拉着张德邦进了胡同，拿出一张纸条，哀求说："张大哥，他们这是要干啥呀？"

张德邦瞟了一眼纸条，只有一行字：明天下午来青乡请兄弟们喝酒。

张德邦明白是有人要对盐警队下手了，却装作什么也不知道，故意生气地说："你问俺干啥？找赵老板帮忙啊！"

傅立善说："他去潍县了，俺寻思您儿媳那个合伙人不是青乡的吗？说不定是他找了几个伙计要替您出气呢。"

张德邦严肃地说："他就是一个扛活的，怎么可能呢？再说，整个下营，谁敢在你傅老板头上动土啊？"

傅立善笑笑："俺寻思着也是，虽说俺曾经对您不仗义，可您宰相肚里能撑船，不至于这么下作。青乡那边，还有谁呢？"

张德邦说："你想想，除了盐警队那帮弟兄，还能有谁？一定是他们见你平日靠着赵金龙不交税，想着法子逗你玩呢。别怕，直接告诉赵金龙，去收拾他们！"

傅立善说："俺想来想去，青乡只有盐警队那帮人，俺平日确实没把他们放在眼里。俺外甥女嫁给了赵金龙，盐警队那个'胡瓜怂'还要俺请客呢。俺没理他，谁承想这龟孙子给俺闹这一出？俺现在就去找赵镇长……"

张德邦连忙拉住傅立善，说："别，要是你真去找了赵金龙，只怕你孙子就永远回不来了。你寻思吧，万一赵金龙发了火，去找他们，他们一口咬定说没那回事，然后把你孙子往地里一埋，你咋整？"

傅立善打了一个激灵："有道理，那俺就装作什么也不知道，请他们吃好喝好。"

张德邦笑着说："你自己琢磨着办吧，只要孙子能回来就成。往后你别来找俺了，被姓赵的知道，没你好果子吃！”

他望着傅立善的背影，心里无比痛快。回到家，黄小翠正伺候着鲁明洗头。这人就是讲究，天天把头梳得油光锃亮，皮鞋也要每天上油。

他招呼着鲁明吃火烧，开心地说："等会儿俺杀只羊，咱吃烤全羊，喝羊杂汤。"

姜彩云从屋里出来，问："爹，今儿您怎么了？"

张德邦笑呵呵地说："你弟妹母子平安，能不开心吗？"

他心里明白，好戏就要上场了……

第二十九章

盛夏时节，天气闷得让人喘不过气来，连草丛里聒噪的虫子都懒得吱声。眼看一场暴风雨即将来临！

陈清水、张云波、齐正阳蒙着面，一起摸到青乡盐警队门口。两个打着哈欠的哨兵懒洋洋地走来走去，陈清水、齐正阳出其不意，一人一个，打晕了两名哨兵。

里面的人正睡得跟死猪一样。三人迅速冲了进去，轻而易举地顺走了二十几支枪。

一下子有了这么多枪，陈清水胆子立时壮了，想先拉起一支队伍。只要有了队伍，就可以正大光明地和赵家兄弟干了。北海边那么多柽柳林和苇子地，随便往里面一钻，谁也难找到。窝在盐场里对着一群盐工讲革命道理，不如当年在东北深山老林里打鬼子痛快。

张云波却说："七月七日夜晚，日军悍然发动卢沟桥事变，我们的抗日将士一直在前线流血牺牲。国家兴亡，匹夫有责，我们可不能坐视不管啊。刚接到消息，中共鲁东工委书记季方华将来昌潍一带主持工作。昨天，中共昌邑县委书记张智忠开会研究行动方案时说，目前敌我势力悬殊，暂缓暴动。眼下主要任务还是加大宣传力度，继续发动群众。夺枪之后，必须尽快送去瓦城，免得夜长梦多。"

上级的命令必须无条件服从。陈清水自己留下一支短枪，和齐正阳一起把长枪捆在马上，连夜走小路送去瓦城。不过，这次他多了个心眼，一路游说齐正阳，一旦张德兴有了枪，就会搅起昌北的抗日烽火。他说："眼下，张德兴手下有七八个人，只有一支枪，一直在昌邑、潍县、寿光一带活动，想寻找当年枪杀和盛商号伙计的那帮人，可找了这些年都没一点线索。枪在张德兴的手里与在革命队伍手里一样，到时候一暴动，张德兴绝对会带人前来投奔。"

齐正阳被说动了，两人绕道瓦城孙膑庙，偷偷将五支枪埋在庙里，准备改天捎信让张德兴去取。按照行动计划，把枪送去瓦城后，张云波换上盐警队队员的服装，蒙着脸，把傅立善的孙子送了回去。

最先醒来的是两个被打晕的哨兵，他们立即磕磕绊绊地跑去找胡队长。胡队长一看，发现自己的盒子枪也不见了，吓得两腿发软，最后一查点才发现二十几支枪都不见了。

天亮后，胡队长骑上马，垂头丧气地去向赵金龙报告。

赵金龙一听是傅立善请盐警队喝的酒，把胡队长和手下都灌醉了才被人抢走了枪，当即怒气冲冲地找到傅立善，"啪啪"甩过去两记耳光："你他娘的吃饱了撑的，请盐警队的兄弟喝啥酒？"

傅立善被打蒙了，捂着脸哆哆嗦嗦地把孙子被劫，劫匪留下字条的事说了。就在昨天半夜，他的孙子被人送回了家。

赵金龙叫出那孩子，厉声问："是谁把你领走的，这几天去了哪里？"

那孩子吓哭了，说："是……是个蒙面的……警察……他带着俺……往北……然后坐船出海……在一个岛上玩了三天……昨儿晚上……"

四五岁大的孩子不会说谎。赵金龙怀疑是盐警队的人串通海匪，里外合谋夺枪，保安队把盐警队二十几个人关押起来，挨个审问，打得皮开肉绽。那些盐警队队员把私吞盐税款、敲诈过往商家、调戏大姑娘、勾引小媳妇等丑事都说了，就是不承认绑走了傅立善的孙子。

郑光耀奉刘文章的命令，又审问了一遍，把盐警队队员打得死去活来。有三个盐警队队员实在扛不住了，只得承认绑走傅立善的孙子，说是看不惯傅立善仗势欺人，不把胡队长放在眼里。

郑光耀让他们交代绑架孩子的细节，赵金龙担心私吞盐税的事败露，不由分说地把三个人拉到院里直接给毙了。

最后，丢枪的责任就栽到了三具尸体身上。

当然，赵金龙不是傻子，他心知肚明肯定是有人绑架孩子给傅立善下套，最有可能的人就是张家顺。虽然他发布告示，举报张家顺行踪者赏大洋一百块，抓住张家顺的人赏大洋一千块。可这一年来，领走大洋一百块的人一个也没有，更别说抓住张家顺了。前些天，他好不容易打听到张家顺在朱里一带活动，立即派人去抓捕，可还是晚了一步。

刘文章一再交代他不要招惹张德邦，毕竟张德邦是张专员的亲爹，面子还是要给的。他一直强忍着，没敢造次，连会长的位子都让了出去。

赵金龙叫来赵银龙，低声吩咐了一番。

这天一早，张云波去找张德邦，说抗日前线急需大量海盐。张德邦二话没说，马上安排运盐，而且一分钱不要。

当天下午，张家盛和林建东就送了一批盐去峿山火车站，走铁路到河北，运往京津抗日前线。夜里，鲁明和马成林又组织几个盐工装车，打算天亮后送去峿山火车站。

大伙正在忙活着，突然听到一阵狗叫。宋三走到木栅栏边，望了一眼，隐约看见一些人影，当即大喊："干什么的？"

话音刚落，听到一阵机枪响，宋三一头栽倒在地。

鲁明听到枪声，从腰间拔出左轮手枪，靠着盐包往外望去，见一群蒙面人一边开枪，一边朝盐场冲过来，有两三个人已经冲到栅栏边。他朝着其中一人开了两枪，只见那人中枪，一头栽倒在地。

转眼间，那伙蒙面人已经翻过栅栏，朝四处逃跑的人群一顿乱射。鲁明看到一个高个子壮汉提着一挺机关枪，机关枪喷着火舌，一个个惊慌失措的盐工在火舌中倒下。

他刚举枪瞄准，那壮汉扭头几个点射，差点打中他。只见那壮汉一边扣动着扳机，一边快步朝这边冲来。他被压制在盐包后面，举枪过头，朝前面开了两枪。

马受了惊，拖着马车四散而逃。马成林喊起来："快跑！"说着，不顾一切冲到一辆马车上，驾着马车往外冲。

鲁明几个箭步跳上马车，缩在盐包后，抬头对着那壮汉射出了枪里最后一粒子弹，眼瞅着那汉子的身子晃了一下。

马车在荒滩上一阵狂奔，遁入了黑暗中。鲁明扭头望去，盐场那边腾起了冲天大火，照亮了半边天。翠绿的竹竿发出"噼噼啪啪"的声响。栅栏上的红绸子飘着，瞬间化为灰烬……

马车跑了一阵，渐渐慢下来。鲁明爬到前辕，见马成林嘴角溢出了鲜血。马成林一手捂着胸口，虚弱地说："告诉……东家……当年那伙……蒙面土匪……也是十几个……人……也有……机枪……"

鲁明一手揽着马成林，一手握着缰绳，催着马继续前行。到下营的时候，见路卡空荡荡的，一个哨兵也没有。

来到张家门口时，马成林已经咽了气。鲁明将马成林放在车上，脱下一件外衣盖在他身上，跳下车去拍门。

张家盛睡眼惺忪地开了门，问："不是明天一早过来吗？"

鲁明喘着粗气说："土匪袭击了盐场，杀了人，马上把老爷子叫醒！"

张家盛快步进屋叫醒了张德邦，张德邦抓过衣服胡乱穿上，来到院里，朝北边望去，隐隐可见亮堂堂一片。他去屋里抽出一把大刀，对张家盛说："去商号那边叫上马掌柜和伙计们，一起去看看。"

鲁明拦住张德邦，说："那些人蒙着面，还有机枪。现在千万不要去，必须报告镇上派兵过去。"

张德邦怔怔地站在那里，喃喃道："蒙面……机枪……这么多年了，俺没去找他，他倒是找上门了。"他出了门口，来到马车前，看到马成林的遗体，眼泪一下子涌了出来，哽咽道："孩子，俺对不住你啊！"

天色微亮，马逢春领着几个伙计跟着张家盛来了，看到儿子的尸体，他喊了一声"儿啊"，扑到马成林的身上号啕大哭起来。

张家盛去镇公所和保安队报了案，天色大亮后，赵银龙领着人跟着张德邦他们往盐场赶去。

到了盐场，只见遍地尸首，宋三和二十几个值夜班的盐工都死了。屋子烧得一间不剩，盐井也被炸了。没烧尽的竹竿冒着烟尘，场面惨不忍睹。

张德邦眼前一黑，顿时不省人事了。

林建东急忙让张家盛送张德邦回家，他和鲁明留下来处理后事。鲁明清楚地记得打死了一个蒙面匪徒，可检查完所有尸体，发现都是盐工，没有一个陌生人。走到当时那个壮汉所站的位置，他仔细检查地面，发现了几滴血。

赵金龙也带人赶到盐场，假惺惺地安慰了一番，说是土匪眼红张家的买卖才有此举。

鲁明说："赵镇长，土匪眼红就能这样肆无忌惮地杀人吗？"

赵金龙笑着说："俺也不清楚，要是抓到他们，你可以自己去问。"

鲁明怒视着赵金龙："你放屁！"

林建东赶紧挡在两人中间，打着圆场。他没有遇到过这样的事情，根本不知道怎么处理。马掌柜吩咐他先去买棺材，让家人领回去安葬。至于每个人赔多少钱，回去再说。

陈清水从瓦城回来，躲在远处的蒿草丛中，望着这边，他看到保安队队员在搜索，就默默地牵着马朝另一边走去。

和盛商号盐场被土匪烧杀的事很快报到县里，刘文章也来到张家，对张德邦表示一定要剿灭土匪，为死去的人报仇。

张德邦当然知道是什么人下的黑手，却不得不装出一副感激的样子。

刘文章走后，林建东来问怎么安置那些死难者的家属。张德邦吃力地说："每人五十块大洋，先找马掌柜支取，让家盛和你一起去办。再是，叫鲁明过来，俺有事问他。"

此刻，他多么希望高静姝在身边，有高静姝在，他就不用操心了。

林建东说："俺来下营的时候，鲁明去潍县了。"

张德邦摇摇头，说："随他去吧。"

就在张德邦躺在床上辗转反侧的时候，赵金龙兄弟俩正陪着刘文章喝酒呢。三人喝得很开心，临走时，刘文章吩咐赵金龙必须剿匪，同时不能忽视抓捕共党分子。

赵银龙心里明白，带着保安队直奔青乡，挨家挨户搜查共党分子，稍有嫌疑就立即抓走。后来他又去和盛商号盐场搜查，抓走了十几个人，都是在盐场干活的盐工和家属。

赵银龙把人抓走后，让"猪头来"放话出去，每人缴十块大洋领人，否则就押到县里枪毙。

鲁明到了潍县，径直来到潍县乐道院，先找到张家秀，又叫来米娅，把发生在盐场的事说了，他开枪打伤一名土匪，请米娅帮忙寻找这个受伤的土匪。他是教官，看得出那伙蒙面人受过正规的军事训练，十几个人动作迅速，开枪冷静沉着，有一定的配合协调力。同时，他一再强调，一定不要告诉高静姝。

米娅说，能做手术治疗枪伤的没几家医院，她会想办法帮助调查。

接着，鲁明骑马奔赴昌邑县城，敲开了高立亭家的大门。高立亭听说后，倒吸了一口凉气，问明除了米娅和张家秀，鲁明再没对别人说过，才放下心来。鲁明专门说了，他逃回下营的时候，发现路卡上一个哨兵也没有。

眼看天色已晚，高立亭请鲁明喝了羊肉汤。安排鲁明歇息后，他独自来到郑光耀家里，直接说明来意："和盛商号盐场遭袭的那天晚上，鲁明开枪打伤过一个土匪。潍县、昌邑两地能够动手术挖出子弹的，除了洋人外，还有军营里的军医。马掌柜的儿子临死前认出，这伙人与当年枪杀和盛商号伙计、抢走盐包的蒙面土匪是同一伙人。只要找到那个受伤的人，就能找到那伙人，查清他们的身份。不过这事得悄悄打听，绝对不能走漏风声。"

郑光耀问："高议长，您怀疑是保安队的人？"

高立亭说："俺也不敢确定。"

郑光耀说："行，这事交给俺，今儿下午刘文章还说，要警察局配合保安队一起'铲共剿匪'呢。俺明天就派人暗中调查，全县能够动手术取子弹的也就几个地方。不过……"他停顿了一会儿，说："俺听说夏店新开了一家红十字会医院，是潍县乐道院的大夫来坐诊，不知道您听说了没？"

他在说"红十字会医院"几个字的时候，故意加重了一些语气，眼睛盯着高立亭。

高立亭面无表情，问："啥时候的事，俺没听说呢。"

郑光耀微笑着说："前不久才开张，听说院长叫张智忠，是集东人。刘县长让俺去查过，张智忠前些年在青岛做买卖赚了点钱，就回来开了这家医院。"

高立亭摇摇头："那不关咱的事。郑局长，您辛苦一下吧，改天俺请您吃烤羊排，正宗的临朐黑山羊。"

郑光耀笑了："好呀，那天民政局王局长也说想吃羊排了，改天咱们一起呀。"

高立亭站起身，拱手道："那好，俺先告辞了。"

他心里明白，这些年，郑光耀暗中确实帮了不少忙。刘文章是一个疑

心很重的人，如果单请郑光耀，一旦被刘文章得知，会生出一些麻烦，如果让几个局长和议员一起出席就顺理成章了。

郑光耀起身送高立亭出了门，低声说："听说赵镇长在潍河入海口丢了东西，现在都是从莱州直接上岸，走陆路到县城。"

高立亭微微一笑，拱手离去。

第二天一早，他和鲁明来到下营探望张德邦。张德邦服了药，躺了一宿，气色明显好了许多，身子虽然还是很虚弱，但眼神中闪动着不屈和霸气。

眼下，张家没个主事的人不行，高立亭主动担起了责任，吩咐黄小翠和姜彩云穿上素服去安慰马逢春。他和鲁明去了灶家村，帮着林建东一起安慰死难者家属，召集人手重建盐场。

灶家村和临近的村子，被赵银龙抓走不少人，那些人都是盐工，哪里出得起十块大洋啊。一家家哭哭啼啼的，仿佛塌了天。

高立亭知道，这是赵金龙在给张德邦上眼药呢，但也无可奈何，只能盐场先出钱，让各家去把人领回来。

鲁明是这起惨案中唯一活着的人，又在现场向高立亭讲述了一些细节。两人仔细察看了地上的血迹，那里已经变成黑褐色。

高立亭低声说："那个人伤得不轻。"他希望郑光耀能有所发现，找到那个受伤的家伙。

在这一场大火中，和盛商号至少损失了五万大洋，好在井口还在，修缮一下就能重新出卤水。

一切安排妥当，高立亭和鲁明回到下营已是晚上。简单吃过晚饭后，高立亭去了张德邦屋里。

两人分析了整件事的前因后果。盐警队丢枪后，赵金龙首先会怀疑是张家顺干的，认为张家顺很可能藏在盐场，所以杀掉三个替罪的盐警队队员后，当晚就命人突袭盐场，一个活口不留，且毁掉盐场。这样既打击了和盛商号，又能敲山震虎。眼下，赵金龙就希望张德邦反击报复，如果保安队受到袭击，就正中他的下怀。他会把私通共党分子的罪名，直接扣在和盛商号头上，到时候就算张家昌想出手，也没法救了。人家还有一个赵泽凯在省里为官呢。

张德邦点点头："俺也觉得只有忍着，等找到那个受伤的家伙再说。"

高立亭说："这个时候，赵金龙肯定派人偷偷盯着张家呢。你可千万别轻举妄动，俺在县城那边更方便行事。"

两人聊到半夜，才分头去睡。高立亭和鲁明挤在一屋，两人从日本人的野心，聊到国民党军队的战斗力。鲁明说，国民党军队的武器装备大部分不行，只有那些配备了德式装备的嫡系部队才能与日军抗衡。再说，国民党军队贪腐成风，很多士兵都吃不饱饭，军事训练也不行，一旦在战场上与敌人近距离搏击，肯定会吃大亏。

两人一直聊到天亮，才迷迷糊糊睡去。

不知什么时候，高立亭听到屋外黄小翠喊："爹，有个妇人领着个孩子跪在门口，说是要还什么钱哩。"

高立亭睁开眼，天色已大亮，急忙起身道："俺知道了！"

第三十章

　　大清早的，海风中带着凉意。高立亭出了屋，跟随黄小翠来到大门口，一看正是他和张德邦在棒子地里遇到的那对母子，连忙吩咐黄小翠扶二人起来。

　　那妇人也认得高立亭，惊喜道："原来这位老爷也住在这里。"她从内衣口袋里摸出两块大洋，恭恭敬敬地递给高立亭，说："老爷，这是您借给俺的两块钱。"

　　高立亭问："妹子，那天借给你两块大洋，是想让你熬过饥荒的，才这么几天时间怎么就急着来还钱啊？"

　　那妇人低着头，抹了抹眼泪，说："那天俺醒来后，俺娘俩就回了家，买了些粮食，想着等秋天棒子下来，卖了棒子再来还钱。可哪承想昨天下午俺闺女回来了，说是前两天夜里，俺那女婿出去剿匪，被土匪给打死了……"

　　真是踏破铁鞋无觅处，得来全不费工夫。高立亭往四周扫了一眼，低声道："快请屋里说话。"

　　黄小翠领着那妇人和少年进了堂屋，倒了茶。

　　高立亭接着说："大妹子，继续往下说。"

　　那妇人说："听俺闺女说，那天晚上有人把女婿的尸体抬回家，扔下二十块大洋，一再叮嘱不许往外说。她婆婆是个刁蛮之人，想把俺闺女卖去潍县醉花楼。俺闺女就偷了五块大洋跑回了家，把大洋都给了俺。俺知道两位老爷是好人，就寻思着上门还钱，也想求老爷给俺闺女做个主。"

　　高立亭问："你女婿在哪里当兵？"

妇人说："潍县保安大队，以前叫'彪字营'，都混了二十多年了。说出来不怕您笑话，俺女婿其实比俺还大一岁呢。年轻的时候，吃喝嫖赌，原来有过一房媳妇，被他逼得上了吊。四年前，俺和闺女去潍县赶集，闺女被他带人抢了去。俺要去潍县告状，他上门说要娶俺闺女。俺寻思着，闺女已经被他糟蹋了，只能应允。俺闺女真是个苦命人哪，婆婆也不稀见她，俺女婿前头有个儿子，还经常欺负她。俺穷得没吃的了，也不敢去找她，所以……"

高立亭叹了口气："都是苦命人啊。你女婿家是哪里的？叫什么名？"

那妇人抹着眼泪："纪家庄的，叫纪相纯，听说是个副队长，在外面还养着女人，半年都难得回一趟家。"

高立亭说："妹子，你暂时在这里住下。俺这就派人和你儿子一起去马渠，把你女儿也一起接来。暂时不要离开张家大院，也不要再告诉任何人。"说完，吩咐黄小翠领着那妇人进了内宅，他带着那少年来到铺面上，安排一个伙计赶着车去马渠接人。

安顿完这些，高立亭回到张家大院，把那妇人的事对张德邦说了，打算和鲁明去一趟潍县。

张德邦不无担忧地说："那伙人行踪诡秘，做事谨慎。俺兄弟找了他们这么多年都没有一点线索。即便开棺验尸，找到鲁明打出的子弹，也不一定管用，谁又能证明呢？再说除了鲁明，别人就没有左轮手枪了？姓赵的阴险毒辣，要多加小心啊！"

高立亭说："还有那个受伤的，只要我们找到，就算他的嘴巴再紧，也多少能露出些风声。"

张德邦说："你们去一趟也好，不管结果如何，最起码能确认一下我们要找的人究竟在哪里。"

高立亭和鲁明离开下营，骑马赶到潍县县政府。

潍县县长姓袁，应朋友之邀正要去喝酒呢，听闻昌邑高议长来访，急忙迎了出来，把二人请进办公室，拱手道："不知高议长前来，有何贵干啊？"

高立亭也不废话，直接说："前天夜里，昌邑和盛商号盐场遭蒙面匪徒袭击，二十多人惨死，只有鲁明一人拼死逃出来。"说着，他指了指鲁明。

顿时，袁县长瞪大了眼睛："有这样的事？什么土匪敢明目张胆地杀人，真是无法无天了。昌、潍两地匪患多年，必须加强联合剿匪才行！"

高立亭说："鲁明曾经是国民政府的军事教官，他确认那伙匪徒受过军事训练，且有机枪，怀疑他们不是真正的土匪。他用手枪打死一人，事后现场却没找到那人的尸体。而我得知，贵县保安大队副队长纪相纯也碰巧前天夜里因剿匪而死。鲁明用的是左轮手枪，只要检查一下尸体，就能查出真相。如果袁县长信不过，可以从潍县的医院请大夫过来帮忙。"

鲁明说："我当时开了两枪，只要从尸体上找到我的子弹就能验证。"

袁县长说："有您高议长，有鲁明教官，还有啥信任不信任的？咱这就去看看。若真是保安大队为匪作乱，一定严惩不贷！"说着，他给潍县警察局打了电话。

一行人来到保安大队，得知前天夜里确实出城捉拿共党分子了，纪相纯中弹身亡。昨天，江大队长家里来人说，江大队长的媳妇生了急病，他也请假回去了。

高立亭疑惑地问："江大队长是哪里人？"

一个保安队队员说："青州那边的，具体哪个村，还真不清楚。江大队长也很少回去。"

高立亭皱起了眉头，保安大队长姓江，难道……他愣了一下，又问："你们这里有没有一个叫赵天虎的人？"

保安队队员一齐摇头，表示没听说过这个名字，但高立亭发现几个人的表情明显不安，似乎在强装镇定。他用眼神暗示鲁明记住那几个人的长相。

大致问了一通后，一行人赶去纪家庄。到了纪相纯家，几个村民正抬棺出门，一个老太婆跟在后面哭号着。

潍县警察局局长带人呼啦啦往前一堵，大声宣布："奉县长之命，开棺验尸！"

棺材落地，老太婆往前一扑，呼天号地起来："儿啊，你活着的时候捞不着好，死了也不得安生啊。"

那些警察面面相觑，不敢上前拉扯。

老太婆又趴在棺材上，一个劲地碰着头："行行好吧。俺白发人送黑发人，活得生不如死啊。俺儿入土是看了时辰的，要是耽误了时辰……"

高立亭火了，大声道："你一个妇道人家，应懂得母慈子孝之理，可你教出的儿子是啥样的人，你不知道吗？在儿子新丧之后，还想把儿媳卖去娼寮，如此恶毒之人有何脸面活在世上？"

鲁明上前一把推开老太婆，用工具撬开棺材。由于天气炎热，尸体面部肿胀，散发出异味。他解开尸体的衣服，只见胸腹之间有两个大创口。

顿时，鲁明呆住了，他转身对袁县长说："死者身上的两处伤口已被人挖开，取走了子弹。"

袁县长、高立亭捂着鼻子，走过去看了看，都没说话。

找不到子弹，就没法证明纪相纯是被鲁明用左轮手枪打死的。

高立亭心中暗惊，果然被张德邦猜中了。这伙人行事滴水不漏，早就预料到了，所以事先取出了子弹。

袁县长挥了挥手，让警察重新把棺材盖上。

老太婆指着鲁明，恶毒地诅咒："俺儿子晚上就去找你，让你活不过三天！"

鲁明说："我希望他现在就起来说话，告诉大家，他究竟是怎么死的。"

袁县长的脸色有些难堪，大声道："好了，别闹了，赶紧把你儿子埋了吧。"说完，丢了两块大洋在地上。

老太婆见钱眼开，立马爬起来，捡起大洋，放在嘴边吹了吹，嘟囔着："只要给钱，怎么着都中。"

高立亭和袁县长分开后，又和鲁明去了潍县乐道院。他见高静姝母子平安，心中有了些许安慰，也没敢说盐场发生的事。

就在高立亭和女儿谈事的时候，鲁明和张家秀聊了他和黄小翠的事，还有在张家的生活见闻，感觉比在南京当教官充实多了。等他和黄小翠结了婚就回香港，只怕以后就没机会见面了。

张家秀神情黯然，强装微笑着表示祝福。

临走，高静姝让母亲郭丽蓉跟着回去。高立亭点点头，说："闺女，你这是去阎王爷那里打了个转转，可把你娘急坏了。你甭急着出院，把身子彻底养好了，过几天，俺和你娘再来看你。"

高静姝似乎看出一些端倪，低声问："爹，您不是专程来探望俺的吧？"

高立亭知道早晚瞒不过，就把这几天发生的事和来潍县的意图都说了。当提到那个妇人上门送钱时，高静姝说："前阵子，俺听说马掌柜托齐老板帮忙找了马渠的一个寡妇，也是有个女儿已出嫁，身边就一个十几岁的儿子，不知道是不是她？那女人长得怎么样？"

高立亭说："乡下干粗活的，模样倒还周正，只是黑一些，穿戴也利利索索的，很懂礼数。"

高静姝说："俺一直想着找两个下人。爹，您回去后，就安排她在家里干些杂活吧。等开了学，让那孩子去读书。"

高立亭说："不管怎么说，亲家年纪不小了，也没个贴心伺候的人。你和你嫂子终究是晚辈，也不方便。若真是她，可真是巧了。"

高静姝沉默了一会儿，问："爹，您打算怎么办？"

高立亭说："俺在潍县也有几个朋友，打算让鲁明留在这里暗中调查，如何？"

高静姝说："爹，鲁明是外地人，在这里太显眼，而且你们去过保安大队，那几个人已经是惊弓之鸟。一旦鲁明与他们见了面，就怕那帮人狗急跳墙伤害鲁明。"

高立亭说："俺也想到了。闺女，你说怎么办？"

高静姝说："爹，不是说江大队长回家了吗？这事急不得，咱家为啥不在潍县开一家成衣铺呢？"

高立亭笑了："闺女，还是你有法子，就照你的意思办。"

高静姝冷静地说："家顺原来也用过好几个名字，如果潍县保安大队的人都不知道江大队长就是赵天虎呢？"

高立亭被女儿这么一问，顿时不知如何回答，愣了片刻，说："俺听亲家说傅立善见过赵天虎两次，一次在潍县醉花楼，一次是在赵金龙家里。"

高静姝说："现在无法确定江大队长就是赵天虎，除了赵家兄弟外，傅立善应该是唯一知道赵天虎长啥样的人。一旦赵金龙知道你们来潍县开棺验尸，傅立善很可能会被灭口。爹，你赶紧回去，但不能直接去找傅立善，写张条子让个孩子送去就行。他是个精明人，一点就透。另外，还有一件事要办，您借着盐场出事一事，让刘文章同意各家商号成立护商队，咱手里有枪，鲁明又是教官，为何不好好地利用呢？"

高立亭笑了："闺女，爹听你的，现在就去办。"

高立亭和鲁明骑马狂奔，赶回下营。到了张家，他来不及见张德邦，就去东屋书房写了一张条子：你是唯一见过赵天虎的人，小心点！

写好后，用信封装上，封了口，写上"傅立善亲启"五个字。随后，上街找了一个正在玩耍的孩子，给了两个铜圆，让孩子塞到傅立善家的门缝里。

高立亭在下营住了三天，听说傅立善不见了，赵金龙带人砸了常和旺盐号。

高立亭回到县城，以为外孙"下汤"的名义，在兄弟全羊馆大摆宴席，除了郑光耀和那几个局长外，连刘文章和何秘书以及昌邑有头有脸的人都请了，风风光光地摆了十几桌。

在酒桌上，他代表议事会向刘文章敬酒，感谢刘文章对昌邑百姓做出的贡献，接着话题一转，提到和盛商号盐场被匪徒惨杀二十多人的事，建议县里允许各家商号成立护商队。

高立亭的提议得到不少议员的认同，刘文章眼看众意难违，当即同意各商号可以购买枪支，成立护商队，但必须报到县里备案，每支枪缴纳三十块大洋的保证金，以免枪支落到共产党手里，一旦枪支丢失，唯商家问责！

高立亭趁热打铁，当即找来纸笔，让每个有意买枪的老板登了记。他自己申报了二十支，又替张德邦申报了二十支。

赵银龙又在柳疃、下营、龙池附近的几个村子折腾了半个多月，一个土匪也没抓到，倒是借着抓共产党的名义胡乱抓人，趁机发了一笔横财，闹得上下天怒人怨。只要有人提到赵家兄弟，无不恨得咬牙切齿！

和盛商号购买枪支，成立了护商队，队员都是张家的盐工，每人每月两块大洋，比镇上保安队队员的薪水还高五角钱。护商队由鲁明带队，每天在盐场不远处的荒滩上训练。

一块大洋一颗子弹，每天消耗几十颗，但张德邦一点也不心疼。他明白，每一个神枪手都是子弹喂出来的！

其实，他是在下一盘大棋，那就是给张家顺训练队伍，一旦张家顺他们暴动，就不会再像以前那样，被保安队追着跑了。

高静姝在潍县乐道院调养了二十几天，张德邦选了个好日子，让张家盛和鲁明带着护商队将母子二人接了回来。他这么做的目的，除了要保护他们的安全外，还要告诉张家顺：爹手里有枪了，你找时间回来取！

张家大院门口挂着喜庆的红绸，鞭炮响了大半个时辰，红红的鞭炮屑铺满整条胡同。

张德邦已给孙子起好名字，叫张恒卫，有保家卫国的意思。他领着大家给祖宗上了香，把张恒卫的名字添在族谱上，又在张家明的上头郑重地添上了"张家盛"。

看到这一幕，杨小玉忍不住眼中含泪，给祖宗多磕了两个头，哽咽着叫了一声"哥"。

张德邦小声说："孩子们都在呢。"

杨小玉低下头不吭声了，一个劲地抹着眼泪。张家盛面色平静，看不出些许高兴之意。

张德邦说："俺托亲家给家盛说了一房媳妇，是卜庄那边的大户人家，家里有上百亩地，改天俺和家盛去一趟，把这事定下来。过完年，等恒睿娘出嫁后，在东跨院收拾一下屋子，麦收后把婚结了吧。"

张家盛嘟着嘴说："大爷，俺不想娶媳妇。"

张德邦脸色一变："怎么了？俺像你这么大的时候都生你姐了，要不是这两年家里出了这么多事，早该……"

张家盛偷偷瞄了高静姝一眼，倔强地说："俺不要！"

杨小玉见张德邦要发火，连忙说："哥，家盛虽说年纪不小了，可还像个孩子，您别往心里去，俺再劝劝他。"

高静姝想转移一下话题："爹，家顺原来给孩子起过一个小名，叫小志，说让孩子立志报国。您觉得咋样？"

张德邦把笔一扔："家谱上就这名，小名叫什么，俺不管。"接着对张家盛凶起来："走，跟俺出去迎客！"

张家盛起了身，跟在张德邦身后离开了祠堂。

与去年高静姝嫁入张家不一样的是，这次张家的门槛再一次被踏破，人来人往，络绎不绝。除了下营的人外，邻近几个乡镇的士绅也都纷纷上门祝贺。

马逢春已处理完儿子的后事，帮着忙里忙外的。马成林就葬在盐祖庙不远的坡地上，可以望见庙宇前面的老槐树。

张家大院摆了十桌酒席，可根本不够，不得不临时加酒席，总共摆了二十多桌。张德邦领着张家盛在门口迎客，略有空闲时，低声对张家盛说："你看明白没有？这就是人情，也是人性。每一个做买卖的人，必须要看得懂人情，看得清人性！"

张家盛似乎明白了不少，如果他堂哥张家昌不是专员，堂嫂不是商会会长，张家仍会像去年那样冷清。

高静姝把孩子交给黄小翠，穿了一身得体的衣服来到外堂屋。她是盐业商会会长，必须出去照应着。

她正走着，过来一个四十岁出头的妇人，领着一个少妇和一个十二三岁的少年，施礼道："见过少奶奶。"

那少年朝高静姝下跪磕头，她急忙扶起来，对那妇人说："您就是俺爹说过的马渠……"

妇人说："俺是马渠的，俺姓冯，婆家姓孙。"

高静姝笑着说："俺以后就叫您冯姨娘吧，您一家就暂时安心住下，见着俺也甭客气，都是一家人。等学校开了学，就让孩子去读书。"

冯姨娘连连道谢，说："俺这是祖宗积德，碰上好人家了。"

高静姝走到外堂，正好听到一阵公鸭般的笑声，知道是赵金龙来了，后面还跟着赵银龙。

一见高静姝，赵金龙拱手道："高会长，上次实在抱歉，现在下营上下都说俺不是人，拿酒灌您，害您差点出了事，好在大人孩子都没事。您福大命大，别和俺一般见识。俺当着大伙的面，向您赔礼道歉了！"说完，深深地弯腰鞠躬。

高静姝笑着说："赵镇长向俺赔礼，实在不敢当。不过呢，既然赵镇长看得起俺，俺今儿刚回来，身体还未康复，还请您替俺照顾好各位老板，多喝几盅。俺这里先谢谢了！"说着，以传统的女子礼仪，朝赵金龙弯腰施礼。

赵金龙嘿嘿一笑："高会长，您这不是难为人吗？您不行，不是还有

张老爷子吗？"

高静姝笑了笑："赵镇长，借您吉言，您刚才说张老爷子，这话没错，俺爹确实老了，也没法陪大家喝个痛快了，所以今天还得仰仗赵镇长。"她接着朝大伙拱拱手，大声说："今儿让赵镇长陪着吃好喝好，大家说中不中？"

人群中有人高喊："中。"

赵金龙哈哈大笑："不就是多喝几盅酒吗？没事，就怕俺兄弟俩醉了后发酒疯，那就不好了。"

高静姝仍然笑着说："没事，俺柜上有好几个伙计呢，等会儿吩咐他们把赵镇长和赵队长安安稳稳送回家。不过，您要是不介意的话，把枪交给俺，以免伤及无辜。明儿俺让马叔给您送去，您没意见吧？"

赵金龙笑嘻嘻地说："当然没有意见，新官上任三把火，高会长这三把火，不知啥时候烧呢？"

高静姝朝大伙拱拱手："非常抱歉，承蒙大伙抬爱，让俺当会长，这三把火呢，确实也要烧一烧。明天俺去商会，和大伙商议一些事情，重新定一下规矩，今儿只管喝酒！"

就这一会儿工夫，两人唇刀舌剑，已经过了好几招。赵金龙不但没讨着便宜，还被逼得没了退路，当下只得冷笑着，和赵银龙一起把手枪交给了高静姝。

宾客入座后，高静姝以盐业商会会长、张家当家人的身份，以茶代酒，敬了大伙三盅。正要转身回宅院时，突然听到外面有汽车喇叭声。

马逢春起身出去，接着转身回来，低声对张德邦说："大少爷回来了！"

张德邦返身从门背后抓了一根顶门的木棍子，急匆匆地往外走。

高静姝见状，快步走过去，拉住张德邦说："爹，俺求您了，别让客人们看笑话！"

马逢春趁势把棍子夺了过去。

高静姝低声说："爹，您坐着就行，要是不愿见他就去屋里躺着。俺来处理！"

第三十一章

早年间，张德邦就听父亲说过，永远不要去试图控制别人，但要学会控制自己。他一直记在心里，可有时还是控制不了自己。

今天是什么日子啊，闹出事来，不正让赵金龙他们看笑话吗？张家盛扶着张德邦往内宅走去。

高静姝和马逢春走到大门口，只见张家昌穿着一身黑色中山装、戴着礼帽迎面走来，他身后还跟着七八个人。

高静姝弯腰施礼，笑着说："哥，您今天可来巧了，正给您侄子下汤呢。"

张家昌笑着说："公务繁忙，也没能回家一趟。静姝啊，辛苦你了。大伯身体还好吧？"

高静姝笑笑："俺爹身体好着呢，一直念叨您，说同样是在外面做官，您也不回来看看家里，俺叔还经常回来呢。俺告诉他说，俺哥和俺叔不一样呢！"

张家昌的脸色漾了一下，尴尬地笑笑："那是，那是，俺在南京的时候，根本请不下假来，来山东任职吧，各种事务还是太多。今儿趁着来昌邑公干，忙里偷闲才回来一趟。"

张家昌走进外堂，屋里和院子里坐着的宾客齐刷刷地站了起来。

赵金龙屁颠屁颠地走到张家昌面前，媚笑道："张专员，您好，一路辛苦了。您也不提前通知俺，俺去接您！"

张家昌朝赵金龙微微点了一下头，朝大伙招手道："俺只是回来看看俺爹，等会儿就要走。大家不必客气，坐吧，坐吧！"

高静姝陪着张家昌来到张德邦屋前，看着张家昌进去，她守在门口，不让其他人靠近。几年没见了，父子俩有很多话要说。

姜彩云领着张恒睿站在不远处，也不敢靠近，就那么怯生生地站着。

没一会儿，高静姝听到屋内传来一阵骂声，还有摔茶杯的声音。张家昌脸色铁青地走出来，转身跪在门口，冲里面磕了个头。

张恒睿看到张家昌，羞涩地叫了一声"爹"。张家昌走过去，把张恒睿搂在怀里，深情地看了几眼，眼里有泪花闪动，然后对姜彩云说："你的事，爹已经写信告诉俺了。俺当年写休书给你，是俺不对，对不住了，你想嫁就嫁了吧。睿儿有他爷爷和婶子呢，有空回来看看。他没了爹，不能再没了娘。如果你愿意，俺可以安排你们去上海。"

姜彩云含泪摇摇头，朝张家昌施了礼，平静地说："俺哪儿也不去，就住在这里。"

张家昌叹了口气，走到高静姝身边，低声说："让家顺和咱舅离开昌邑，去哪儿都行。"

高静姝心头一颤，正要说话，见张家昌往外走了。

张恒睿喊了一声："爹，您啥时候再回来？"

张家昌扭头苦笑一下："好好听话，爹有空就回来看你。"

高静姝紧跟着张家昌走到外院，张家昌举起一盅酒，大声说："张某今日来昌邑公干，才得以回家探望家人。公务繁忙，不能陪诸位尽饮，请诸位见谅！"

高静姝笑着说："大哥，俺请赵镇长陪大家喝酒呢，不醉不归！"

赵金龙点头哈腰地说："张专员，高会长吩咐的事情，您尽管放心，俺一定把大家都陪好喽。"

张家昌一口干了酒，感慨道："沧海桑田人生短，故国家园遭逢难。干戈起云楼，遍地硝烟漫，男儿泪满腔……"

眼看着张家昌在众人簇拥下出了门，高静姝追出胡同，车子冒出一阵烟，转眼就不见了。

高静姝返回大堂，见赵金龙正向一个六十岁出头的老板拼命敬酒。她微微一笑，并未上前阻拦。张家昌才回来过，相信赵金龙就是有两个胆子，也不敢乱来。这样也好，让大伙对赵金龙又恨又怕，就差最后一把火了。

她正要上前招呼，感觉胸部涨得难受，胸下衣襟湿了一片，才想起好一阵子没给孩子喂奶了，急忙回屋，见黄小翠正抱着小志在安抚着。小志张着小嘴巴，发出小猫一样的呜咽。张家秀说过，早产娃儿就这样，得一两个月后，才能像正常孩子那样，千万不能着凉。

高静姝连忙把小志抱过来，刚解开衣襟，奶水就滋了出来。她把奶头喂进小志嘴里，一阵酥麻的感觉立即袭来，另一只乳房也哗哗地往外漾。

黄小翠手忙脚乱地拿了个杯子，想要把流出的奶水装起来，哪知被滋了满手。

高静姝笑起来："嫂子，往后可多学着点。俺听鲁明说，很多洋女人都没奶，娃儿都是喝牛奶长大的。咱中国女人的娃，得吃娘的奶。"

黄小翠红了脸，低声说："俺的娃肯定吃俺的奶，可俺不愿意跟他去香港，太远了，俺想家可怎么办？"

高静姝说："俺姐都去了好些年，就是头一年想家，慢慢就习惯了。俺有机会就去看你。"

小志吃饱后就睡了。高静姝仍感觉有些涨，便拿出从潍县乐道院带回来的吸奶瓶，让黄小翠帮忙吸了一些奶水出来，这才舒服了些。她把小志放在炕上，扣上衣扣，端起装了奶水的瓷碗就朝外走。

黄小翠问："你要去倒掉吗？"

高静姝问："不倒掉留着干吗？"

黄小翠说："家明这孩子晚上读书太用功，这两天眼睛红着呢。俺娘说过，无论大人还是孩子，只要眼睛不舒服，用奶水洗一下，隔天就好了。"

高静姝没想到黄小翠这么细心，在张家住了几个月，已经把自己看作是张家人了。自从和鲁明好上后，她就经常向家明和家齐请教，还学了不少英语单词呢。

高静姝笑着说："你拿去给家明洗眼睛吧，不够的话，俺这里还有，咱自家产的，小志根本吃不了。"说完，放下碗走了出去。

赵金龙虽然喝了不少酒，但没有做出出格的举动。倒是赵银龙一个劲地逼着两个老板喝酒。

她端起一杯茶走过去，对赵银龙说："赵队长，上一回在青乡没能陪你喝酒，今儿以茶代酒补上，咋样？"

赵银龙说："高会长陪俺喝酒，那是给俺长脸呢，一杯不行，得三杯。"

高静姝爽快地答应："三杯就三杯，咱这些做买卖的整天提心吊胆呢，往后赵队长可得多行方便啊。"

三杯过后，赵银龙瞪着眼珠子，舌头已经发直，指着高静姝想要说话，却腿一软滑到了桌子底下。

高静姝一见赵金龙也差不多醉了，吩咐几个护商队队员把兄弟俩送了回去。

傍晚时分，酒席散去，高静姝和公爹将客人送出门口。转身回屋的时候，公爹低声在她耳边说："闺女，你知道今儿老大为啥回来吗？"

高静姝说："他不是来昌邑有公干，顺便回家吗？"

张德邦的神色严肃起来，领着高静姝来到屋里，关上门，从口袋里拿出一张字条来，低声说："这是齐老板喝酒的时候偷偷塞给俺的。"

高静姝拿过字条，见上面写着：张家顺与几位同志昨晚被捕，正设法营救，你们勿动！

她顿时大惊，声音也开始发抖："爹，怎么办？"

张德邦说："今儿老大回来，俺怀疑就是为家顺的事来的。"

高静姝的眼泪一下子涌了出来，刚才的开心劲转眼像被海风吹走了。她用帕子擦了眼泪，稳定一下情绪，低声说："爹，咱不能出面救他。刘文章和赵金龙就等着咱出手呢。"

张德邦说："俺想找郑局长打听一下家顺关在哪里，让鲁明领着人去救他。"

高静姝说："县里有保安队呢，他们说不定早就布下了口袋，就等着咱去钻呢。"

张德邦问："那你说怎么办？"

高静姝说："爹，您老不是说过吗，善有善报，恶有恶报。咱家没做过坏事，家顺会没事的。"

张德邦叹口气，说："要不俺去找老大，那是他亲弟弟，他不可能眼睁睁地看着不救吧？"

高静姝说："爹，齐老板就是怕咱得到消息后，不顾一切去救人。俺相信他们有营救计划，咱不能没把人救出来，反而把自己给折进去。俺回去一趟，不坐车，骑马走，来去利索。"

张德邦说："让家盛带人陪你一起去，好有个照应。"

高静姝摇摇头："人多了会引起别人注意。"

她回屋换了一身劲装，往怀里塞了一支枪，吩咐黄小翠照顾好小志，牵着马出了胡同，迎面碰上一辆马车，坐在车辕上的正是高立亭。

高立亭和女儿一起返回张德邦屋里，来不及喝一口茶，沉声说："郑局长派人告诉俺，说保安队昨天夜里抓了张家顺。今天上午张专员就来了，兄弟俩见了面，张专员劝他写一份自白书，就放了他，可家顺就是不答应。为此，兄弟俩还吵了一架。虽说去年国共两党签署声明一致对外，可山东这边没接到上级指令，仍在到处抓共产党。按张专员的意思，是想把他押到莱州去，但刘文章提出就在昌邑处决，说这样能震慑更多的共党分子，张专员也同意了。"

张德邦问："这个王八蛋就没想过要救他弟弟？报纸上不是说国共合作了吗？"

高立亭说："国共合作只是报纸上的说法，青岛前阵子还枪毙了好几个共产党呢。听说陕北那边只是不打了，还在谈判呢。县保安队和几支军队被张专员调去平度，说是联合'剿匪'。俺怀疑这是他唯一能做的。家顺被关在县政府大牢里，只有十几个警察，俺来下营的路上，碰到一个人领着保安队的人正往城里赶……"

高静姝说："赵金龙和赵银龙今儿都醉得不轻，谁有权力领着保安队的人？爹，你认不认识那个人？"

高立亭说："那个人穿着保安队队长的衣服，帽檐压得很低，天又黑，俺没看清，以为是赵银龙呢，也没和他打招呼。"

高静姝说："爹，您说派人去找那个江大队长，现在怎么样了？"

高立亭说："那个人一直没回去，潍县已经另外派人当了大队长。俺找人去了青州那边，也没有打听到这个人。"

高静姝看了看两个长辈，说出了一个大胆的看法："有没有一种可能，那个人就藏在潍县或昌邑，说不定就藏在下营，给咱来一招'灯下黑'呢？"

张德邦瞪着眼珠子，望了望高立亭，说："你是说，今晚带队去昌邑的就是他？"

高立亭说："也不是没这个可能，俺觉着那个人比赵银龙好像要壮实一点。"

高静姝的目光渐渐迷离起来，低声道："虽说事态紧急，但咱一定不能慌！"

一过了中秋，从北海吹来的风就带着初冬的寒意。有怕冷的老人已经穿上了棉袄。夜空中，星星就像盐碱地里的棒子茬，稀疏而零落。

陈清水去学校见了张云波，说了张德邦的营救计划，先让鲁明带人假装土匪突袭下营，逼保安队返回下营；陈清水、齐正阳再乘机带人夜袭县大牢，强行救出张家顺。时间定于半夜零时一刻。

张云波认为这样不但救不出张家顺，反而会暴露革命力量，而且上级指示国共不开战，一致对外。他原计划明天去潍县蔡家栏子与季书记见面，请示下一步的行动方案，商议稳妥的营救计划。

眼下，他决定先去稳住张德邦，千万不能鲁莽行事而落人口实。来到张家大院附近，见黑暗中有几个影子在晃动，他料到张家大院肯定被人监视了。这个时候贸然前往，定会引起麻烦。此时，如果张德邦他们擅自行动，事情只会变得更糟。他想了一会儿，还是悄悄地返回家中。

家里只有老母亲一人，前些年母亲眼睛瞎了，好在耳朵很灵敏。听到声音，问："是波儿吗？"

张云波低声说："娘，是俺。"

"你可回来了。"

他俯身在娘面前，说："娘，俺要烧了咱这房子。"

娘惊道："你说啥？烧了房子，咱住哪儿啊？你还没娶媳妇呢……"

"娘，这些年，多亏德邦爷爷照顾咱，如今他家有难了，俺不能不管吧。"

"俺不懂，你看着办吧。"说着，娘流下两行清泪。

事不宜迟，张云波先让娘到院子里，自己抱了一些棒子秸，在屋里点着了。眼看着火苗蹿上了房顶，他背着娘跑出胡同，边跑边吆喝着："起火了，起火了。"

火借风势，迅速蔓延，转眼间，下营上空一片通红。不少人从家里跑出来，提着水桶和盆子去救火。

"起火了，快救火啊！"

街上的人越聚越多，慌忙取水救火。

张云波背着娘快速闪进另一条胡同，趁着大乱，来到张家大院，对开门的张家盛说："俺要见老爷子，有要紧的事。"

张德邦和高立亭父女俩都没休息，在堂屋喝茶，听到外面人声鼓噪，以为是鲁明他们开始打下营了，可一寻思不对劲，还差一个多时辰呢。

他们走到院子里一看，见西边天空一片通红，没多一会儿，张家盛就领了背着母亲的张云波来了。

高静姝吩咐冯姨娘扶着老嫂子去偏屋歇息，四个人重新回到堂屋。张云波说了他烧房子的经过，高静姝听完问："你们还有啥法子救人？"

张云波说："俺分析过这件事，以赵金龙和俺爷爷这种关系，绝对会把家顺叔弄到下营来公开枪决。因此，咱不能去县城劫狱，必须设法在下营动手。俺已经联系了俺叔，他现在是排长了，到时候他会以'剿匪'的名义，把队伍拉过来浑水摸鱼。咱这边只要设法让他乱一阵就行。"

高立亭说："俺当县令处决犯人的时候，全县的衙役都会严阵以待，就怕有同伙劫法场，姓赵的不会没有安排吧。"

张云波笑笑："爷爷，您真以为俺这一年多都在当教师吗？保安队里有咱的人，俺会安排好的。俺写那张条子就是怕您这边忍不住动手。好了，俺要去救火了，否则姓赵的会起疑心……"

张云波走后，高立亭望着张德邦问："你信他？"

高静姝微微一皱眉，低声说："爹，俺信！"

高立亭说："咱总得做一点啥吧？"

高静姝沉默了一会儿，说："咱啥都不要做，就是帮他们！"说着，出门吩咐张家盛，趁着外面乱，赶紧去镇外通知鲁明取消行动，所有人抄小路返回盐场。

眼见外面火势下去了，高静姝和黄小翠说了一会儿话，回到自己屋里。她心里窝着一团火，却又不能释放出来，感觉憋得慌，脑海中闪过和张家顺在一起的快乐日子。那种无忧无虑的青葱岁月，多么令人回味啊。

也不知胡思乱想了多久，她的眼角竟全是泪水，连枕头都湿了一大片。她搂着小志迷糊了一会儿，睁眼已是天亮，洗漱后，给小志喂了奶，整理一下衣服走出屋子，见院子里已站了好几个人，鲁明和林建东都在。

张德邦望着她，只说了"静姝"两个字，眼圈就红了。

高立亭低声说："街上出了告示，家顺和另外三个人于明天正午典刑。因他们是共党分子，不适用于任何民国律法。"

高静姝扫了一眼大家，也清楚大家和她一样，心里都窝着一团火。越是这样，越不能乱了阵脚。她理了一下鬓边的秀发，平静地说："大家该干啥干啥去吧。明天的事，明天再说！"接着，她朝张德邦说："爹，等会儿俺去商会，您有空就去街上溜达吧。"

吃完早饭，高静姝在鬓边插了一朵鲜花，提上昨天从赵金龙兄弟手里要来的两支短枪，独自驾着马车来到商会。见几十个老板都在，她微笑着走进去，朝大家拱手道："都来了？很好！"

正堂中间桌旁坐着一个人，正是赵金龙。

赵金龙起身拱手道："高会长，请上座！"

高静姝也不客气，大步走到那张桌的上首，在正中央椅子上坐下来，把两支枪往桌上一摆："今儿给您带来了。"

赵金龙收起枪，低声说："你男人明天都要被枪毙了，今天还有这兴致？有没有想过改嫁哪？俺还没有第三房太太呢，要是你把烤制竹盐的方子告诉俺，咱俩强强联合，整个昌邑都是咱的！"

高静姝瞟了赵金龙一眼，笑着说："昨儿的酒还没醒呢，说啥醉话？"

赵金龙低声说："俺听说你公公爬灰，这事八成是真的吧？家里就他一个男人，几个女的伺候着，难怪老得那么快。"

高静姝不卑不亢地说："赵镇长，昨儿您回家后栽在茅坑里了？一大早满口喷粪，狗儿都知道吃完后擦擦嘴巴呢！"

赵金龙得意地笑起来："明儿俺就看着你怎么送他上西天！"

高静姝正色道："今儿在商会，咱就谈商会的事。俺宣布六件事，按规矩大伙举手表决，有半数通过就生效。"

赵金龙涎着脸说："这是规矩，肯定得这样。"

高静姝接着宣布了六条规矩：第一，国难期间，禁止囤积居奇，保持正常盐价；第二，要求盐税下降两到三个百分点，让利于民；第三，各家盐号拥有的私人武装，镇上无权调动；第四，禁止盐号拖欠盐工和伙计的工钱，按月支付，不得强逼盐工超时劳作；第五，各家盐号共同打击贩卖私盐行为，一经发现，赶出下营；第六，保证食盐质量，必须符合官方标准。

话音刚落，赵金龙站起身，冷笑着从兜里拿出一张纸，摆在桌子上，说："高会长，这是俺的辞呈，从今儿开始俺就不是副会长了。您那规矩留着下酒吧！"说完，他挎着一支枪，手里提了一支，大摇大摆地向门口走去。

高静姝朝赵金龙的背影大声说："有件事俺想问问你，昨天晚上起了火，保安队去哪里了？"

保安队有维护治安和救火救灾的责任。赵金龙却头也不回地回答："这是商会，只谈商会的事！"

高静姝说："谁能保证下回诸位老板的家里不会着火啊？"

在座的老板们纷纷点头称是。

赵金龙扭头盯着高静姝，一字一句地说："保安队归镇政府管，有任务去县城了，咋啦？那是俺的事，你管不着！"

这时，一个声音从外面传来："她是盐业商会会长，管不着你，那俺呢？"

高立亭从外面进来，逼视着赵金龙。赵金龙立刻换了一副嘴脸，笔直的腰杆也弯了下来，笑着说："高议长，哪阵风把您给吹来了？"

高立亭大声说："昨儿晚上俺从昌邑来下营，给闺女送药，路上碰见一拨人。俺到了闺女家里才知道，昨儿你和赵银龙都醉得不轻，谁那么晚带队去的县城？"

赵金龙脸色一阵煞白，但很快恢复了镇静，强撑着说："是副队长朱百万呗。"

朱百万是"猪头来"的儿子，赵金龙提携他当了副队长，是个头上生疮、脚底流脓的家伙，年纪轻轻就抽上了鸦片。

高立亭笑起来："赵镇长，难道你不知道朱副队长两天前在县城的烟馆和人打架，现在还躺在家里吗？"

赵金龙嘿嘿笑着说："哪能呢，再说俺昨天喝醉了，说不定是刘县长直接派人来的。具体情况，俺也不清楚。"

高立亭拉着赵金龙的手："正好，俺现在回县城，咱俩去找刘县长问个明白！"

高静姝眼瞅着两人出了门，急忙追了出去，见赵金龙甩开她爹的手，快步溜进一条胡同。

张家盛站在马车边上，是他送高立亭来的。

她走过去问："你怎么来了？"

张家盛低着头："怕你被别人欺负。"

她没有接话，走到爹身边搀着，说："姓赵的心虚着呢，咱先回家吧。"

回到家时，张云波正在和张德邦说着话，桌上放着一张报纸。

高立亭拿起报纸看了一眼，上面刊发的是《中国共产党为公布国共合作宣言》，激动地说："国共已经正式合作了。这些王八蛋还想着杀人呢，俺这就回县城找姓刘的去！"

张云波说："赵金龙要对付的其实是俺爷爷，想让他白发人送黑发人，承受那种深入骨子里的痛，还故意把刑场定在盐祖庙。季书记也说，虽然国共已经合作，但一些地方官员仍在继续反共，这也是不争的事实。咱就算把官司打到济南，也不一定能救出俺叔，姓赵的手黑着呢。咱如果打官司，说不定他会在牢里下黑手。如今，他急着杀人，咱正好救人。俺都安排好了，等他们把人押到盐祖庙就动手！"

高静姝沉声说："不能在盐祖庙动手，赵金龙肯定猜到咱会在路上或者刑场动手救人，早就布置了很多人，但有一个地方他可能想不到，那就是下营街。"

高立亭问："为啥要在下营街？那里人多，而且还是镇公所……"

高静姝说："就因为是在镇上，他认为咱不敢在这里动手。"

张云波问："你有啥想法？"

高静姝思索了一会儿，说出了她的行动计划。

张云波听完，露出敬佩之色："好，就这么定了。俺马上回去安排！"

高静姝缓缓说："俺担心姓赵的气急败坏后会当街下手。这事就交给鲁明了，他的枪法准！"

第三十二章

一大早，北海吹来的风夹杂着盐碱滩上的尘土，让人睁不开眼。街上布满了警察和保安队队员，各家商号的护商队都被征用了。

往日的这种天气，街上很少有行人，都窝在家里。男人们拉呱聊天，有时摸几把牌九；女人们聚在一起，纳着鞋底唠嗑。从李家媳妇的肚兜花色，到王家老头的大裤衩，荤的素的都有，也甭管是真是假，嘻嘻哈哈图个开心。

今天，男人们不拉呱了，女人们也不唠嗑了，一个个扯着娃儿顶着北风站在街边。

前两天就出了布告，要枪毙张家老二，也就是高会长的男人，说他是共党分子，带头闹事，还勾结土匪抢掠商号的盐队。

有受过张家恩惠的，在路边摆上香纸，看着囚车过来就开始祭奠。老百姓想不明白，张家老爷子是大善人，怎么就不得好呢？老大当专员，也不出手救救自己的兄弟。看看人家姓赵的，在下营为非作歹这么些年，越混越嘚瑟，眼瞅着小老婆都生娃了。也有幸灾乐祸的，就想看看张家那漂亮的二媳妇，怎么送自己的男人上西天……

张家大院内，高静姝换上做新娘时穿的大红嫁衣，戴了花，抹了粉，听到外面铜锣声响，微笑着走出门，出了胡同就站在大街上。只见前面来了几个骑马的人，为首的正是刘文章，后面跟着赵金龙、郑光耀，再往后就是罗队长领着一队警察，押着几辆囚车，囚车里的人被五花大绑着。

刘文章勒住马，望着高静姝，叹了口气，说："鄙人也是无奈，不忍心你们夫妻……"

高静姝望了一眼大街两边黑压压的人群，大声问："请问刘县长，民国二十六年九月二十二日是什么日子？"

刘文章怔了一下，缓缓回答："抓住你男人的日子呗。"

高静姝从衣兜内拿出一份报纸，大声喊："中华民国二十六年九月二十二日，国民党中央通讯社发表《中国共产党为公布国共合作宣言》，国共两党第二次合作，协议的宗旨是团结抗战，一致对外，任何人都不得破坏抗战大业……"

赵金龙叫起来："胡说，那报纸是假的！"

高静姝接着说："南京政府已经承认陕北红军的合法性，你凭什么说是假的？如今，日本人都打下北平了，你们不想着抗日，还想着'剿共'……"

刘文章脸色一变，大声说："咱山东是韩主席说了算，再说了，俺只是奉命行事。你有冤情可以去问张专员，是他下的令！"

高静姝接着拿出大布告："这上面盖的是昌邑县政府的大印，签的是您刘县长的大名。您以为到时候俺告到南京，张专员会替您背锅吗？"

这时，人群中一阵骚动，冲出几个手持相机的记者，一个记者说："我是《申报》记者，请问刘县长，在国共已经第二次合作的情况下，为什么还坚持杀共产党员，是张专员让您这么做的吗？有没有考虑过破坏国共统一战线是什么后果？"

刘文章一阵惊慌，不知该如何回答。赵金龙见状，大喊一声："有人要劫囚犯！"

赵银龙心领神会，立即举枪向囚车里的张家顺瞄准，还没等他扣动扳机，只听一声枪响，手臂一麻，枪掉在地上。

一刹那，四下里响起了枪声。郑光耀从马上往前一扑，搂着刘文章滚落马下，低声说："刘县长，真有人劫囚犯呢。"

郑光耀护着刘文章躲进一条胡同，扭头见人群中冲出一条汉子，冲到囚车前用枪托砸开了木栅栏。

人群早已大乱，那两个"记者"也拔出手枪，打倒囚车边的几个警察。几个保安队队员趴在地上，胡乱朝天上开着枪……

高静姝在慌乱的人群中，望着几个人保护着张家顺逃走了，露出一抹微笑，返身朝家里走去。

回到后院，张德邦和高立亭快步上前，问："什么情况？"

她抹了一把欢喜的泪水："救走了！"

张德邦连连说："那就好，那就好！"

街上枪声还在持续着，张家大门突然被人撞开，一个持枪的汉子踉跄着冲进后院，脚步所过之处，流了一地鲜血。

张德邦呆呆地望着冲进来的汉子，满脸疤痕，不知什么来头。他正纳闷之际，那汉子嘴角喷出一口鲜血，叫了一声"哥"，身子一歪，倒在地上……

张德邦听着这熟悉的声音，急忙过去扶起来，摸着那人的脸，仔细辨认了一阵，泪水一下子涌了出来，哽咽道："兄弟啊……"

这汉子正是张德兴。只见张德兴张了张口，艰难地吐出几个字："哥……欠你的……俺……还了……"

张德邦的泪水哗哗地往下流："兄弟，你怎么这么傻啊？俺不是让齐老板……"

张德兴露出一抹苦笑："回……不来了……哥……后面的……俩娃……是俺的……"

胡同内传来郑光耀的声音："怎么，跑进去了？赶紧叫门，可不能让土匪伤及无辜！"

张德兴用力推开张德邦，艰难地起身，扭头望了东跨院一眼，然后直愣愣地瞪着张德邦，嘴角溢出一些黏糊糊的黑血："老神仙的……茶……孙膑庙……赶紧……"

郑光耀领着一群警察冲进来，张德兴踉跄几步，靠在桃树下，微笑着闭上了眼睛。

那些警察过了好一阵才敢上前，确定已经死了，才把尸体抬了出去。

张德邦想要上前，被高立亭死死拉住，小声说："别忘了他最后说的话，快走！"

张德邦抹了一把眼泪，和高立亭来到后院，牵了两匹马，出了后门往龙池而去。过了龙池，往北沿着一条小道来到孙膑庙前。两人把马拴在庙门口，疾步走了进去。

历史上，这里曾是孙膑的封地。据传，孙膑经常骑着独角大牛在这一带巡视。为纪念孙膑，后人就建起了这座庙。建于何时，已无从稽考。清顺治十八年《昌邑县志》载：孙子庙，在县西北三十里瓦城社。孙膑仕齐，食邑于此，故祠之。宋熙宁四年重修。内有奇槐，见在八景，谓孙庙奇槐即此。顺治十七年，道人孙守德重修。

张德邦看到左边一间土屋里冒出炊烟，不时传出咳嗽声，便走了过去。屋内有个老头，正佝偻着身子在烧火。他站在门口，干咳一声，说："柴大仙，这么多年过去了，该给俺一个交代了吧。"

那老头正是失踪多年的柴大仙，他扭过头，望了张德邦一眼，发出一声长叹："冤冤相报何时了。来，屋里喝茶！"

张德邦和高立亭跟着柴大仙进了另一间屋子，见炉子上烧着一壶水，桌上放着两个空杯，脏兮兮的炕上放着一个包裹。

柴大仙示意二人坐下，从那个包裹里拿出一个小包裹，从里面摸出一张颜色发黄的纸来，放在桌子上。这是一份名单，上面用毛笔签了十几个人名，名字上都盖着红手印，上首有一个巨大的"义"字。

张德邦在纸上看到了爹的名字，还有赵正伦、赵横山、陈世昌、柴旺柱、刘思望、蔡明忠等人。没等他问，柴大仙慢悠悠地说："这是光绪十九年的事，当年俺就是一个跑江湖卖艺的，俺十几个江湖兄弟结了义。那时，你爹只是个小盐商，你还是个孩子，正念书呢。贩卖私盐，是把脑袋提在手里的营生。各地衙门看得很紧，一经发现，命就没喽。俗话说，人无横财不富。你以为你爹给你留下的这份家业，真是靠他一个人拼来的？其实是兄弟们出生入死，拿命壮大了和盛商号的实力。你岳父陈世昌在德州，成了分号掌柜。后来，接连有运盐的兄弟被官府所抓，掉了脑袋。俺和赵老么，也就是赵横山，怀疑你爹有问题，就来昌邑找他，却险些丧命。"

张德邦没想到，他当年就猜错了，柴大仙并不是林黑三。他讷讷地说："俺爹从来没对俺提起过这事呢。"

柴大仙又拿出一个杯子，双手颤抖着倒上茶，说："光绪二十五年，山东正抓义和团呢，你爹能和你说啥？俺和赵老么他们几个兄弟投靠了朱红灯和林黑三，拉起一帮队伍，哪知你岳父趁机游说蔡明忠，出卖了朱红灯和赵正伦等兄弟，得了不少好处。十几个兄弟就剩下了俺和赵老幺。那时，你爹已经过世。光绪二十六年，义和团'扶清灭洋'纵横京津，大师兄林黑三写信给蔡明忠，邀请他和赵老幺赴京。蔡明忠却领着赵老幺找到了你岳父，你岳父亲口说，是你爹指使他那么做的，于是，蔡明忠和赵老幺先灭了你岳父一家。当时，大清朝廷抓捕义和团，赵老幺被迫逃去了东北，蔡明忠不知去了哪里。俺逃到崂山待了几个月，得知赵家兄弟来下营做买卖，于是赶过来，劝他们不要轻举妄动。其实，他们的目的就是要灭掉你张家，替死去的兄弟们报仇！"

张德邦愤愤地说："你为啥不直接告诉俺啊？"

柴大仙苦笑几声，说："谁敢告诉你？你是会长，又是保长，大清还没完呢！"

张德邦问："你们来下营这么多年，一直都在暗中算计俺？"

柴大仙点点头："不过，你为人正直，威望很高。民国初年，赵家兄弟设下那个天衣无缝的计划，要对张家赶尽杀绝。你来找俺，拿出那张通缉令，俺知道你帮了俺，有些于心不忍，所以狠狠心要了你一百两银子，想着远走高飞……"

张德邦问："蔡瘸子为何也来了下营，而且比你早半年多？"

柴大仙呵呵笑了："算计别人的，没有好下场。他跟着林黑三'扶清灭洋'，俺以为他死在洋人枪下了，哪知他捡了一条命。他来下营，估计也想找你爹，可你爹已经死了。碰巧的是，他流落下营，正好被你所救，你把他安置在盐祖庙。俺来下营那么多年都没有发现他，也难怪，他躲在庙里，哪儿也不去，而且每年祭祀盐祖的时候，都是你们本地人。赵金龙是外乡人，不会参加。"

张德邦似乎想到一个问题："是你杀了蔡瘸子？"

柴大仙说："那天，听说你们在那里杀人，俺也去看热闹，认出了他，十几年的恩怨也该有一个了断了。"

张德邦的脸色微微一变，沉声问："赵家是不是有三兄弟？"

柴大仙嘿嘿笑了："我是将死的人了，实话告诉你吧。其实，赵老幺早年练的是童子功，一直没有生育。赵金龙、赵银龙兄弟俩是他在东北收养的，赵天虎也不姓赵，是夏五爷的儿子。当年，你逞强剪掉了梁三爷和夏五爷的辫子，闹得二十几条人命归西。梁三爷被砍了头，夏五爷虽侥幸逃离昌邑，但家产四散。夏五爷领着儿子到处流浪，最终冻饿而死。他儿子恰巧被赵老幺收养了，改名赵天虎。后来，赵老幺带着三个儿子隐居山里，教授他们武功。只可惜，眼看着儿子们长大成人，他却暴病身亡。现在，你明白了吧？"

张德邦说："为了防止被查出行踪，赵老三化名姓江，去了潍县保安大队，亦官亦匪，对吗？"

柴大仙说："那是他的招数，确实很高明。"

张德邦问："他和朱昭然是怎么回事？"

柴大仙说："这得问他。"

张德邦接着问："你为啥要教家盛习武？"

柴大仙说："那孩子和你一样，心善，有次见俺可怜，给了俺几个馒头。俺见他是练武的料子，就教了他几年。俺一个老汉子没处可去，就在这庙里栖身。前阵子，有人来庙里取枪，认出俺来，俺才知道那人是你弟弟。他为了追查赵家老三，把脸都毁了。俺把上辈人的恩怨对他说了，他当时哭得很伤心。俺就寻思着你会来，一直等着呢！"

张德邦朝柴大仙拱手道："您今年有八十岁了吧？"

柴大仙给炉灶添了一把秸秆，咳嗽了几声："八十一岁了，一辈子浑浑噩噩的。"

张德邦笑笑："是啊，八十出头了，黄土都埋到头顶了，为啥还要折腾俺啊？您说了这么久，可没几句真话！"

柴大仙望着张德邦，就那么对视着，片刻之后，各自哈哈大笑起来。柴大仙问："你咋知道的？"

张德邦说："你知道俺为啥这时候来找你吗？"

柴大仙一愣，故意转移话题说："来来，喝茶！"

张德邦冷笑着说："要真的喝了这茶，只怕俺俩都走不出这屋了。俺弟临死前，嘴里吐出的血是黑色的，那是中毒的表现。他那么相信你，没想到却被你所害。如果不是你说俺弟哭得很伤心，俺几乎都被你骗了。俺弟那性格，你没俺清楚，他做了错事死不承认，逃在外面当土匪那些年，俺几次找人带信给他，他都不愿回来，说是要找到杀俺家伙计的人，还俺的债。就在俺来见你之前，他救出了俺儿子，死在俺面前。临死前，让俺赶紧来这里找你。因为他知道，今儿一早喝了您的茶，临死才明白过来。"他望了一眼炕上的大包裹，接着说："您老这么大年纪了，还想去哪里啊？"

柴大仙笑笑："他今儿一早告诉俺，说要去救侄子，哪能让他那么轻易救呢？"

张德邦强忍心头的怒火，说："这些年发生的事，细细想起来，俺总算明白了。当年，你在树林里的时候，俺就该怀疑你，虽然树上绑着的是赵天虎的人，但那是你故意布下的迷魂阵，还吩咐俺往前三里地'别开枪'，目的就是让赵天虎伏击俺。你见俺这边人多，知道俺有了准备，于是放炮通知赵天虎，所以他的人撤走了。俺走了五里地遇到了孙黑炮，并不是你说的三里地。你教家盛武艺，不是你感激他心善，那是因为俺弟弟不能生孩子的事，下营街上的人都知道。后来，他去香港治病，你就断定家盛不是他的亲生儿子。你那么做的目的，就是想在俺身边安插一颗钉子。以前家盛望着俺的时候，眼中有恨意，俺就觉得有些不对劲。后来，他告诉俺，说你是他师父，俺就怀疑你教他武功的动机不纯。来这里前，桌子上有两个茶杯，并不是你等俺，而是有人刚刚离开！"

柴大仙又喝了口茶，点点头："你果然是个精明人！"

张德邦说："你杀蔡癞子的真正原因，不是你所说的十几年恩怨，而是担心他泄露了你的计划。他死后，眼珠子望着藏有官袍的地方，虽然俺找到了官袍，可没往那方向去查，其实也没法查。好在你给的这份名单，使俺明白了你们的关系。"

柴大仙哈哈笑了："不错，当初他先来的下营，然后通知俺过来，与赵家兄弟一起联手对付你。可十年过去了，你仍根深蒂固。赵老大花银子打通宫内的关系，蔡癞子则唆使你侄子和那几个革命党人贩私盐，等时机成熟后向官府举报。就这样，一切水到渠成。千算万算，却忽略了蔡癞子，他觉得你为人心善，且已经改朝换代，上代人的恩怨已成过往云烟。可赵老大已经花了大把的银子，不可能轻易放弃，担心他泄密，只能让俺杀了他！"

张德邦说："你们的计划简直天衣无缝，可你这是在助纣为虐啊！"

柴大仙发出一声长叹："俺也是才明白过来，可惜已经晚了。以前，俺告诉过赵老大，只要找个人打你的冷枪，啥事都没有，可他偏偏不听，要慢慢看着你家破人亡，那样才解恨。现在，俺也弄明白了，不是你爹出卖了兄弟们，罪魁祸首应该是你岳父。你岳父已经得到报应……行了……你们的事……俺也不掺和了……混了……一辈子……江湖……临死都……不知道江湖……是啥味……"他张口喷出一大口黑血，吃力地起身爬上炕，仰面倒下。

张德邦起身："还有件事您没说，为啥第二次要了俺那么多大洋，却又让张老财还了回来？你到底是帮俺还是帮赵家兄弟？"

柴大仙张了张口："俺……明白了……昌邑……盐业商会……离不了你……你不能死……"说着，又吐出一口黑血，闭上了眼睛。

张德邦似乎明白了什么，低声说："你虽然住在下营街上，也经常四处走动。混江湖的人都留有后手，不让子孙后代卷入这场是非。你想用这张名单换俺不去寻找他们。好，俺答应你了！"

他收起名单塞进衣服内，与高立亭走出屋。望着墨色的天空和纷纷扬扬的雪花，几十年了，堵在心口的疑问终于找到了答案。可也有几个问题他没想明白，赵家兄弟是怎么和朱昭然勾结上的？

两人回到家，得知张德兴的尸身被挂在十字街口示众。杨小玉想去祭奠，被高静姝拦住了。如果去祭奠，就承认张家通匪了。

杨小玉哭晕了好几次，毕竟夫妻一场，虽有万般怨恨，难舍同枕之情。

赵银龙被当场打死，赵金龙受伤被送进医院，另外死了五个保安队队员和警察，伤了两三个百姓。张家顺和那几个人被救走，转移到了安全地方。

张德邦来到祠堂，从一个箱子里翻出一块没写字的灵牌，提笔写了一个"张"字，没再往下写，端端正正地放在供桌上方，点上三炷香，眼泪一下子涌出来，哽咽道："你个大傻子！"泪水瞬间湿了衣襟。

当天夜里，挂在十字街口的尸体不见了，没人知道被谁偷走了……

时间晃一晃，两场雪下来，带着咸味的北风刮个不停。眼瞅着进了腊月，张德邦选了个日子，收林建东为义子，只等着年后姜彩云出嫁。

有消息传来，日本人打进山东了。德州分号也关了门，运到济南的盐转头往南走，前往河南和鲁南山区。

张德邦以为陈有福一家会来下营，可等了十几天，也没等到人。他和马逢春聊了一阵，马逢春暂时打消了回德州的想法。

张云波出面成立中华民族解放先锋队，满大街地宣传抗日。人数虽然不少，可没几支枪，多是长矛和梭镖。鲁明有时候帮着一起训练队员。

黄小翠回了县城，等着明年正月出嫁。

赵金龙出院后，不知抽了啥风，以抗日的名义征夫。大冬天的，让百姓挖土修筑城墙，还建了两座七八米高的碉堡。

腊月二十二，和盛商号各地分号来了人，年终汇总，十三处山区分号亏损五万四千四百二十六块一角三分，十二处城市商号进账二十六万三千九百一十七块四角二分。城市商号的盈利点主要得益于竹盐。

张德邦在宅子里摆了两桌，和高静姝一起敬了酒，感谢大家一年来的辛勤劳作。马逢春也把各家应得的分红算了出来。

高静姝喝了几盅酒，有几分醉意。回屋后，奶完小志，母子相拥着睡下了。半夜时分，突然听到门响，一个人影随着一阵寒风闪了进来。那影子摸不着灯火，低声叫了一句："静姝。"

高静姝瞬间惊醒，听着熟悉的声音，起身搂了过去，口中道："想死俺了，你怎么才回来？"

来人正是张家顺。

高静姝帮他脱了衣服，接着把儿子挪到最里边，低声说："赶紧上炕暖和暖和，这冰天雪地的，你们都在哪儿啊？"

张家顺说："瓦城，计划暴动呢，还是缺枪。日本人还没来，寿光县长、潍县县长就跑了。去年十二月二十九日，中共鲁东工委组织发动了寿光牛头镇起义；今年一月一日，中共山东省委又领导发动了徂徕山起义。咱这边也要动一动……"

两人进了被窝，紧紧地搂着。张家顺还想说话，却被高静姝温嫩的嘴唇给堵住了。屋里顿时充满一片旖旎，发出青春洋溢的喘息声。

高静姝伏在张家顺温暖的怀中睡得正香，突然听到外面传来姜彩云有些颤抖的声音："静姝，你家来人了。你爹让你赶紧回去，说你叔回来了。"

高静姝一见窗户外面天色大亮，急忙穿好衣服。正要出门，小志醒了，

一看到张家顺，哇哇哭起来。

张家顺把小志搂在怀里，说："俺是你爹，臭小子，不认识俺了？"

高静姝轻轻捶了张家顺一下，说："他出生后，你回家看过他吗？你这个当爹的，当甩手掌柜呢。"

张家顺嘿嘿笑了，亲了小志一口。小志不哭了，小眼珠子滴溜溜地望着他，像是在细细揣摩。

高静姝走出屋，见姜彩云的神色有些不对劲，她还没问，姜彩云说："静姝，你出去看看吧。"

高静姝走到前院大堂屋，见高家店铺里的伙计正和张德邦说着话。伙计腰上扎着一根白麻布，高静姝登时觉得眼前一阵晃动，被张家盛扶住了。她望着那个伙计问："俺家里……"

张德邦接过话："是你二叔，殉国了。你哥送回来的。俺和你一起回去吧！"

高静姝眼里噙着泪，快步回到屋里，奶了小志，换了一身素服，在鬓边插了一朵白花，把高立云殉国的事对张家顺说了。

张家顺说："俺和你一起去吧。"

高静姝悲痛地说："虽说国共合作了，但你现在还不能公开露面，姓赵的盯着你想下黑手呢。俺和爹去就行！"

她把小志抱在胸前，上了马车。张德邦赶着马车，张家盛背着枪，骑马跟在车后。

到了县城，他们还没到家门口，就见沿路白幡飘飘，满地纸钱。两边站着荷枪实弹的士兵，胸前挂着白花，手臂上缠着黑纱，一脸悲戚之色。院子里传出阵阵哭声，悲壮无比，痛彻心扉……

第三十三章

高家大门口齐刷刷地站着两排士兵。门楣上方挂着黑纱，两边贴有挽联，上联：率万千将士抗日寇浴血德州；下联：怀一腔热血战倭人以身殉国。

高静姝顿时眼睛模糊了，哭喊了一声"二叔"。这时，听到旁边有人喊"静姝"，她扭头一看，是哥哥领着妻儿一身缟素跪在大门旁。她哭着问："哥，你这是怎么了？"

高静之抹了一把眼泪，说："咱爹不让俺进家门，只能在这里拜二叔了。"

不等高静姝说话，张德邦说："俺和亲家说去，都啥时候了，还把儿子拦在门外。"

张德邦口中哭喊着"兄弟"，跌跌撞撞地走了进去，见满院都是穿着军服的官兵，有的身上还缠着带血的绷带，军服也都烟熏火燎、破破烂烂的，但一个个昂首挺胸，面容肃然。

外面亭子里坐着不少人，都是县议事会议员和乡绅，还有几个官员，没看见刘文章和郑光耀。

高立云的灵柩放在正屋客厅里，上面盖着青天白日旗，两边有士兵肃立守卫着，香炉里三炷香冒着白烟。三个孩子跪在地上，徐清香蹲在孩子身边，不时地往火盆里添着纸钱。

徐清丽站在姐姐身边，姐妹俩泪眼婆娑，令人生怜。

张德邦走上前来，喊了一声"兄弟"，刚要跪拜，却被人搀扶起来，扭头一看，是高立亭。

高立亭低声说："兄弟，你是他哥，哪有兄跪弟之理？"

张德邦大声说："俺跪的是壮烈殉国的好男儿！"说着，不顾高立亭反对，双膝跪了下去，拜了三拜，起身后说："亲家，静之在外头跪着，也不是个事啊。"

高立亭头也不抬，说："这是俺的家事。"

张德邦叹了一声，不再说话。

门口人影一闪，高静姝走进来，怀抱小志缓缓下跪，说："小志，给二姥爷磕个头。"磕完头，她对高立亭说："爹，哥和嫂子跪在外面呢。"

高立亭抬起头，颤抖着吼起来："那个畜生娶了日本娘们，你叔却让日本人给害死了，造孽啊……"

高静姝含泪说："爹，您是深明大义的人。俺嫂子是日本人，不假，可您孙子姓高啊。孩子跟着爹回爷爷家，却被挡在门外，您让孩子怎么想啊？"

张德邦说："亲家，您还时不时劝俺呢，到您这里，就……"

高静姝走到徐清香面前，跪下叫了一声"婶子"。

这时，徐清香声音嘶哑地说："哥，让静之进来吧。这一路上亏得他帮衬着，几天几夜都没合眼呢。"

高立亭叹了口气，说："姓高的可以进门，那日本娘们绝对不行，除非俺死了！"

张德邦明白，这是他的底线，转身走出院门，对高静之说："静之，先让你婆娘去旅馆里歇着，你领着孩子进去吧，多给你叔磕几个头。你叔戎马一生，以身报国，是咱昌邑人的荣耀啊！"

高静之领着孩子走进去，跪在灵前号啕大哭，旁边的人也都跟着抹眼泪。

张德邦从旁边扯了一根白绸系在腰间，能为以身殉国的英灵戴孝，不丢人！

张德邦来到亭子里，和乡绅们打过招呼，大声说："高将军战死沙场，是咱昌邑人的光荣啊。俺认为，不能就这么让英魂入土！"

几个乡绅也点头称是，一人说："俺几个也在商议，理应入庙供奉，让后代子孙们都记住！"

张德邦点头说："那就有请诸位帮忙，明日上午在城北老庙举行公祭，让高将军入庙。俺这就去找刘县长，他答应就答应，不答应也得答应！"

说话间，听到外面传来哀乐声，不一会儿，刘文章领着一帮人，抬着一块挂着黑纱的黑底匾额，上写"功昭日月"四个描金大字，后面跟着一些吹鼓手。

张德邦朝刘文章拱手道："刘县长，俺正与诸位乡人商议，明天上午在城北老庙举行公祭，让高将军入庙。"

刘文章脸色一漾，说："鄙人虽主政昌邑数年，但还是头一遭遇到这样的事。高将军以身殉国，着实可歌可泣，令人感佩。如今，忠魂还乡，应该，应该。俺立马去安排！"说着，刘文章领着下属进屋祭拜。

张德邦和几位乡绅商议了各项流程，成立了治丧委员会，将那些士兵的食宿安排妥当。

刘文章祭拜完，便带着人匆忙离去。

张德邦望着他的背影，心里骂道：别以为俺不知道你是个什么货色！

外面不断有人前来吊唁，张德邦和几位乡绅帮忙应酬着。

下午，眼瞅着天色暗沉下来，大风骤起，横扫着枯枝残叶。傍晚，纷纷扬扬下起了大雪，雪花满天飞舞，天地间多了一股肃杀之气。

那些军人们依然在风雪中肃立着，任凭风雪吹打，脸上的泪痕成了冰，一个个兀自不动。

张德邦看得心酸，如此钢铁一般的战士，怎么会输给日本人呢？他央求一个长官让士兵们进屋暖和一下，只留下两个轮流守卫就行。

回到堂屋，他蹲在高立亭身边，给火盆里添着纸钱。两人都没说话，默默地流着泪。

一九三七年腊月二十五，大雪给整个昌邑戴了孝，路是白的，屋顶是白的，树也是白的。

一大早，县城北文庙前就搭起了台子，台子旁边是祭棚，以白绸撑面，十分肃穆。人们自发地清扫了里里外外的积雪。祭棚内放了一张大桌子，摆放着高立云的军帽和灵位。两队警察和军人胸挂白花，持枪肃立在两边；鲁明和张云波领着护商队站在文庙东南门台阶上。

文庙始建于唐代，几度毁于战火而重建。前殿供奉着孔子和三清，后殿供奉城隍老爷。孔子主功名，三清主人生，城隍老爷主一方平安。明清时期，每有秀才榜上有名，都会到文庙叩拜。每年正月十五和七月十五，都举行大型庙会，祭祀孔子。

哀乐阵阵，铜锣声随风传来。随着三声炮响，十六名军人抬着黑漆棺材，缓缓走进文庙正门。

张家昌、刘文章领着一众官员，身穿黑色衣服，胸戴白花，站在正门内两边，低头肃立，迎接英魂。

张家昌是连夜从莱州赶过来的，雪天路滑，途中差点出了车祸。父子俩见了面，张德邦狠狠地瞪了他一眼，都没说话，也没话可说。

铜锣队和哀乐队闪到两边，高立亭、张德邦一左一右走在棺材前面，手持引路幡，步子稳健而沉重。他们身后是身披重孝的高家后辈子孙。灵枢后面是手持白幡的士兵和抬着各种匾额的伙计们，随后是高立云属下的官兵，最后则是城内外的乡绅百姓。

灵枢抬到后殿暂时安放，留下部分士兵守灵。其他人聚集到前殿广场，张家昌宣读了南京国民政府发来的唁电，刘文章致诵悼词。

庙外大广场上，还跪了不少持香的百姓，仍不断有百姓从四面八方赶来，一个挨着一个跪在地上，没多久就跪了一大片。

鲁明望着黑压压跪拜的人群，泪流满面地对张云波说："英雄是民族的脊梁。如果有机会，我也想成为英雄！"

致完悼词，李副师长讲述了高立云殉国的经过。那天，面对日军三个师团的包抄，韩主席紧急下达撤退命令。为了能让兄弟部队撤走，高师长率领一个师的兵力抵挡日军两个师团的进攻，从早上打到晚上，一万多弟兄只剩下两三千人。高师长身先士卒，带领剩下的官兵强行撕开一个口子，向东突围。就在突围过程中，高师长被日军炮弹击中，壮烈殉国……

李副师长边说边擦泪，哽咽着说："日军一个联队有几十门大炮，还有飞机、坦克和各种小炮，炮弹像下雹子一样。咱一个师才十门炮，不到一千发炮弹。弟兄们都是拿身体往前压，二十几个人拿命跟鬼子的一辆坦克拼。一条条汉子都是爹娘生、爹娘养的啊。咱的飞机呢？咱的大炮呢？"

在场的官兵哭起来，哀痛声响彻天宇。

张德邦听得热血狂涌，大声道："俺捐三万大洋，以作抗日之资！"

乡绅们也跟着报数，有两万的，也有一万的，排着队到台下的桌子旁认捐。

李副师长一声令下，带领官兵们单膝跪下，感谢乡绅们的慷慨解囊。接着，李副师长含泪道："日本鬼子扬言三个月灭亡中国。虽然我们师就剩下两千多人了，但我们一定会继承高师长的遗志，坚决和日本人拼到底！"

顿时，广场上响起一阵悲壮的嘶吼："抗日救国！抗日救国！"

张德邦在给高立云的灵位上香时，见赵金龙也在人群中，只是相互对望了一眼。

公祭完毕，官兵们抬着高立云的棺材缓缓离开文庙，前往城外的高台安葬。

路上，不时有人插进送葬的队伍，一直延绵了三四里长……

李副师长带领部队在城内驻扎了两天，带走了二十多万大洋的捐款，还有一千多名自愿参军报国的热血男儿。

高静之在家待了两天就回了济南。临走，他与父亲告别，高立亭一言未发，连正眼看都没看。

高静姝在娘家住了四天，也回了下营。

除夕上午，高静姝来到盐业商会，和大伙商议明年的买卖。大家最关心的还是当下的时局，听说日本人已占领了济南，说不定很快就要打到这边来了。有人说，刘文章和县里的一些官员都去了莱州。

高静姝只安慰大伙一句话："和盛商号在沈阳的分号重新开张了！"

和盛商号沈阳分号确实开张了，掌柜的姓欧。其实，欧掌柜是陈清水的战友，分号实则是抗联的联络点。

赵金龙开了腔："听说寿光那边几个老板也在北平开了盐号。日本人来了，有啥可怕的？他们就不吃盐了？"

话是这么说，可大伙的心里还是沉甸甸的，喝茶都喝不出味道。

年前，各家商号出盐量就比去年少了四成，济南那边堵了路，根本走不了。运往河南和安徽的货，只能用马车走安丘、临朐。

这个年过得很压抑，就像路边的雪坨子，结结实实压在了人们心里。

正月初八开市，高静姝一早领着老板们去盐祖庙祭拜。在烧香的时候，听到西边传来一阵阵枪炮声。顿时，人们变了脸色，跪在盐老祖神像前不断地磕头，求盐老祖保佑。

这天，既是商铺开市，也是林建东和姜彩云、鲁明和黄小翠喜结连理的日子。张家大院摆好了二十多桌酒席，就等着商会老板们前去喝酒了。

本来想让鲁明和黄小翠住在高家旁边的小宅子，鲁明却坚持回下营。张德邦只得找人把陈有福的宅子修缮了一下，当作他们的婚房。婚礼就定在张家大院。

祭拜完盐老祖，枪炮声渐渐停了。大伙提心吊胆地乘坐马车往回赶，突然又听到南边传来一阵枪响。

高静姝下了车，安慰大伙别慌张，让张家盛骑着马去前面看看。

没多一会儿，张家盛骑马回来，眼圈都红了，哽咽着说："日本人真不是东西，嫂子一头撞死了，林大哥也……"

几个老板急着问："日本人呢？"

张家盛说："往县城去了。"

张家盛骑着马走在前头，见新娘子的花轿就在路边，边上倒了几具尸体，鲜血流了一地。

林建东家就在村边，隔着大路没多远，高静姝一眼就可以看到门上的大红喜字，还有门口的两具尸体。她下了车，稳定了一下心神，踩着冰雪从几具尸体间走过去。张家盛紧跟在身后，把枪抓在手里，警惕地看着四周。

高静姝进了林家，院子里也有几具尸首，有一具手里握着一把镰刀，肚子上一个大窟窿，肠子都出来了。

高静姝走进正屋，见穿着一身新郎装的林建东倒在酒桌边，他眼睛半睁着，头上多了一个弹孔，手里还握着一把砍刀。

姜彩云死在炕沿下，她的大红衣服被扯烂了，露出了贴身的肚兜，额头深陷进去一块，可见她寻死的那一撞是多么的坚决……

高静姝双腿颤抖着走过去，叫了一声"嫂子"，捂着嘴努力不让眼泪流下来，可还是不争气，泪水怎么止都止不住。她蹒跚着走上前，替嫂子整理好衣服，使劲把姜彩云搬到炕上，最后抓了一块红布盖在姜彩云身上。

张家盛把林建东抱进来，放在姜彩云旁边，让夫妻俩躺在一起。

望着眼前的一切，张家盛咬着牙吼了一声："狗日的小日本！"

高静姝问："青乡盐警队呢？怎么就看着……"

张家盛说："俺回来的时候，碰到一个胆大的村民，那村民说只有十几个小日本，都穿着黄大衣。盐警队二十几个人，刚一照面就被打倒两三个，其余的都蹿了。小日本看到新娘的轿子，就顺着进了宅子……"

高静姝抹了一把泪水，对着炕上两具尸体磕了三个头，说："林大哥、嫂子，这个仇，俺一定替你们报！"

这时，外面有人进来，是青乡甲长，领着人来收尸。

高静姝擦干了眼泪，吩咐甲长把林建东和姜彩云埋在一起。他们生不能同衾，死后也应同穴。

高静姝回到大路上，见那些老板们都没走，在等着她呢。

张家盛提着枪上了马，率先向下营冲去，高静姝驾着车紧跟其后。

一行人回到下营，见大街上非常安静。往年的今天是一年中最热闹的日子，不但是大集，而且是各家商铺开张的日子，鞭炮声会震破天。而此刻，街上的店铺都关着门，门前还有红彤彤的鞭炮屑，证明曾经热闹过。

经过镇公所的时候，大门也是紧闭着，门上方的青天白日旗已经换上了白底红心的膏药旗。

高静姝和张家盛到了家门口，张家明开了门。

张家盛问："小日本来咱家了？"

张家明说："没呢，听到枪声，大伙以为来了土匪，吓得都跑了。齐掌柜来了一趟，和爷爷说了一阵子话。"

高静姝进屋后，见张德邦在喝闷酒，满院子的酒桌，却没有一个客人。她走过去，哑声说："爹，林大哥和嫂子都被小日本害了。"

张德邦抓起一个盘子摔在地上，吼了一声："这是啥日子？两场喜事都成了丧事，老祖宗保佑个屁啊！"

高静姝吃惊地望着张德邦："爹，小翠咋啦？"

张德邦重重地叹了口气："鲁明接她来的路上，撞上了小日本，也……"

原来，那伙日军也遇上了鲁明的迎亲队。一个日本兵非要掀开盖头看

看新娘，还动手动脚，被惊慌失措的小翠扇了一巴掌。那日本兵恼羞成怒，挺枪往轿子里刺去，刺中了小翠的胸膛。

鲁明发疯般地要去跟日军拼命，被迎亲的人死死按住并拖回了家。他拿上枪要去报仇，被赶来的张云波抱住，两人出门后就不知去了哪里。

高静姝顿觉身子发虚，勉强走进内宅，见张恒睿在墙角堆雪人。她走过去，紧紧地将他搂在怀里，流着泪说："从今往后，婶子就是你的亲娘。"

张恒睿抬起头："婶子，俺娘说过几天就接俺过去呢。"

高静姝擦了擦眼泪："过两天吧，婶子领着你去。"

她领着张恒睿回到屋里，赶紧给饿得哇哇大哭的小志喂了奶。刚奶完，就听到外面传来嘈杂的声音。她放下小志走出去，张家盛从外面进来，说："嫂子，都在门口呢，您去看看吧。"

高静姝走出去，见一个身着军装的军官跪在地上，还有一群满脸烟灰的士兵，他们大多带着伤。张德邦赶紧将他们扶起来。

一见高静姝出来，张德邦介绍说："闺女，这是你世武哥，云波他叔。"

张世武见过高静姝，激动地说："年前，县长还口口声声地表示坚决抗日，制定了作战方案，哪知日本人还没过虞河呢，他倒先逃了，警察局胡局长也逃了，一枪都没放啊。日本人占领潍县后，杀人夺财，强奸妇女，坏事做尽了。俺听说蔡家栏子起义了，成立了抗日队伍，就想带人去投奔，可到了那边一看，他们也转移了。昨天，在固堤，俺们遇到一支二三十人的鬼子小队，和他们干了一仗，三十几个兄弟就剩下俺们七八个人了。小鬼子的枪打得远、枪法准，还有小炮，难怪高师长……"

高静姝问："哥，你们准备去哪里？"

张世武说："俺想找家顺，一起联合抗日。俺听说家顺领着队伍，在龙池也和日本人干了一仗。"

高静姝说："俺回来的时候，看到镇公所都插上膏药旗了。"

张德邦似乎意识到什么，吩咐张家盛去厨房拿了一些馒头和两袋子面，交给张世武，接着说："瓦城孙子庙，你们可以暂时在那边安身。"

年前，高静姝就听张家顺要起义，估计是在瓦城那边，于是说："哥，你可派人去瓦城看看。想抗日，单打独斗可不行，得团结起来！”

她并不知道，就在一九三八年一月二十七日，也就是高立云公祭下葬的当天，中共鲁东工委就组织发动了潍县蔡家栏子武装起义；二月五日，也就是正月初六，中共昌邑县委也发动了瓦城起义。潍县蔡家栏子的起义队伍前来瓦城会师，公开打出了“国民革命军第八路军鲁东游击队第七支队”的旗帜，伺机打击日、伪、顽军。

张世武再次给张德邦磕了头，领着人匆匆离去。

张家大院紧闭了大门，张德邦和高静姝竖着耳朵，仔细听着街上的动静。一直到了晚上，没有听到枪声，连狗也没叫唤一声。

高静姝搂着小志，翻来覆去地睡不着。小翠的尸体还在张家老宅那边，没入殓呢……

她胡思乱想着，快到半夜的时候，听到胡同里传来声音，院子里的狗叫了起来，接着外院传来敲门声。

她披上大袄走出去，开了门。张家顺和几个男人快步闪进来。

张家顺介绍说：“静姝，这是季书记，这是我同学李福泽。”说着，几个人进了屋。高静姝向季书记和李福泽行了礼。

这时，张德邦也起来了。一听李福泽是火道村的，说：“我知道火道李家，也认识你爹啊。俺家经常用你家的船运盐呢。”

李福泽家是远近闻名的大户人家，不仅有自己的运输船队，还在张裕葡萄酒厂、青岛啤酒厂入着股呢。火道村离下营就几里路，张德邦怎么会不知道呢。

张德邦想起了陆升勋，怎么又出来一个不愁吃、不愁喝的大少爷啊。看来这“革命”的吸引力也忒大了呀。

季书记、李福泽和张德邦说着话，高静姝拉了一把张家顺。两人往内院走去，高静姝边走边把两个嫂子惨死以及张世武带着士兵来家里的事说了。

张家顺着急地问：“恒睿呢？”

高静姝说：“婶子带着，在东院和家明一起睡呢。现在外面咋样？”

张家顺说：“到处都乱哄哄的，日本人沿路杀人，俺跟日本人干了两次，都吃了亏。今天下午，云波领着鲁明找到俺了，鲁明在队伍里。现在日本

人去了城里，刘文章那个兔崽子也跑了。俺和季书记来找爹要枪呢。"

和盛商号的护商队虽说上报了二十支枪，但实际上买了四十多支。

就在夫妻俩说话的空儿，张德邦领着季书记到柴房中取出了埋在地下的二十几支枪，其余的在商铺那边，当晚也能取走。

张德邦还告诉季书记，赵金龙当初报了三十支枪，加上保安队和盐警队那边应该不少于一百支。

季书记说，他们去过赵金龙家，家里没人，估计他们逃去县城了。

张德邦说："有一个人应该没走，赵金龙的老丈人朱福来肯定在赵家盐场呢。走，俺先领您去商号取枪吧。"

第三十四章

　　盐，生命之"沙"，总是以纯洁透明的晶莹映照着宇宙之光，一如这洒满大地的粒粒星火。张家顺和高静姝有说不完的话，出来的时候，见爹和季书记已把枪绑在马车上了，同志们都开心不已。

　　季书记说了当下局势，由于日军兵力有限，他们将重点基本放在了胶济铁路沿线，昌邑南部岞山、丈岭火车站都有重兵把守，县城只驻有一个中队，下营暂时是安全的。接下来，日本人会发展汉奸，扶持伪政府，控制全县经济。柳疃、青乡、下营会成为日军控制的重点。

　　季书记带人离开后，张家顺当晚就住在家里。他告诉高静姝，上级派他和张云波去胶东工作，过两天就走。

　　不知不觉天亮了，张家顺、高静姝先去老宅祭奠了黄小翠。黄小翠还算是高家的媳妇，至于葬在哪里，需要和爹商议。

　　街上的商铺都没开门，一些背着枪的士兵正挨家挨户发传单。张家顺接了一张，是要求大家捐款抗日的。

　　他回到家，见爹手里也拿着一份传单。张德邦望着张家顺问："这个杨司令究竟是啥来路？"

　　张家顺说："原先是国军的团长，有七八百人，听说是从寿光那边逃过来的。现在驻扎在柳疃。"

　　张德邦问："县城有多少鬼子？"

　　张家顺说："除去胶济线的那些，县城也就有一个中队，百十号人。"

　　张德邦瞪着眼珠子："啥？才百十号人？你们的人，加上杨司令的人，应该有上千吧？怎么不去打昌邑？"

张家顺叹了口气说："爹，别看日本人少，可武器先进，光轻重机枪就有二十挺，还有大炮、小炮。日本人的枪打得远，远远见着人，一枪就把人撂倒了。咱七支队满打满算四百号人，武器又不行，打不远，也打不准！"

张德邦一拳砸在桌子上，重重地叹了口气。

两天后的夜里，张家顺被人叫走了。那天晚上，北边响了一阵子的枪声。

第二天上午，齐正阳来到张家，说了外面的局势。日本人进城的时候，郑局长领着一队警察誓死抵抗而以身殉国；罗队长投靠日本人，当了汉奸。县里取消了县议事会，成立了维持会，赵金龙任维持会会长。高静之当了日本人的翻译官，听说高立亭因此而气病了……

高静姝听后，着急不已，立即要去县城探望爹。

张德邦不放心，也想和高静姝一同去。高静之当翻译官，日本人不会为难他们。

其实，齐正阳还有一件事没说。那晚，季书记带人赶到赵家盐场，抓了"猪头来"。他交代，赵金龙的枪支藏在姜家泊。昨天夜里，七支队和杨司令的队伍联手攻打姜家泊，哪知杨司令临场退却，导致七支队进攻失败，被迫撤离休整。

齐正阳离开后，张德邦和高静姝收拾了一下，正要上车前往县城，就见胡同那头来了几个人，下营街渔盐店的严老板在前领着，后面跟着一名军官。

严老板上前拱手道："张老板，高会长，这是杨司令的副官，特来请二位去望海酒楼一聚，商议筹款抗日之事。"

那副官朝张德邦敬了礼，双手奉上一张大红请柬。

张德邦接过来，感觉请柬里夹着东西，打开一看，竟是一个刚割下来的人耳朵。

张德邦还想着，如果杨司令真心抗日，和盛商号就捐款五千块大洋。一看请柬里夹了这玩意，性质就变了。捐款本是自愿，哪有这么强逼的？

副官彬彬有礼地说："请二位现在就跟着俺过去，杨司令在等着你们！"

高静姝把小志交给冯姨娘母女帮忙看着，然后陪着公公前往望海酒楼。

望海酒楼门前站着两队持枪的士兵，旁边柱子上绑着一个人，走近一看竟是同德银号的鲁掌柜。鲁掌柜身上血迹斑斑，已经晕了过去，左耳朵被割，肩膀上的血都凝固了。

这无疑是一场鸿门宴，鲁掌柜就是那只给猴看的"鸡"。

张德邦和高静姝走进酒楼，张家盛想跟着进去，被两个当兵的拦住了。张家盛正要发火，高静姝急忙朝他摇摇头，示意他在外面等着。

楼上坐满了人，都是下营街上的老板，卖盐的、卖丝绸布匹的、卖烧饼油条的都在。

齐正阳坐在一个角落里，朝他微微一笑，算是打了招呼。

最上首坐着一个四十来岁、身穿灰色长褂的男人，他身后站了四个凶神恶煞的卫兵。

看到张德邦进来，老板们纷纷用眼神打着招呼。上首那人也起身，拱手道："张老板，高会长，就等二位了，来来来，请上座！"

张德邦和高静姝坐下，那男人自我介绍说："鄙人杨兴元，领着兄弟们在昌邑暂时落个脚，请诸位老板多多海涵。如今国难当头，上头号召全民抗战，可弟兄们手里的枪没几发子弹，咋打啊？所以，恳求诸位老板慷慨解囊，鼎力相助！"

杨兴元停顿了一会儿，目光扫视了一圈，接着说："本人定个数，盐商每家两万大洋，会长五万，副会长三万，其他店铺每家五千。拿钱来领人，晚上八点整拿不来钱的，统统枪毙！"

话音刚落，现场一片哗然。大伙纷纷把目光投向张德邦和高静姝。高静姝先开了口，微笑着说："杨司令，俺叔为国捐躯的事，您一定听说了，是吧？当时，全县乡绅纷纷主动捐款，那是各家各户自愿捐款抗日。日本人确实可诛，抗日救国，人人有责，可从没听过定下数额，拿不上就要枪毙的。您这么做和绑票的土匪有何差异？"

杨兴元哈哈一笑："高会长说得好，如今兵荒马乱，南京也管不了，俺就要自己想法子，上千张口跟着俺要吃喝，只能学一学土匪的招数了。高会长，俺敬仰你叔是条汉子，破例减少一万块。这总行了吧！"

高静姝笑道："杨司令，你有所不知，如今下营最有钱的人躲在县城

呢。在座的这些老板加起来都赶不上赵金龙的一根手指头。您只要拿下县城，还怕没钱吗？"

杨兴元冷笑道："妹子，你别给俺上眼药。前些日子，你大伯哥张家昌在南边的山区扯出抗日大旗，如今是山东省第八区专员兼保安司令，手下有好几千的兵力。他为啥不敢打潍县啊？"

高静姝说："可他没向俺家里要一分钱呢。"

张德邦终于发话了："杨司令，如果你们拿下县城赶跑日本人，俺就是卖了宅子，也给你把五万大洋凑上。不然，俺就坐在这里，等到八点钟。反正俺已经是去鬼门关转悠了好几次的人了，也不在乎这一次了。"

站在旁边的严老板说："杨司令，那些开杂货店、卖火烧的，也就糊个口，别说五千块大洋，就是一千块大洋也……"

"砰"，只听一声枪响，严老板的额头上顿时出现一个血洞，鲜血飞溅到张德邦身上。杨兴元吹了吹手枪口冒出的青烟，哈哈大笑："那俺就血洗下营，男女老少一个不留！"

此时此刻，那些老板们一个个吓得跪在了地上，磕头如捣蒜，一个劲地求饶。

杨兴元对副官说："传俺的命令，今天晚上八点，血洗下营，一个不留！"说完，走了出去，留下一大帮惊慌失措的大老爷们。

张德邦拍了一下桌子，大喊："哭啥？天塌不下来！"

看到那个副官站在门口，高静姝走过去，说："麻烦转告杨司令，想要钱，那也得让人通知家里人拿钱来换人啊。严老板没说假话，门口的鲁掌柜是开银号的，估计也拿不出两万大洋，你们就是血洗下营也没用。杨司令不会不给自己留条后路吧？"

副官问："你想咋样？"

高静姝说："放几个人回去，通知各家拿钱来换人，小铺老板每人一百块大洋，商铺老板每人三百块。盐号这边，有盐场的根据盐场大小，每家一千到一万块，好歹得让人活啊。说不定往后你们还要在这一带立足呢。"

副官转身出门，没一会儿又回来了，对高静姝说："就按你说的办。放两个人回去说说，赶快拿钱来赎人。"

虽然各家没那么多现洋，可为了保命只能照办，把老婆压箱底的首饰都拿来了，各种珠宝、玉器、元宝等堆了满满一大桌，大洋也装了好几担子。

杨兴元这一敲，硬生生榨出了五六十万大洋。

和盛商号同样拿不出两万大洋，杨小玉把首饰全拿出来，才勉强凑上数。

张德邦和高静姝没回家，直接去了县城。

城门楼上也插上了膏药旗，垛口隐约露出黑乎乎的机枪口。几个穿着黄色军装的日军在上面走来走去。城门口有保安队士兵把守着，他们的马车还没近前，就被勒令停车检查。这些家伙仍穿着国军军装，只是把帽子上的青天白日帽徽摘掉了。

有士兵认得他们，朝城楼上的日本人招呼一声，让他们进去了。

大街上，各家店铺都开着门，来来往往的人不少，不像下营那么肃杀。

进了家门，高静姝快步来到高立亭的床前。高立亭躺在床上，没有什么大病，就是一时气淤。

张德邦把下营发生的事说了，高立亭只是一个劲地叹气。

高静姝在家里坐了一会儿，去了县政府。门口同样有保安队和日本兵把守着。

她走进去，恰好遇见赵金龙从里面出来，赵金龙朝她拱手道："哎呀，高会长，失敬失敬，来看你哥啊？俺先走了，你俩好好聊聊吧。"说着，赵金龙快步走了。出门口的时候，他还朝日本兵点头哈腰，看得让人恶心。

就在原先刘文章的办公室里，高静姝与高静之见了面，对视了好一会儿，高静姝才问："为啥？"

高静之眼神躲躲闪闪，有气无力地说："识时务者为俊杰啊。"

高静姝大吼："俺嫂子让日本人给害了。"

高静之深吸一口气，望着高静姝说："告诉爹，设法保住高家的产业……"

高静姝含着泪："怎么保？当日本人的顺民？让日本人骑在俺头上拉屎？"

高静之一脸无奈："你以为就是俺一个人当顺民？俺跟着军队到潍县的时候，毛家兄弟领着一百多乡绅出城迎接；俺从潍县那边过来，赵金龙带人出城迎接，他儿子赵耀祖也在帮日本人做事，去胶东那边了。你再看看保安队，有上千号人，还不是主动投靠了日本人？杨司令有好几百人，也不敢动日本人一根汗毛，昨天还派人来谈判。就连你男人那个当保安司令的哥哥，有好几千人，和日本人打了两次，吃了大亏，最后还不是给日军写信，表示井水不犯河水，要一同'剿共'。啥叫大势所趋，啥叫避其锋芒，你不明白吗？"

高静姝听完，抹了一把眼泪，说："俺不相信就没有真正抗日的队伍！"

高静之说："日本人已经答应了杨司令的条件，让他当旅长，部队就驻扎在柳疃。接下来，日本人会派一个小队过去，在柳疃、下营成立维持会。另外，你要提防姓赵的，俺都没想到，他还会说日本话呢。"

高静姝也吃了一惊，她认识赵金龙这些年，压根就没听说姓赵的会说日本话。

高静之默默地在一个证件上签了字，盖上大印，放在桌子一角，低声说："有俺在，他应该不敢为难你，这个证件你拿走，有用得着的地方。"

高静姝冷冷地望了哥哥一眼，并没拿证件，默默地转身走了。如果哥哥说的是真的，她真不敢想象将来的中国会咋样。

回到下营，张德邦按照高立亭的意见，安排人把黄小翠埋在张家墓地里。高静姝领着张恒睿去了青乡，祭拜了已经入土的林建东和姜彩云。

张恒睿跪在坟前，磕了几个头，抹着眼泪说："娘，等俺长大了，杀小日本替你报仇！"

一九三八年三月的一天，日军一小队开进柳疃，设立据点，像一根钉子插在了昌北。柳疃是著名的丝绸重镇，日军对这里垂涎已久。占领昌邑县城不久，就开始培植和网罗民族败类，建立伪军，扩充势力。同时，加紧对周边村庄的"扫荡"，打死打伤群众十几人，烧毁房屋三百多间……

杨兴元部投靠了日军，从各家商号搜刮的钱财全部吃了独食。不久，他又强行纳了两个黄花姑娘为妾。在日本人的指使下，他不断扩大地盘，势力范围很快扩展到龙池、下营、青乡。他令副官带领一百多人强征民夫，先后修筑了徐家庄、青乡据点。所到之处，强抢强夺，百姓苦不堪言。

张家依然大门紧闭，张德邦天天喝闷酒，喝茶。

马逢春去了海边盐场，盐堆成了山。刘文章跑了，也不用交税了，成本下来了不少，可到处打仗，还有游兵散勇组成的土匪，盐根本运不出去。

高静姝没能完成对股东们的承诺，盐号没能在上海上市。这一直堵在她的心里……

赵金龙回了下营，当天就领着日军小队长宫泽由夫敲开了张家的大门。他见到张德邦，就谄媚地说："张会长，恭喜恭喜，太君让您出任昌北维持会会长，委任状都填好了。"

张德邦听着那恶心的公鸭声，笑着说："俺想问日本人两件事，赵会长给翻译翻译。"

赵金龙嘿嘿笑着说："一准给您翻译好了，包您满意。"

张德邦一字一句地说："第一，日本人为啥要打中国？第二，维持会能维持多久，他们啥时候滚蛋？"

赵金龙听完，顿时变了脸色，又不敢发作："你可别不知好歹啊！"

张德邦笑着说："俺再问你，你那兄弟赵天虎躲哪儿去了？如果俺没猜错，他是在姜家泊吧？他为啥没投靠日本人？"

赵金龙眼中露出怨毒之色："俺家的事，你管得着吗？给你三天时间，否则后果自负！"

高静姝上前挡在赵金龙面前，对宫泽由夫小队长叽里咕噜说了几句日本话，宫泽由夫笑了："吆西。"

张德邦愣了："闺女，你也懂鬼子话？"

高静姝笑笑："当年俺哥去日本后，俺在济南读书，顺便学了几句日语。"她转向赵金龙，说："赵会长，宫泽小队长答应让俺干，你没意见吧？"

赵金龙微微一愣，很快换上一副笑脸："宫泽太君都答应了，俺能有啥意见？只要是你们张家人当会长就中，过两天就举行会长就任仪式，怎么也要让老少爷们都知道这事。你男人他们那帮人口口声声喊着抗日呢，你当了会长，往后可就有好戏看喽。今儿俺还要陪着宫泽太君和杨司令喝酒呢。"

赵金龙躬身请宫泽小队长出门，而宫泽由夫的眼睛却定在高静姝身上，客气地说了几句话。

等他们离开后，张德邦问："那小鬼子说啥了？"

高静姝面无表情地说："反正不是啥好话。"

张德邦叹了口气："你要是真当了维持会会长，你爹……"

高静姝说："俺哥说过，他要是不当翻译，总会有人当。俺也一样，不能便宜了姓赵的。咱要抗日，不一定非得真刀真枪地干！"

张德邦似有所悟，点点头："也是这么个理儿，总比刀把子捏在人家手里强啊。要不俺去找齐老板，看看他有什么意见？"

出了门，张德邦先去街上溜达了一圈，见齐记杂货铺关着门。回到家，他让张家盛陪着自己喝酒。爷俩只顾喝酒，也不说话。

冯姨娘在一旁伺候着，一脸的担忧。

张德邦喝到半醉，跟跟跄跄回了屋，和衣躺在炕上。正是春寒料峭，屋外呼啦啦的东北风刮得正紧。他扭头看了一眼桌上陈梅英的遗照，不由得想起了张家秀。潍县乐道院是德国人的地盘，日本人占了潍县，应该不会为难他们吧。米娅给的那面旗子，还在柜子里藏着呢。

正想着，他听到轻轻的敲门声，有人叫了一声"老爷"。他听出是冯姨娘的声音，欠起身问："有事吗？"

说话间，冯姨娘已推门进来，身后跟着女儿孙桂花。进屋后，母女俩就跪在地上。张德邦立时酒醒了几分，坐直身子问："你俩这是干啥呢？"

冯姨娘低着头，说："当初齐掌柜找到俺，说想给俺找个男人。后来，俺知道就是您，您是个大好人啊。俺上门还钱后，少奶奶让俺一家子留下，俺也就留下了。俺这么大年纪了，也没想要三媒六聘的，只求您要了俺，给俺一口饱饭吃就成。这大半年了，俺也看明白了，您没那心思，可能是嫌俺老了。俺这闺女虽说年纪不大，可嫁过人，您要是不嫌弃，就……"

张德邦一听，慌忙下地扶起母女俩，和气地说："妹子，你误会了。俺闺女都比她大哩，你这是想让俺当畜生吗？马掌柜几次劝俺把你收了房，可俺心里只惦记着他娘，怎么也装不下别人了。你要是有别的地方去，俺也不拦着，可如今鬼子打了过来，到处兵荒马乱的。你要是没地方去，就认俺当大哥，一家人安心住在这里，有俺一口吃的，就饿不着你们。等世道好转一点，寻个正经人家，把桂花嫁了，别耽误了孩子。"

冯姨娘哽咽着，领着女儿又要下跪，张德邦一把扶住了。

就在这时，院子里传来张家盛的低喝："谁？"

第三十五章

张家大院里原先养着几条狗。那天夜里，张家顺偷偷回来引起了狗吠，第二天张德邦就让人把狗牵去了盐场。

听到外面张家盛的声音，张德邦转身就从枕头下摸刀，却又听到外面传来声音："家盛，是俺。"

他听出来人是陈清水，急忙开了门。冯姨娘领着桂花低着头走了。外面人影一闪，陈清水走进来。

张德邦拉着陈清水的手，着急地问："你的人呢？"

陈清水坐下，简单说了这段时间发生的事。上次，七支队攻打姜家泊，队伍被打散了，暂时撤离到肖家营。哪知在肖家营落脚没几天，杨兴元居然勾结县城的日军偷袭他们。事起突然，加之又是晚上，部队损失很大。好在鲁明带领的特别行动小队原先受过正规训练，强行撕开一个口子，才使七支队没被"包了饺子"。当天晚上，部队一路向北转移到盐场暂时休整，几百人的队伍只冲出来三四十人。部队除了减员外，还面临枪支弹药和粮食的严重匮乏。在盐场休整一天后，他们偷渡潍河转到了火道村。如今，杨兴元彻底当了汉奸。可潍北和昌北还活跃着好几股游兵散勇，都打着抗日的旗号，他们正设法联络这些人共举抗日大旗。

季书记、李福泽、陆升勋已领着几个人返回去了，一面寻找失散人员，一面做好烈士家属的善后工作。眼下，队伍最缺的就是钱粮，所以他来找姐夫想想法子。杨兴元把下营的城墙垒高了两三米。他翻进来的时候，差点被巡夜的士兵察觉。

张德邦当即从柜子里拿出一个小箱子，把里面的金条和元宝倒在炕上，低声说:"前两天被杨兴元敲了两万块,他婶子把首饰都拿了出来,家里就只有这些了,马掌柜那边估计也不多了。俺今天去找齐掌柜,他怎么关门了呢?"

陈清水说:"齐掌柜前些日子来信,说张世武要投奔咱们,可等了这些天也没见人,可能齐掌柜去找他了。再是,孙从良,也就是孙黑炮回来了。"

张德邦急切地问:"他现在哪里?"

"在瓦城那边,过些日子就来看您。"

张德邦叹了口气,说:"俺家盐场里的盐,你们能够拉多少就拉走多少,只要能够换钱就中。不行过两天俺去趟县城,找亲家和你丈人再捣鼓点。"

陈清水说:"昌邑目前的形势很严峻,队伍也不确定在哪里立足。不过,马渠那边比较安全,有俺发展起来的几个同志。"

张德邦说:"还有一件事,今儿姓赵的领着小日本来了,逼俺当昌北维持会会长,静姝主动要当,说抗日不一定非得拿枪。"

陈清水笑了:"说得有道理,往后静姝当会长,里外都有咱的人,事情就好办了。"

两人又聊了一会儿,陈清水也不客气,装起那些东西就出了门。院子里站了三个人,张家盛、张家明,还有冯姨娘的儿子孙聚魁。

张家明说:"舅,你带俺和聚魁一起走吧,俺也要抗日!"

陈清水摸了摸张家明的头,笑着说:"十几岁的娃儿,懂啥叫抗日,抗日是要死人的。"

孙聚魁坚定地说:"俺不怕死,俺娘说过,做人要懂得感恩。日本人杀了恒睿他娘,俺要报仇!"

陈清水望着张家盛:"你更不能去,你大爷和嫂子身边没个跑腿的人可不行,往后还指望着你送情报呢。"说完,他快步走到桃树下,攀着枝丫翻上墙,消失在夜幕中。

张德邦望着几个孩子,沉声说:"你们都听好喽,你嫂子说过,咱不拿枪照样抗日!"

高静姝从屋里出来,笑了:"嫂子给你们一项任务,后天宣布嫂子当会长的时候，拿土坷垃扔嫂子的人越多越好。"

张家明不解地抬着头，问："为啥？"

高静姝说："因为越多的人恨嫂子，嫂子就能更好地抗日。"

张德邦有点于心不忍，叫了一声："静姝。"

高静姝望着公爹，苦涩地笑笑，低声说："爹，没事的。"

她没有告诉公公，宫泽由夫想让她把烧制竹盐的方子交给他。这可是老祖宗留下的东西，绝不能交给这帮畜生。她预料到，自己可能难逃日本人的魔爪。但如果真有那么一天，她知道自己该怎么做……

此时，她多么希望家顺能在她身边，和她并肩迎接即将到来的暴风骤雨。但她清楚，张家顺不属于她自己，属于那个无数热血男儿联合起来的抗日组织！

古语云：修身，齐家，治国，平天下。如今，国已受难，天下烽烟四起，家也会变得零碎不堪。舍小家而顾大家，乃好男儿之壮志也。她作为妻子，哪会不懂呢？

那天，她跪在张家祖宗灵位前的时候，就已经打定主意，要用自己赢弱的肩膀扛起这个家，再苦再难也要熬下去！

她挺起腰杆，走到张家明、孙聚魁面前，低声说："等你们长大了，嫂子亲自送你们去战场。"接着转向张家盛："嫂子求你一件事，今后无论嫂子遇到什么情况，都不允许你冲动！"

张家盛低着头，没有吭声。

高静姝突然提高了嗓音："为了这个家，为了咱的古老盐都，答应嫂子！"

张家盛依旧低着头，勉强点了点头。

就在陈清水离开张家大院时，鲁明接到季书记命令，要把队伍拉到西永安进行休整。

黄小翠被害后，鲁明要领着护商队去打日本人，被陈清水拦住了。在陈清水的一再劝说下，他才拉着护商队去了瓦城，参加了瓦城武装起义。随后，三四百人的起义队伍在龙池围攻一百多人的日伪军，战斗打响后，很多人不敢往前冲，更不懂协作战斗。

鲁明认为，队伍没有经过正规军事训练，缺乏战场应变能力是不行的。

但在如今严酷的形势下，部队只能在实战中锻炼，根本没有时间进行有效的军事训练。要保存革命力量，就必须避开敌人锋芒，最大限度地消灭敌人。

护商队在战斗中表现不俗，被编为特别行动小队，鲁明任小队长。他心里一直憋着一团火，想要畅快地和鬼子干一仗，出出心头的恶气。他坚持自己的意见，只要有空，就见缝插针地训练队伍。

七支队来到西永安村，鲁明见到许多失散的同志，还有几个刚加入队伍的年轻人，除了牺牲的人外，很多人都逃回了家。七支队只剩下一百多人，士气也很低迷。

张世武带着一百多人过来投奔。季书记很高兴，拉着李福泽等一起请张世武喝酒，鲁明也参加了，一起商量着七支队今后的发展方向。

鲁明不喝酒，吃了点东西后走到外面，看着战士们三五成群地围着聊天。突然，他看到几个似曾相识的面孔，很快回忆起来，几个月前在潍县保安大队见过这几个人。

正好陈清水从下营回来，鲁明偷偷把他拉到一旁，说了心中的疑惑。陈清水心里一惊，觉得问题严重，他怀疑张世武就是带着蒙面人袭击张家盐场的人。

虽说张德邦当年错杀了张世生，也养大了张世生的儿子张云波，按说恩怨早已化解。几天前，张德邦通过齐正阳传话过来，说张世武要投奔七支队。

张德邦明明白白地告诉齐正阳，说张世武和日本人干了一仗，只剩下了七八个人，怎么短短几天又有了这么多人呢？

这时，陈清水想起来了，途中经过马渠时，齐正阳说了一件蹊跷事，有人在龙池北边坡地里发现九具无头男尸，衣服都被剥掉了，是齐西村村民给埋的。

如果死在北边的是张世武的人，那这个张世武又是谁呢？

陈清水偷偷把季书记、李福泽叫出来，说了自己对张世武的怀疑。

季书记沉默片刻，低声说："暂时不能声张，俺明天去寿光请八支队过来，一起开拓抗日局面。在俺没有回来前，你们千万要沉住气！"

李福泽眉头紧锁，如今张世武人多势众，一旦发生火拼，七支队肯定会吃亏。在没有确认张世武真假的情况下，只能选择隐忍。

陈清水说："当年，孙从良当土匪的时候，张世武曾是他的手下，要不要通知他过来瞅一眼？"

李福泽点点头，低声说："绝对不能让他们有所察觉。另外，我已经向上级请示，让张家顺和张云波尽快回来，他俩都认识张世武，而且对地方熟，也有群众基础。你家人在潍县，组织上考虑让你回潍县工作，尽快建立抗日组织。"

陈清水说："俺几天前回去了一趟，潍县乐道院有咱的同志。俺外甥女还是那里的医生，日本人暂时不敢动德国人的地盘。"

两人聊了一会儿，担心张世武起疑，便分开了。

第二天一大早，季书记离开后，李福泽向张世武提议，把队伍拉去马渠，那边四周都是盐碱地，村北长着一人多高的芦苇，易于藏人，而且马渠村子大，群众基础好，容易解决食宿问题。

张世武也没反对，当天就把队伍拉到了马渠。几个人围着张世武在商量事情，孙从良寻机端着一盆熟玉米和红薯进去慰劳大家。

孙从良出来后，用眼神告诉李福泽，这个人不是张世武。

这时，陈清水也察觉到了情况异常，七支队的几个干部走到哪里，都有张世武的人盯着。

其间，张世武以安全为由，不许任何人离开马渠，外围放哨的也都换成了他的手下……

就在高静姝任维持会会长的前一天，她抱着小志，与公爹去了一趟县城。听高立亭说，日本人占领昌邑后，还去祭拜了高立云。

高家老少见了胖乎乎的小志，都很喜欢，一个个轮流抢着抱。

高立亭身体没啥大碍，但心里生气儿子当汉奸，被人戳脊梁骨。听说女儿要当维持会会长，差点气得晕过去，流着两行老泪，喃喃地说："俺高家究竟造了哪门子孽啊。"

张德邦一边安慰着，一边把高静姝替他当会长的经过说了。高立亭听完也不说话，直到高静姝说了她暗中抗日的想法，高立亭的眉头才舒展开了，喘着粗气说："闺女，你怎么不早说啊？"

心病还须心药医。高立亭的病顿时好了七八成，陪着两人吃了饭，探讨了如何对付日本人的一些办法。

吃完饭，三人回到下营，见齐记杂货铺还没开门，也不知咋回事。

他们回到家，得知日本人送信过来，明天的就职仪式改在盐祖庙举行。张德邦叫来张家盛，让他去马渠找齐正阳，问一下队伍情况。两人说话的时候，冯姨娘走过来，低声说："张老爷，俺也想回马渠一趟。要是想打听事，俺比少爷更好使。不行，俺和闺女一起去，也好有个照应。"

高静姝奶完小志，听到说话声，走出屋说："外面兵荒马乱的，就怕有个什么闪失。齐老板估计家里有事，店铺才没开张呢。"说着，她转向张德邦，说："爹，明儿是二月二呢。"

二月二，龙抬头，是祭拜北海龙王的日子。潍县白浪河入海口东岸有一座千年龙王庙，每年二月二都举行庙会。张德邦只去过龙王庙两次，那还是在年轻的时候。

张德邦望了一眼高静姝，心里清楚，一定是赵金龙选的这个日子。中国人是龙的传人，明明是龙抬头的日子，却让人抬不起头来。

吃晚饭的时候，张家盛、张家明和孙聚魁都不见了。张家齐说，舅爷走后，三个人就经常在一起叽里咕噜的，也不知说啥。今儿傍晚他们出门后就没再回来。

冯姨娘和杨小玉都急得不行，高静姝安慰了几句，吩咐伙计们出去找人。伙计在外面转了一圈，回来说："守北门的官兵说，三个人出了镇子，往北去了，说是去盐场。"

林建东和姜彩云被害后，盐场就交给了张老财管理。日本人来了这几个月，盐场的活暂时停了，张家盛领着两个孩子去干啥呢？

吃完饭，张德邦去商号找马逢春，想一块去盐场看看。走到街上的时候，见杨兴元领着队伍往南走，后面跟着一小队日本兵。他寻思着要尽快找到齐正阳，只有镇内外信息畅通，才能对付日本人。

张德邦和马逢春乘坐马车刚到大门口，就被士兵拦住了，说上峰有令，任何人不能出下营。张德邦只得快快地回到家里……

当晚，在马渠村，李福泽发现张世武手下那些人，天很晚了却没去睡觉，而是三五成群地聚在一起烤着火。他找到鲁明，把情况一说，鲁明也觉得不正常。

两人正准备分头通知七支队的人注意警戒的时候，就听到远处传来一声枪响，紧接着枪声大作。

对于军人来说，枪声就是命令。两人快步来到张世武的住处，见张世武已经起身。

李福泽说："咱们在马渠驻扎了这么久，说不定日本人早得到消息，趁着黑夜摸过来了。"

此时，各中队长也严阵以待，做好了战斗准备。

李福泽说："季书记走的时候留下话，不能硬拼，必须保存革命力量，趁着敌人还没摸上来，赶紧转移！"

张世武问："去哪里？"

李福泽说："瓦城。"

七支队本来就有瓦城起义的同志，好些人都说瓦城那边安全。张世武见大家都这么说，只得命令他的部队一起向瓦城转移。

鲁明自告奋勇地领着特别行动小队断后。他并没有留在村里，而是带着队伍悄悄来到村北头，沿着一条小路朝发出枪声的地方摸去。走了一段路，发现前面跑来三个人。

埋伏在路边草丛里的队员扑上去，把三个人按住了。鲁明过去一看，认出了他们，问："你们来这里干什么？"

张家盛一看是鲁明，停止了挣扎，喘着气说："小日本逼着嫂子在盐祖庙前就任会长，俺三个想去烧了盐祖庙。到那里碰到了张老财，说你领着队伍去了马渠。他们两个一心想参加革命，俺就送他们来投奔你们。刚才在前面碰上了一伙小日本，还有保安队，俺开枪打死一个，他们就追上来了。"

鲁明吩咐大家重新埋伏好，等了一会儿，却没见人追上来，倒是马渠东边出现零星的枪声。他仔细听了听，领着大家往瓦城撤离。

正是张家盛的那一枪，救了七支队，使七支队成功撤离。偷袭马渠的日伪军占领马渠后，杀了十几个村民。

齐正阳见势不妙，躲到村外蒿草丛中逃过一劫，他的老婆孩子却遭了毒手……

鲁明领着队伍撤往瓦城，途中不见了张家盛。张家明解释说："他只是送俺俩过来，他还要回去保护嫂子呢。明天，小日本逼着嫂子当维持会会长。"

鲁明刮了一下张家明的鼻子，笑着说："那我们也去凑凑热闹。"

二月初二，北海的冰还没完全融化。盐祖庙前，盐碱地还硬邦邦的，踩上去嘎吱嘎吱直响。北风带着初春最后一丝寒意，肆虐着这片古老的土地。

一大早，远近几个村的村民就被日伪军赶到盐祖庙前。庙前旗杆上的膏药旗迎风摇摆着。庙门左边临时搭起台子，宫泽由夫坐在台上，身后站着高静之、杨兴元。

赵金龙领着一帮士绅，面无表情地站在台边；杨兴元几个手下站在另一边，一副杀气腾腾的样子。

满头沙土的张家盛驾着马车缓缓停住，高静姝从车上下来，理了理鬓边的头发，抖落一些尘土。这一路过来，马车被村民扔了很多土坷垃，她的左脸颊也中了一块，乌青一片。

张德邦也下了车，望了一眼那棵光秃秃的老槐树，又看了一眼旗杆上的膏药旗，还有站在前头的赵金龙，不由得攥紧了藏在袖筒中的匕首。这么多年的账，该了结的必须了结！

张德邦走到台子边，目光扫过人群，突然看到一张熟悉的面孔，是鲁明。他微微摇摇头，暗示鲁明不要轻举妄动。

两个日本兵走过来，用刺刀一摆，张家盛赶紧挡在高静姝前面，对日本兵怒目而视。

日本兵哪见过敢怒视他们的中国人？一个日本兵嚎了一声"八嘎"，挺起刺刀向张家盛当胸刺去。说时迟，那时快，张家盛一侧身，单手抓住枪头，另一只手已经摘下背上的枪，抵在了日本兵的额头上。

高静姝叫了一声："家盛，住手！"

张家盛一脚把日本兵踢开，重新背起枪。几个日本兵围上来，就听宫泽由夫吼了一声，日本兵悻悻地退了回去。

高静姝走到台前，对高静之平静地叫了声："哥。"

兄妹二人就这么望着。高静之眼中似乎有些于心不忍，低声说："妹子，应付一下就行。日本人急于想得到制作竹盐的方子，那可是咱老祖宗留下的东西啊！"

高静姝瞬间明白了，默默地点点头。按照日本人的仪程，高静姝必须

跪在盐祖像前磕头宣誓，然后起身宣读日本人降低盐税和控制销售渠道的政策。

为了控制昌邑盐业，日本人虽然降低盐税，却在下营、青乡、龙池等路口设置稽查卡，严查私盐贩卖，一旦抓住就地枪毙。自从哨卡设立后，已经有十几个人死于日伪军的枪下了。

张家盛护着高静姝缓缓朝盐祖庙走去，张德邦和赵金龙领着一帮乡绅跟在身后。

高静姝刚走上台阶，突然从里面走出一个佝偻着身子的老人。张德邦定睛一看，不是张老财，而是失踪了好几年的傅立善。

只见傅立善背对盐老祖神像，指着赵金龙的鼻子骂道："姓赵的，你真不是人啊。当年，你硬逼着俺和你联手对付张家，让俺在张德兴的茶水里下药，你趁机赢了张家的盐场。俺跟着你做了那么多坏事，结果害得俺自己家破人亡。商号也没了，盐场没了，家也没了。这些年，俺东躲西藏的，活得人不人鬼不鬼的。如今，你当了汉奸，还想借日本人的手，逼张家二儿媳也当汉奸。盐老祖在天有灵，天地不容啊！"

赵金龙一挥手，几个保安队队员想冲过去。只见傅立善扬起右手，手上攥着一根绳子。他大声说："只要俺一拉，这座庙就没了。姓赵的，你兄弟俩在下营坏事做尽。你还有个弟弟叫赵天虎，明着在潍县保安大队，实则假扮土匪孙黑炮劫掠商队。他带人烧了张家盐场，被鲁明发现，就躲在了姜家泊。日本人来了后，他拉着一帮子人浑水摸鱼，先是投靠张家昌，后又在昌北一带拉杆子。在杀了张世武后，又假冒张世武投奔八路，听说现在当了七支队的……"

话未说完，赵金龙气急败坏地掏出手枪，对着傅立善就是一枪。傅立善胸前中弹，往前一扑滚下台阶。

张德邦刚要上前搀扶，只听得一声震天巨响，一股迎面而来的冲力把他推倒在地。他两耳嗡嗡作响，眼前黄土满天，他努力地想睁开眼，却很快被飞起的沙尘迷住了。

这时，他听到一阵咳嗽，搓了搓眼睛，隐约见旁边有个人影。他迅速扑过去搂住那个人，低声说："姓赵的，咱俩的账也该算算啦！"

赵金龙咳嗽了几声，吃力地说："你敢……"

他那个"敢"字刚说出口，就觉得胸前一痛，他想要抓地上的手枪，摸了几下没摸到。他抓住张德邦的手，惨笑起来："日本人……不会……"

张德邦手握匕首，一刀扎在赵金龙的脖子上，又附在赵金龙的耳边说："这一刀是替那些死去的伙计。"接着，又朝赵金龙的胸口捅了两刀，说："这第二刀是替黄师爷和屈死的黄神医父子，第三刀是替俺弟弟，死后至今连坟头都不敢起！"

赵金龙挣扎着说："你……你……"

张德邦接着又给了赵金龙致命的一刀，平静地说："这一刀，是为俺自己报仇了！"

他不顾身后四起的枪声，扔掉匕首后，踉跄着朝盐祖庙走去，一步一步走上台阶，最终无力地瘫坐在台阶上……

第三十六章

该来的，终归会来，躲也躲不掉，逃也逃不了。也许，这就是天意。赵金龙怎么也想不到，他最终也死在了盐祖庙前。

盐祖庙没了，盐商和盐民的根就没了。张德邦想不明白，傅立善怎么知道赵天虎杀了张世武，又冒充张世武投奔七支队的事。

他迷迷糊糊地被人扶起上了车，一路颠簸后回到家，躺在了炕上。他两眼发呆，直愣愣的，一眨也不眨，看着许多人影在眼前晃动，也听到高静姝叫他。他想答应，可怎么也说不出话来。

马逢春一直揉着他的胸口，他觉得胸口里有一团火，就是出不来。他扭头看了一眼陈梅英的照片，感觉眼前的人越来越模糊。

不知过了多久，他听到有人喊"爹"，是家顺的声音。他一激灵睁开眼，果然见张家顺坐在炕沿上，旁边站着高静姝和张家秀。

高静姝抹了一把眼泪，开心地说："爹，您终于醒了？"

张德邦张了张口，艰难地吐出两个字："盐祖……"

张家顺说："爹，盐老祖没事。张老财说，头一天晚上，鲁明就带人去把盐老祖请走了，就藏在后面的盐碱地里。赵金龙死了，听说是被傅立善杀的……"

张德邦并不知道，他昏迷了半个月，其间发生了很多事。三月底，季书记带领八路军鲁东游击队第八支队从寿光牛头镇来到昌邑瓦城，与七支队会师。本来想联手攻打柳疃据点，哪承想日本人暗地里增兵，七、八支队久攻不下，被迫撤离。于是，七、八支队决定东征胶东，帮助开辟胶东抗日根据地。可就在部队东征前夕，季书记不幸被害。身份暴露的赵天虎想乘机带着队伍逃走，最终被捉住枪毙了……

七、八支队东进后，昌邑、潍县的抗日形势急转而下，日军培植汉奸，土顽横行。张家顺奉命组建抗日武装，很快在下营、青乡建立了抗日武装小组。

赵金龙死了，他儿子赵耀祖就任昌邑县维持会会长。听说赵耀祖的日本婆娘来中国后没多久就死了，他接着娶了济南一个士绅的女儿。

张家顺不敢在家里多作停留，天亮前必须离开。虽然保安队守着四个城门，但张家盛早就在西城墙上偷偷凿了几个落脚的小洞，便于爬进爬出。

张家顺安慰了爹几句，又去看了一眼正在熟睡的小志，夫妻俩说了一阵子话。高静姝搂着他，眼泪涟涟地不愿松开。

张家顺亲了亲高静姝眼角的泪水，轻声说："俺就在马渠和瓦城一带活动，那边的群众基础很好，放心好了。"

高静姝轻轻推开张家顺："可你媳妇现在是汉奸了……"

张家顺微微一笑："都是为了抗日嘛。眼下，咱的队伍一是缺枪支弹药，二是缺经费。我打算从咱家盐场西边开辟出一条通道，设法把盐送出去。抗日前线需要大量的竹盐和食盐，更需要钱，盐运出去，不但可以保证前线用盐，还可以换钱。另外，杨兴元和日本人也不是一条心。你要利用他们之间的矛盾，设法除掉姓杨的。"

高静姝低声问："俺要想见你，还是通过齐掌柜吗？"

张家顺说："日本人偷袭马渠的那天晚上，齐掌柜的老婆孩子遭了毒手，他后来就去胶东了。下营镇北头新开了一家杂货铺，老板叫林荣祯，是咱的人。如果有可能的话，设法把盐祖庙重新建起来。那是爹的一块心病啊，以后那里可以成为咱的联络点。"

高静姝点点头，从橱里找出她亲手缝的一件夹袄，给张家顺穿上。这是她在杨小玉的教导下，花了两个多月才缝制出来的，不知扎了多少次手。此时，两人有许多话要说，又无话可说，只是默默地相拥着……天亮了，高静姝才送他出了门，看着他消失在高墙上。

自从高静姝当上昌北维持会会长后，和盛商号就没开过门。每天晚上都有人往门上泼大粪。马逢春让伙计打扫了几次，可不管用，索性就不开

门了。商号的生意一落千丈，与分号也失去了联系。和盛商号如此，其他盐号的买卖也好不到哪里去。

日本人强征民夫，在青乡和附近几个路口修建炮楼，并开始征收盐税，还以每斤三毛四分的价格强行收购原盐。而成本最低的张家盐场每斤盐的成本都达到了六毛，这买卖根本没法做了。

日本人征收原盐的通知出来后，盐业商会的人坐不住了，纷纷上门央求高静姝去和日本人商议，好歹给大家留一条活路。

高静姝并没有去找日本人，而是约了赵耀祖在望海酒楼相见。一盏茶还没有喝完，赵耀祖来了，只见他身穿洋装，头戴礼帽，皮鞋锃亮，连走路都大摇大摆的，一副嚣张模样。

赵耀祖进门后，连招呼都不打，直接坐在她身边，把头凑向她，深深地闻了一下，一副很陶醉的样子，嘿嘿笑了两声，说："静姝，俺上中学的时候就喜欢你，知道吗？"

高静姝正色道："今儿俺是和你谈正事呢。"

赵耀祖点燃一支烟，故意把烟喷向高静姝的脸："俺知道你心里的小九九，太君想三毛四收盐，咱这边的成本都快七毛了。赵家的盐场最大，卖得越多亏得越多。你想让俺去和太君商量，别忘了俺家有烟馆，在同德银号还有股份呢。实话告诉你吧，俺爹是日本人，日本也有俺家的产业。哈哈，俺亏得起，亏个十年八年的，俺也不在乎。咋样，还谈啥？"说着，他顾自倒了一杯酒，喝了两口，接着说："俺爹出事的时候，俺不在现场，但俺知道他不是傅立善杀的。至于是谁杀的，太君会查出来的，俺也会慢慢查的。听说太君要往南走，你哥也要滚蛋了，看还有谁能帮你，就靠你那个东躲西藏的男人吗？"

她微微一笑："你想错了，你现在是县维持会会长，平时忙。盐场那边虽说有朱福来管着，你以为他真能替你办事？你还有个同爹不同娘的弟弟呢。"

赵耀祖脸色一变："你啥意思？"

高静姝笑着说："当年你爹耍手段，从俺叔手里赢走了盐场，这事连宫泽太君都知道。俺要和你赌一场，赢回属于俺家的盐场！"

赵耀祖冷笑着说："俺要是不赌呢？"

高静姝平静地喝了口茶："你爹毕生的心愿就是整垮和盛商号，可惜他到死都没能如愿啊。盐场越大，卖得越多，亏得越多，难道你不想替你爹还愿吗？听说日本人崇尚武士道精神，敢作敢当。俺公开向你挑战，你要是不敢应战，后果咋样，你比俺还清楚！"

赵耀祖的脸色顿时变得煞白，但神情仍十分得意："你的赌注呢？俺不要你张家的盐场，那是烫手的山芋。"

高静姝一字一句地说："俺娘家的成衣绸布庄，还有兄弟全羊馆的股份，再加上俺爹给俺的宅子。"

赵耀祖冷笑一声："还要加上张家大院。"

高静姝咬了咬牙："好，俺答应你！"

赵耀祖把烟头踩在脚底，使劲捻了捻，吐了口唾沫，说："三天后，请杨司令和宫泽太君当裁判，俺和你赌，麻将骰子和牌九，三局两胜。"接着，他得意地说："你是高家大小姐，从小就没有摸过那些玩意，看你咋赢！"说完，哈哈大笑着出门而去。

高静姝望着赵耀祖的背影，露出了凝重之色。她确实没有碰过那些玩意，但不代表不能赢赵耀祖。她明白，这是唯一一次能拿回张家盐场的机会了，她没有任何退路！

高静姝要和赵耀祖赌博的消息，像一阵风一样刮过了下营的上空。

宫泽由夫赞许这种刺激性的游戏，也想欣赏一下中国民间赌博的方式，自然乐意当裁判。他更想知道，一个从来没有摸过赌具的女人，能否赢得过一个经常赌博的男人。

日本男人也会赌博，一般用的是麻将和骰子，会玩牌九的不多。

张德邦听说后，对高静姝说："闺女，那小子从小就进赌场，没去日本之前更是经常出入赌场。他是个老玩家了，只怕你赢不了啊。"

高静姝淡定地说："爹，俺答应过祖宗，一定要拿回张家的盐场。"

张德邦担心地说："就算你赢了，可日本人三毛四收原盐，咱家也亏不起啊。"

高静姝说："爹，先拿回来再说。俺哥说过，日本人只想控制中国，让咱当顺民，他们暂时不会把咱逼上绝路。"

张德邦问："可你怎么赢他呢？"

高静姝说："能不能赢他，就看他自己懂不懂事了。"

张德邦问："啥意思？"

高静姝说："赵金龙活着的时候，盐场是朱福来管着。您认为那姓朱的真会替他卖力？他最愿意看到的就是咱家破产，所以日本人三毛四收盐，其实是在帮咱家，谁也不愿做赔本的买卖。他家赚钱的不是盐场，而是烟馆。俺能不能赢，就看家盛了。"

三天后，盐业商会会馆里坐满了人，外面街上也站了很多人。会馆正中间那张桌子上，已经摆上了麻将、骰子和牌九三种赌具。杨兴元和宫泽由夫坐在上首，旁边还有一些持枪的士兵在维持秩序。

高静姝和赵耀祖签了赌约文书，分别坐在桌子两端，在众目睽睽下开始了赌局。

杨兴元宣布了赌局规则：三颗骰子比大小，点数大的赢；牌九则按老规矩，按小牌九走，每人拿两张牌，不分庄闲；麻将则是每人摸十三张牌，必须能够和牌，以点数大者为赢。

头一局是骰子，高静姝摇出了 13 点，赵耀祖 12 点，高静姝赢。

第二局是牌九，高静姝输。

第三局是麻将，在点数上，高静姝输了，但她和了牌；赵耀祖点数上胜出，却没能和牌。

赵耀祖把麻将一扔，盯着高静姝说："你赢了。"

高静姝长长吁了一口气，用手绢擦了擦手心的汗。第三局麻将的时候，她完全就是在赌运气，如果不能和牌，她就输了。

她庆幸赵耀祖给了她三天时间，能够让她有机会去找林荣祯，通知张家顺带人在下营潍河边活动，又在前一晚让张家盛前往县城的烟馆，给赵耀祖留了一封信。那封信很明了：杨司令不是善茬，早就眼红烟土买卖。如果抗日队伍在潍河活动，日本人肯定封锁潍河。

七、八支队东进后，在平度大泽山开辟了抗日根据地，截断了赵家烟土的陆路，所以他们只能走水路。

赵耀祖是聪明人，知道这场赌局不能赢了。他爹当年没花一分钱，就把张家的盐场弄了过来，这些年也赚了不少。如今，日本人三毛四收原盐，正好把这烫手的山芋丢出去，免得砸在手里。万一他逞强赢了高静姝，只怕以后的日子就不好过了，更何况旁边还有一个虎视眈眈的杨兴元呢。

赌局结束后，高静姝离开了会馆。她接下来要做的，就是和杨兴元谈一笔大买卖。

不过，在拜访杨兴元前，她先去了一趟县城，回家探望了爹，把小志放在家里，也没让张家盛跟着，而是孤身一人到县政府见了高静之。她直接说明来意，说自己想邀请藤田中队长和宫泽小队长到张家盐场观看制盐工艺。

高静之领着她来到藤田中队长办公室的门口，听到里面传来骂声。

高静之低声说："军队要南下作战，藤田中队长要赵耀祖半个月内筹集十万斤粮食。"

不一会儿，门开了，赵耀祖低着头从里面出来，左脸赫然有五个手指印。他不敢看高静之兄妹，正要急忙离开，却听高静姝说："赵会长，要不要俺帮你？"

赵耀祖就像溺水的人抓住了一根浮木，小心翼翼地问："你咋帮俺？"

高静姝用手指了指外面，示意赵耀祖先去外面等着，然后跟着哥哥走进藤田办公室。

藤田早就想拿到竹盐烧制的方子，一听高静姝邀请他去看看制盐的工艺，立刻满口答应下来，同时提出让下营维持会解决两万斤军粮。

高静姝没有立即答应，只是淡淡地说："俺请您去的目的，也是为了促进彼此之间的友好合作，为将来贵军能够在昌邑长治久安着想。至于粮食问题，等解决完盐的问题，再来商议。"

藤田一听，脸上立时堆满了笑，朝着高静姝竖起了大拇指。

从藤田办公室里出来，高静之递给妹妹一本《孙子兵法》，低声说："这本书很不错，有空给他看看。"高静之在说"他"时故意加重了语气。

赵耀祖还在外面等着，见高静姝走出来，急忙上前问："老同学，你有啥好法子？"

高静姝把眉毛一挑，笑着说："半个月十万斤军粮，俺要是帮了你，怎么谢俺？"

赵耀祖说："盐场已经还给你了，只要能够保住俺家的烟馆，你说咋样都行。"

高静姝正色说："老百姓家里可真没粮食了，都在大户人家家里藏着呢。你得先查查咱县有多少大户人家，种着多少地……"

赵耀祖打断说："粮食在他们家里藏着，总不能直接带人去抢吧，日本人可不愿闹出民变啊。"

高静姝说："你真是猪脑子，俺没让你抢啊。你这样，先把大家召集过来，让他们按照土地先捐粮。各家都害怕日本人，不敢不捐。到时候差多少，俺再告诉你用啥法子。今儿晚上，杨司令约俺吃饭，他心里也打着算盘呢。听说俺大哥派人找过他，不知他有啥想法。哎，这事你就当作俺什么也没说，可千万别告诉日本人啊。"

高静姝和赵耀祖分开后，回到娘家，小志也饿了，钻到她怀里就是一顿猛吃，吃饱后，也不睡觉，就在炕上玩。她把那本《孙子兵法》丢在炕上。就在和爹说话的工夫，徐清香走进来，拿着那本书，说："静姝，你看这里面是啥？"

《孙子兵法》的封皮被小志撕破了，露出几页纸来。高静姝展开一看，是一张草图，上面标着日军的番号和位置，还有进攻方向，连日期都标上了。

她看了一会儿，顿时觉得头大了。这是日军的兵力部署作战图，是高级军事机密。哥把它封在书里，是让她转交给张家顺。

她捂着嘴，眼泪禁不住流了出来，哽咽着说："爹，俺哥不是汉奸啊！"

高立亭颤抖着看了一眼地图，眼角有两颗老泪在晃动，声音沙哑地说："他还没忘记自己是中国人。闺女，赶紧走，越快越好！"

高静姝不敢耽搁，把那张图藏在小志衣服内，和张家盛一起离开了县城。

走在路上的时候，张家盛说："嫂子，俺给哥送去吧。"

高静姝问："你知道他在哪儿吗？"

张家盛说："不是说在马渠和瓦城那边吗？俺腿脚利索，来去快，要是去找林老板，怕生出事来。"

高静姝这才知道，那晚她和男人说的话都被张家盛听去了，当下脸色一红，不敢看张家盛了，赶紧从小志身上取出地图递过去，低声说："注意安全，一定要亲自交到你哥手里！"

张家盛"嗯"了一声，跳下车钻进了路边的柽柳中。

高静姝独自驾着马车回下营，一路上后悔没让张家盛捎个口信，让张家顺设法和他哥联系，那样就能获得更多的情报。

回到家，高静姝见冯姨娘正在和张德邦说话，孙桂花领着张恒睿在墙边玩耍。

她知道公公的为人，始终忘不了去世多年的婆婆，心里已装不下别的女人了，但冯姨娘确实不错，里里外外一把手，每天洗洗涮涮，把家里拾掇得利利索索。孤男寡女整天在一起，她真心希望他们能够擦出火花来……

张德邦看到高静姝一个人进门，起身问："家盛呢？"

高静姝说："俺让他去办事了，今儿可能不回来了。"

张德邦说："俺有事和你商量，咱家的盐场拿回来了，虽然不缺把头，可缺一个主事的人。你冯姨娘有个表弟，是龙池那边的，和聚魁他叔几个人合伙贩卖私盐，好几次都差点被抓。要不，让他过来帮忙吧？"

高静姝笑着说："俺也在寻思这事呢。咱家也没几个贴心可用的人了，让他来吧，都不是外人，用着还放心！"

她把小志递给冯姨娘，去屋里写了一张条子，盖上私章，出来递给冯姨娘，说："让他直接去盐场找马掌柜，马掌柜会安排好的。"

冯姨娘谢过高静姝，乐滋滋地吩咐孙桂花回马渠一趟。

高静姝歇了一阵，才想起急着往回赶，还没吃午饭呢。冯姨娘听说后，急忙去厨房做了一碗热腾腾的大虾面。

一碗面下肚，全身热乎乎的。高静姝回到内宅，刚要和公公商量事情，外面来了一个村民，说在张家帮忙的闺女出下营时被杨司令看上了，直接撸到宅子里去了。

张德邦气得大骂："真是畜生！"

骂归骂，还得考虑救人。高静姝急忙出了门，朝杨兴元家而去。杨兴元占领下营后，看中了赵金龙的大宅子，直接住了进去，赵耀祖也不敢吭声。

大门口有两个站岗的士兵，听说高静姝有事要和杨司令商议，急忙进去报告。没一会儿，一个副官模样的人走出来，客客气气地领着她进去了。

杨兴元穿着便装，大大咧咧地坐着喝茶。高静姝对他行了礼，一脸愁容地说："杨司令，俺是来提醒你的。"

杨兴元摸着光头嘿嘿一笑："俺知道你是来领那小娘们的，等俺玩腻了，就给你送回去。"

高静姝坐下说："杨司令，这宅子可是姓赵啊，你认为赵耀祖就甘心吗？"

杨兴元说："这年头，有枪就是草头王，小日本都得给俺面子，他能咋样？"

高静姝笑着说："明枪易躲，暗箭难防。赵耀祖从小心眼就坏，杨司令，你可不能不防啊。你手下是有几百号人，每天吃喝都要花钱，得从长远打算啊，可别守着金山没饭吃！"

杨兴元笑起来："俺知道，那白花花的盐就是钱呗。"

高静姝说："那是日本人的，你可捞不着啊。日本人吃肉，你恐怕连汤都捞不着一口。"

杨兴元被高静姝将了一军，脸色变得难看起来："有啥事，直说吧！"

高静姝说："听说鲁南那边的盐价都涨到一块一了。前两天，来了一个老板，想走私路，就看你愿不愿意发财了。另外，赵耀祖在城里开着两家烟馆，听说烟土都是从潍河运过来的。"

杨兴元说："搞他的烟土，这好办呀。但贩卖私盐，一旦被日本人查出来，只怕吃不了兜着走啊。"

高静姝起身说："你要是没胆，就当俺没说。哦，差点忘了告诉你，那小寡妇的男人原来就喜欢逛窑子，得过脏病呢。你要是不嫌弃，尽管折腾好了。"

杨兴元拔出枪往桌子上一拍，大声说："中，俺派人给那个老板押运，一斤收三毛钱，必须现洋。"

高静姝扭头说："俺帮你联系联系，约个时间见个面，你们自个儿谈吧。"

杨兴元倒也爽快："你来了一趟也不能空手而回，就把那个小娘们带走吧，俺其实不缺女人。"

说的也是事实，在柳疃时，只要他看上的女人，直接抢到宅子里折腾，玩腻了才肯放回去。如此一来，每到大集，以往喜欢逛街的大姑娘、小媳妇们也都窝在家里不敢出来了。

孙桂花被人带了出来，显然吓得不轻，走路时两腿都在打战。

两人走到林荣祯的店铺前，高静姝假装买东西，低声说："后天傍黑，在辛庄土地庙，派人假扮临朐那边的盐商，与杨兴元商谈运送私盐的事。要生面孔，费用三毛，可降低，坚持先付一半。他派人护盐，实则给咱送枪！"

林荣祯点点头："俺这就去通知。"说着，叫来一个伙计，低声吩咐了几句。高静姝让孙桂花跟着伙计一起走，路上也好有个照应……

第三十七章

其实，每年正月初八开市只是一个仪式，真正的出盐旺季是在四月后。每年十月北海冰封到次年三月解冻，盐工们都是在熬制精盐。

日本人占领下营后，北海的盐业生产并没有停，但日本人开出三毛四的价格后，各家的灶台就没有了烟火。日本人一看情况不对，强令盐场老板们生产，并派兵到各家把成品盐直接装上大卡车运走。

在高静姝的默许下，盐场老板们为了对付日本人，把没有经过熬制的原盐混在了精盐里。人吃了这种盐后，轻者上吐下泻，重者发生中毒。当年，张德兴就是把这样的盐运到北平，差点让和盛商号倒闭……

这天上午九时，高静姝领着商会老板们和杨兴元，一起接到了藤田，宫泽由夫也赶了过来。一行人来到张家盐场，观看熬盐过程。只见盐工们抽卤、淋卤、过滤、刮盐土、扒盐……每一道工序都一丝不苟。

马逢春当着大家的面，算了一笔账，卤水制盐的成本是五毛四，而海水盐的成本是六毛七。

藤田听了高静之的翻译后，面无表情地望了高静姝一眼，叽里咕噜地说了一通。按照盐场的大小亩数，每家盐商缴纳一定数量的军盐，军盐还是三毛四，盐税为一毛二。不过，在缴纳军用盐后，允许各家盐号经营一部分，但必须如数交税。这么做既能维持盐业生产，又能让盐商们不至于亏本。

此时，藤田最想看的还是烧制竹盐的过程，却被高静姝拉到了一边，低声说："太君，里面有毒气，盐工都得了肺痨……"

接着，高静姝微笑着朝杨兴元瞟了一眼，杨兴元会意，急忙向藤田进言，可以让他的手下帮忙运送，只收取一点运费维持开支即可。

杨兴元投靠日本人后，日本人只给了他一点武器弹药，却不给一分钱军饷，全靠他之前敲诈的那笔钱维持着。这样下去，自然会坐吃山空。他也早就琢磨着捞钱的路子。

对于杨兴元的请求，藤田居然答应了。根据军部指令，日军以华制华，以战养战。驻地部队必须保证占领地的安定，各行各业生产照常进行，以保障军队的后勤物资供应，所以藤田也不想生事，只求安定。

在盐场转了一圈后，藤田似乎意犹未尽。他最想看的竹盐烧制没看到，便让高静姝把方法写下来。高静姝只得答应着，说回去即写。此时，大家簇拥着藤田去望海酒楼，请他尝一尝当地的特色菜。藤田也就随着进了望海酒楼。

高静姝走在杨兴元身边，低声说了一句："明天傍黑在辛庄土地庙见。"

吃饭时，藤田还是念念不忘那个烧制竹盐的方子，宫泽由夫也跟着附和，高静姝还是满口答应着……

高静姝送走了藤田和宫泽由夫，刚回到家，张家盛就回来了，说了见到张家顺的事。队伍有了好几十个人，主要在瓦城、马渠一带活动。

张家顺看了看地图，觉得事不宜迟，立即向上级做了汇报，并派人送去沂蒙。不久，送地图的人带回了上级要求继续往抗日前线运盐和往延安接力运送黄金的事。

其实，早在一九三八年四月，中共山东省委书记黎玉就奔赴延安，向毛主席汇报了山东武装斗争的情况。此时，国民党政府唯恐我军壮大，不时克扣甚至停发军饷，并实行经济封锁、阻断外援，致使我党政军抗战经费举步维艰。在延安期间，黎玉也看到了党中央的艰苦状况。经过沟通，党中央把解决抗战经费的目光投向了胶东黄金。

输金如输血。筹金抗战，不仅是一项急迫的经济任务，更是一项重要的政治使命。于是，从中共中央、中央军委到北方局，再到山东分局，一道道密令发往胶东区党委：夺取黄金，支援中央！

胶东三面环海，其跟外界的联系主要通过清河根据地和鲁中根据地。五月，中共山东省委提出：要尽快打通胶东与鲁中、胶东与清河的道路。

万一在胶东站不住脚时，可以将胶东的武装撤到鲁中地区或清河地区。

随着日军继续东犯，胶济铁路东段被日伪军严密控制，联通胶东、鲁中根据地的南线通道——"滨海通道"受到极大威胁。因此，打通"渤海走廊"秘密交通线迫在眉睫。

"渤海走廊"交通线东起胶莱河，横穿昌邑、潍县、寿光三县北部（简称"三北"），西至寿光县北部的榆树园子村，东西长约一百二十华里，南北宽十余华里。在"三北"一带，七、八支队离开昌潍后，日伪军占据大的村镇，修筑据点，残害百姓；国民党残余势力和土匪武装四处抢占地盘、扩充势力。而中共昌邑县委只留下一个区小队，十几支枪，如何来完成打通和巩固这条交通要道的任务呢？

中共昌邑县委立即号召全县共产党员和"民先"骨干全力投入到组建地方抗日武装的工作中去。十二月上旬，昌邑划归胶东区。胶东区党委派梁辑卿到昌邑工作，组建中共胶北特委，并任书记。

梁辑卿来昌邑的时候，上级领导就指示他，务必保证"渤海走廊"交通线的安全。来到昌邑后，他没想到这里的抗日形势如此残酷。所以，在坚持壮大抗日武装的同时，在青乡和下营重新秘密组建了地下联络点，及时掌握日伪军动向，避其锋芒，进而西与寿光、东与莱州沟通连接。各抗日游击小组相互配合，夜袭土顽驻扎的村镇，"渤海走廊"交通线终于被打通。

这年冬，梁辑卿突然接到命令，胶东区一百多名学员经过"渤海走廊"前往鲁中抗日军政干部学校学习，随行的还有一个二百多人的交通护送营。为了防范泄密，黄金运送部队都接到过严令，任何人不许透露运送的时间、地点、部队番号、兵力以及交接的过程。随后的日子里，"三北"抗日军民忠实地执行党的这一命令，数次护送黄金、海盐等战略物资安全穿越"渤海走廊"。

一九四〇年四月，日军集中力量对鲁南、胶东等抗日根据地进行"扫荡"。六月，胶东至山东分局的"滨海通道"时常被切断，"渤海走廊"成为胶东与清河、鲁中抗日根据地联系的唯一通道。

九月，蓬（蓬莱）黄（黄县）战区党政军委员会书记、战区指挥部政委兼中共北海特委书记曹漫之，前往中共山东分局参加山东省行政会议。

他带一个精干团八百人左右，将约六千两黄金分别装在战士的衣袋里，顺利穿越"渤海走廊"。返回时，曹漫之在下营曹家店村住了五天。

同年，胶东抗大支校副校长兼八路军第一纵队教导团团长贾若瑜，带两个营护送三万两黄金，安全通过"渤海走廊"前往山东分局。

随着抗日形势的发展，驻昌邑的藤田中队随军南下作战，高静之也跟着走了。日本人把县乡维持会变成伪政府，赵耀祖成了昌邑县县长。高静姝任下营镇镇长，办公地点仍在盐业商会会馆。

尽管昌邑北部一带土地贫瘠，粮食只能维持百姓温饱，但赵耀祖按照高静姝教的法子，查出民国政府留下的田地数据，和罗队长一起带着士兵直接到了大户地主家，按照每亩地二十斤军粮的标准，硬生生榨出了十几万斤粮食。

宫泽由夫撤回了县城，下营这边就成了杨兴元的天下。当下，昌邑有好几股势力犬牙交错。其中，国民党"四纵队"势力最大，约有一万人，主要活动在昌邑中部，也一直有向北扩张之意。还有几股土匪到处作乱，兵匪过处，百姓的粮食大多被劫，只有那些家里有枪的地主大户的仓库里还存有一些粮食。

话说杨兴元根据约定，派出十二个士兵运送五千斤私盐，说是送到潍县西南大柳树村，护送费每斤两毛五。可人走后，就没了音信。他只收了六百块钱的定金，却硬生生搭进去十二个人和十二支枪。一支枪两三百块大洋，白白搭进去两三千块。杨兴元吃了哑巴亏，但也没理由去找高静姝，因为高静姝只是中间人。

于是，杨兴元索性不再运盐了，直接在青乡等几个路口设卡收钱，一斤盐收两毛的盐税，外加一毛钱的治安费，这样钱来得更稳妥。另外，街面上的商铺每家每月一块钱，每次集市每个小摊位收一角到三角钱不等。

高静姝没有整走杨兴元，反倒让杨兴元的势力越来越大。有几股土匪还投奔过来，队伍很快发展到一千多人。人多了，胆子也就大了。有两次还把手伸到东利渔村，被抗日队伍打了回来。

下营盐商愁得不行，以为日本人狠，哪知杨兴元比日本人还狠，制盐成本加上三毛，一斤就到了一块。别说临朐那边，就连济南都运不过去，只在安丘和昌乐几个地方卖。一路过去，除了杨兴元的路卡，还经常有土

匪劫道。这生意简直没法做了！

大家来求高静姝想法子，张家昌是她大伯哥，这点面子不能不给吧！

高静姝给张家昌写了一封信，说了下营的情况。张家昌很快回了信，答应过境费降到五分。另外，他还给杨兴元捎了信，让杨兴元给下营盐民一条活路。

杨兴元不敢得罪张家昌，很快把费用降到一角五分。但那些当兵的使坏，怀疑盐包内藏有其他东西，那刺刀一捅，好好的盐包就裂开了口子，要是缝补不好，一路上不知道会撒多少盐。

冯姨娘的表弟林大勇、魏光汉领着几个人到了盐场帮忙。由于南边在打仗，各家盐号的买卖都不咋地，大伙就这么煎熬着……

春节期间，高静姝和商会老板们商议了重修盐祖庙的事。和盛商号带头出五百块大洋，各家商号再出一些，应该就够了。

重修盐祖庙是大事，那是古老盐都的根，各家老板也都愿意出钱。开春后，开始动工。直到四月初，盐祖庙终于修建完工。虽然还是原来的样子，可少了历史的沧桑。

高静姝主持祭拜仪式，领着大伙祭拜了盐老祖。

张德邦没有跪拜，而是站在老槐树下，默默地看着，神情有些落寞，但落寞中又有些许安慰。回下营的路上，张德邦问了一句："日本人啥时候滚蛋啊？"

高静姝没法回答，不但她没法回答，所有的中国人都没法回答。她只能安慰着说："爹，家顺说过，只要大多数人都跟俺叔那样，日本人迟早会滚蛋的。家昌大哥手里有上万人，都不敢打县城呢！"

张德邦骂起来："那个畜生，甭提他。俺已经把他的名字从族谱里划掉了。"

回到家，张德邦独自喝了几盅，告诉高静姝："俺想你爹了，明儿找他要去。"

高静姝低声说："家盛也老大不小了，爹，您要把他的事放在心上哪。"

张德邦苦笑了一下："十里八乡的大姑娘有的是，可他不要啊。嫂子如母，这事你跟他说吧。"

高静姝确实需要和张家盛好好聊聊，她发现，张家盛有时望着她的眼神都是直勾勾的。她是女人，咋能看不出来呢？

吃完饭，高静姝把小志交给冯姨娘，想和张家盛好好聊聊，哪知张家盛却不乐意了："嫂子，俺不懂那些大道理，俺娘也骂过俺多次。可俺不愿娶媳妇，俺就想守着这个家，守着俺娘和嫂子，不能让咱家人受欺负！"

高静姝说："你娶了媳妇，也可以守着这个家呀。"

张家盛根本不听，扭头就走，攀着桃树三两下就上了墙头，跳到胡同里去了，留下高静姝独自站在夜风中。

清明节，张德邦带着张家盛、张家齐，找到了那座埋在荒滩里的孤坟，摆上酒菜祭奠了一番。兄弟一场，只剩一钵黄土，想来真是令人心酸。几个伙计把骸骨挖出来后，重新装入棺材，埋进了张家祖茔里。

张德邦对着那堆新土，含着泪骂了几句"傻啊"。张家盛、张家齐兄妹俩对着坟墓磕了头，他们便回了家。

这天晚上，张德邦喝了很多酒，骂了半宿，也伤心了半宿。

日子一晃，张家大院里的那棵桃树结了青果，一颗颗藏在嫩绿的桃叶中，就像一个个害羞的小姑娘。张恒睿拿着纸和笔，坐在院子里对着桃树画呀画。这孩子天生会画，画出来的东西有模有样。只可惜下营小学里没有教绘画的老师，只有教国文和算术的。

这一天，高静姝收到林荣祯的消息，带着小志在盐场住了两天，终于见到了张家顺。张家顺告诉她，林大勇和魏光汉都是队伍上的人，奉命在盐场开展革命工作。此次他们的任务就是设法拔掉杨兴元这颗毒瘤。

张家顺向高静姝说了上级的这一指示，高静姝也没想出啥好主意。上次，他帮了赵耀祖，赵耀祖提着礼物上门谢了她，也没提别的事。现在，杨兴元势力大了，赵耀祖更不敢有啥想法了。要想挑起赵耀祖和杨兴元的矛盾，这事急不得！

张家顺还告诉她一个好消息，上次的那张地图帮了国军的大忙，国军针对敌人的兵力部署，多次给予准确打击，吓得日本人不敢往南打了。党组织也想联系高静之，可高静之跟着日军走，行踪不定，倒是不时有情报传回来。

原先的七、八支队已经编入山东纵队，从胶东西进清河，转战沂蒙，成为山东抗日战场上的一支劲旅。鲁明已任军事教官，张家明、冯聚魁都是八路军战士了。

张家顺说这些的时候，脸上洋溢着兴奋和激动。他还告诉高静姝，国民党军队消极抗日，却专门对付自家人。张家昌的部队就经常和潍县抗日武装搞摩擦，抢占地盘。他舅已经联系了张家昌，近期打算见一面，争取兄弟联手抗日。

高静姝对张家昌抗日却不抱太大希望，昌邑城内只有区区几十个日本兵，为啥不动手？要是他哥能够铁下心抗日，凭着手下上万人马，拿下昌邑根本不是问题。

张家顺却不这么认为，别看县城只有几十个日本兵，可县城一旦出事，大批日军就会沿着胶济铁路赶过来了。张家昌与日本人眉来眼去的，也是做长远打算。

天亮时，高静姝送他出了门，看着他孤单的身影消失在盐碱地的绿草丛中。她忽然觉得自己的心被掏空了，站在那里，默默地望着。直到身后传来一声"嫂子"，她才回过神来。

她扭过头，见孙桂花从屋里出来，正朝厨房那边走。

孙桂花在盐场帮忙，给大伙做饭洗衣，闲暇时候也帮忙干一些粗活。高静姝望着她的背影，突然萌生一个念头：为啥不让她去乐道院跟张家秀学医呢？将来张家顺他们的队伍里有个女护士帮忙，不也是好事嘛！

她当即道："桂花，嫂子有事想跟你聊聊。"

孙桂花转过身，走到高静姝面前，低着头问："嫂子，啥事？"

高静姝说："你一个女人，整天在一群大老爷们中间，也不是事啊。俺想让你去潍县乐道院，跟着小志他姑学医，将来也好找个好人家。"

孙桂花说："嫂子，俺没念过书呢。"

高静姝笑着说："做不了医生，当个护士总可以吧！都是手上的活，简单得很，俺还学会了给人扎针呢。"

孙桂花抿着嘴点点头："俺娘说，张家就是俺家的大恩人。俺一辈子做牛做马都报答不了……"

高静姝拉着孙桂花的手，说："妹子，别说这样的话，小志他爸参加革命，就是为了让老百姓都过上好日子。他说以后革命胜利了，咱老百姓都会当家做主人。"

孙桂花眼中出现一抹亮光："真的吗？那俺也要去革命。"

高静姝轻轻拍了桂花的肩膀一下："傻妹子，咱不像家明和聚魁跟着队伍说走就走了，要是被杨兴元知道，说不定要掉脑袋的，可不能声张啊。"

孙桂花点点头。

高静姝说："你先给他们做早饭，等会儿跟俺一起回下营，让家盛领你去潍县找家秀姐。"

孙桂花去了潍县乐道院，跟着米娅和张家秀学医。

张德邦去县城住了半个多月，天天和高立亭下棋。没事的时候，就去兄弟全羊馆喝羊肉汤。自从在羊肉汤里加入了竹盐，味道就更加鲜美了。

一九四一年七月，藤田再次回到昌邑，高静之却没有回来。

杨兴元在抗日队伍的打击下，把辛庄、下营的人撤了回来。日本人一来，又把这两个地方给占领了，还逼着百姓在潍河边修了两座炮楼。日伪军隔三岔五地下乡"扫荡"，革命形势变得越来越严峻。好在有高静姝暗中支持，昌邑县大队的同志们在潍河两岸与日伪军作战，队伍发展到一百多人。

小志已经断了奶，平日里跟着张恒睿一起玩耍。高静姝在盐场和张家顺见了几次面，得知他与张家昌在坊子见了面，但没谈得拢。他哥直接把话挑明了，甭看是亲兄弟，可信仰不同，那是挑大粪的遇上接亲队，走的是两条道。也甭管真抗日还是假抗日，以涅河为界，别过了界就成。至于杨兴元这边，他早已经投靠了日本人，国军这边管不了。共产党的队伍要有那个本事，就把姓杨的给灭了。

昌邑县大队缺枪少弹，张家顺想让他哥帮忙解决一些，可张家昌只给了十支枪和两百发子弹，枪还是旧的，有两支连膛线都磨平了。

想不到兄弟之情就值十支破枪，而张家昌支援平度的一股土匪，一下子就给了五十支枪和一万发子弹。

说是国共合作，只是嘴上说得好听。

昌邑县大队在马渠一带活动，主要是打游击战，声东击西地与日伪军

周旋。半个月前，杨兴元联合城里的日军偷袭马渠，村里的狗一吠，提醒了放哨的士兵。为了保护百姓，县大队利用地形掩护打了一阵，又把日伪军引到了芦苇荡，才甩脱了敌人。

为了对付杨兴元，昌邑、潍县的党组织几次碰头研究，可惜革命队伍的力量太弱，实在没辙。即便派人暗杀，可杀了一个杨兴元，还会出现第二个杨兴元。眼下，需要想一个把杨兴元困在下营的法子。

高静姝搂着张家顺，低声说："俺有个法子，你就等着看好戏吧！"

第三十八章

　　每个人都是月亮，总有一个阴暗面，从来不让人看见。高静姝说得没错，赵耀祖确实想搞垮杨兴元。这一把火怎么加呢？

　　这天，赵家运送烟土的船只在潍河入海口被劫。下营街上接着就有了传言，说杨司令发大财了。还有赵家烟馆的伙计看到，杨司令的手下在潍河岸边搬运装烟土的大麻布包。于是，赵耀祖认定，杨兴元动了他的货。

　　其实，这一切都是高静姝和张家顺配合演的戏。他们先安排县大队的战士换上杨兴元士兵的服装，在入海口以盘查为名，劫走赵家的烟土，再把事先准备好的大麻包扔在炮楼附近的水面上，让杨兴元的部队去打捞。然后，暗中散布消息，把劫货的事栽在杨兴元身上。这一切简直是天衣无缝！

　　做完这些，高静姝还要加一把火。她不能直接去找赵耀祖，需要别人去旁敲侧击一把，最合适的人就是"猪头来"。

　　赵金龙死后，"猪头来"的女儿就成了小寡妇，带着孩子回到下营，就住在赵家旧宅里。赵家的大宅子被杨兴元占了，赵耀祖也不敢吭声，"猪头来"更不敢乱来。赵家盐场和广鑫盐号勉强维持着，日子还算是过得去。

　　盐场那边还是"猪头来"管着，盐号这边换了账房先生。赵耀祖每个月给小寡妇母子一百块大洋的生活费。昌邑的普通人家，每个月生活费三块大洋就够了，但小寡妇不一样，嫁给赵金龙后，穿金戴银、吃香喝辣已经习惯了。别看每个月一百块大洋供着，可小寡妇还是对赵耀祖不满。

　　高静姝吩咐张老财，让他没事就去赵家盐场走走，和"猪头来"喝个酒，聊聊"猪头来"女儿的事，就说杨司令想纳小寡妇为妾，暗示"猪头来"重新找个靠山。

宫泽由夫回到下营的第三天，就来张家大院找高静姝，问烧制竹盐的方子写了没有，还用言语挑逗，加上利诱。毕竟高静姝的身份不同于一般女人，他也不敢有过分的举动。

为了顾全大局，高静姝只能隐忍着，敷衍着，说方子写下来很简单，只是照着方子也无法烧制，工艺复杂着呢。有时间，可以让宫泽由夫带上防毒用具去现场看看。

中午，她吩咐冯姨娘做了几道好菜，和公爹一起陪着宫泽由夫喝了几盅。她心里清楚，只有和日本人搞好关系，杨兴元才不敢在张家头上动土。

吃完饭，高静姝陪着宫泽由夫到盐场巡查了一番，目的就是让人看见她与日本人的关系。宫泽由夫非要到竹盐烧制车间看看，高静姝让人拿来两块湿毛巾，乘机吩咐让盐工伪装了现场。高静姝陪着宫泽由夫到现场看了，却没让他看到关键的烧制环节……

高静姝回到家，见张家盛扶着张德邦在院子里慢慢溜达。张德邦告诉她："闺女，这段时间不知是啥原因，两条腿走路不得劲，要不你再给俺扎几针？"

当年，他被赵泽凯打断腰椎，本来下半身残废了，经过黄海远和高静姝针灸后，才勉强能够走路，但不能走远路，更不能长时间站立。于是，他就经常一个人在院子里走走，偶尔上街溜达一阵，中间就要找个地方坐下来，歇上一阵。今儿一早起床，他感觉两条腿有些麻木，中午陪着宫泽由夫喝酒的时候，差点摔倒。

高静姝把小志交给冯姨娘，从抽屉里取出银针，来到院子里。张德邦脱去上衣和长裤，只穿着大裤衩，躺在一张竹椅上。

高静姝蹲下身子，仔细找准穴位开始下针，有好几年没用针了，她感觉有些生疏。针灸讲究的是穴位准度和深浅，扎深了伤人，扎浅了没有效果。好在她记性好，还记着黄海远教她的用针技巧。

七八针扎进去，张德邦笑了："麻麻痒痒的，有感觉。往后就辛苦你了。"

这时，宫泽由夫走进来，静静地看着高静姝给张德邦扎针，也不说话。扎完针，高静姝又用竹盐袋敷在张德邦的腿上。

等高静姝扎完，宫泽由夫才说了句生硬的中国话："你的，帮我扎，我的，脖子疼。我的，好礼物送你！"

高静姝没拒绝，也给宫泽由夫扎了几针。过了一会儿，宫泽由夫揉了揉脖子，跷起大拇指："呦西，你的，技术大大的好。"说着，他从口袋里掏出一件用红布包着的东西，打开给高静姝看，接着说："送给你！"

张德邦看到那对镯子和镶嵌珍珠的金耳环，脸色立即变了，生气地骂了一句："畜生！"

宫泽由夫眼睛一瞪，拔出腰间的战刀："八嘎！"

高静姝连忙摁住宫泽小队长："宫泽君，他不是骂您，是骂他侄子呢。"

站在旁边的张家盛恨恨地望了宫泽由夫一眼，低着头，没吭声，右手却握住了腰间的刀把。

高静姝用眼神示意张家盛不能轻举妄动，主动收下镯子，笑着说："礼物，俺收下了，谢谢。针灸不能停，三天一次，才有效果。改天俺去你那里。"

宫泽由夫收起刀，笑呵呵地说："明白，你家的，不方便！"

高静姝连推带搡地把宫泽由夫送出门，关上大门后，她看了一眼手里的镯子，泪如泉涌，哽咽着叫了一声"嫂子"。

这对镯子是姜彩云的，一直戴在手上，材料是上等和田玉，其中一只镯子碰裂了，还是县城金店的技师给修复的，所以张家人都认得这对镯子。

当时，她和张家盛见到姜彩云、林建东的尸身时，一时慌了神，也没留意。镯子居然在宫泽由夫手里，就是这个畜生害死了姜彩云和林建东。

此时此刻，高静姝悲愤交加，脸上又不得不强装出笑脸，心里却一直在流血……

张家盛走上前，低声说："俺这就去杀了他。"

高静姝急忙拦住，含泪摇了摇头："千万别冲动，俺有法子替嫂子和林大哥报仇。如果宫泽死在大街上，会惹得日本人满大街滥杀无辜的。"

张家盛气得重重地跺了一下脚："刚才俺真想一刀劈了他！"

高静姝把张家盛拉回院里，把其中一只镶金的镯子戴在手上，跪在张德邦面前，说："爹，希望嫂子能够保佑俺，让俺的手扎准一些！"

黄海远告诉过她，头上和颈部的穴位不能轻易扎，扎入一分能够使人昏昏然，感觉很舒服，但扎入两分就能造成血管堵塞。若病人在扎针期间饮酒，还极有可能导致脑出血而暴毙。

不能让宫泽由夫死在张家，更不能死在大街上。有一个地方最合适，那就是杨兴元家里。

下午，高静姝去拜访杨兴元，开始实施她的除奸计划。

杨兴元见她来了，赶紧迎出来："高镇长，这次俺可没有抢你的人啊。"

高静姝笑着说："杨司令，扯那事做啥。今儿有好事和你商量呢。"

杨兴元把高静姝迎进客厅，冷笑着说："你男人没事吧？那是日本人要对付他们，谁让他们抗日呢。"

高静姝装作糊涂："啥？俺男人在胶东那边呢，啥时候回来的，俺咋不知道呢？"

杨兴元低声说："你男人早回来了，就在马渠那边，手下有好几十人呢。上回俺和藤田太君联合去马渠'扫荡'，没逮着他们！"

高静姝正色说："下营街上的人都知道，那年俺男人差点被枪毙，被人救走后就没有回来。他是他，俺是俺，井水不犯河水，两码事！"

杨兴元打了个哈哈："当然，如果你哥不是翻译官，你没有当维持会会长，只怕你张家的日子就不好过了。说吧，有啥好事？"

高静姝平静地说："自从杨司令来了下营，你做过些啥事，俺就不说了，连宫泽太君都说你比土匪还坏呢。你要想长期待在下营，得定下心来落地生根哪。"

杨兴元眉头一紧，恶狠狠地说："哪个王八蛋敢说俺的坏话，老子毙了他！"

高静姝微微一笑："你以为姓赵的不敢吗？你占着他家的宅子，抢了他的烟土，他恨你都恨到骨子里了。你也知道姓赵的跟俺家是啥关系，俺都替你着急呢。"

杨兴元把身体往椅子上一横："他还嫩点，奈何不了俺。他家的那批烟土真不是俺抢的，俺派人向他解释过，信不信是他的事。"

高静姝说："那是你们之间的事，俺今天来，是想给你找一个女人。"

杨兴元眼珠子一转："找女人，啥意思？"他嘿嘿笑了两声，色眯眯地说："如果是你，俺倒乐意，如果是别人就算了。"

高静姝说："你要是娶了她，保你能发大财！"

一听到"发财"二字，杨兴元顿时来了兴趣，急切地说："说说看。"

高静姝说："赵家的小寡妇，年纪比俺还小一岁呢，听说长得可俊了。你要是娶了她，就能名正言顺地拿到他家的盐场，有盐场在手里，难道不算发大财吗？她爹'猪头来'在北边管着盐场，听说正想找个靠山呢。再说，你办喜事请客喝酒，谁敢不来啊？谁又敢空着手来啊？这不也是一笔不大不小的财吗？"

杨兴元哈哈一笑："你为啥要帮俺？"

高静姝说："俺哥现在不在昌邑，赵耀祖是县长，俺担心他对张家下黑手哩。要是俺和你联手，就不怕他了！"

杨兴元大笑起来："你这小算盘打得很精啊。听说宫泽太君经常去你家，有日本人当靠山，你怕啥？"

高静姝说："你是铁打的营盘，日本人是流水的兵，说不定啥时候日本人就走了，可你走不了啊。"

杨兴元听着高静姝的话有几分道理，如果娶一个小老婆就能得到赵家的盐场，这笔买卖可就赚大发了。他脸上堆满了笑，说："那就请高镇长帮忙说和说和？"

高静姝笑着说："这不难办，但媒人可得另外找，俺早给你物色好了。"

"谁？"杨兴元迫不及待地追问。

"同德银号的鲁掌柜。"

"他，合适吗？"

"再合适不过了呀。如今，虽说他家不开银号了，可他和赵家是铁关系，能够说得上话，你请他吃顿饭，把这事交给他就成了。再说，他那只耳朵一定教会了他怎么做！"

杨兴元露出一副老谋深算的模样："不过，都说张家二儿媳有手段，你该不会给俺下套吧？"

高静姝起身道："俺全家都在下营呢，要是您不敢，就权当俺没说。"说完，朝杨兴元深施一礼，起身走了出去。

高静姝知道，就冲杨兴元最后那句话，他显然已经心动了。

自从日本人来了，盐业商会已经名存实亡了。作为会长，高静姝尽可能地维护着各家盐号的利益。如今，很多地方都被日本人封锁了，买卖更不好做了。国军的路卡还好过，花点钱就行，可一旦被日本人查到没有税票单和通行证，连人带货就没了。不仅仅是昌邑，潍县和寿光那些盐老板，日子也是举步维艰。

下营街上，原来的镇公所成了宫泽由夫和杨兴元的指挥部。高静姝这个镇长，手下就只有两个人，分管着户籍和民政，连个保安队也没有。税务和财政都在日本人和杨兴元手里。其实，她更轻松了，每天就按照日本人的旨意，出告示征粮收税，替日本人说好话安抚民众。

盐业商会的老少爷们都窝在家里不出门了，偶尔也来商会喝茶聊天，发发牢骚，有的还指桑骂槐，说高静姝一个女流之辈当会长，惹怒了盐老祖，降下了灾祸。也有人理解高静姝，这年头要不当汉奸，谁的日子都不好过。再说了，人家男人在胶东抗日呢。

高静姝每天进进出出的，张家盛几乎寸步不离，总是背后插着一把大刀，腰里别着一支枪，俨然就是一个贴身保镖。

两天后，高静姝没有食言，来到镇公所见宫泽由夫。门口的日本哨兵怎么也不让张家盛进去，让他在门外等着。

宫泽由夫住在原先赵金龙的办公室里，用屏风隔开一个单间。一见高静姝独自前来，开心得不得了，立即关上门，拉着她就要往屏风后钻。

高静姝假装娇羞地挣脱开，笑着说："宫泽君，今儿下针，下针前后都不可以的……"

宫泽由夫有些扫兴："不勉强，你的，扎针的干活！"

高静姝背对着宫泽由夫，拿着银针的手有些颤抖。她恨不得对着风府穴和哑门穴一齐扎进去，但她不能那么做。她深深地呼了口气，稳定一下心神，接连在宫泽的颈部扎了几根针，其中一根针就扎在风府穴上，入了两分。

这时，她看到桌子上有一张大红请柬，问："谁请宫泽太君去喝酒啊？"

宫泽由夫笑着说："杨司令的，娶小老婆，后天喝酒。你的，一起去？"

高静姝没想到杨兴元的速度这么快，这么好的发财机会，他估计等不及了。她笑着说："到时候肯定多陪您喝几杯。"过一会儿，她拔出针，说："明天继续！"

回到家，张德邦递给她一张请柬："杨兴元娶小老婆，是赵家的小寡妇，请你去喝酒呢。"

高静姝想了想，说："杨兴元办喜事，少不得一场热闹。这是端掉炮楼的好机会。"

张家盛说："俺这就想法子通知家顺哥。"

高静姝平静地说："这么大的事，你哥肯定早就得到消息了。不过，你现在就去趟潍县找你姐。"接着，在张家盛身边耳语了几句，最后说："半夜出去，千万不能让人看见。"

张德邦竖着耳朵，也没听明白啥意思，不解地问："你俩还给俺打哑谜呢，啥事瞒着俺？"

高静姝笑了："爹，您就等着看好戏吧！"说完，她望了一眼院里的桃子，那桃子红得那么透亮，那么诱人。

为了显示自己的霸气，杨兴元决定大操大办一次，下营街上大大小小的商家都收到了请帖，连藤田也收到了，唯独没给赵耀祖。

一大早，街上就响起了震天的鞭炮声，就像初八开市一样，不同的是，街道两边站满了士兵。

杨兴元骑着高头大马，一副春风得意的模样，用轿子把赵家小寡妇接出来，从东街绕到西街转了一圈，再回到他的宅子里。迎亲队伍前面是一个排的士兵，一个个扛着枪，走着正步，领头的是两挺九二式重机枪，还有六挺轻机枪，紧接着是十二个人的吹鼓手，后面同样是一个排的士兵，扛着枪和小炮。就这样的阵势，在下营还是第一次。

街边站了不少看热闹的百姓，指指画画，议论着，咒骂着。

按昌邑的规矩，女人一般不能上男人桌，但高静姝身份不一样，和藤田一起坐在主桌上。她见赵耀祖神色不对，笑着说："老同学，俺觉得你和杨司令之间好像有啥误会，怎么连请帖也不给你下呢？当着太君的面，过去敬杯酒，往后互相配合，别惹得太君不开心。"

高静姝乘人不备，将一杯下了药的酒端在赵耀祖面前。那是张家盛从张家秀那里拿来的西洋毒药。

赵耀祖正和藤田说着话，一点也没觉察。他端过酒杯走到杨兴元身边，说："杨司令，咱都是替皇军办事的，俺敬你一杯，以前那些不愉快的事就算揭过去了。"

杨兴元铁青着脸，不情愿地和赵耀祖干了杯。两人刚坐下，就见坐在旁边的宫泽由夫用手指着杨兴元，喉咙里一阵咕噜，却说不出一个字来，眼看着滑到桌底下，只有出的气，没有进的气了。

藤田目光冰冷地盯着杨兴元，命人抬起宫泽由夫，快速离开了。

杨兴元呆呆地坐了一会儿，突然朝着宾客大吼起来："滚滚滚，都给老子滚蛋！"

高静姝没吭声，装作没事人一样，和宾客们一起离开了。

回到家，张德邦抬起头问："闺女，啥时候让俺看好戏？"

高静姝微微一笑："爹，已经开始了。"

半夜里，下营街上响了半宿的枪声。天亮时，张家大院的门被枪托砸得"哐哐"直响。张家盛刚开门，一群日本兵冲了进来，端着刺刀把他逼住了。

高静姝听到外面的声音，迅速穿好衣服来到外院，见张家盛想要拔刀，急忙喊了一声："家盛！"

藤田领着一个矮个子男人走进来，后面跟着罗队长。藤田朝着高静姝叽里咕噜地说了一通。那男人翻译后，她才明白过来，昨天宫泽暴毙，赵耀祖在回去的路上口吐白沫，昏迷不醒。当天夜里，日本人偷袭杨兴元，杨兴元跑了。下营由龙池保安队队长史建春接管。

藤田指着高静姝，用生硬的中国话说："高，竹盐方子给我。"

高静姝镇定地说："方子早已给了宫泽君。我查一下，在谁手里。"

藤田点点头，悻悻地走了。这时，张德邦从内院出来，朝高静姝伸出大拇指："闺女，真是一出好戏！"

其实，日本人出兵攻打杨兴元，除了因为宫泽由夫的死，主要原因还是杨兴元太贪，不仅在盐税上动手脚，连额外收取的过路费也贪了。更令日本人不满的是，从柳疃押走的几批军粮中，居然掺杂着数量不少的沙土。

日本人暗中调查杨兴元，很快拿到证据。而出卖杨兴元的人，就是他最信任的把兄弟史建春。

杨兴元带着几十号人逃往寿光，张家顺带领县大队趁机端了日伪军在潍河边的几座炮楼，"渤海走廊"交通线恢复畅通。

史建春也不是啥好东西，但比杨兴元精明得多。藤田前脚刚走，他后脚就提着礼物上门了，见了张德邦，深鞠一躬，说："老爷子，咱又见面了，您还认识我吗？"

张德邦定睛一看，一下子想起来了："哦，你不是那个买姑娘初夜送礼的史公子吗？当年，你可是让俺走着瞧的啊！"

"惭愧，惭愧。俺当年不懂事，向您赔礼了。"说着，史建春又深鞠一躬。

高静姝一看，丈二和尚摸不着头脑，也没多问。

史建春说："老太爷，高镇长，俺就是个当兵的，也不懂得那些弯弯绕绕。咱只要伺候好日本人，过咱的太平日子吧。往后，俺跟着日本人下乡'清剿'，枪口朝天。至于你们盐商的过路费，随便给点就中。你们吃香的、喝辣的，总得让俺的弟兄们有口饭吃啊。"

高静姝听着史建春的话，还以为自己的耳朵出了啥问题。

史建春接着说："俺知道你男人在共产党的队伍里，要不你牵个线，给联系联系，俺想和他见上一面。俺也是中国人啊，也想那个呢。"

张德邦正要开口，高静姝抢着说："史队长，你又不是不知道，俺男人自从那年差点被枪毙后，就一直没回来。俺有好几年都没见他了，听说他在胶东那边哩。俺呢，也没别的想法了，就和你一样，好好地伺候日本人。你说是吧？"

一个连大哥都出卖的人，能有啥好心眼啊！

杨兴元只是明里坏，而这个史建春却是背后阴，所以不能不防。若真心想抗日，直接拉出队伍和日本人真刀真枪地干就是了，还用得着这样？

史建春讪讪地笑笑："俺也不信呢，那伙人来无影去无踪的，连日本人也奈何不了。往后在下营，有些事还得指望您高镇长哪。"

张德邦不愿搭理他，就借故回了内室。高静姝又和史建春聊了一会儿，客客气气地将他送出了门。

走了几步，史建春回头吐了口唾沫，匆匆而去。

下营重新恢复了往常的样子。日本人贴出安民告示：希望盐民积极与皇军合作，一旦发现抗日行为，严惩不贷！

隔了几天，赵耀祖来了。原来，他在床上昏迷了两天，醒来后觉得全身酸痛，也没啥大事，寻思了一阵，觉得应该找高静姝谈谈。他没有来张家大院，而是约了高静姝在望海酒楼见面。

见面后，赵耀祖狡黠地笑笑："老同学果然是个能人，一箭双雕啊！"

高静姝装作不明白，问："啥意思？"

赵耀祖热情地招呼着说："来，喝酒，放心吧，俺没在酒里下药！"

高静姝微微一笑："赵县长，有啥话就直说吧。俺是个直性人，下什么药，谁下药？"

赵耀祖笑着说："你不知道吧，有一种西洋药叫吗啡，是镇痛药。如果混在酒里，轻者能让人产生幻觉，重者当场死亡；你也不知道吧，吗啡其实就是从烟土里提炼出来的；你更不知道吧，俺一直抽大烟。老天保佑，俺晕了两天，醒过来了，啥事都没有。那种药，只有一个地方有，就是你大姑姐所在的潍县乐道院，是在临床手术时用的，可不便宜哇，一支要五块大洋呢。"

高静姝问："你怀疑俺给你下了药？"

赵耀祖说："俺和杨兴元是啥关系，全昌邑人都知道。如果俺死在他的宅子里，会有啥后果？俺想来想去，除了你，没有其他人。鹬蚌相争，渔翁得利，没错吧？大家都是聪明人，没必要拐弯抹角的。你要是想杀俺，现在就是好机会！"说完，从腰间拔出一支手枪，摆在桌子上。

高静姝拿起手枪把玩了一会儿，重新放在桌子上，喝了口酒，盯着赵耀祖说："留过洋的人就是不一样，见多识广，说话也是一套一套的。你这么想，日本人也应该这么想，难怪藤田太君那天一早就冲到俺家里警告俺。按照你的想法，俺杀了你和宫泽太君，嫁祸给了杨兴元。这样对俺来说，有什么好处呢？宫泽太君没了，日本人还会继续派人来下营啊，你不觉得是有人一箭三雕吗？"

赵耀祖愣了："难道是姓史的？那天喝酒的时候，他好像站在俺身后，还给藤田太君敬酒了。"

高静姝一口干了杯中酒，起身说："除了俺之外，别人就拿不到那种药了？俺不知道究竟是谁，也不想追究，自个儿好好过日子就行了。你要这样想，那是你的事！"

她走出门口，长长地吁了一口气，千算万算，却没有算到赵耀祖抽大烟，那种药对他没起到应有的作用。她更没想到，日本人根据吗啡的来源，随即盯上了潍县乐道院……

第三十九章

日本人从潍县调来一个叫小野次郎的小队长，再次控制了柳疃、下营和青乡。

张家顺领着孙桂花、黄海远去了胶东。临行前，他和高静姝见了面，夫妻俩说了半宿的话。

胶东的抗日队伍缺医少药，更缺医生，许多战士受伤后得不到及时医治。有时候，医生不得不用火炒过的盐撒在伤员的伤口上消毒，痛得伤员死去活来。黄海远带来了几袋子竹盐，接着组建后方医院，并亲自授课，培养医生和护士。

一九四一年秋，昌邑县大队改为昌邑独立营。胶东军区派李力超任营长，宫愚公任政委。独立营的主要任务就是确保"渤海走廊"交通线的畅通。

此时，昌邑独立营及各区中队共四百五十人左右，潍县县大队和五区区中队不过二百人，总兵力大约六百五十人，但是，在昌北、潍北与我军对峙的日伪军及国民党顽固派，足有上万人。要巩固和扩大潍北、昌北抗日根据地，确保"渤海走廊"安全，两地武装必须攥成拳头，形成合力。

昌潍根据地是胶东、清河乃至鲁中相互联系的纽带，地理位置极其重要。而此时，胶东通往山东省军区所在地的胶（州）高（密）诸（城）莒（县）交通线完全被日伪军切断。如果昌潍地区的对敌斗争搞不好，"渤海走廊"也有被切断的危险。那样，八路军各军区之间的联络就会陷入困境。尤其是胶东出产的黄金以及药品等物资、情报就难以及时转运，还有部队调防、干部和学员往来势必会受到影响。

从昌、潍两县的敌情看，重点在昌邑。于是，西海军分区指示，昌、潍两县要积极扩充部队，向一个团的兵力目标发展。为加强统一领导，上级任命宫愚公兼任中共昌邑县委委员、武装委员会主任。同时，潍县县大队归昌邑独立营统一指挥。

十二月七日，日军偷袭美国海空军基地珍珠港，太平洋战争爆发。随后，为报复美国限制日裔美籍人士在美国本土活动，日本人在潍县乐道院秘密设立外国侨民集中营，关押了两千多名西方侨民，其中包括三百多名儿童。在这里，日本看守对西方侨民实行严格看管、强迫劳动，并凶狠残忍地对待营区内外的中国人。

这天晚上，张家顺偷偷回到家，告诉高静姝说："米娅也是咱的人了，但她与家秀姐一样，现在根本不能随便外出。咱舅已经潜伏到乐道院去看大门了，正想办法联系米娅和家秀姐。眼下，你一定要处处小心，继续利用好赵耀祖，让他们'狗咬狗'！"

不等高静姝答应，张家顺的嘴唇已经贴了上去……

一九四二年七月，昌邑、潍县、寿光北部抗日武装改编为昌潍独立团，昌邑独立营又改为昌邑县大队，李力超任大队长，宫愚公任政委。

与潍县靠近的利渔盐场，已经在昌邑县大队的控制之下。听说昌邑县大队驻扎在马渠，日伪军一月内就"扫荡"了二十九次，却没占着便宜。眼看春节来临，又转去下营，抓了不少老百姓，就关在下营镇公所大院里。

高静姝得到林荣祯传来的消息，宫政委让她配合营救。

日军采取"过筛子"的办法，威逼利诱，企图逼问出县大队的活动轨迹，查出周边支援抗日队伍的人，但一无所获。

此时，高静姝自己也被日本人盯着，如果贸然出面救人，不但救不出来，连自己也得搭进去。她知道在青乡据点驻有日伪军二三十人，还存放着一批刚征收上来的军粮，打算过完年运往峃山火车站。

高静姝让林荣祯传话给宫政委，如果看到下营起火，就派人佯攻下营北门，然后乘机去救百姓。这是她唯一能做的。

不过，在这之前，她得利用一下赵耀祖。既然赵耀祖那么精明，那就给他来个"蠢"一点的办法。她让维持会的民政办事员报告小野次郎和史建春，说征收上来的军粮放在青乡不安全，最好运走，不运走就转移到下营镇公所大院。

史建春自然不答应，镇公所里关押着几十个老百姓。他每天审问，哪有时间忙别的。

接着，高静姝又让民政办事员去一趟县城，把这事告诉赵耀祖，说快过年了，八路军游击队也缺粮呢，最好把粮食放在下营镇公所，把镇公所里关押的人转移到青乡据点，再不行就押去县城。

赵耀祖一个电话打到下营镇公所，把史建春臭骂一顿："你他娘的心里没个数，要是太君的军粮出了岔子，你吃不了兜着走！"

史建春也很委屈："赵县长，大院里关着好几十个人呢，放不下啊。"

赵耀祖也火了："下营那么大的地方，放不下两万斤粮食吗？"

史建春也不是吃素的，将了赵耀祖一军："赵县长，杨兴元走后，那宅子空着呢，要不把人押到你家里去？"

几十个人关在一起，吃喝拉撒，那宅子能有好？

赵耀祖自然不答应："要不你把那些人押到青乡去，倒出镇公所放粮食。"

当天，几十名村民被押到了青乡。剩下的就看张家盛了。

半夜，张家盛出去了一趟，下营镇公所内突然燃起熊熊大火。这时，从北边来了一拨游击队，噼里啪啦地放枪，看样子要进攻下营。

小野次郎爬上墙头，亲自指挥机枪扫射。史建春则带人救火，好在损失不大，烧掉了十几袋粮食。接着查明原因，是士兵白天搬运粮食太累，值班的时候睡着了，不知怎么美孚灯掉在地上，烧着了垫底的麦秸秆，这才引起了大火。

史建春拿着马鞭，把几个士兵抽得在地上乱爬。

折腾了一夜，小野次郎在天亮后带兵追击，追到青乡，才知道是县大队战士假扮伪军，要青乡据点的日伪军前去支援下营，趁机偷袭炮楼，救走了那些村民。

小野次郎气得拔出军刀，一刀砍了伪军班长，扇了日军伍长好几个耳光。

高静姝利用赵耀祖救出了村民，却又让他哑巴吃黄连，有苦说不出。

日军又增加了一个点的盐税。张家盐场出来的精盐和竹盐，一部分通过"渤海走廊"交通线运到清河抗日根据地，然后转去鲁南。竹盐成为救治伤员消毒消炎的主要用品。

张家盛也是二十多岁的人了，高静姝和张德邦商议后，给张家盛说了一房媳妇，是县城东郝家村一个地主的女儿，叫郝梦瑶，毕业于潍县广文中学，也算是知书达理。原定年后成婚，哪知在和盛商号与几家分号掌柜会账后的第二天，张家盛不声不响地离家出走了，只留下一张字条说是去胶东找他哥了。

看完信，张德邦叹了几口气，嘀咕了一句："这孩子咋像俺张家的人哩，这么死心眼呢！"说完，望了高静姝一眼，便不再吭声了。

这天，林大勇跑来告诉张德邦，陆升勋牺牲了。十二月八日这天，陆升勋在被调任胶东军区副司令员时，中途遭日伪军包围，激战一个多小时，不幸壮烈牺牲，时年只有三十五岁。

张德邦听了，一句话也没说，布满沧桑的脸上多了两道泪痕。

傍晚，落日收敛了白天的光芒，洒给西天一片金色的霞光。张德邦和杨小玉在院子里说了几句话，没人知道说了啥。杨小玉抹了半宿的眼泪……

天亮时，张家齐说他娘不见了。经过一番寻找，他们终于在祠堂里找到了吊死在房梁上的杨小玉。

张德邦听到这个消息，怔了片刻，骂了一句"傻子"。

人死不能复生，又不能正月出殡，就在腊月二十九安葬了杨小玉，让她与张德兴葬在了一起。这天晚上下了一场大雪，洁白的积雪盖住了这座新坟，也盖住了上代人的龌龊。

高静姝考虑到马逢春年纪大了，征得张德邦同意后，让林大勇跟着马逢春管理着商铺，打算等年后初八重新开业。

张家盛一走，家里更冷清了。

大年夜，冯姨娘做了满桌的菜，可桌上只有一个老人和两个孩子，大眼瞪小眼的。于是，张德邦让张恒睿去内宅，把三个女人都叫了出来。

酒桌上，张德邦也不说话，就那么独自喝着闷酒。喝到后来，扭头看了一眼堂屋上方的匾额，喉咙里突然发出咕噜咕噜的声音，随即眼睛一翻往后倒下去。

　　高静姝连忙扶起张德邦，下意识地叫了一声"家盛"，这才想起来家盛已经不在家了。她和冯姨娘一起把张德邦抬到炕上，用银针扎了几针。张德邦嘴里直哼哼，就是不睁眼。

　　高静姝对张家齐说："你和冯姨娘看着你大爷，嫂子去潍县叫姐回来。"

　　人生的无常，往往最能让人发现人情冷暖。这时，冯姨娘毫不犹豫地说："少奶奶，还是俺去吧。张家是俺的恩人，真要出力的时候，俺不能含糊。"

　　高静姝去后院套了马车，让车夫一起跟着走。

　　这个大年夜，张家大院没放一个炮仗，贴在门楣上的过门钱被风吹得呼啦啦直响，整个宅院平添了几分落寞。

　　张家齐在东屋陪着张恒睿和小志，高静姝则留在公公屋里，陆续又给他扎了几针，可仍没有反应。她用手探了探，感觉呼吸还行，只是喉咙里一直响。

　　高静姝就那么坐在炕边熬了一夜。天亮后，听到胡同里有声响，急忙出门去，见冯姨娘骑着马回来了。原来，昨天晚上积雪路滑，马车走得太快，过龙池后没多远就掉进了路边沟里。冯姨娘硬是靠着一双大脚走了几十里，赶到潍县乐道院。

　　潍县乐道院由日军严格把控着，看门的陈清水逐级汇报，但日军还是不让张家秀外出。冯姨娘最后只得自己返回了。

　　无奈之下，高静姝又在另外几处穴位下针，只听见张德邦的喉咙里又一阵响，接着"哇"的一声吐出一口血痰。

　　约莫过了半个时辰，张德邦缓缓睁开眼，直愣愣地看着高静姝，眼泪簌簌而下，嘴巴哆嗦着说："闺女，你也……老了……唉！"

　　高静姝安慰了几句，眼泪也止不住流了下来。

　　黎明时分，外面来了一些人，是马逢春和盐场那边的伙计。本来是上门祝贺的，一听这情况，除了马逢春外，其他人就自觉地回去了。

　　初二早上，高静姝去了一趟盐业商会，见两三个老板窝在火盆边烤火，看到她进来，连忙起身拱手施礼。

　　日本人成立了盐警队，加大控制盐业生产和销售力度，督促各家盐场出盐，却限制各家盐号自行销售，全部由日本人统一收购。虽然日本人把收购原盐的价格提高到了四毛二，但仍低于成本价，盐场白送都没人要。一家家盐号也都艰难地维持着。由于南方战事紧，竹子进不来，竹盐生产也不得不停了工。

高静姝听着街上零零碎碎的鞭炮声，低声安慰了几个老板："做买卖不能死心眼，得改变方式。日本人不让咱活，咱得想法子，只要能够把盐运出去，那就是钱啊。"

这时，一位姓陈的老板接着问："咋运？一旦被日本人查到，就是一个死啊。"

高静姝低声说："这事得大家拧成一股绳，绝对不能透露半点消息。"

陈老板看了其他几个人一眼，咬了咬牙说："反正也没法活，那就拼一拼，怎么个运法？俺听你的。"

高静姝说："俺寻思过了，十里八乡的，谁没个亲戚呢？咱在每个村里找可靠的人，日本人控制了道路，咱就给他来个蚂蚁搬粮食，用肩膀挑着走小路，晚上走！"

几个老板都觉得这个主意不错，又商议了具体的路线，只要过了日本人控制的范围就安全了。

高静姝想的这个主意，还是从"渤海走廊"交通线和昌北的"抗日沟"[①]获得的灵感。尽管日军和国民党土顽部队严密控制，可昌邑县大队不是照样护送运金部队和干部、学员往来于北海滩吗？我们为什么不能利用地熟的优势，村与村接力把盐秘密运送出去呢？

正月初八，高静姝照例领着同仁们去盐祖庙祭奠。还没开始拜，张老财就把她拉到一旁，说了一件事：大年三十那天一早，庙门口的旗杆上挂着一颗人头。张老财没敢声张，偷偷取下来埋在了庙后边。

拜祭完毕，高静姝让其他同仁先回去，随张老财到了庙后，挖出人头

---

① 抗日沟：昌潍北部沿海是一片平原荒滩，尤其在冬春季节，极不利于抗日军民反"扫荡"和开展游击战争。早在1941年冬，昌邑县委和县大队就借鉴冀中平原抗战的经验，发动群众改造地形地貌，开展了大挖"抗日沟"活动。经过根据地军民一个冬季的奋战，根据地的地形地貌大为改观。在平坦的大地上，出现了纵横交错、连绵不断，村与村相通、区与区相连的交通网络。

看了一会儿。由于天气太冷，人头冻得硬邦邦的，那额头上有一道伤疤。不错，是刘文章。这个王八蛋这些年也不知道跑到哪里去了，死了活该！

转念一想，是谁把人头挂在旗杆上的呢？又是什么意思呢？

她让张老财去向史建春报告，他们爱怎么着就怎么着吧。

回来后，她带人在商会门口放了鞭炮。今年比不得往年，街上的鞭炮声稀稀拉拉的，看不到多少生气。关闭两年多的和盛商号终于开了门，掌柜的是林大勇。

陈老板天天来探望张德邦，也没啥事，坐一会儿，说上几句话就走。起初，高静姝怀疑他是日本人派来盯梢的，对他也是不冷不热的。直到有一天，陈老板拿出张家昌的一封亲笔信，说了张家昌无法前来为父亲尽孝的苦衷。高静姝这才明白，陈老板是张家昌的人。

在冯姨娘的精心护理下，张德邦的病情奇迹般地好转了。出了正月，天气转暖，竟能起床下地了，还蹒跚着在院里走了几步。他告诉高静姝："俺死不了，日本人还没滚蛋呢！"

高静姝让林荣祯转告宫政委，在运盐的事上，希望能够得到县大队的帮助。宫政委很快回复，一定会鼎力相助！

就这样，高静姝和陈老板悄悄地吩咐盐场把头和伙计们，采取多种办法设法躲过日伪军的监督，把盐带出盐场，分为二十斤一小包，埋在盐碱地里。

林大勇和魏光汉则发动灶家村及附近的革命群众，趁着黑暗的掩护，在盐碱地里找到标记，把盐挖出来运到沙岭子村，再由沙岭子村通过"抗日沟"的掩护运到马渠，然后继续往南运，就这样建立起一条从灶家到安丘辉渠的秘密运盐路线，每天能够运出食盐五百至一千斤。各家盐号在山区的分号也接到通知，前往秘密地点提货进行销售，从而保障了山区百姓日常食盐和鲁南山区抗战队伍用盐。

这天，高静姝陪着小野次郎在盐场视察，又在灶家等几个村里贴了《禁盐告示》。这次，小野次郎非要竹盐烧制的方子，高静姝不得不写了一份，但关键的工艺没有写上。

小野次郎拿到方子，小心翼翼地装进内衣口袋里。高静姝心里清楚，反正竹子运不来，日军也没法试验。

在回下营的途中，高静姝不知是吹了咸腥味的海风还是怎么了，一个劲地干呕。她记起张家顺走后，一个多月没来月事了，难不成又怀上了？

她顾不得多想，眼下最要紧的是想办法把盐从日伪军的眼皮底下偷运出去。如果就这样被日本人封锁着，两三个月后，抗日队伍和山区百姓就没有平价盐吃了。

陈老板去找高静姝商议，能不能帮助把盐运到张家昌那儿。高静姝严词拒绝了："昌北有的是盐，要运你自己想办法吧！"

然而，他们没有想到的法子，新任昌邑县委书记却想到了。日伪军紧盯着的是熬制后的盐，而刚从盐池里捞出来的盐就堆放在盐池边，看守就没那么紧了。

到了晚上，林大勇、魏光汉把盐装上小船，顺着进海水的沟渠出海，沿着海岸线绕到盐碱滩上岸，到达安丘辉渠后，在僻静的山里垒起大灶，熬出精盐，直接运走。

可这种情况也没能坚持两个月。一次，他们在盐场运盐时，不小心弄出了声响，被巡夜的盐警队抓到了。从把头到盐工伙计十七个人，被日军枪杀在盐祖庙前。这些汉子都是好样的，只承认自己偷运私盐，别的半个字也没透露。

面对十几具尸首，魏光汉号啕大哭，对着盐祖庙声嘶力竭地吼出："盐老祖，您老人家啥时候给俺一条活路啊！"

那一刻，在场的人无不动容而伤心落泪。

此后，灶家的盐民陆陆续续去了利渔那边，开垦荒滩和沟渠，修筑盐田重新制盐。

张家盛走后，高静姝一直想着去郝家村赔礼道歉，没承想郝梦瑶她爹亲自上门了，说女儿不知去了哪里。订婚的礼金如数退还，还送上一百块大洋表示歉意。

两人都抗婚出逃了，这算是哪门子事啊？看来还是爹说得对，凡是控制不了的事情，就连想也不要想。

日军为了扩大占领区，以据点、公路为依托，以"扫荡""蚕食"为手段，连续向昌北根据地发动进攻。在此形势下，县委、县政府根据上级党组织制定的"广泛地开展群众性游击战争"和"敌进我退，主动出击，随机应变，以攻为守，打击敌人"的战略方针，继续发展壮大抗日武装，不失时机地开展敌后游击战争。

日伪军从青乡抓了一些村民，但这些村民只会种地，不会制盐，从此灶家周边的十几副盐滩处于半停产状态。

一九四三年六月，气急败坏的藤田纠集了一千多名日伪军，欲"扫荡"利渔村。可还没出发，宫政委就得到消息，立即将县大队分为小队作战单位，利用抗日沟沿途袭扰，打一枪换一个地方。日伪军每往前一步，都要付出代价。

"扫荡"失败后，日军想出了更恶毒的招数，从胶东机场调集飞机，盘旋在利渔村盐场上空，一边扔炸弹，一边喷洒废机油。

海水一旦被废机油污染，就不能用来制盐。这一毒招使利渔产盐量锐减五成。为了支援山区抗战，县大队不得不从虎口夺盐。伪军护盐队从下营出发，还没走到青乡就遭了劫，一次次地，不但盐包被抢走，连手里的枪支都送给了抗日队伍。

藤田不得不派出装甲车进行护送。抗日军民就把道路挖得坑坑洼洼的，弄得装甲车和运盐车寸步难行……

第四十章

　　桃花含蕾的初春，日军直接派兵进驻各家盐场，还在盐滩上修起了两座炮楼，沿着盐滩围上了铁丝网。盐警队日夜巡逻，防止盐工往外偷运私盐。

　　转眼到了产盐的盛期，高静姝的肚子已经显怀了。她没有藏藏掖掖，而是大大方方地走在街上，任由别人在背后指指点点。

　　她知道，赵耀祖一定不会放过这个机会！

　　这天，她在商会商议为日军征收军粮的事。忽然，赵耀祖领着藤田冲了进来。几个坐在旁边喝茶的老板吓得瑟瑟发抖，一个姓姜的老板手一抖，杯子掉在地上摔了个粉碎。

　　赵耀祖狡黠地望着高静姝："高镇长，说说吧，你那肚子是咋回事？"

　　高静姝笑着："女人嘛，肚子里怀个娃，有什么大惊小怪的，你没见过你老婆怀孕？"

　　赵耀祖冷笑一声："你说你男人在胶东，可俺得到消息，他就在北边活动。要是他不在昌邑，你能大了肚子？这就是你通共的铁证，还有啥话说？"

　　高静姝镇定地说："赵县长，谁告诉你，俺肚子里的娃就一定是俺男人的？"

　　赵耀祖脸色一变："难道你偷人了？咱可是同学，我觉得不可能！"

　　高静姝笑着说："那你猜猜看，那个一直跟在俺身边的堂弟，为啥突然离家出走了？"

　　赵耀祖气急败坏地骂了一句："不知廉耻！"

　　高静姝瞪着赵耀祖："麻烦你去街上打听打听，经常出入你赵家二娘

房中的那个男人是谁？先管好你自个儿家的事，再来管别人吧。"

"猪头来"为了寻找靠山，请小野次郎喝了几餐酒。没几天，小野次郎就直接从镇公所搬到赵家大院。这事在下营早已是公开的秘密了。

高静姝斜视着赵耀祖："俺这肚子不管怎么说，还是张家的种，不像你赵县长，等啥时候有了一个日本弟弟，那就亲上加亲了。"

赵耀祖脸上红一块白一块的，气得说不出话来。

藤田似乎听明白了高静姝大肚子的原因，嘿嘿笑着说："你的，只是不守妇道，没有私通八路，我的，明白！"

高静姝对藤田说："太君，有好几个村的人都被抓去盐场干活了，加上前两个月没下雨，严重影响了收成，只怕军粮很难征收啊。"

藤田大声说："高镇长，皇军的军粮，必须保证，你的，明白？"

高静姝笑着说："太君，俺明白，可赵县长不一定明白。"

藤田拍了拍赵耀祖的肩膀："你的，必须明白！"

赵耀祖躬着身子连连点头哈腰。

眼下割了秋，维持会的主要任务就是配合伪军到每个村里征粮。

藤田带领部队再次南下，留守县城的就只有日军一个小队了，伪军兵力仍是一个团。

事不宜迟，张家昌乘机拿下了昌邑、潍县的几个镇，地盘扩大了一倍。其间，他多次与昌邑县大队发生摩擦，还残杀了不少革命干部和群众积极分子。

日伪军仍把兵力重点放在征粮上。宫政委带领县大队四处活动，随时打击日伪军征粮。北海盐场那边，盐工们消极怠工，故意破坏耙盐的工具，还在熬制好的精盐中掺沙子，或者把碾碎的原盐当精盐，也让鬼子尝尝拉肚子的滋味。

林大勇和魏光汉带领小分队在日伪军的铁丝网下挖出几条密道，每天晚上偷偷运出精盐，在抗日队伍的帮助下，将盐辗转运到南部山区。

这一天，高静姝和冯姨娘去赶大集，林荣祯偷偷告诉她，陈清水牺牲了。

原来，米娅和张家秀在关押的侨民中找到了几个会制造枪弹的人，想让昌邑县大队接应越狱。可张家秀和米娅根本不能随便走动，只得用英文写了张纸条偷偷放在约定地点。实际上，日军早就盯紧了张家秀。就在陈清水趁着交接班去取情报时，巡逻的哨兵发现了他。情急之下，陈清水将纸条咀嚼后吞进了肚子里。日军对其严刑拷打，陈清水拒不交代情报内容。残忍的日军剖开陈清水的肚子，却只得到一团烂纸。随即，日军将张家秀带走审讯，张家秀拒不承认。最终，因缺乏证据且缺少医护人员，不得不将张家秀放回。

高静姝把舅舅牺牲的消息告诉了公爹。张德邦一句话没说，默默地对着妻子的照片流了半天的泪。

九月的一天晚上，高静姝肚子疼痛难忍，像是要生了，冯姨娘赶紧找来一个接生婆。高静姝疼了一晚上，天亮时生下一个女娃。

卯时产女，张德邦拄着拐杖到祠堂上了香，郑重地在族谱上写下：张言思。

他不再拘泥于女孩不上族谱，也不再局限于张家的"恒"字辈。"言思"二字出自《诗经》"愿言思子，中心养养"。意思是，深深地思念你们，我心中充满忧愁。

张言思下汤的时候，陈老板领来一对男女，三十岁出头的样子，显得很干练，说是张家昌派来帮忙照顾张老爷的。

张家大院确实需要人手，但张德邦盯着那俩人，从牙缝中蹦出一个字"滚"。

这年冬天，日军调整对昌、潍两地盐业的控制，除了完成上缴的原盐任务外，允许各家盐号自行销售，但盐税增加了三个点。尽管如此，各家盐号的生产仍处于半停产状态。

随着日伪军对盐场控制放松，各家盐号走私盐的方式越来越多，也全靠此维持买卖。这种状况一直持续到抗战胜利。这是后话。

这天，张德邦突然向高静姝提出不愿住在家里了，要搬到盐祖庙去住。高静姝劝说无果，只得答应下来，她让张老财找人收拾了盐祖庙旁边的两间厢房。马逢春自愿陪着一起搬了过去，两个人做个伴，相互照应着。

一九四四年一月的一天，高静姝打算给公公送些粮食和蔬菜过去，也顺便看看盐场的情况。刚出屋子，就见冯姨娘急匆匆地走来："少奶奶，今儿不知怎么回事，镇上日伪军全出动了，只留了几个看门的。"

高静姝没接腔，匆匆上了街，果然没看见平时在街上游荡的伪军。她来到林荣祯的杂货铺前，借机问："杂种们全出动了，咱队伍那边知道吗？"

林荣祯低声说："听说利渔那边打下一架鬼子的飞机，他们肯定想去救人。放心吧，他们救不了，宫政委他们早等着了。"

回到家，高静姝和冯姨娘一起坐着马车来到盐祖庙，见张德邦和马逢春正在清扫庙门口台阶的尘土，看上去精神还不错。

这时，张德邦看到高静姝，笑着说："咋样？一早老槐树上的喜鹊就叫得欢，俺就说今儿有人要来吧。"

他颤颤巍巍地走上前，从高静姝怀中抱过张言思，说："天冷，北边风大，往后可别带着孩子出门，当心冻着。"说着，忍不住亲了亲继续说："长大了和你娘一样，做个顶天立地的奇女子。"

马逢春帮着从马车上卸下粮食和蔬菜，领着高静姝和冯姨娘进了盐祖庙旁边的厢房。屋里生了炉子，倒还暖和。

张德邦把张言思递给冯姨娘，对高静姝说："闺女，去拜拜盐老祖吧。他老人家保佑着咱张家，保佑着咱盐都的百姓呢。"

两人进庙的当口，隐隐约约听到西边传来一阵枪声，张德邦嘟囔着说："打吧，打吧，杀绝狗日的日本鬼！"

烧完香，张德邦陪着高静姝一起给盐老祖磕了头，起身后说："只要他老人家在这里，俺心里就踏实！"

高静姝望着盐老祖，没有言语，延续几千年的齐国盐都，根就在这里。爹说得没错，只要盐老祖在，昌邑就有了魂，一代代制盐人就会把齐国盐都坚韧而顽强的魂传承下去。

两人出了庙，张德邦仔细地把庙门关上，低声说："前些天，宫政委来看俺了，说起你舅被害的事，俺说没事，有家顺、家盛、家明兄弟仨给他舅报仇呢。还有个事儿要告诉你，齐掌柜也去部队了，与家盛在一起呢。家盛现在是排长了，听说郝家那闺女也在部队上。家里还想给他俩办喜事呢，结果都抗婚出逃了，一到部队里，两人自个儿好上了。人嘞，都是属毛驴的。赶明儿你有空去郝家村一趟，礼金啥的给亲家送回去，咱张家不能差了礼数。见了你爹，就说俺想他了，等过完年，俺就去城里找他耍！"

高静姝没吭声，泪水顿时溢满眼眶，点了点头。半个月前，高立亭在家里不慎摔了一跤，当时就不行了。她闻讯带着言思和小志匆匆赶回去，也没见着爹最后一面。

让她更没想到的是，爹走后的第二天晚上，娘也走了，她是在睡梦中走的。一辈子恩爱的夫妻，连走都牵着手。爹娘就埋在了叔的旁边，兄弟算是团圆了。

爹为官清廉，颇有官声，本来他们想把丧礼办得静悄悄的，结果前来祭奠的人还是很多。

离开盐祖庙后，高静姝本想去盐场转转，却临时改变了主意。

孤零零的马车碾在刚刚上冻的土路上，碾出了一个女人心中的孤寂和无助。她不知道这种日子要熬到什么时候，唯一要做的，就是挺起胸膛坚持、再坚持！

回到家，她奶完孩子，还没喝完一杯热茶，就听到外面传来敲门声。冯姨娘开了门，从外面冲进来几个人，为首的是赵耀祖，后面跟着小野次郎和另一个日军小队长。

高静姝闻讯出来，见赵耀祖一身西装带着尘土，膝盖还破了一个洞，一副狼狈的模样。她笑着说："呦，今儿是啥风把赵县长给吹来了？"

赵耀祖说："太君让你帮忙联系八路，他们抓了皇军的飞行员，让他们赶紧放人！"

高静姝看了小野次郎一眼，对赵耀祖说："俺一心替太君办事，可从来没和八路打过交道，怎么联系？"

小野次郎说："你的，镇长的干活，皇军俘虏重要的，马上找人联系。"

高静姝说："这可是太君让俺联系的，可别说俺私通八路啊。"

小野次郎说："不会的！"

高静姝说："让赵县长陪俺一起去吧。"

赵耀祖问："为啥要俺陪你去？"

高静姝笑笑说："你是一县之长，说话更有分量。再说了，如果能够把皇军的飞行员救回来，那也是你的功劳啊。"

小野次郎盯着赵耀祖："你的，必须去！"

赵耀祖无可奈何地说："高镇长，那就走吧！"

高静姝进屋撕了一块白绸，临时做了一面旗子，和赵耀祖一起骑马出了下营，往西南方向奔去。刚走到一处沟壕，就听到沟壕内传来一声叫喊："什么人？"

沟壕内露出两个人头，戴着八路军帽子。

高静姝大声说："俺是下营镇镇长高静姝，和赵县长一起，来找你们的长官商议事情。"

没多久，一个背着盒子枪的男人站了出来。高静姝认识那个男人，当年在潍县乐道院生小志的时候，见他去找过徐清丽。

男人笑着说："打不赢就想来谈判啊？俺政委说了，想救那个开飞机的，就得拿出一点诚意来。八路军优待俘虏，他现在好着呢。俺就问问，那个开飞机的鬼子是啥来头，怎么连潍县那边的鬼子都派人来谈判呢？"

赵耀祖说："俺就是来谈判的，你们要啥条件尽管说。"

那男人笑呵呵地说："潍县那边愿意出二十支枪和一万发子弹，想要谈判，你们还不够资格哪，让日本人来谈吧。"

高静姝和赵耀祖只得回到下营，把情况报告给小野次郎。日军层层上报，最后从济南来了一个日军谈判团，直接和八路军山东军区司令部联络，商议谈判事宜。

高静姝并不知道，这个被俘的日军飞行员叫山田井马，虽说只是日军的一个中尉，却还有另一个显赫的身份，就是日军华北派遣军司令官冈村宁次的远房侄子。这也是日军千方百计都要救他的原因。

山田井马被俘后，并没有透露他的真实姓名。昌邑县大队也只是把他当成普通战俘，但随着日军多措并举地展开营救，宫政委意识到这个俘虏不是一般人物，随即将其押送到渤海军区。

其实，真正揭开山田井马真实身份的人还是高静之。此时，他在日军总部当翻译，从日军战报中，得知山田井马在利渔村附近处坠机而被俘的事。于是，迅速将消息透露给了与他单线联络的地下党员。

八路军一一五师总部得到这一情报，迅速告知渤海军区山田井马的真实身份。经过谈判，最终用他换回被日军关押的四十多名共产党员，还有一批武器弹药……

一九四五年，全国抗战形势继续好转。山东军区制定对敌作战的总方针，即在山东军区统一战略指挥下，采取主要方向集中主力与分散性的群众游击战争相结合，军事与政治攻势相结合，瓦解和打击伪军，孤立和歼灭日军，以达到扩大解放区，夺取有利的反攻阵地的目的。

中共昌邑县委根据这一总方针，结合实际情况，做出总体部署，先后夺取了春夏反"扫荡"的胜利。

一天夜里，下营镇内外忽然响了一阵枪声。不久，张家的大门被人拍得山响，冯姨娘诚惶诚恐地开了门，走进来一个身着国民党服装的军官，身后跟着一溜人马。

高静姝从屋里出来，一看是张家昌，领口下有一颗金光闪闪的将星，显得威风凛凛。她轻轻叫了一声："哥！"

张家昌问："静姝，爹呢？"

高静姝说："爹和马叔住在盐祖庙那边呢。"

张家昌没说话，去祠堂那边磕了头，又来到爹的屋前站了一会儿，才对高静姝说："俺想把恒睿接走。"

高静姝低声说："嫂子被日本人害了后，恒睿都是咱爹看着长大的。这孩子和他爷爷亲着呢，哥您要想把孩子接走，咱爹是不会同意的。"

张家昌说："怎么说，俺也是他爹，长大了要上学了。"

高静姝笑了："哥，您说这话，心里有多少底气，快八年了，俺就想知道，您替嫂子报仇了没？"

张家昌面有愧色，不敢直视高静姝，扭头望着那棵开满鲜花的桃树，动容地说："一年一度，又开花了，好想再尝一尝家里的桃子啊。"

高静姝说："孩子们都已睡下了。您要是真想接走，那就告诉他，您已经替他娘报了仇，再光明正大地接走吧！"

朦胧的夜色下，她看到张家昌的脸上似有泪痕。她正要说话，却听到身后传来脆生生的一声"爹"，扭头一看，张家齐领着张恒睿就站在屋檐下。张家齐也叫了声"大哥"。

张家昌别过脸抹了一把眼泪，快步走到张恒睿面前，紧紧把他搂住，温和地说："跟爹走，好不好？"

张恒睿说："爹，俺不走，俺要陪着爷爷和姊子。俺现在是张家顶天立地的男子汉。爹，俺听爷爷说，害死俺娘的小鬼子，被俺婶子拿针扎死了！"

张家昌哽咽着说："是爹对不起你娘啊。"

父子俩抱了一阵，张家昌又擦了一把泪水，说："长大后，要好好孝顺你爷爷，更要好好感谢你婶子。"说着，他走到高静姝面前，低声说："多谢你给恒睿他娘报了仇，俺给你留下两万大洋，给恒睿将来娶媳妇用。另外，你还有啥要求，说吧，俺都答应你。"

高静姝平静地说："把你的队伍撤出下营，另外给俺留下二百支枪和两万发子弹！"

张家昌吃惊地问："你要这些东西干啥？"

高静姝缓缓说出两句话："保卫下营，保卫渤海走廊！"

张家昌微微点头，没有说话。当天晚上，二百支枪和两万发子弹搬进了张家大院，所有的军队撤出下营。

第二天一早，高静姝让林大勇去报告宫政委，请求在下营组建队伍。不久，下营就组建了一支百余人的抗日自卫队。有了这支队伍保护，北海边的盐场又焕发了生机，灶家的盐民也陆陆续续回来了。

桃子成熟的时候，林荣祯领着一个人进了张家。那人手里提着一个包裹，见了高静姝，他把包裹放在桌子上打开，是一件血迹斑斑的八路军军装，上面有四五个枪眼。来人从口袋里掏出一个小盒子，里面有几枚军功章，他哽咽着说："一个月前，张连长在临沂对日反击战中，英勇牺牲……"

高静姝望着那血染的军装，仿佛看到了沉默寡言的张家盛，顿时眼睛模糊了，声音嘶哑着："俺知道了。"

她捧着军装来到祠堂，放在供桌上，拿起毛笔在一块牌位上写下"张家盛之灵位"，恭恭敬敬摆上去，然后点了香，深深地鞠躬。

前些天，她去了庙里，张德邦已经卧床不起了，咳得令人揪心，吐出来的全是血痰。她强忍着悲痛，心里想着不能告诉公爹。

她想送公爹去夏店红十字会医院，他直摇头，说哪里也不去，就在这里熬到几时算几时。他唯一的愿望，就是希望能够早点看到小日本滚出中国！

八月中旬，宫愚公和孙从良来到镇公所，递给高静姝一纸公文：日本投降了，昌邑县委、县政府将正式接管下营和码头。

办完交接手续，宫愚公、孙从良也想去看看张德邦，就跟着高静姝骑马朝西而去。来到盐祖庙前，高静姝先跳下马，快步向那间小屋奔去，大声喊着："爹，爹，鬼子投降了，日本鬼子投降了！"

宫愚公、孙从良随后也进了屋，见张德邦躺在炕上，吃力地睁开眼睛，两滴浊泪瞬间夺眶而出。张德邦用力抬了抬手，嘴唇动了动，永远地闭上了眼睛。

宫愚公、孙从良摘下帽子，恭恭敬敬地打了个敬礼。

孙从良含着泪，说："老哥，你走好……"

高静姝双膝跪下，哭着说："爹，您听到了吗？日本人就要滚出中国了！"

那天，出殡的队伍很短，只有高静姝、冯姨娘、夏永红，还有几个大大小小的孩子；送行的队伍很长，新任县委书记何凤池来了，县大队政委宫愚公来了，马逢春领着盐工们也来了，还有周边的百姓自发地来了……

按照张德邦的遗愿，他的遗体没有葬在张家祖茔，而是埋在了盐祖庙后。他要守着盐老祖，守着这座古老盐都的根。

九月三日，在盐祖庙前，昌邑县委、县政府将一批汉奸宣告枪决。赵耀祖跑了，不知道去了哪里，赵家盐场被没收。

这天，高静姝找到何书记和宫政委，郑重地提出请求加入中国共产党，并把竹盐烧制工艺的秘方郑重地交给了何书记。

半个月后，张家秀来了，米娅也跟着来了。何书记、宫政委亲自上门，感谢二人为乐道院侨民所做的贡献。

高静姝告诉张家秀，她哥已回到咱的队伍里，一切会向张家秀解释清楚。张家秀摇摇头，眼里含着泪。她来到父亲墓前，长跪不起……

一个月后，张家顺领着张家明、孙聚魁悄悄地回来了。张家顺拿出一枚军功章，郑重地交到高静姝手里。

高静姝这才知道，八月，山东军区将所属主力部队与各军区基干部队共二十七万余人编成山东解放军野战兵团，分五路向日伪军展开全面进攻。接连攻克即墨、莱阳、蓬莱、牟平、掖县、龙口、福山、招远等县城。到九月初，胶东内地除了胶济铁路线上的胶县、高密外，只剩平度城这一顽固堡垒。

平度城既是胶东解放区的门户，又是胶东军民向胶济铁路敌占区反攻的后方中枢，战略地位十分重要。经日伪军多年经营，工事坚固，碉堡林立，仅长约四华里的古城墙上就修筑三十多个高大的碉堡。此时，驻守在平度城连同从招远、莱阳、掖县聚集来的日伪军共六千六百余人。

九日晚八时，总攻开始。在炮火掩护下，张家顺带领爆破组，冲过敌人封锁线，一举炸毁敌人在石桥上架设的鹿砦、铁丝网，随即炸掉西门前的工事，打开西城大门。因此，张家顺荣立二等功。

孙聚魁还告诉高静姝，我们的老一团团长李福泽已任鲁中军区第三师参谋长了，张家顺也升任团长了。

张家顺去盐祖庙祭拜了爹，又陪着张家明祭拜了他的爹娘。孙聚魁则陪着娘说了半下午的话。

夜色斑斓，万家灯火。当天夜里，三人坐船离开了下营，说要转战东北。

上面是空荡荡的天，飘着几颗稀疏的星星。在下营码头，高静姝目送着那只船渐渐消失在黑暗中。瞬间，她的心似乎被掏空了，涛声揪紧了她的牵挂。

尝尽滋味盐好，走遍天下娘亲。高静姝怀里抱着张言思，身后跟着张家齐、张恒睿、张恒卫。这是她的未来和希望……

后　记

　　每一部作品完稿，总有"意犹未尽"之感，便不自觉地萌发继续创作的念头。这是一部读来让人沉重的小说，主人公所遭遇的纷纷扰扰一次次从我心尖碾过，有时竟深陷其中。我常常为小说中的人物重新设计命运，常常想着小说结束后人物的去向和生活状况，也常常由小说人物联想到自己的工作与生活。

　　古希腊哲人赫拉克利特说过，一个人的性格就是他的命运。这句话包含两层含义：其一，对于一个人来说，性格是与生俱来、伴随终生的，永远不可摆脱，就如同不可摆脱命运一样；其二，性格决定了一个人的此生此世。小说中的人物命运也验证了这句话的内涵。自然，重新设计的命运亦有牵强附会之嫌。至于小说结束后人物的去向和生活状况，还是留给读者去想象吧。

　　故事来源于山东昌邑，我就出生在这里。尽管十几年前，我的家乡划归潍坊市峡山生态经济开发区，但一直觉得故乡还是昌邑。最主要的是我在昌邑这座小城生活了三十多年，对这里的一草一木、一街一巷可谓了如指掌。三十多年来，我走遍了全域六百多个村庄，对村名文化、人文历史、古迹遗址、非遗名胜、知名人物等做了深入挖掘整理，主编或参编了《天南地北昌邑人》《昌邑通典》《昌邑乡村文史大观》和"渤海走廊红色文化教育丛书""《走近昌邑》历史文化丛书"等历史文化典籍。近年来，我总感觉历史文化图书的阅读群体有一定的局限性。作为一名作家，我就想着用文学手法为家乡的历史文化赋能，让传统产业文化披上文学色彩的外衣，更好地讲述昌邑故事，让传统文化和红色文化大众化，从而达到润物无声、潜移默化的传承教育目的。

纵观昌邑的地域文化，比较有代表性的还是丝绸文化、华侨文化、盐文化，因此，昌邑被授予"中国丝绸之乡""华侨之乡""中国溴·盐之乡"等称号。昌邑是革命老区，文化底蕴深厚，革命历史悠久，红色文化遗迹遍布全市。抗战时期，胶东通往清河、鲁中抗日根据地的秘密交通线——"渤海走廊"横穿昌邑北部。"保得住、用得好、活起来"的革命文物保护利用"昌邑模式"获评第五届山东省文化创新奖。

2021年，我创作出版反映"渤海走廊"武装斗争的长篇纪实文学《生命密道》，深受读者喜爱。2022年，我又创作完成了反映昌邑绸商融入"丝绸之路"和开拓"海上丝绸之路""红色丝绸之路"艰难历程的长篇小说《大绸商》。中国作家网、山东作家网、大众日报客户端、北京文艺网等先后刊发高校教授、著名作家、评论家及在外昌邑老乡撰写的书评十几篇。潍坊市文联、潍坊学院、潍坊市作家协会、潍坊日报社等举办《大绸商》与昌邑丝绸文化研讨会予以推介。该书还被教育部基础教育课程改革研究中心列为全国中学生非物质文化遗产传承教育推荐读物，并被推荐参评第十一届茅盾文学奖。接着，我开始创作长篇小说《大盐都》。昌邑是远近闻名的"齐国盐都"，制盐历史悠久。从春秋时管仲相齐、大兴渔盐之利算起，迄今已有二千七百余年。近年来，考古工作者在昌邑北部沿海发现周代至金、元盐业遗址211处，位于龙池镇的"鄑邑故城"是目前国内发现的唯一一座因管理盐业而设置的商周古城。这些都为《大盐都》的创作提供了基础素材。

在历史发展的长河中，晶莹剔透的盐饱含着盐工的血泪、盐商的利益冲突和权力的绞合。《大盐都》就是立足于昌邑的盐文化，以昌邑下营为主要故事发生地，以北部盐商的商业纠葛和家国情怀为主线，全方位展现昌邑人民勤劳勇敢、吃苦耐劳、团结包容、同仇敌忾的奋斗精神。

文化因产业而更富内涵，产业因文化而更加兴旺。新中国成立后，特别是改革开放以来，昌邑盐业生产突飞猛进，已成为全市经济的重要支柱产业。目前，已形成以盐及盐化工系列、纯碱系列、溴系列和医药化工、染料中间体等为主，上下游产品配套发展的产业链，产品形成了六大系列二十七个品种。原盐年产量达到四百万吨，占全国海盐年产量的六分之一；

溴素年产量达到四万吨，占全国年产量的四分之一。2011年，昌邑市被中国矿业联合会授予"中国溴·盐之乡"称号，成为全国唯一获此殊荣的城市。特别是近年来，山东泓健盐业有限公司对竹盐这一传统工艺进行发掘，以渤海湾地下优质沙滤海水晒制的食用盐为原料，装入生长三年以上的青竹筒，在煅烧炉中反复高温煅烧，生产出优质的精烤竹盐。

大道如砥，奋斗如歌。《大盐都》被列入2023年山东省作家协会定点深入生活项目和2024年潍坊市重点文艺作品扶持项目，被教育部基础教育课程改革研究中心评为"全国中学生红色文化传承教育推荐读物一等奖"。读者出版集团党委副书记董有山，山东教育电视台原副台长赵维东，潍坊市红色文化研究会会长李万瑞及文友张晓飞、韩娟娟、张淑惠、焦美霞、白云、王丽华等提出修改意见。

第九届中国作家协会副主席、陕西省作家协会主席贾平凹题写书名，中国书法家协会理事、山东省书法家协会副主席元畅与中国书法家协会会员、博士生导师、少将杨廷欣题词祝贺，《人民文学》副主编陈涛作序。中共潍坊市委宣传部、潍坊市文学艺术界联合会、潍坊市文化和旅游局、齐鲁文化（潍坊）生态保护区服务中心、潍坊市作家协会以及中共昌邑市委组织部、中共昌邑市委宣传部、昌邑市经济开发区下营镇、昌邑市文化和旅游局、昌邑盐业集团有限公司等给予具体指导和大力支持。在此，表示衷心的感谢。同时期待广大读者有机会莅临昌邑，领略这里的海阔天空，感受昌邑盐文化的博大精深！

2025年1月